Das Buch:

Uralte Mythen und Sagen ranken sich um ein Bergmassiv, an dessen Fuß die Stadt Luzern liegt – die Heimat von Jean Vincent, einem erfahrenen Schweizer Ermittler. Die noch ungeklärten Umstände eines tragischen Todesfalls führen ihn auf den Pilatus. Dort lernt er den alten Tanner kennen. Irgendetwas, so ist sich der Ermittler sicher, verbindet den Mann mit dem Toten und der Unterwelt des Berges. Jeder Stein und jede Höhle im Fels scheint durchtränkt mit Hirngespinsten, Geschichten und Visionen. Bald stellt sich jedoch heraus, dass auch noch andere Mächte hinter der Wahrheit her sind. Wird Jean Tanners Geheimnis und damit die Rätsel des Berges ergründen oder holen ihn seine Geister doch noch ein?

Der Autor:

Samuel Pierson wurde 1984 in Männedorf (Schweiz) geboren und lebt vor den Toren der Alpen. Er ist interdisziplinärer Gestalter und Werbetechniker und hat vielfältige Ideen, Skizzen und Projekte in diversen Sparten erschaffen, darunter einige zukunftsweisende Ideen, die er auch mit dieser Geschichte verknüpfte. Das Schreiben ist für ihn eine fantastische Möglichkeit, seine Kunst und Leidenschaft zum Ausdruck zu bringen. Er besitzt ein feines Gespür für kommende Entwicklungen, das ihn dazu drängt, Wege zu noch größeren Welten zu erschaffen.

Der Geist des Suchenden

Samuel Pierson

1. Auflage, 2020

© 2020 Samuel Pierson

Eisenbahnstraße 6

CH-8717 Benken

samuel.pierson@outlook.com

Lektorat und Korrektorat: Nadja Bobik

Coverdesign: Giusy Ame, Magicalcover.de

Kapitel 1: In der Tat erwacht

Es war finstere Nacht und die Welt längst still geworden, als ein Schatten durch die Sterne zog. Ein pechschwarzer Rabe flog im fahlen Licht des Mondes über den nebligen See hinweg und in Richtung der Berge, wo er auf dem verzierten Balkongeländer eines Hotels landete. Er spähte in die dunklen Zimmer. Neben ihm landeten noch ein zweiter Rabe, ein dritter und gar ein vierter; von irgendetwas angelockt kamen sie in Scharen daher. So war bald ein Schwarm aus Dutzenden Vögeln versammelt. Wartend saßen sie auf den vernebelten Bäumen, Dächern und Straßenlampen, als wollten sie das auserkorene Hotel an der Seepromenade zur Rast nutzen.

Kaum waren die letzten Raben der Kolonie angekommen, schritten die ersten schon zur Tat: Einer sprang zum Türgriff des Hoteleingangs hoch und stocherte mit dem Schlüssel im Schnabel geschickt darin herum, bis das Schloss geöffnet war, während ein anderer erstaunlich intelligent die Überwachungskamera auseinandernahm. Es war eine organisierte Diebesbande, die gleich darauf durch den geöffneten Eingang, den engen Kamin und die Gänge in alle Richtungen ausschwärmten. Sie verteilten sich auf jedes Stockwerk des Hauses und steuerten eine um die andere Tür an, die plötzlich entsichert aufgingen. Von überall kamen die Vögel nun hereingeflattert, woraufhin einer von ihnen heimlich in ein Schlafzimmer eindrang.

Laut genug jedoch, dass sich etwas im Bett regte und vorsichtig unter der Decke hervorkroch. Ein kleiner Junge, der aus dem Halbschlaf erwacht, den hereingekommenen Geist spürte und nun befangen in die Dunkelheit starrte, nichtsahnend, was da sein könnte, und mucksmäuschenstill. Nur ein leises Schlucken folgte, als hätte sich einer der vielen Schatten gerade bewegt – als wäre es passiert. Aber da war nichts mehr im Zimmer, außer der Stille. Das Einzige, was er sah, waren die Schatten im Mondlicht. Ein mulmiges Gefühl für den Kleinen, der ängstlich zu seinem Plüschtierchen griff, ehe er sich unter die Bettdecke verzog. Im Kissen versteckt und verstummt, mit geschlossenen Augen, verharrte der Junge. Doch da waren wieder diese Geräusche – diese Präsenz eines nahen Wesens. Dazu das Krähen von draußen und ein Schlag ans Fenster.

Was war das?, dachte er erneut, blinzelte kurz nach oben und zog dann die Decke noch weiter über den Kopf. Die Monster aus seinen Gedanken schienen nun freie Bahn zu haben und kamen von überall hervorgekrochen, füllten die echten Schatten in seinem Zimmer aus und kamen ihm näher. So auch der neugierige Rabe, der soeben auf den nächsten Schrank flatterte. Definitiv ein realer Alptraum. Denn der Junge hörte auch das und hielt den Atem an. Auf keinen Fall wollte er vom Monster gefunden werden. Doch der schwarze Vogel wusste, wo der Junge lag, reckte vorsichtig seinen Kopf über die Schrankkante und sah auf das Bett hinunter, in dem das Kind untergetaucht war. Der Rabe wartete weiter ab. Er spähte auf die Decke und neigte den Blick zum Fenster über dem Bett, hinter welchem der Mond eine dunkle Gestalt beleuchtete. Sein Schatten kroch schon über die Laken.

Ein Geist mit schwarzer Kapuze, der reglos hinter dem Fenster und über dem vergrabenen Kopf stand, starrte auf das hilflose Häufchen hinab. In unheimlicher Weise dem Sensenmann gleichend, betrachtete er den kleinen Burschen, als plötzlich unter dem Türspalt Licht hereinfiel und noch ein weiterer Schatten an die Tür herantrat.

Der Lichtspalt wurde breiter, ein Mann kam herein – der Vater des Jungen, der nur kurz nach dem Rechten schauen wollte. „Schlaf gut, mein Sohn."

Seine Rettung! Der kleine Junge war heilfroh, dass es sein Vater war, und schnaufte unter der Decke tief durch, während sich der Rabe in der Ecke verkroch. Doch kaum war der fürsorgliche Vater wieder draußen und die Dunkelheit zurück, riss der Junge seine Augen voller Angst wieder auf.

Der Vater spürte das wohl und sah nun seinerseits ein Licht durch das Schlüsselloch durchschimmern. So verdächtig, dass er die Zimmertür nochmals aufriss und vom Schein geblendet rief: „Du kleiner Frechdachs! Mach das sofort wieder aus! Kein Handy im Bett! Ist das klar?"

Der aufgeschreckte Junge gehorchte, bekam aber dennoch was zu hören.

„Du weißt doch, was wir abgemacht haben! Meine Güte! Ich bin es leid mit deinem Verhalten in letzter Zeit. Du kleiner Teufelsbraten – so nicht!"

Der Vater wollte ihm das Ding sogleich aus den kleinen Händen reißen, worauf sich der Junge aber wehrte: „Nein, nein, das darfst du nicht! Nimm es mir nicht weg! Bitte nicht, Papa! Ich wollte nur Licht!"

Besorgt schaute er seinen Vater an, der zu beschwichtigen versuchte: „Hey, mein Großer. Du weißt ja, dass das nur zu deinem Besten ist." Er legte das Gerät beiseite, doch der Kleine zog sich nur weiter unter die Decke zurück. Der Vater wurde stutzig. „Was hast du?" Nachsichtig hob er die Decke über dem kleinen Kopf an. „Du siehst aus, als hätte dich etwas erschrocken. Hattest du einen Alptraum?" Der Vater schaute ihm noch tiefer in die Augen. „Hey, du zitterst ja! Es tut mir leid, falls ich gerade ein bisschen zu grob zu dir war. Ich wollte nur …" Tief durchatmend setzte er sich neben den Jungen aufs Bett, um ihn zu beruhigen. Streichelnd fuhr er ihm über den zerzausten Kopf. „Mach dir keine Sorgen. Wir reden noch darüber, ganz in Ruhe. Aber schlaf jetzt. Morgen wartet ein neuer Tag auf dich – ein schöner Ferientag." Es folgten ein abschließender Kuss auf die Stirn und ein zärtlicher Blick. „Hab dich lieb, mein Sohn."

Doch als er aufstand, um zu gehen, krallte sich der Junge an seinem T-Shirt fest und hielt ihn zurück. „Papa, geh nicht! Bleib bei mir! Ich habe Angst, so ganz allein!"

Der Vater blickte in seine furchtsamen Augen. „Du brauchst doch keine Angst zu haben. Mama und Papa sind ja hier – gleich nebenan. Also schlaf jetzt, mein Sohn."

„Aber die Monster!"

Damit hatte der Vater natürlich rechnen müssen, und mit einem Kopfschütteln folgte er seiner Aufgabe: „Ach, diese blöden Monster wieder! Wo war es diesmal? Wieder unter dem Bett? Das hatten wir doch schon." Er schaute gleich selbst nach, um sicher zu sein. „Siehst du, da ist nichts. Weder im Schrank noch sonstwo. Du und deine wilde Fantasie!"

Doch der Junge hörte schon wieder ein nahendes Flattern. „Vielleicht ist der Geist ja unsichtbar. Darum sehen wir ihn nicht!"

Mit großer Furcht behaftet spürte der Kleine weiterhin die fremde Präsenz um sich herum, sodass auch den Vater ein schauriges Gefühl überkam. Er spürte die Angst seines Sohnes und blickte mit ihm zusammen aus dem Fenster, fragte sich, woher das Ungemach kam und ob es auch hier hereinkonnte. Er zögerte nun und war genauso still wie der Junge, im Augenblick gebannt, bis er schließlich zum Fenster ging und es vorsichtig öffnete. Kühler Nebel drang in das Zimmer.

„Da draußen ist nichts, mein Sohn. Nur der Wind …" Er hob den Kopf und erblickte weit über sich die Milchstraße. „Wunderschön, wie sie funkeln, all die Sterne. Nach so vielen Jahren! Siehst du sie?"

Da oben wogte ein strahlendes Meer, das den spiegelnden, dampfenden See ihrer Seelen beschien. Dazu die finsteren Berge ringsherum – ein beeindruckendes nächtliches Panorama. Mehr wartete da allerdings auch nicht, denn der spähende Geist war längst verschwunden und die Raben waren verstummt.

Doch der Junge glaubte seinem Vater noch immer kein Wort. Zu groß war seine Angst. „Papa, hier drin ist es trotzdem unheimlich! Ich will nicht in diesem Zimmer schlafen! Darf ich zu dir und Mama? Bitte!"

Der leiser gewordene Vater schloss das Fenster, hob seinen Jungen aus dem Bett und löschte das Licht. „Natürlich, mein kleiner Spatz." Ohne Widerworte trug er den Kleinen in sein eigenes Zimmer hinüber.

Der schwindende Lichtspalt der sich schließenden Tür beschien nochmals den Raben, der gut verborgen reglos auf einem der Regale hockte. Im Schutz der Finsternis kam er herunter, hüpfte zum Smartphone des Knaben und pickte neugierig dagegen, bevor er es vom Nachtisch zog. Der geflügelte Raubzug war voll im Gange, von der hexengleichen Schattengestalt dazu angestiftet, die auf dem Dach stand und ihre Stimme erhob: „Sucht! Sucht, was wir brauchen."

Die Raben kreisten über dem Hotel und jagten wild durch die Gänge. In Töpfen, Schränken und Koffern wühlten sie, worauf es in der Küche klirrte und dieselbe Stimme warnend in ihre Köpfe drang: „Seid leise, meine dunklen Engel – seid Geister."

Die vielen Nachtschatten öffneten fast lautlos einige Fenster und drangen heimlich in die Zimmer ein. Die Vögel waren geschickt: einige beim Schmierestehen, während andere die Geldbeutel unterschiedlichster Kulturen leerten. Und stets sprach die Stimme zu ihnen: „Die Maschinen haben Hunger, gieren nach mehr!"

Ein Rabe kroch gar unter die Bettdecke, um die goldenen Eheringe eines schnarchenden Pärchens zu rauben. In jedem Zimmer waren sie am Werk, sodass überall in den Gängen verdächtige Federn langen. Mit Schmuck, Uhren und anderen Gegenständen in ihren diebischen Schnäbeln waren die schwarzen Vögel zugange, ohne dass es die ausgeraubten Gäste aus aller Herren Länder bemerkten.

In einem Schlafgemach jedoch stand die dunkle Hexe nun, plötzlich selbst eingedrungen, vor dem Bett, mit ausgestreckter Hand vor dem Gesicht eines schlafenden Touristen. Betäubendes Gas strömte aus ihren Klauen und sie flüsterte sanft in sein Ohr: „Schlaf weiter, mein unbeholfenes Menschenkind."

Das war das Stichwort für die Raben, die nun ins Zimmer flogen und über das Opfer herfielen. „Aber krümmt ihm ja kein Haar!", warnte die Hexe, welche selbst am Tisch stand und seinen Laptop aufklappte. „Wir brauchen noch mehr! Noch mehr der Teile, noch mehr für den Schlüssel. Urokan verlangt danach", war ihre Order. Sie griff nach einer der verräterischen Federn am Boden, welche in ihren Händen Feuer fing und in den Gang gehaucht noch mehr Federn entfachte. Von einem ungeheuren Verlangen getrieben flüsterte sie: „Bringt mir alles! Alles, was sie haben. Ihr Gold, ihr Silber und all ihre Edelmetalle. Alles für den Schmelztiegel. Alles, was ihr tragen könnt. Und beeilt euch! Die Zeit rinnt uns davon. Das Feuer entfacht!"

Als ihre Kehlsäcke gefüllt und ihre Krallen voll waren, krähten einige der schwarzen Singvögel auf. Ein Weckruf für die Gäste und auch den Vater, der aus dem Tiefschlaf gerissen in den Gang hinaus ging, um zu sehen, was da diesen Lärm verursachte.

„Sag mal, geht's noch?", brüllte der Mann in Unterhose, bevor er entdeckte, dass der Flur lichterloh in Flammen stand und lodernde Federn in seine Richtung flogen. „Oh, fuck! Alle raus hier!"

Die Glut fraß ein Brandloch durch seine Unterhose, schlagartig ging der Feueralarm los und die Raben flatterten aufgeschreckt davon. Der ganze Schwarm flog aus dem Hotel, um gerade noch rechtzeitig mit ihrem Diebesgut zu verschwinden. Alle bis auf den einen Raben, der immer noch mit dem geklauten Handy des Jungen kämpfte, bis er das sperrige Ding endlich zum offenen Fenster brachte und es dort einem der größeren Kolkraben übergab, einem riesigen Vogel mit einem weiß verblichenen Auge. Der hob vom Balkon aus ab, flatterte nach oben zum Dach des Hotels und warf das Smartphone hinunter – direkt in die Hände der Hexe, die es gebannt anschaute, entsperrte und ihren treuen Diener dafür lobte: „Gut gemacht! Und jetzt weiter, bevor der Morgen dämmert."

Das Morgenrot schimmerte schon leicht zwischen den Gipfeln, gleichsam stieg Rauch aus den Hotelfenstern und die Hexe auf dem Dach wurde von den grauen Schwaden eingehüllt. An der Spitze des

Abgrundes stand sie, von wo aus sie ihrem Schwarm nochmals nachsehen konnte, der nun sicher über den See in die Berge floh. Mit Blick zu den schwindenden Sternen murmelte die Hexe: „Mögen die Götter uns gnädig sein" und richtete ihren gesichtslosen Blick wieder auf das Smartphone, über das ein metallener Schlangenwurm kroch, der es mit seinen scharfen Klingenrändern umschlang und es knirschend in ihren Händen zermalmte.

Ein paar Stunden später klingelte auch schon das nächste Gerät, nicht weit vom Tatort entfernt. Es zeigte einen unbekannten Anruf. Nicht wichtig für den Mann, der im Schatten zweier Bäume auf das strahlende Display schaute, seufzte und es zurück in die Hosentasche schob. „Jetzt nicht!", sagte er ganz bewusst zu sich selbst. Sein müder Blick war auf den schimmernden See gerichtet. Er wollte ihn noch ein wenig in Ruhe genießen. Von den goldgelben Baumkronen, die die Ufer säumten, fielen die ersten Blätter. Der Tag war längst angebrochen und der Herbst hielt Einzug.

Was für eine wohltuende Aussicht! Aber schade, dass die alten Bäume nicht mehr sind. Es wäre eine Schande, wenn dieses schöne Bild noch mehr zerstört würde. Dieser einmalige Moment!, dachte der Mann am Ufer, ehe er ein verwelktes Laubblatt am Knie von seinem schwarzen Anzug wischte. Ah, diese Ruhe: nur er, die beiden Bäume und die Sitzbank, davor der See und die umgebenden Berge, die von Wolken verhangen waren. All das war von einem Strahlenmeer durchdrungen; die wärmende Sonne riss den Himmel auf und drängte den Mann, sich zu fragen: *Welchen Weg soll ich einschlagen? Was soll ich tun?*

Seine suchenden Gedanken wanderten über den See und hoch zu den schroffen Bergen. Sanfte Nebelschwaden durchzogen die Lüfte und glitten gemächlich über den rotgelben Herbstwald, über dem die verschneiten Gipfel lagen. Der Mann wurde still, war mit den wogenden Wellen am Ufer eins geworden, auf denen sich seine verschleierten Gedanken widerspiegelten: *Warum gerade hier? Warum jetzt? Und warum fällt man überall die schönen alten Bäume? Hier war es doch mal so bezaubernd. Aber nun …*

Über dem Gewässer verdichtete sich der Dunst. Eine Stimmung, die ihn zu einer neuen Erkenntnis führte, gleichsam er seinen Arm auf die Lehne der Bank legte, auf den knackigen Apfel in seiner Hand blickte und ihm verriet: „Ach … Ich bin es satt! All diese Probleme, die wir verursachen! Allmählich sollte uns der Zeitgeist Sorgen bereiten. Das Innere und Äußere von uns allen – so verwoben, so verflucht, wie das Feuer hinter mir, das nur jene wirklich spüren, die nah genug dran sind."

Der Herr im Schatten sollte recht behalten. Blaulicht und Flammen waren in den fließenden Wellen zu sehen. Ein beunruhigendes Feuer, das er auszublenden versuchte, aber das sich immer mehr in den Vordergrund drängte. Es war ein alarmierendes Gefühl, womit dem Glatzkopf Ungemach drohte, wenn er daran dachte, was alles hinter diesen Mustern steckte – hinter seinem breiten Rücken. Doch bevor er seinen aktuellen Fall tiefer ergründen würde, versuchte er nochmals, den Kopf freizubekommen.

Scheiße auch! All diese Entscheidungen, Möglichkeiten und Ärgernisse. Das Leben kostet so viel Zeit! Wie soll ich das alles nur schaffen und verstehen? Verdammt! Auch dieses Jahr ist bald vorüber. Und noch immer habe ich meine anfänglichen Probleme nicht gelöst – im Gegenteil, so vieles ist dazugekommen! Solches und anderes gestand sich der alternde Mann nun ein, bevor er mit einem tiefen Atemzug die Pracht des bunten Herbstwaldes in sich einsog, die Frische des Lebens. Ein kurzer Waschgang für die trüben Gedanken, in denen er nach Lösungen wühlte.

Die Wolken über den Alpen wurden inzwischen wieder dichter und ließen den See ergrauen. Sein gesättigter Geist horchte nun ununterbrochen seinem Bewusstsein, bis sich der kahlrasierte Mann selbst sagte: „Halt ein. Lass sein. Der Fall ist durch!" Doch ständig drangen neue Einflüsse in seinen Kopf, wie die lauten Sirenen im Hintergrund, die er kaum auszublenden vermochte. Alles nur Reaktionen, Gedankenspiele, Qualen und Ansätze, die um Sinn und Lösung rangen.

Der Mann starrte weiter ins Blaue, am Ufer des Vierwaldstättersees, nicht weit vom Waldstätterquai im schöngelegenen Brunnen verhangen, wo er in Ruhe seinen Apfel essen wollte. Doch der glänzend polierte Energielieferant lag nun neben ihm. Und kaum wollte er zugreifen, klingelte es schon wieder.

„Oh Mann!" Der einst gutaussehende Kahlkopf schien keine Wahl zu haben. „Jaja, schon gut."

Ein kurzes Zögern, dann nahm er an: „Hallo, Sonja. Hast du was?" … „Warum nicht?" … „Nein. Nein, lass das lieber. Der Fall ist abgeschlossen. Zu schwierig. An diesem Punkt kommst du nicht weiter." Der Jedermann mit der tiefen Stimme glaubte wirklich, zu wissen, was die Frau am anderen Ende wollte, las zwischen ihren Zeilen und hörte ihr zu. Die Wolken strömten derweil über die Bergflanken.

Doch kaum war das Telefon weggepackt, klingelte es erneut. Der Apfel musste warten. Sein Vorgesetzter wollte wissen, wie es mit ihm weiterginge. Aus dem Hörer erklang der pure Stress: „Hey Jean! Das Problem löst sich nicht von selbst. Komm jetzt wieder hoch! Wir brauchen dich hier. Mach schneller! In zehn Minuten können wir rein."

Eine klare Ansage für Jean Vincent, den stattlichen Mann im schwarzen Anzug, welcher tief durchatmete, ehe er mit seinem Handy in der Hand über seine frischrasierte Glatze fuhr und dann nach vorne gelehnt Meldung machte: „Ich komme ja, Moe. Bin schon dran. Musste nur mal kurz an die frische Luft. Gib mir noch ein paar Minuten, mein Schädel kocht noch immer."

„Verstehe. Aber mach nicht zu lange! Ich erwarte dich pünktlich. Du siehst ja, wie es brennt." Der Mann am anderen Ende der Leitung beendete abrupt den Anruf. Ja, auch so tickte die beschauliche Schweiz. Immer wieder mit den gleichen Mustern, der gleichen Natur, in welcher der Aufbau, die Transformation und die Zerstörung steckten, so wie in jedem und allem auf der Erde.

Jean verzweifelte an so mancher Verbindung. *Scheiß Leben!*, gefolgt vom nächsten Aufbau, der nächsten Transformation und der nächsten, ja genau: Zerstörung. Alles war dem Gewinn und Verlust ausgesetzt. Über solche Dinge sinnierte der Mann andauernd. Denn so war der Kreislauf des Lebens, indem alles miteinander verbunden war: jede Eingabe, Verarbeitung und Ausgabe, jedes Geben und Nehmen im Wandel der Zeit. So spiegelten sich seine Gedanken im universellen Mist seines Seins.

Doch wie der Zerfall – oder der Zufall – kam auch die Zuversicht immer wieder zu ihm zurück, drang durch die Schönheit der Natur im Strom der Zeit und sollte ihm helfen, seinen Weg zu finden. Denn noch hatte der müde Mann, der gerne am See saß, nicht aufgegeben – egal, wohin es ihn gedanklich verschlug. Seine Neugier blieb: *Mal sehen, wohin uns unser Schicksal führt.*

Um ihn herum wurde es unangenehm warm und stickig. Jean musste seine Krawatte lockern. Das gehörte in solchen Fällen dazu. Schließlich stieg einem die Hitze rasch zu Kopf. *All die Probleme, all die Lösungen und Wege. Es gibt so viele Möglichkeiten, Variablen,* folgerte er, was ihn zu vielen geistlosen Zielen führte. Dorthin, wo seine Seele durch kreative Gedanken erst Zugang erhielt und sich einfügte wie der See zwischen den Bergen. *Es ist, was sein kann. Oder eben auch nicht.*

Zurückgelehnt blickte er zu Schillers Gedenkstein am anderen Ufer. *Welche Kräfte mögen uns wohl treiben? Welche Mächte wirken hier?* Seine Gedanken holten immer wieder aus, um neue Aspekte und Perspektiven zu entdecken, ohne sich festlegen zu müssen: Offen für Neues – das machte Sinn für ihn. Denn seit jeher suchte Jean nach klaren Antworten, um die vielen Probleme zu beleuchten. Immer wieder mit den gleichen Mustern am Werk: *Warum diese Gewalt, dieses Leid? Weshalb versklaven wir uns auf diese Weise? Warum tun wir uns das an? Sind wir nicht schon längst weiter? Könnten wir es nicht zumindest schon sein? All diese Katastrophen. Wohin nur … Wohin soll das alles noch führen?*

Er kratzte sich an der schroffen Wange. Ein kurzer Moment des Innehaltens, mitten in der Not. Seine allgemeine Feststellung wirkte simpel: *Hm ... jaja ... Was wir schaffen, sind wir.* Das war schon mal klar. Als es wiederkehrend in seiner Tasche vibrierte, sah er in Denkerpose gefangen auf sein Handy. Ein auflockernder Witz aus Russland prangte dort:

„Wegen der Rezession wird, um Strom zu sparen, das Licht am Ende des Tunnels abgeschaltet. – Gott."

Jean schmunzelte aus seinem Tunnelblick heraus, denn er liebte solche Satire - eine kurze Ablenkung, womit er auch den See wieder wahrnahm. Und schon vom nächsten Witz unterbrochen wurde. Doch die Arbeit rief; er verzog das Gesicht, als er weiterscrollte und auf seine Agenda schaute: *Voll überladen. Ausgerechnet! Ach, das nervt. Diese elende, organisierte Tortur.*

Auf einen intelligenten und spontanen Mann wie ihn wirkte das oft destruktiv, da er in einer so enggestrickten Lage keinen Zugang zu sich fand und dümmer gemacht wurde – dumm gehalten von einer unerfahrenen Welt, die gerne auf sich selbst herumhackte, wenn niemand dieses Verhalten korrigierte.

Jean rang mit der Kultur und dem Sein im Allgemeinen, was ihn bei jedem seiner Fälle begleitete – ob er wollte oder nicht. Die Welt drängte sich einem auf, so wie der nächste automatisch eingetragene Termin, der das Fass zum Überlaufen brachte: *Nein, nein! Das geht so nicht. Das ist viel zu wenig Zeit, um es richtig zu machen. Verdammt! Ich muss einen anderen Tag, einen anderen Weg dafür finden. Diese verdammten Deadlines!* Ständig nahmen sie ihn gefangen. Er war eingesperrt in seiner eigenen Gedankenwelt, die er kaum noch teilen mochte, während er zu allem Überdruss zusehen musste, wie eine Möwe vor ihm nach einem Plastikteilchen pickte – nach der Schande eines gierigen Kosmos, der sich selbst auffressen und in Schadstoffe auflösen würde, wenn niemand etwas dagegen tat.

Jean machte so etwas wütend. Ständig begegnete er dem Dreck der Gesellschaft, obwohl jeder wusste, wie schädlich es war. *Verfickter Mist, die Möwe hat es verschluckt! Ich hab's geahnt. Nichts kann sich dem entziehen. Egal, in welchem Kreislauf.*

Der flatternde Vogel auf dem Gewässer verkündete schnatternd seinen Unmut, machte ihm ein schlechtes Gewissen und kotzte den Müll aus, den die Menschheit am Ende wieder mittrinken würde.

„Hast ja recht. Das ist nicht gut.“ Auch so klang Überleben; die verbundene Natur blieb das Opfer und der Täter zugleich – der Richter und der Henker, die Konkurrenz und der Helfer, der sich selbst half. Alles war verwoben als ein Teil des Lebens, sodass sich der einsame Mann ernsthaft fragen musste: *Wieso tue ich mir diese Mühsal eigentlich noch an? Diese Not, die ewigen Kämpfe – ständig legen wir Feuer, jeder auf seine Weise, jeder in seiner Not. Scheiße auch!*

Jean überdachte seine Werte und diese widrigen Umstände, die damit verbunden sein konnten, während er den würgenden Vogel auf dem See beobachtete, sich selbst windend in dem Tier erkannte und dessen Schmerz fühlte. Das Bewusstsein filterte jede Einzelheit. Ein Bild, eigentlich zum Vergessen. Und dennoch wurde es gerade deshalb gespeichert, weil er vehement versuchte, sich dagegen zu wehren – gegen die Prioritäten und Gefahren seiner Zeit, die er herunterzuspielen versuchte, genau wie den Drang, sich Zigaretten zu kaufen. *Überall dieses elende Leid. Egal, wo man hinblickt. Aber … nein! Nein, das ist nicht meine Aufgabe. Nicht das auch noch! Dafür werde ich nicht bezahlt. Armer Vogel. Du hättest diese Scheiße einfach nicht fressen sollen. Deine Gier war dein Verhängnis. Dein Unwissen – selbst schuld.*

Sein Unterbewusstsein suchte Auswege – Ausreden. Aber bevor auch dieser Fall tiefer in seinen schwerbelasteten Geist dringen konnte, wandte er sich davon ab. *Es bringt nichts! All diese Not. Ich kann das Feuer nicht mehr ausblenden, nicht mehr ignorieren.*

Ein glühender Funke schwebte über seiner Schulter, stieg dann hoch zum Himmel und zog weit über den See, wo noch mehr der feurigen Lichter tänzelten. Die Glut eines nahen Brandes, was Jean zu verstehen versuchte, indem er eines er glühenden Irrlichter mit der Hand auffing. *Wer konnte so etwas nur tun? Und weshalb?* Die Glut erlosch durch seinen Schweiß, gleichsam es zu schneien begann. Jean konnte nur noch zusehen, wie die Asche auf ihn niederging. Ein Grund mehr, seine verkrampften Hände auf die angespannten Knie zu legen, die ihm helfen sollten, seine Trägheit zu überwinden. Die Möwe am Ufer hatte ausgekotzt und flog davon, während Jean aufstand und seine zuvor gelockerte Krawatte wieder enger zog. Dann setzte er den Hut auf, griff zum Mantel und wandte sich dem brennenden Hotel zu, welches lichterloh in Flammen stand. Es war ein riesiges Inferno direkt am See, Rauch auf dem Wasser. Er hatte es gekonnt ausgeblendet, um in der brennenden Hitze einen kühlen Kopf zu bewahren. Doch der Großbrand hinter seiner Sitzbank schien mittlerweile zu gewaltig, um weiterhin wegzusehen. Die emporlodernden Flammen griffen schon auf die umliegenden Gebäude über.

Jean zog seinen Kragen hoch und den Hut tiefer ins Gesicht, lief durch Feuer und Rauchwolken hinein ins Tal und in Richtung der mystischen Berge. Der Sage nach waren sie einst Riesen gewesen, gegenwärtig verschwanden sie in den Aschewolken. Eine wahre Tragödie für die Anwohner, ebenso wie für Feuerwehr und Polizei, die die Anwohner evakuierten und mit aller Macht dagegenhielten.

Genau aus diesem Grund musste Jean mit seinem Einsatz noch warten. So lange, bis die Löscharbeiten erledigt waren und es wieder sicher schien, denn unter solch höllischen Umständen kam er kaum näher heran. Er spürte die enorme Hitze am aufgeheizten Nacken.

Jean bewegte sich so nah wie möglich an den Brandherd heran und wartete auf seinen weiteren Einsatz. Im Moment konnte er nur dabei zusehen, was um ihn herum passierte. Mit dem Smartphone filmte er die Tragödie. *Ich kann kaum hinsehen. Schon wieder ein Toter! Langsam ertrage ich das nicht mehr.*

Eine verkohlte Leiche wurde von den schuftenden Helden herausgetragen, darunter der herangeeilte Feuerwehrkommandant, der seinen

Männern die Richtung vorgab: „Schnell, beeilt euch! Die Fassade stürzt gleich ein! Sichert die Zufahrt! Ihr habt zwei Minuten."

Eifrig versuchten die Einsatzkräfte, das Feuer zu löschen. Die einen mit Wasser, die anderen, indem sie die Umgebung sicherten.

„Aus dem Weg!", schrie der schlauchziehende Feuerwehrmann.

„Unfassbar", murmelte Jean, der sein Handy wieder einpackte. Überall behinderten Schaulustige die Rettungsarbeiten, angelockt vom flackernden Licht des Dramas. Ein Spektakel für Passanten, die diese Zerstörung in echt und aus der Nähe erleben wollten – sehen und riechen wollten, was man sich nicht wünscht, weshalb es umso spannender erschien.

„Was für ein Unglück!", wurde so mancher Gedanke dabei laut ausgesprochen. Andere Anwohner vermuteten gar schon Schlimmeres: „Wahrscheinlich Brandstiftung – oder ein Kurzschluss?" In jedem der Köpfe suchte der Verstand nach einer Ursache – einem Schuldigen. Nach etwas, was man fassen konnte.

Den ersten Tatverdächtigen hatte Jean daher schon im Auge, denn, vielleicht war der Pyromane ja noch hier. *Vielleicht Versicherungsbetrug.* *Vielleicht provoziert,* mutmaßte der Mann mit Blick auf die Anwesenden, die wegen ihrer Präsenz am Unglücksort allesamt tatverdächtig waren.

Dann stach ihm einer besonders ins Auge. Jean sah genauer hin, um herauszufinden, was sich hinter jenem verbarg, der gerade seine Kapuze hochzog. Ein Schattenmann ohne Gesicht – kein Profil, was schnell verdächtig erschien, bei diesem Feuer.

„So ein Mist." Die beißenden Aschewolken hüllten die Verdächtigen innerhalb von Sekunden ein und brannten heftig in den Augen.

Mit einem Knall stürzte ein Balkon in die Tiefe, unter der tonnenschweren Last berstend, worauf Stahl und Beton zusammengefaltet herunterschossen.

„In Deckung!", schrie eine der umstehenden Frauen, ehe die heiße Aschewolke ihre Lungen füllte, über die Straße rollte und den See vernebelte. Die gesamte Fassade brach zusammen. Es war nichts mehr zu erkennen. Da waren nur Stimmen und lautes Husten, das aus der Aschewolke drang.

„Gehen Sie weiter!" Eine klare Aufforderung seitens der Einsatzkräfte.

„Los, verschwindet hier!", mahnte ein herannahender Polizist, der im selben Atemzug den weinenden Jungen aus dem abgebrannten Hotel an der Hand nahm und mit ihm vor den Flammen flüchtete. Sein Kollege schrie: „Begeben Sie sich an einen sicheren Ort! Das gilt für alle! Los jetzt! Alle weg hier!"

Der verängstigte Junge verschwand mit den flüchtenden Gaffern im Rauch.

Die Hitze des Feuers war enorm. Auch Stunden danach noch, als das abbrennende Hotel in der Wiederholung der Nachrichten zu sehen war. Gemütlich und sicher beobachtete Jean das Inferno spätabends zuhause vom Sofa aus, trank Tee und reflektierte das Geschehen nochmals in einer Art meditativem Zustand. Er hing am blau schimmernden Strom der Zeit, aus dem er sein Wissen fischte und seinen Kopf wieder freimachte, während er ihn gleichzeitig von Neuem belastete. Denn von dem laufenden Beitrag beeinflusst fiel ihm das Bild des verbrannten Mannes wieder ein, jenes Opfers, das er in den Ruinen des Hotels aufgefunden und gefilmt hatte.

Jean jagte ein kalter Schauder über den schmerzenden Rücken, als die flackernden Szenen des Tages sich mit dem Licht des Fernsehers vermischten. Und auch die nächste Nachricht erschütterte ihn, welche seine Wahrnehmung wieder vom Feuer wegriss. Von schlimmen Nachrichten konnte man ohnehin im Sekundentakt erfahren, da die ganze Welt nur einen Klick entfernt war. *Das gibt's doch nicht! Der nächste Regimekritiker, der verschwunden ist, natürlich. Oh Mann! Ich habe es satt! Zurzeit ist jeder gegen jeden. Die Wesen und ihre Muster. Jeder versucht, zuerst beim anderen zu nehmen und sich selbst zu schützen. Sich selbst das zu geben, was man braucht. Jeder für sich in der Gemeinschaft. Ob Staaten, Organisationen, Unternehmen oder die Menschheit gegen sich selbst. Jeder glaubt, im Recht zu sein oder das Unrecht pflegen zu dürfen. Und das nur wegen dieses unheimlichen Drucks und einigen Leuten, die sich einbilden, alle Macht der Welt zu haben. Das ist doch verrückt! All diese Wellen – all diese Welten.*

Die Themen wiederholten sich. Zuerst das Feuer, dann eine Naturkatastrophe, gefolgt von falscher Politik und der nächsten Epidemie. Und nun schon wieder diese Schergen, die mit ihren ungerechten Scheren an der Gesellschaft herumschnippelten, als hätte man sie dazu gewählt, dazu gezwungen, da die Krisen ständig neue Probleme schufen – neue Möglichkeiten, neue Monster. Aber eben auch neue Helden.

Mit Blick auf den Fernseher regte sich Jean gewaltig über den nächsten Affen mit Krawatte auf. Vom Beitrag aus dem Parlament bis hin zur nächsten Botschaft: *Diese falsche Schlange! Wer regiert hier eigentlich wen?*

Auch die nächste Sendung über das Artensterben hinterließ bei ihm einen Ausdruck von Verzweiflung, weshalb sich Jean schließlich eingestand: *Darum will ich keine Kinder. Bei so viel Menschheit wird das die Welt schon verkraften. Ja, die armen Kinder. Die armen Wesen. Die kommenden Zeiten wären nicht gut für sie, wenn wir so bleiben, wie wir sind. Aber das können wir zum Glück auch nicht, diese Welt nicht und ich ebenso wenig. Dafür ist der Wandel zu stark. Dreieinhalb Milliarden Jahre ununterbrochene Lebensgeschichte, und nun das! Scheiße, sind wir kaputt.*

In Gedanken versunken schaltete Jean von der entwaldeten Osterinsel auf ein weiteres Attentat um, welches mit einem weiteren Mord in Verbindung stand. *Oh Mann, echt traurig, was alles in uns steckt.*

Im Strom der schlechten Nachrichten gefangen, musste der kahlrasierte Mann wieder und wieder umschalten, um endlich abzuschalten. Aber auch bei CSI, mit einem ähnlichen Fall, fiel das Zusehen schwer. *Nicht schon wieder eine verbrannte Leiche! Kenne ich schon zur Genüge.* So, wie die anderen Serienermittler bei CSI, die mit ihm den Tätern auf der Spur waren. Kein Land ohne Morde, Verbrechen en masse – von schrecklichen Einzeltaten oder fiktiven Fällen bis hin zum systematischen Genozid einer ganzen Kultur. *Der Mensch pflegt viele dunkle Seiten.*

So viele Facetten, dachte Jean, der wie alle anderen dem Verhalten der Natur folgte, welche sich solchen Umständen logischerweise anpassen musste, und damit auch er.

Jean reichte es für heute. Er suchte im spärlichen Feierabend lieber den Ausgleich. Gemütlich auf dem Sofa liegend zappte er darum weiter und fragte sich, warum so viele Leute das sehen wollten. *Hm, wohl spannender als der Alltag. Die leichte Brise der Gefahr. Aus sicherem Abstand prickelnd sogar.* Und natürlich zum Leben gehörend, wie er wusste, als würde sie die Gesellschaft brauchen, all die Bilder, die vorübergehende Angst, die man überwand, oder den sicherheitsschaffenden Abstand zur Gefahr. All das konnte glücklich machen, und in seinem Fall auch erfahrener, weshalb die abendliche Unterhaltung schnell in einer Sucht wie der seinen mündete. Seine reflektierende Glatze zeigte es schließlich jeden Tag, immer mit den gleichen Bildern auf der Haut. Seine Augen brannten schon.

Jean konnte jetzt viel darüber nachdenken, aber er wollte nicht mehr. Im Augenblick erfreute er sich lieber an Schönerem. *Na also.* Er bewunderte eine kunstvolle Aufnahme seines Kosmos. *Aus dieser fernen Warte wirklich faszinierend!*

Der blaue Planet war, stimmig auf seine Mattscheibe gebannt, relativ sicher zu betrachten. Eine Naturdokumentation, die das ganze Leben auf einen kleinen Punkt reduzierte, dessen blaues Licht beim nächsten Schnitt aus der sonst so feindseligen Tiefsee kam und beruhigend in seine müden Augen drang. *Wie fremde Wesen aus einer anderen Welt*, dachte er, als ein Krake sich tarnte und vor seinen Augen verschwand. Ein schöner Kontrast zu seinem Alltag, und von der Tiefsee abgelenkt schaltete er auf den nächsten Ausschnitt.

Von Sender zu Sender wanderte Jean, bis Bruce Willis eine Kugel abfeuerte. Beide Männer riefen mit fast gleicher Stimme zum Film: „Yeppie-yah-yey, Schweinebacke!"; der eine noch jung und mit Haaren im laufenden Programm konserviert, der andere glatzköpfig wie ein alter, fauler Kartoffelsack in den Kissen seiner Zuflucht.

Jean kannte auch diese Szene bereits, schmunzelte und schaltete kurz darauf den Fernseher aus. *Zeit fürs Bett. Es ist schon spät.* Er brauchte jetzt Ruhe, weshalb er zu einer Schlaftablette griff. Wie fast jeden Abend würde er von Betäubungsmitteln in den Schlaf gewiegt werden, noch zusätzlich von Wein oder Gras begleitet, um diese harte Zeit zu überstehen. Doch bevor er in seinen erzwungenen Schlaf gleiten konnte, folgte ein rascher Blick zum Smartphone, dann machte er endlich gähnend das Licht aus.

Die letzten Schritte konnten nun folgen. Im Dunkeln piepste es nochmals – er stellte den Wecker, ehe er allein ins kalte Bett stieg und sich eingestand: *Langsam stinkt mir das Ganze. All der Mist.*

Kein gutes Zeichen für seine Seele, genau wie der Rauch des Brandes, der ihm noch immer in der Nase lag. Ein Geruch, den seine Erinnerungen nicht mehr losließen. Er besaß keinen Abschaltknopf dafür. Ein Grund mehr, sich ganz bewusst „Gute Nacht" zu sagen. Die wünschte er sich jedenfalls – jeden Abend aufs Neue, trotz der Nachtangst. Das klang vielleicht ein bisschen lächerlich, doch so etwas plagte einen Mann eben in solchen Zeiten. Besonders, da Jean weder Frau noch Kinder hatte, geschweige denn einen religiösen Glauben oder sonst irgendeine feste Beziehung. Noch nicht mal eine Katze wollte er haben, nach all seinen bitteren Erlebnissen. Nie mehr Sorgen und Ängste, kein Risiko, keine Belastung und nichts mehr im Leben, was ihn zurückhielt. Keinen Verlust, keine Nachteile und schon gar keine Fehler, die man am Ende nur bereuen könnte: *Besser so. Einfacher.* Somit blieb dem armen Kahlkopf nur noch sein Job. Wie erbärmlich im Grunde für einen Mann, so gescheitert zu sein! Aber Jean sah den Sinn dahinter. *Alles okay.* Doch das war es nicht. Nicht zu diesem Zeitpunkt.

Beim Einschlafen hatte der Geplagte entsprechend Mühe und starrte wiederholt auf seinen Wecker. Nach Stunden des Herumliegens eine Marotte zu viel, sodass er gestresst wieder aufstehen musste, mitten in der Nacht, gepeinigt von Schmerzen und bitter verlassen von der Liebe.

„Ah, dieser scheiß Rücken!" Sein lädiertes Kreuz, das sein Körper, verbunden mit seinem Geist, nicht mehr vergessen konnte. Und dann seine mühsame Blase – es tröpfelte nur und kam schon länger nicht mehr, wie es eigentlich sollte. Seine Toilette hatte ihn wohl schon mehrmals darauf ansprechen wollen, auf das nächste Tief in seinem Leben, einfach ins Klo gespült. Eine tragische Folge von Niederschlägen, womit er sich wieder mal selbst angepisst hatte; voll auf die Schuhe gespritzt. „Oh, verdammt."

Zum Glück war es nur wenig. Aber trotzdem befand er: „Uff, es wird langsam schlimmer. Der Scheiß macht mich allmählich krank. Ich sollte besser mal zum Arzt gehen. Die ganze Welt sollte das tun. Auch die Ärzte." Schließlich war das Leid die Schuld aller. So dachte der geplagte Melancholiker, der, von der Gesellschaft in seine Rolle gedrängt, nicht tun konnte, was er wollte, aber tun musste, was man von ihm verlangte. Und das war nicht immer gut.

Jean verkrampfte sich von Neuem, blieb nachdenklich vor der Toilette stehen, wartend auf den nächsten Schub, und stützte sich müde an die Wand. „Komm schon!" Aber es kam überhaupt nicht so, wie er es wollte.

„Ah, Mann! Das alles fühlt sich echt nicht gut an. Alle diese Wellen und menschlichen Ergüsse. Der Zeitgeist wirkt unheimlich schwerwiegend auf uns ein. Verdammte Existenz, wir sollten längst aus diesem vergifteten Strom raus!" Denn in seinen Augen lief es überhaupt nicht. Sei es bei ihm oder dem Rest der Welt, da die Kulturen immer deutlicher in einem veralteten System mit überrollten Strategien und schlechter werdenden Bedingungen aufwuchsen, das jeden zum Kämpfen zwang – zum Schuften –, zu Fehlern und zum Sein im Allgemeinen. *So ein Scheiß mit diesem verfluchten Leben.*

Jean wusste Bescheid und kannte seine Grenzen, die jedem Wesen und jedem Objekt anzuhaften schienen. Und das stank ihm immer wieder. Doch bevor das nächste Ungemach in ihm hochkam, schüttelte er ab, spülte die Toilette, schnappte seinen Mantel und drehte den Schlüssel, um in die Nacht hinauszugehen, hinein ins Licht der Straßenlampen, während sein dampfender Atem zu den funkelnden Sternen emporstieg.

Die Stadt schlief noch, nur Jean nicht. Müde irrte er durch leere Gassen, um sich selbst zu finden. Von Straße zu Straße wanderte er, bis er am Ende seines Weges den beleuchteten Tankstellen-Shop besuchte, als Gewohnheitstier und viel zu früh am Morgen. Er war der erste Kunde, für den die Schiebetüren aufgingen – alles vollautomatisch. Genau darum trat er ein, vom Durst bestimmt. *Jetzt brauche ich aber dringend einen Kaffee.*

Jean griff nach dem Becher und ging mit dem frisch gerösteten Gebräu zur Kasse. „Morgen."

„Morgen", erwiderte die Angestellte hinter der Theke. „Sonst noch was?"

Jean überlegte. „Nein, nur der Kaffee." Sein Smartphone bezahlte inzwischen, während er darüber nachdachte, ihr noch etwas zu sagen.

Doch die verkrampfte Angestellte lächelte nur. „Danke und auf Wiedersehen."

„Einen schönen Tag noch."

„Den wünsche ich Ihnen auch."

Schon schlossen sich die Schiebetüren erneut hinter ihm. Jean war wieder draußen, wo er kurz innehielt, gegen den heißen Kaffee pustete und einen ersten Schluck nahm. „Hm …"

Danach verschwand er in einer der dunklen Gassen von Luzern. Im Netz der vielen Straßen war er untergetaucht, genau wie jene Gestalten, die sturzbetrunken in die Gosse spuckten, nicht weit von den prunkvollen Hotels, Türmen und Kirchen entfernt, die sich im Licht des Sees widerspiegelten.

Eindrucksvolle Gebäude und Bauten aus vergangenen Zeiten waren es, die beständig als Wahrzeichen blieben und das Stadtbild noch lange prägen würden. Darunter die altehrwürdige Kappelbrücke, die seit Jahrhunderten über den Fluss führte, hin zur mittelalterlich anmutenden Altstadt, über deren feucht gewordene Pflastersteine die einsamen Schritte wandelten. Vorbei an herausragenden Erkern, den vielen

Fachwerkhäusern und verschlossenen Läden, an deren noch fahl beleuchteten Fassaden der stille Schatten vorüberzog. Vorbei an hübsch dekorierten Schaufenstern und noch schlafenden Lokalen, die dem Wanderer zu dieser Stunde nichts bieten konnten, außer Stille.

Unter dem Licht einer Laterne hindurch ging der Schattenmann daher weiter, folgend seinem Trieb, bis sich ihm ein fremder Fuß in den Weg stellte.

Drei junge Männer standen im fahlen Lichtschein, und einer von ihnen blaffte: „Hey, du alter Sack! Wir haben auf dich gewartet."

Doch sprachen sie nicht Jean an, sondern einen anderen Mann, der in der Dunkelheit gestanden und an seiner glühenden Pfeife gezogen hatte, bevor er sich nun erschrocken zu ihnen umdrehte. Es war ein qualmender Großvater mit langem weißem Bart, der mit bebender Stimme fragte: „Was wollt ihr noch von mir? Ich sagte doch, dass ihr nichts von mir kriegt! Lasst mich endlich in Frieden." Er hustete nervös.

Die drei rückten dem rüstigen Rentner noch weiter auf die Pelle, sie wollten ihn offensichtlich nicht über die nahe Reussbrücke lassen. „Tut mir leid, alter Mann. Erst, wenn du uns gibst, was wir wollen. Sieh's als kleinen Wegzoll."

Einer der Jungs zückte sein Messer. „Los jetzt! Das ist kein Spaß."

Und auch der Dritte drohte: „Keine Spielchen mehr. Du weißt ja, was passiert, wenn du es nicht tust. Du weißt es genau! Hörst du? Willst du das? Hä? Willst du sterben, du verdammter Querulant? Nur zu. Komm her!" Er verpasste ihm einen Schlag ins Gesicht.

Der weißbärtige Opa stürzte zu Boden und bedeckte sein blutendes Gesicht mit den Händen. „Ich … ich habe nichts bei mir! Nichts, was ihr wollt", versicherte er.

Der Aggressivste der Bande trat nochmals nach. „Du weißt ganz genau, was wir von dir wollen! Sag schon, wo hast du ihn versteckt? Sag es!"

Doch der Alte brachte keinen Ton heraus. Das Blut lief ihm bereits über den Bart. Geschändet blickte er zu den Tätern hoch, fasste sich mit Not in den Augen ans Herz, ehe ihm der nächste Fußtritt fast die Rippen brach. „Lasst mich gehen!", flehte er hustend.

Doch bevor der Verbrecher wiederholt zuschlagen konnte, ereilte ihn selbst ein harter Treffer im Gesicht. Genau wie es die anderen beiden Räuber erwischte. Alle drei wurden sie mit Faustschlägen und Tritten eines rächenden Schattens eingedeckt, welcher eine wüste Schlägerei entfachte.

Einer der Banditen landete in einem Abfallhaufen und warnte zischend: „Du verfluchter Bastard! Zeig dich!" Ein weiterer Treffer schlug dem Großmaul einen Zahn aus. „Du scheiß Wichser du! Wer bist du?"

Die beiden anderen stachelten sich gegenseitig an: „Schlag ihn nieder! Bring ihn um! Ja, stich ihn ab!", brüllen sie.

Doch als sie den unbekannten Rächer aus dem Schatten ergreifen wollten, schlug er sie erneut zurück und parierte so den Angriff. Das Licht der Altstadt zeigte endlich sein Gesicht, seine Gefühle.

„Ihr miesen Bestien! Sucht euch jemanden von eurem Format." Jean war außer sich und hielt nur mit seinen Fäusten bewaffnet mutig dagegen. Mit harten Schlägen und brachialer Gewalt warf er den nächsten Banditen zu Boden. „Lasst den Mann in Ruhe oder ich schlage euch zu Brei!"

Die drei Männer rappelten sich auf und wischten das Blut aus ihren Gesichtern. „Ey! Halt deine Fresse!", ertönte es, und schon schnellte das Messer auf den Retter zu.

Jean musste blitzartig ausweichen, packte den Angreifer und warf ihn, geschult im Nahkampf, brachial auf die Pflastersteine. Dessen Zähne schlugen hörbar am Boden auf, Blut spritzte an die Wand, dorthin, wo auch ihre Schatten kämpften, bis Blaulicht ihren gewaltvollen Zwist aufzulösen versuchte.

„Die Bullen!", schrie einer der Schläger. „Shit! Los, weg hier!" Er sprintete los und rannte in Jean hinein, der ihn am Kragen packte. Doch dann erwischte ihn ein Mittäter am Kopf; er hatte keine Chance. Schleunigst rannten sie weg, jeder in eine andere Richtung.

Jean war schnell wieder auf den Beinen, um mit dem Blaulicht die Verfolgung aufzunehmen. Er rannte los und schrie dem Räuber hinterher: „Bleib stehen, du Arschloch!"

Der Flüchtige spurtete von der Reussbrücke über den Fluss in die Altstadt. Jean rannte hinterher, sprang ihm über einen Zaun nach und jagte ihn durch die Gassen. Der Flüchtige voraus sprang mit lautem Krachen und Splittern durch ein Fenster.

„Halt, stehenbleiben!", rief Jean, der in den Scherben landete und über das Mobiliar in dem Laden fiel, in den er eingebrochen war.

Der Flüchtige warf alles um, hetzte um die nächste dunkle Ecke, spurtete über eine Treppe. Dicht dahinter sein Verfolger Jean, dem ein großes Wandbild mit der Kante voraus entgegenkam. Wieder musste er ausweichen und zog seine Waffe, als er aus dem Laden auf die Straße stürmte. Der Flüchtige war verschwunden.

Jean schaute sich schnaufend um. *Mann, ist der schnell. Verdammter Mist! Ich habe ihn verloren.* Seine Lunge brannte heftig, wie der dampfend überhitzte Körper, mit dem er mitten auf einer Kreuzung dunkler Gassen stand. *Besser, ich gehe zu dem Alten zurück. Er braucht wahrscheinlich meine Hilfe.*

Sein Mantel folgte schwungvoll seiner Wendung, um noch rechtzeitig wieder beim Tatort anzukommen. Doch er stand allein da, suchte mit Blicken nach dem Opfer. *Wo ist er hin?*

Nur noch ihre Blutspuren waren zu sehen, dazu ein abgebrochenes Stück der Pfeife, das auf den Pflastersteinen lag. *Schnauf durch, alter Mann*, dachte er und nahm einen tiefen Atemzug, bevor er seinen Becher aufhob, den er vor der Schlägerei abgestellt hatte. „Diese Saubande werde ich erwischen", schwor sich Jean murmelnd, während er den kalt gewordenen Kaffee trank und auf den Fluss starrte, der durch die Altstadt floss.

Der Glatzkopf war enttäuscht. In der nächsten Bäckerei schlürfte er an der nächsten Tasse. Dazu ein Croissant, bis das Telefon klingelte — ein neuer Job. Sofort schüttelte er die Krümel von seinem Hemd und machte sich auf den Weg.

Kapitel 2: Ein neuer Fall

Während Jean dem Navi seines Smartphones folgte, loggte sich ein anderer Charaktertyp ins Darknet ein, um einen Deal abzuwickeln. Mit VR-Brille auf dem Kopf und anonym als Avatar betrat er die Lobby des nachgebauten Continental-Hotels, welches absolut real wirkte. Als John Wick getarnt besuchte er ein Spiel im Spiel eines Spiels, in dem der Begriff „töten" kaum mehr auffiel. Es war, als wäre er in eine Matrix eingetaucht, in welcher der Filmstar-Avatar von einem gesichtslosen Butler zur Bar gebeten wurde: „Bitte hier entlang, werter Herr."

Der digitalisierte John Wick drückte auf die Krone an seiner Armbanduhr und löste damit ein Signal aus, welches auf einem Schlachtfeld erscheinen würde – an einem dunklen Ort in einer fremden Welt, wo zwei mächtige Kriegerfronten aufeinanderprallten, während tausende Speere die Luft wie Raketen durchstachen.

Mitten im Speerregen rannte ein dunkler Ritter mit seiner mächtigen Rüstung und zwei übergroßen Schwertern durch die feindlichen Heerscharen. Kugelhagel, Speere und Schlächter bestimmten das Geschehen, von denen er Letzteren mit seinen Schwertern die Glieder abtrennte. Mit durchgeschwungenen Klingen zerteilte er alles und durchstach dem nächsten Berserker die Brust. Ein mächtiger Strahl schoss aus seiner Klinge, ein Sturmschlag, der durch die Menge preschte und in ein Ungetüm einschlug, worauf der Ritter und die ihm nachfolgenden Krieger durch die so geschaffene Schneise rannten.

„Macht mich stolz! Zeigt keine Gnade!" Mit Sprüngen und weiteren Schlägen schlachtete sich der dunkle Ritter durch die Menge, über der ein gleißender Komet niederging. Der Himmel über dem Schlachtfeld erstrahlte in hellem Glanz. Dann kam die Druckwelle, die die Wolkendecke aufriss, über die Heere fegte und den aufsteigenden Einschlag beschien. Es bebte gewaltig, hervorgerufen durch eine schwarze Sonne, die im Zentrum des Einschlagkraters aufkeimte und langsam aus dem Boden brach. Wie ein schwarzes Loch drang die Finsternis heraus. In der schimmernden Sturmkugel war ein Embryo zu sehen, umhüllt von einer gleißenden Korona. Die Sonnenfinsternis mit dem Monster im Auge glich einem Weltuntergang. Als mächtiger Wächter emporgestiegen entließ es schwarze Nebelschweife, die alles Licht tilgten und so das Ende beschworen. Im apokalyptischen Sturmwind stehend erblickten die verbrannten Titanen damit zum ersten und letzten Mal die schwarze Sonne. Langsam kam sie über sie, bis sie plötzlich nach vorne schnellte und eine weitere Narbe durch die Heerscharen schlug.

Als der dunkle Ritter sie auf sich zupreschen sah, und wie sie mit ihren ausgestreckten Tentakeln in den Himmel stieg, beendete er seinen Lauf und breitete seine Schwerter aus, um ihren Ansturm abzubremsen. Hinter ihm sein aufgestautes Heer – riesige Orks in Rüstungen und eine Armee aus Berserkern, die im Schlachtgetümmel weiterkämpfen mussten. Sie alle, nur der dunkle Ritter und die schwarze Sonne nicht. Regungslos standen sie einander gegenüber, während der Endkrieg um sie herum tobte.

Das Monster in der Sonnenfinsternis erhob seine Stimme gegen den Ritter an der Front: „Fügt Euch Eurem Schicksal. Erhört meine Botschaft. Das Ende erwartet Euch bereits."

Der Ritter blieb cool: „Na, wenn das so ist, will ich den Tod nicht länger warten lassen", und atmete tief durch. Dann spannte er sich an, bis Funken um ihn herum aufstoben, die Steine zu schweben begannen, der Boden aufriss und dunkle Energieschwaden herausströmten. Der aufgeladene Ritter zeigte mit seinem Schwert auf die schwarze Sonne. „Zeit zu gehen. Zeit für den Untergang."

Mit Kampfgebrüll rannte er los, auf in die Schlacht, gemeinsam mit seinen Heerscharen, und sie mähten alle Feinde nieder. Immer näher kamen sie der Sonne, während sie durch die feindlichen Fronten vorpreschten. Von dem dunklen Energieschweif des Ritters stieg ein Schattenstreifen zum Himmel empor und ein dunkles Tor erwuchs, hoch wie ein Berg. Aus dessen scheidendem Spalt entstieg eine Kriegsflut an Monstern und strömte in die Welt hinaus, höllische Heerscharen, die das Schlachtfeld fluteten und ihrem heranstürmenden Ritter in den Tod folgten.

Er rannte weiter auf die schwarze Sonne zu, stieg dann mit einem mächtigen Sprung in die Luft und hechtete vorwärts, mit ausgestrecktem Schwert gegen den mächtigen Monster-Embryo und dessen Sonnenfinsternis, die er zerriss. Gemeinsam verschwanden sie in einer gleißenden Explosion. Eine zweite Druckwelle schoss über das Schlachtfeld und zerstörte es vollständig, während sich der dunkle Ritter in feine Strings auflöste; zu Zahlen gestreckt und zur Matrix geworden, um im Meer der Daten zu verschwinden, aus dem der nächste Untergrund erwuchs.

Der Boden war gelegt. Der nächste Schritt des virtuellen John mit seinen edlen Tretern führte ihn die Treppe des Continental-Hotels hinunter, zur Bar, wo keiner sie stören würde. Vor allem jenen Auftragskiller nicht, welcher mit dem Sprung durch die Spielebenen im Hotel gelandet war, als Léon – der Profi getarnt, dessen runde Brillengläser reflektierend aufblitzten.

Léon hatte den Mann im Anzug wie immer erwartet, weshalb er seinen Drink auf ihn erhob. „Ah, Mister Black. Setzt Euch!"

Der Angesprochene gesellte sich zu ihm. „Hallo, Chan. Es ist mir wie immer ein Vergnügen, dich zu treffen."

„Das Vergnügen ist ganz meinerseits", erwiderte der diskrete Killer.

John genehmigte sich einen Schluck von seinem virtuellen Drink. Er sah die Schlacht in der Brille laufen, die gleißenden Ringe einer mächtigen Explosion, die alles hinwegfegte. „Und, hängst du immer noch in diesen dummen Spielen rum?"

„Jeden Tag. So wie Ihr, Mr. Black. Denn was wäre das Leben ohne Spiel?", erwiderte Chan und schoss seinem Gast ungeniert in den Kopf. „Macht doch höllischen Spaß, oder etwa nicht?" John lachte und schaute auf seine Uhr. „Wie wahr, wie wahr. Aber genug der Worte. Kommen wir zum Geschäft." Er schenkte dem falschen Léon noch mehr von den flüssigen Bitcoins ein. Chans kopierte Figur lächelte. „Mein Honorar kennt Ihr ja." John alias Mr. Black kannte in der Tat seinen Preis, weshalb er noch eine Schippe drauflegte, indem er eine goldene Karte mit seiner Waffe über den Tisch schob und ihm von Killer zu Killer antwortete: „Das sollte kein Problem sein. Ich verdopple es sogar. Aber nur, wenn es so wie letztes Mal zustande kommt. *Allora*, lass es natürlich aussehen."

„Wie immer", entgegnete der Profi.

Mr. Black warf nachträglich dreizehn digitale Münzen auf den Tisch, die dem Wert reinen Goldes entsprachen. Ein guter Auftrag, weshalb Léon seine Hände über die sich auflösenden Münzen hielt und sie in sich einsaugte.

„Etwas Persönliches?"

„Rein geschäftlich. Die genaueren Angaben sind deponiert. Leg los. Codewort: Sicario."

Der engagierte Killer nickte und begann sich mit der Matrix des Continental-Hotels aufzulösen.

Das Mosaik der Daten war eine Welt, in der Jean nichts zu melden hatte. Eine Welt, in der er nur als Spielfigur taugte. Im realen Leben sah das aber anders aus. Er stand mit beiden Beinen fest auf dem Boden – eingegliedert in die Warteschlange, um mit einer Gondel zum Gipfel des Pilatus zu fahren, dem großen Berg hinter der Stadt, auf dem sein nächster Fall wartete.

Wenig später hatte er ein Ticket heruntergeladen und stieg in die Gondel. Ein Mitfahrer sah zu ihm herüber. „Sind Sie von hier?"

„Ja. Von Luzern. Und Sie?", erwiderte Jean.

„Ich komme aus Berlin und wollte endlich mal richtige Berge sehen."

Jean schaute auf den bunten Herbstwald hinunter. „Ein guter Tag dafür. Heute soll die Sonne scheinen." Auch wenn der Blick in die Nebeldecke gerade noch anderes verhieß. Aber das würde nicht lange so bleiben, da sie mit der Gondel immer höher stiegen und so allmählich das Nebelmeer durchdrangen. Wie versprochen schien hier die Sonne über den Bergen.

„Wunderschön", sagte der Gast aus Deutschland.

„Wie wahr."

Das Nebelmeer schlug wogende Wolken-Wellen gegen die Berge, deren Felsen und Klippen wie Inseln aus dem Himmel ragten. Im Zeitraffer ein bewegendes Schauspiel, so wie die vielen weiteren Stimmungsbilder, mit der die Gondel über den Wipfeln der Tannen zu den Gipfeln der Alpen emporstieg. Die Eindrücke verlagerten sich mit jedem Höhenmeter. Die Stadt und der See am Fuße des Berges waren in die Ferne gerückt. Von den hohen Felsen aus konnte man den Überblick genießen, während sich die umgebende Flora und Fauna dem harscher werdenden Klima anpasste.

Die Gondel war am Ziel; die Tür ging auf. Bei der Zwischenstation Fräckmüntegg angekommen, verabschiedeten sich die beiden Reisenden und gingen ihres Weges.

Jeans Partnerin wartete bereits auf ihn: eine hübsche asiatische Frau mit langen schwarzen Haaren und einem bezaubernden Gesicht. Er lächelte sie an. „Morgen, Sonja."

„Morgen, Jean. Wie geht es dir? Gut geschlafen?"

„Du kennst mich doch. Alles gut." Schon öffnete sich die Seilbahntür für die Weiterfahrt. Jean griff sich ihren schweren Rucksack mit der Bergausrüstung und schwang ihn auf seinen Rücken. „Nach dir."

Sonja lächelte; die Gondel fuhr los.

Die hübsche Frau mit Doktortitel saß Jean gegenüber, schaute zur steilen Felswand hoch und streichelte ihm flüchtig über die Hand. „Ich habe dir richtige Bergschuhe mitgebracht." Jean zog seine edlen Treter aus, wobei er darauf achtete, dass das Blut auf dem Leder nicht zu sehen war. „Danke dir. Hatte ich voll vergessen." Sein Blick zu ihr hin war sehnsüchtig.

Sonja schmunzelte. „Mh, dein neues Parfüm, es riecht sehr angenehm an dir. Das mag ich." Jean gab viel darauf, doch er konnte der Schönheit kaum in die Augen sehen. Seine Gefühle ihr gegenüber waren kompliziert. Darum richtete er sein Augenmerk nun lieber zur Klippe mit der kleinen Klimsenkapelle darauf, die ihn angesichts ihrer exponierten Lage zum aktuellen Fall kommen ließ. „Wann ist es geschehen? Was erwartet uns dort oben?" Er erspähte einen Wanderer, einen tätowierten Mann mit Irokesen-Haarschnitt, der neben der Klimsenkapelle stand und kritisch auf die hochfahrende Seilbahn hinunterblickte.

Sonja scrollte durch die Akten und schilderte ihrem Partner die Einzelheiten über den Fall: „Ein Toter beim Tomlishorn. Wahrscheinlich ein Unfall. Ein Tourenkletterer hat ihn gefunden, bei Sonnenaufgang in der Felswand. Noch gar nicht so lange her." Die Gondel rumpelte.

Jean hatte es vermutet. „Wieder ein Bergunglück. Schon der dritte Fall in dieser Woche."

„So ist es. Der Kletterer hat laut seiner ersten Aussage sofort die Rettungskräfte alarmiert. Doch das Opfer war schon tot. Noch keine Identität. Unsere Untersuchungen sollen nun Klarheit schaffen."

Jean sah das auch so. „Was ist passiert? Wie kam es dazu? Suizid oder bloß ein Unfall?"

„Laut Notarzt ist der Wanderer von den Felsen gestürzt. Viel mehr gibt's nicht zu sagen. Den Rest machen wir", erklärte Sonja.

Jean schüttelte den Kopf. „Der Berg kann so grausam sein. Mal sehen, weshalb." Zu den verdächtigen Felsen des Pilatus blickend, suchte er nach ersten Spuren. Banale Fragen drängten sich ihm auf.

„Wurde der Kletterer schon befragt?"

Sonja nickte. „Ja, aber der Mann war kaum ansprechbar. Keine neuen Beweise. Keine Erkenntnisse, die uns weiterhelfen könnten."

„Wird er gut betreut?"

„Ja, ich denke schon."

Während die Ermittler sich vertieft in den Fall austauschten, erreichte die Gondel ihre Endstation am Gipfel, mehr als 2000 Meter über dem Meeresspiegel. In den Panoramafenstern erschienen die prächtigen Berge nun viel näher; der Schnee von gestern war längst wieder geschmolzen. Die Sonne strahlte und die Vögel zwitscherten, als Jean und Sonja ausstiegen, die Treppe hochgingen und über den Vorplatz der Bergstation liefen. Alphornklänge begleiteten sie, als wäre der Frühling eingekehrt.

Der blaue Himmel leuchtete hoch über den Gipfeln des Pilatus, wo die Anlage wie ein hochalpines Einkaufszentrum Touristen empfing und ihre Aussicht verkaufte. „Wie schön", meinte Jean dazu, als er die mächtigen Gebirgszüge sah, die wie Botschafter zu ihm sprachen. „Oh, sieh nur: Eiger, Mönch und Jungfrau. Jeden Tag sehen sie anders aus, in jeder Wahrnehmung, jedem Licht und jeder Jahreszeit."

Alle, die hier oben standen, staunten ob der Pracht. Und auch Sonja genoss die erhabene Aussicht. „Die Luft und die Weite! Es ist fantastisch hier oben."

Ihr Blick neigte sich dabei zu den vielen Gipfeln der Alpen, den Wäldern darum herum und den zahlreichen Seen. Dazu das strukturreiche Unterland mit seinen Ebenen, Senken und Hügeln, durchsetzt von unzähligen Ortschaften, Agrarfeldern, Wiesen und Wolken. Die Stadt Luzern und der Vierwaldstättersee erschienen nun wieder ganz nah, eingebettet in die Vielfalt zu ihren Füßen, die bis weit über die sichtbaren Grenzen hinaus reichte.

Ins Schwärmen gekommen, gestand Sonja ein: „Ich war lange nicht mehr in den Bergen. Ja, diese Welt — habe ganz vergessen, wie schön es ist. Wie eindrucksvoll."

Unterdessen schaute Jean einem kleinen Mädchen zu, das auf der Bergterrasse des Hotels stand und einem der vielen Rabenvögel einen kleinen Happen zuwarf.

„Wie süß", fand Sonja, die wie Jean selbst keine Kinder hatte. Keine Zeit dafür, weshalb der Ermittler in ihm sie anhielt: „Komm jetzt, sonst fängt die Leiche noch an zu gammeln." Gemeinsam verließen sie über die Treppe den gut besuchten Platz, um zum Unfallort zu wandern. Jean bestimmte die Richtung. „Lass uns den Blumenpfad zum Tomlishorn nehmen. Das ist der schnellste Weg." Er öffnete ihr mit einer leichten Verneigung das kleine Törchen, welches in die Berge führte. Dann ging er wieder voraus.

Sonja blieb dicht hinter ihm, mit freier Sicht auf die umliegenden Berge und die vielen Rabenvögel, welche gekonnt um sie und die Felsen herum kreisten. „Dort, noch eine Dohle! Einfach zauberhaft."

Der Frau schien es in diesen Höhen fast so gut zu gefallen wie den Vögeln. Auch Jean erging es so ähnlich. Er war froh darüber, mit seiner Arbeitskollegin hier oben zu sein und ins ferne Tal hinunterblicken zu dürfen, wo sie aufgewachsen waren. Kein Winkel war ihnen mehr fremd. Jean genoss das sehr, wobei ihm einfiel: „Kennst du noch die vielen Geschichten rund um den Berg? Die Sagen vom Drachen oder jene vom Pilatus-Geist?"

Sonja nickte. „Ja, ich erinnere mich. Von Pontius bis Pilatus."

Jean musste lachen, als er zurück an die Schule dachte. „War nicht Pontius derjenige, der Jesus zum Tode verurteilt hat? Ein alter Römer in Jerusalem."

Sonja betätigte. „Wurden seine Gebeine nicht im Vierwaldstättersee versenkt?"

Ihr vorauslaufender Partner verneinte. „Ich glaube, eher auf dem Berg. In einem Hochmoor, wenn ich mich nicht täusche."

Sonja schnaubte amüsiert. „Oh ja, sein Geist soll so manchen heimgesucht haben."

Darauf hielt Jean plötzlich an, band die Schnürsenkel seiner Wanderstiefel noch einmal fester und meinte nebenbei: „Einer der vielen Gründe, weshalb man den Berg lange nicht betreten durfte." Sonjas Grinsen erheiterte auch ihn, denn für die beiden Ermittler waren diese Geschichten allesamt nur dumme Märchen aus einer grauen Vorzeit, als man noch keine besseren Antworten gehabt hatte. Und dennoch – für viele waren die Erzählungen wahr, erklärten die Gefahr, die von den Bergen ausgehen konnte, und das Verbot, sie zu betreten.

Jean studierte dazu weitere Fakten, vor allem aber die vielen Wege auf der Wanderkarte und deren unterschiedliche Felsbeschaffenheit, als er plötzlich ein Monster in der zerklüfteten Wand erkannte. „Da, sieh nur! Eine Teufelsfratze!"

Sonjas Augen folgten seinem Fingerzeig. „Tatsächlich. Wie ein Dämon. Schon witzig, was sich unser Hirn alles ausmalt. Hier die Augen und dort die Hörner. Unglaublich. Der Berg hat so viele Gesichter! Mal sehen, welche Überraschungen er sonst noch bereithält."

Auch Jean fragte sich solche Dinge und erkannte nun ähnliche Muster sogar in den Wolken. „Dieser Wetterberg und seine Geheimnisse. Wie lautete noch der alte Spruch?"

Sonja kannte ihn noch immer: „Ach, du meinst: ‚Hat der Pilatus einen Hut, wird das Wetter gut.' und ‚Hat er einen Degen, gibt es Regen.'"

Nun erinnerte er sich. „Genau. Habe ich fast vergessen. Was du immer alles weißt."

„Ich habe ja keine Wahl, wenn du ständig alles vergisst. Und auch das hat bis heute noch Bestand." Sonja grinste gegen ihn und die blendende Sonne an. „Ist es eigentlich noch weit?"

„Nein", sagte Jean und fügte erst später hinzu: „Gleich hier vorne und dann ein Stückchen runter."

„Müssen wir klettern?"

„Ja. Das konntest du doch auf der Karte sehen. Darum sollten wir einen Zahn zulegen." Denn bis zum Tatort war es noch ein ganzes Stück, immer weiter den idyllischen Bergpfad entlang, vorbei an markanten Felsen und zähen Alpengewächsen, die in vielen kleinen Polstern auf dem nackten Felsen gediehen. Jean entdeckte unzählige dieser Pioniere, die ihm die Umgebung näherbrachten und Einsicht in das vorherrschende Klima gaben. Deshalb deutete er auch zu einem Edelweiß am Felsen, direkt neben einem unvorsichtig gesetzten Schuhabdruck. „Die armen Pflänzchen! Die Touristen trampeln auf ihnen herum." Das war natürlich nicht gut für die empfindliche Umwelt, aber dafür war die Botschaft abgesetzt.

Die beiden Wanderer begrüßten den nächsten Touristen aus Fernost, der ihnen entgegenkam. Einer um der andere wurden sie mit einem unaufdringlichen Lächeln beschenkt, bis ihnen nach einer guten Dreiviertelstunde der Bergführer zuwinkte, der nah am Tomlishorn auf sie wartete.

Schnell waren sie instruiert und ausgerüstet. Dem vollbepackten Bergführer blieb nicht mehr viel Zeit. „Wir müssen jetzt runter. Der Tote liegt unter dem Vorsprung." Er warf das Seil über die Felskante. Der Mann war ein ernster Typ, der stets auf die Sicherheit bedacht zu sein schien. Seine Forderung fiel entsprechend aus: „Zieht eure Helme an!" Nur so durften sie zum Unfallort, der in den Klippen lag.

Sonja war bereits angeseilt, dennoch schlotterten ihr sichtlich die Knie, als sie über die steile Felskante blickte. „Mamma mia, ist das hoch." Zusammen mit ihren beiden Begleitern hangelte sie sich den steil abfallenden Felsen hinunter.

Jean war direkt hinter ihr, maß mit seinem Handy die Windstärke und ließ die Kamera des Spezial-Covers laufen. „Der Wind bläst heftig. Die Böen haben über vierzig km/h." Mit Mantel, Sonnenbrille, Helm und Schal bekleidet hielt er sich am Seil fest.

Neben ihm hing der Bergführer, der ständig Risiken auf sie zukommen sah und Anlass zu Bedenken gab: „Passt auf! Der Fels bröckelt." Und schon fielen Steine. „Achtung, Steinschlag! Geht weg von der Rinne!", wiederholte er, da kleine Kiesel zu tödlichen Geschossen werden konnten.

Mit Blick auf die Leiche weiter unten und das viele Blut wandte Jean sich dem Bergführer zu. „Kein schöner Anblick. Wurde etwas bewegt?"

Der verneinte und zog ein Seil nach. „Wir haben nichts angerührt. Die Umgebung wurde wie ein Tatort gesichert, von der potenziellen Absturzstelle bis zum Opfer. Keiner durfte ran, nur Sie."

„Gut gemacht", fand Jean, der an dieser Stelle ein mulmiges Gefühl bekam. „Die Felsklippe ist über dreißig Meter hoch, die Felsen sind messerscharf." Jean lehnte sich weit hinaus, um zu sehen, wo die Absturzstelle lag. „Die Fallhöhe war tödlich für ihn. Die Stelle da oben kommt in etwa hin."

„Wahrscheinlich war er schlecht gesichert und hat den Halt verloren", äußerte sich der Bergführer.

„Und was, wenn ihn jemand hinuntergestoßen hat?", fragte Sonja skeptisch. „Es wäre doch auch möglich, dass er von weiter oben abgestürzt ist. Hier gibt es so viele Wanderer und Extremsportler, die etwas damit zu tun haben könnten."

Für Jean hörte sich das schlüssig an. Er hielt sich an der senkrechten Wand fest. „Gut möglich."

Diese Einschätzung lag offenbar auch für den Bergführer im Bereich des Möglichen. „Denken Sie wirklich an Mord?"

„Wir spekulieren bloß. Wahrscheinlich war es einmal mehr nur der Berg", meinte Jean.

Sonja blickte sich weiter um und sah zu den unzähligen Gipfeln der Alpen. Dann klopfte sie ihrem Partner auf die Schulter. „Da! Ich habe da was!"

Auch Jean sah es. „Du hast recht. Das … das ist seine rechte Hand. Vom scharfen Felsen abgetrennt."

„O mein Gott! Dort oben sehe ich die Blutspur. Die Felsen haben das Opfer regelrecht aufgeschlitzt!", flüsterte Sonja. So etwas erspähte sie mit forensischem Blick. „Und schau mal da: Zwischen den Felsen erkennt man seine verlorenen Finger." Diese waren noch im Felsspalt festgekrallt.

Sonja prüfte jedes Beweisstück akribisch, sicherte es mit Handschuhen und steckte es sorgfältig in Plastiktüten, während sie der Leiche immer näher kamen. Jean war schon fast unten an der Klippe angekommen, als Sonja ihrem Partner zurief: „Untersuche jeden Fleck! Jeden verdächtigen Kiesel!"

„Was glaubst du, was ich gerade mache?" Der Ermittler setzte auf dem Vorsprung auf, auf dem der Großteil der zerfledderten Leiche lag. „Scheiße." Ein Festschmaus für den Raben, der krähend flüchtete. An den Säften der herausquellenden Gedärme labten sich schon die Fliegen.

Jean wedelte die herumschwirrenden Insekten davon und wartete auf Sonja, die sich noch fertig abseilen musste und mit dem Bergführer neben ihm landete. Zu dritt standen sie auf dem engen Felsvorsprung viel zu nah an der Leiche, weshalb Jean beide zurückzog. „Passt bitte auf die vielen Spuren auf und rührt euch so wenig wie möglich!"

„Wie auch, hier ist ja kaum Platz."

Sonja und Jean waren stets darauf bedacht, einen sauberen Job zu erledigen. Sie waren ein gutes Team. Nichts blieb ihren geschulten Augen verborgen, denn beide waren engagierte Ermittler bei der Luzerner Kantonspolizei und arbeiteten in verschiedensten Kommissionen für den Bund. Sie betrachteten den Unfallort wie einen Tatort. Die Kriminalkommissare hatten beste Ausrüstung mitgebracht, womit sie jedes verdächtige Muster analysierten. Sonja nahm daher schon mal Abstriche von den Schuhsohlen des Opfers.

In der Zwischenzeit nahm Jean den Bergführer in den Fokus, der ihre Seile einrollte. „Kennt man schon die Umstände? Wo ist er abgestürzt? Und wann?"

Der Bergführer wischte sich den Schnodder von der Nase und wies mit dem schleimigen Zeigefinger auf den überhängenden Felsen über ihnen. „Von dort oben scheint er abgestürzt zu sein. Wann weiß ich nicht."

Doch Jean brauchte genauere Angaben. „Sie wissen doch mehr."

Was der urige Bergführer nicht bestritt: „Nun ja. Das Opfer war offenbar ein Strahler aus der Umgebung, der illegal nach Bergkristallen suchte."

Sonja war sichtlich erstaunt. „Durfte er das?"

Der Bergführer schüttelte den Kopf. „Nein. Darum sagte ich ja ‚illegal'." Dann schilderte er seine ersten Eindrücke von der Unglücksstelle und meinte: „Den Unfall hätte man verhindern können."

„Was meinen Sie damit?", wollte Sonja wissen.

„Dieser dumme Peric! Er hatte trotz Verboten ein Loch gegraben, obwohl wir ihn schon zigmal abgestraft hatten. Sehen Sie! Von dort oben ist er in die Tiefe gestürzt. Wahrscheinlich wieder mal ungesichert …" Der Bergführer zeichnete den Fallweg von oben nach unten mit dem Zeigefinger nach, bis er schließlich auf die Leiche zeigte. „Und hier … hier unten ist er dann wohl tödlich aufgeschlagen. Aber eben – ich bin mir da nicht ganz sicher. Was meinen Sie dazu? Sie sind ja die Experten." Sein Blick wanderte dabei zu Jean.

Der glaubte erste Motive zu erkennen und bezog Stellung: „Peric sagten Sie? Kennen Sie den Mann?"

„Ich glaube schon, dass das Peric ist. Aber sein Gesicht … das viele Blut … Ich bin mir nicht hundertprozentig sicher."

Jean reichte das fürs Erste. Er warf einen Blick ins Nichts unter seinen Füßen, die über eine Felskante hingen. „Seine Identität wird schnell geklärt sein. Aber nun sollten wir uns überlegen, wie wir das Loch dort oben genauer untersuchen können."

Doch kaum wollte der gut verpackte Ermittler die Lage genauer inspizieren, entdeckte er etwas Verdächtiges im weiter unten gelegenen Kies. „Sieh doch, dort unten, Sonja!" Jean erkannte Spuren in den Felsabbrüchen, die im Sonnenlicht funkelten, schimmernde Kristalle, die wahrscheinlich aus der Tasche des Opfers gefallen waren. Der Ermittler seilte sich weiter ab, fotografierte die Steine und hob einen davon auf, um mit seinem Handy die Härte des Kristalls zu messen. Er musste nur noch vom Bildschirm ablesen: „Ein Quarz, also ein Bergkristall. Nichts Besonderes." Ganz im Gegensatz zu seinem supergenialen Hightech-Smartphone mit den optionalen Upgrades, welches den Nutzer mit der Welt verbinden und zum Genie machen konnte.

Der Bergführer hatte das wohl mitbekommen. „Oh, ist das noch das Alte für Bullen? Ich überlege mir nämlich, eines für Bergsteiger zu kaufen."

Jean zeigte es ihm, aber nur ganz kurz, da die Leiche schon gammelte. „Kann ich nur empfehlen. Der neue Geist von Cop*Cor ist richtig genial geworden. Ein SmartPol-Handy aus der neuen Cor*Collection, mit optional leuchtendem Sensorrand und verbesserten Apps. Echt spitze das Teil." Das Wunderding voller Werkzeuge, nützlicher Gadgets und einem wirklich geistreichen Assistenten war für den ermittelnden Polizisten fast schon ein Freund geworden, der mit der Zeit viele andere ersetzt hatte. Ein fast magischer Dschinn und nützlicher Diener, der so manchen Wunsch zu erfüllen wusste, mit dem er diese mühsame Welt einfacher machte.

Sonja schien genervt. „Ach, ihr Männer! Hört jetzt endlich mit dieser Fachsimpelei auf und macht euch wieder an die Arbeit! Mein Gott, hier liegt 'ne Leiche und ihr spielt bloß herum."

Jean verstand ihren Ärger. „Okay, okay. Tut mir leid." Per Sprachbefehl schaltete er die Taschenlampe seines digitalen Helfers ein, um Licht ins Dunkel zu bringen: „Cop*Cor, aktiviere Schwarzlicht."

Der mitlauschende Assistent im Gerät stellte die angeforderten Modifikationen sofort bereit, sodass das Gerät die Unfallstelle mit einem leuchtenden Kreuz erhellte – einem strahlenden Plus auf der Handyrückseite, hinter deren Glas die neuesten Kameralinsen, Sensoren und Hardware für ihn arbeiteten, stets verbunden mit vernetzten Programmen und niemals schlafenden Systemen. Das Smart*Pol-Cellphone konnte so automatisch recherchieren und jede Aufnahme protokollieren.

Jeans intelligentes Handy erfasste daher mit mehreren Lichtblitzen, was um die Leiche herum lag. Dann teilte es den dreien mit: „Spektrale Durchleuchtung abgeschlossen."

Jean beugte sich erneut über das abgestürzte Opfer und kam zu den blutigen Einzelheiten: „Der Absturz liegt gut sieben Stunden zurück." Das sah er sofort, als er nach verdächtigen Spuren suchte und die tödlichen Wunden der Leiche genauer inspizierte. Auch die Entnahme von Zell- und Blutproben gehörte dazu und er steckte sie ins separate Analysegerät. Erste Ergebnisse aus dem mobilen Labor halfen ihm auf der Stelle weiter, während er mit seinen beiden Begleitern auf einem Felsvorsprung stand. „Sieh an, sieh an", meinte er.

Seine Routine half bei nahezu jeder Aufgabe, ebenso sein Smartphone, dem er manchmal fast schon zu viel anvertraute, ohne zu wissen, was alles dahintersteckte. Es gab keine Möglichkeit, es abzuschalten. Jean scrollte sich weiter durch seine Muster und erteilte seinem Assistenten im Smart*Pol-Cellphone einen neuen Auftrag: „Cop*Cor, identifiziere das Opfer." Eine leichte Aufgabe für das Wunderding. In der Zwischenzeit untersuchte der Ermittler das gefundene Portemonnaie.

Sein Smart*Pol-Assistent übernahm die meiste Arbeit, indem er die DNS prüfte, die gescannten Fingerabdrücke checkte und Datenbanken durchstöberte. Alles auf einmal. Die Stimme des Programms antwortete innerhalb weniger Sekunden: „Der Name lautet Roger Peric." Dazu lieferte der Assistent den Strafauszug und andere persönliche Daten des Verstorbenen.

Der Bergführer und Sonja bestätigen den Treffer mit Blick auf das Passfoto in ihrem Handy. „Das ist er. Ein eingebürgerter Schweizer", sagte Sonja.

Doch Jean musste mehr wissen und nahm seine Einsatz-Drohne aus dem Polizeirucksack. „Cop*Cor, aktiviere Cor*Two."

Die Rotoren der Drohne begannen zu surren und das Gerät hob ab. Die Drohne scannte die Felswand autonom und machte mit Hilfe von Lasermessgeräten hochauflösende 3-D-Aufnahmen vom Tatort. Dazu glich sie Satellitenbilder vom Bergmassiv ab, nutzte GPS, führte Höhenmessungen durch und schoss Wärmebilder, die ein breites Spektrum an weiteren Informationen aufnehmen und darstellen konnten. Schon nach wenigen Flugsekunden ertönte der Alarm auf dem Handy. Cop*Cors Meldung lautete: „Verdächtiges Objekt in dreißig Metern Entfernung gesichtet."

Jean setzte die VR-Brille auf und entdeckte ein zerschlagenes Gerät, hervorgehoben durch die Objektive der Drohne. Er war begeistert von dem Bild. „Wir haben etwas Neues – sein Smartphone!" Die Drohne konnte ein Stück des Gerätes mit einem Greifarm für sie bergen.

Sonja äußerte ihren Verdacht sofort: „Vielleicht ist er abgestürzt, als er ein Selfie machen wollte."

Mit der VR-Brille auf der Nase nickte Jean und erschrak einen Augenblick später, als vor seiner Drohne ein rasanter Schatten vorbeischoss. „Was? Was war das denn? Sonja, hast du das gesehen?"

Es folgte ein Schlag auf die kleinen Rotoren, was er durch die VR-Brille gut erkennen konnte. Im Bild war ein Rabenvogel, der das kleine Fluggerät attackierte. „Die Dohle! Dieser Vogel! Er greift die Drohne an!"

Das Fluggerät wurde von einem Schnabel gepickt, und es war Jean, als würde er gerade selbst die Krallen zu spüren bekommen. Er riss seine Brille herunter. „Fuck, was soll das?" Hochaggressiv flatterten die Rabenvögel um ihn herum. So lange, bis er ausrutschte und sich in den Seilen verhedderte. „Verdammte Viecher!", brüllte er und warf hektisch einen Blick zur schreienden Sonja hinüber, die mit Pinsel und Pinzette in Händen wild um sich schlug.

„Was ist hier los? Die Vögel drehen völlig ab! Jean! Jean, hilf mir!"

Im nächsten Augenblick war deutlich Jeans Ladebewegung vernehmbar. Ein lauter Knall aus seiner Pistole machte dem Spuk mit weitem Echo ein Ende. Die Rabenvögel stoben davon, wobei sie massenhaft Federn ließen. Sonja und den Tieren zuliebe packte Jean die rauchende Dienstwaffe wieder weg und fing eine der Federn aus der Strömung des Windes ein. „Was war das denn?", wiederholte er schockiert.

Sonja musste sich an die Felsen lehnen. „Na das wird ein Rapport! Der Schuss wirft sicher noch mehr Fragen auf." Eine seltene Notwendigkeit, aber leider nicht selten genug.

In den Augen des Bergführers spiegelte sich die pure Angst. „Da... das ... Das ist doch nicht normal! Seltsame Dinge geschehen ... Irgendetwas ist hier faul. Jawohl, das sag ich euch! Die Geister des Berges, sie ... sie scheinen erzürnt!"

Sonja schmunzelte. „Kommen Sie mal wieder runter. Es ist wohl wahrscheinlicher, dass wir mit der lauten Drohne brütende Vögel gestört haben, die lediglich ihr Nest beschützen wollten. Das macht jedenfalls mehr Sinn."

Jean vermutete Ähnliches und betrachtete mit Sorge die Kratzer an seinen blutigen Händen. „Wird wohl so sein. Oder es war ein tollwütiger Virus, der die Vögel befallen hat. So, wie in den Filmen. Du weißt schon."

Sonja lachte. „Ach, du jetzt wieder. Hör doch auf! Die hat sicher jemand abgerichtet, nur um dich zu ärgern."

Jean stichelte zurück: „An deinen Vermutungen ist wie immer was dran. Du hattest ja selbst gleich drei in den Haaren. Und ich glaube, einer hat dir sogar auf den Kopf geschissen." Mit dem Finger zeigte er darauf.

„Igitt! Der hat mich voll erwischt!" Sonja wischte die herunterlaufende Vogelkacke ab und packte sie ein, um sie im Labor analysieren zu lassen.

Jean konnte sein hämisches Lächeln kaum zurückhalten, der Bergführer fand es jedoch offenbar nicht so komisch. Keine Frage für den bergkundigen Mann: „Das war ein böser Geist! Da bin ich mir sicher. Seht die Zeichen! Ein Unheil wird kommen."

Das schlechte Omen war tatsächlich beinah spürbar, während alle drei zur Leiche hinüberblickten und die dichter werdenden Wolken über den verdunkelten Felsen aufzogen. Sie belegten ihre Gesichter mit Schatten, als wollten sie dem Eindruck Wahrheit verleihen. Die Wolken eroberten nach und nach die Gipfel zurück.

Von einer Nebelfront überrollt, schob Sonja ihre Mütze hoch. „O nein, auch das noch!"

„Was?", wollte Jean gedankenverloren wissen.

„Ich kann kaum noch etwas sehen!"

„Heute ist nicht unser Tag."

„Echt jetzt? Muss das sein?"

Binnen kürzester Zeit hatte sie der Nebel eingehüllt. Er waberte unbeeindruckt an den schroffen Felsen entlang und spuckte die panische Stimme des abgetauchten Bergführers aus. „Bitte beeilt euch! Das Wetter schlägt um."

Ein Blitz leuchtete in den Wolken auf, gefolgt von Laserstrahlen, die das Gewitter durchdrangen. Ein unheimlicher Eindruck, als Sonja nach oben schaute und ein UFO herunterkommen sah. „Wir sollten uns beeilen. Ruf dein Spielzeug zurück!" Es war nur Jeans Drohne, die aus den Wolken herabstieg, ihre Umgebung digitalisierte und mit ihrem aktiven Blitzlicht letzte Fotos für sie schoss.

Für Jean war der abrupte Abbruch nicht hinnehmbar. „Das reicht nicht aus! Auch wenn der Regen kommt, Sonja – wir müssen die Spuren sichern, bevor sie tot sind. Wir brauchen mehr Beweise!"

Als der perlende Nebel kleine Rinnsale auf Sonjas Bergjacke bildete, reichte es ihr mit ihm. „Jean, lass das jetzt und pack dein nerviges Ding weg! Ich habe keine Lust mehr, hier herumzuhängen. Ein Sturm zieht auf!" In den Seilen hängend, drehte sie sich zum Bergführer um. „Wie sieht das Zeitfenster aus? Wir könnten doch beim Hochsteigen die Höhle durchleuchten. Geht das?"

Das Gesicht des Bergführers deutete eher ein Nein an, was Jean nicht akzeptierte. „Verdammt, Leute! Ich will wissen, was in diesem dunklen Loch geschah. Bringen Sie mich dort hin, ich will es sehen! Ansonsten werde ich den Fall nicht abschließen können."

„In Ordnung. Ihr habt eine Stunde. Vielleicht. Dann kommt der Regen", entschied der Bergführer nach einigem Zögern. Kaum war es ausgesprochen, war er auch schon da. Erste Tropfen fielen, als der Helikopter die Leiche barg und davonflog.

Sonja sah zu, wie der Regen das Blut vom Felsen wusch. „Also dann. Für heute ist die Untersuchung beendet."

Bei Jean, der mit tropfendem Gesicht in den Seilen hing, zeichnete sich herbe Enttäuschung ab. „Dann eben nicht. Nicht heute." Er starrte in die Höhle, biss die Zähne zusammen und gab auf. „Der Wind ist zu stark."

Der Bergführer, sichtlich froh, dass er das von selbst einsah, wiederholte mit Blick zum Himmel: „Herr Vincent, das Loch wird nicht so schnell verschwinden. Aber wir müssen jetzt wirklich los. Wir müssen zu Fuß gehen, und mit Orkanböen ist nicht zu spaßen."

Sonja stach mit ihrem Finger in Jeans empfindlichen Rücken und kletterte an ihm vorbei. „Lass uns hochklettern. Ich muss die Bahn noch erwischen. Wehe, ich komme zu spät!"

Sie brachen auf. Der Bergführer trieb sie regelrecht durch den stärker werdenden Regen den Bergpfad entlang. „Lauft schneller! Schneller, sagte ich!"

Es ging vorbei an immer mehr Rinnsalen, die die Felsen hinunterflossen und den schmalen Pfad überspülten, der die drei zurück zu den Bergbahnen brachte. Mit vielen Beweisen im Rucksack drängelten sie sich an den Touristen vorbei.

„Mann, sind das viele Besucher", stöhnte Sonja.

Der Bergführer verabschiedete sich mit einem nassen Händedruck von Jean und versicherte ihm: „Da war nichts mehr zu machen … Rufen Sie mich an, wenn Sie mich brauchen. Und viel Erfolg bei den weiteren Ermittlungen!" Er quetschte sich mühsam zu Sonja durch, die etwas weiter vorne stand. „Jetzt müssen wir aber los."

Auch Sonja drängelte, wie viele der Leute. „Die Drachenbahn fährt in einer Minute. Kommen Sie schon. Bis morgen, Jean!"

„Bis dann", erwiderte der klitschnasse Glatzkopf und schaute ihr sehnsüchtig hinterher, bevor er mit der Seilbahn nach Kriens zurückwollte. Doch gerade, als er sich aufmachte, um eine der Gondeln von dem tobenden Berg herunter zu nehmen, lief ihm ein bekanntes Gesicht über den Weg. „Das gibt's doch nicht!"

Jean erkannte den alten Mann sofort, dessen kräftiges Profil Heidis Großvater entsprach – eine alte Geschichte, die sich nun mit seiner vermischte. Das war doch der Rentner, der Alte von heute Morgen! Er beschloss, dem Mann unauffällig zu folgen. *Was macht der hier oben? Und was wollten die drei Typen von ihm?* Auf einmal schlug der nasskalte Wind gegen die Scheiben der Bergstation. Jean hielt Abstand. *Irgendetwas stimmt hier nicht. Zuerst das Feuer, dann der Überfall und jetzt der Tote am Berg. Da muss es einen Zusammenhang geben.* Dessen war er sich ganz sicher, als er hinter dem Panoramaglas stehend beobachtete, wie der alte Mann in den prasselnden Regen hinaustrat. Sehr untypisch bei diesem miesen Wetter, fast verwegen, fand Jean. *Der Alte muss irgendetwas damit zu tun haben,* mutmaßte der Kriminalkommissar, der als leitender Ermittler an keine Zufälle glauben durfte und in allem eine Logik sehen wollte – einen Zusammenhang.

Wo will der Alte hin? Jean folgte ihm hinaus in den kalten Regen und zum abgeschlossenen Törchen, über das der bärtige Mann kletterte, um anschließend den überspülten Bergpfad zu nehmen. Aber kaum hatte er den Weg betreten, hielt der Alte inne. Dann wendete er abrupt. Sofort versteckte sich Jean in der Höhle des Drachenweges. *Oh, verflixt! Er kommt zurück!* Er lauschte den Schritten des alten Mannes, als dieser an den Höhlen des Drachenweges vorbeiging. Doch er plante bereits den nächsten Überfall auf den Alten – das war wohl sein Schicksal.

Jean winkte den Rentner zu sich herüber. „Hey, Mister! Bei diesem Sauwetter ist der Bergpfad verboten. Sind Sie wahnsinnig, jetzt da rauszugehen?"

„Oh! Äh, Verzeihung. Das wusste ich nicht", versicherte der Alte, was Jean zurück zur ersten Frage führte: „Warum wollen Sie überhaupt da raus? Was machen Sie hier noch?

„Ich äh … habe meinen Feldstecher verloren, ein teures Stück. Ich wollte ihn nur holen." Der Alte streifte sich das Wasser aus dem Bart und versuchte, dem Gespräch zu entrinnen: „Es regnet heftig. Wir sollten ins Trockene, bevor wir uns noch einen Schnupfen einfangen. Also adieu, der Herr."

Doch diesmal wusste Jean zu verhindern, dass der Mann so schnell wieder verschwand. „Mein Herr! Bleiben Sie bitte stehen!"

Der rüstige Opa kam seiner harschen Aufforderung nicht nach. „Tut mir leid. Ich muss jetzt wirklich weiter. Sie sehen ja, warum."

Aber das ließ Jean ihm nicht durchgehen. „Ich will Sie nicht belästigen, mein Herr."

„Dann lassen Sie es."

„Das kann ich nicht, da ich ein paar Fragen an Sie habe."

Dem weißbärtigen Großvater stand die Wut ins Gesicht geschrieben. „Wer sind Sie? Was wollen Sie von mir?"

Jean besänftigte ihn mit einer beruhigenden Geste. „Sie brauchen keine Angst zu haben. Ich bin bloß ein neugieriger Polizist, der nach Antworten sucht. Darf ich?" Damit griff er in seine innere Manteltasche. „Hier, bitte." Er streckte dem Alpöhi seine Polizeimarke entgegen.

Der Alte beugte sich vor, um noch einmal genauer hinzuschauen. „Ach so. Na dann. Und wie lautet Ihre Frage?"

Jean lächelte ihn an. „Darf ich Sie zu einem Kaffee einladen?"

Der Alte zog sich seinen tropfenden Filzhut ins Gesicht. „Nur, wenn es sein muss."

„Ich danke Ihnen für Ihre Kooperation, mein Herr. Lassen Sie uns bitte reingehen." Er begleitete den Großvater den Weg zurück und öffnete ihm schließlich die Tür ins trockene Hotel. Dem bärtigen Greis war sichtlich unwohl, wie Jean bemerkte, während er das volle Gasthaus betrat.

Ein Kellner begrüßte sie im Namen des edlen Hauses. „Guten Abend, die Herren. Darf ich Ihnen behilflich sein?"

„Gerne", sagte Jean und übergab ihm seinen tropfendnassen Mantel.

Der Kellner nahm ihn gebührlich an und fragte höflich: „Meine Herren, es scheint, als bräuchten Sie etwas zum Aufwärmen. Für wie viele Gäste dürfen wir denn auftischen?"

„Nur für uns zwei", antwortete Jean.

Der Kellner blickte über die vollen Tische im Saal. „Gut, gut. Wie Sie sicher festgestellt haben, ist unser Haus schon ziemlich gut besetzt."

„Wohl wahr."

„Ah, dort, meine Herren. Wir hätten da noch einen separaten Tisch für Sie am Fenster frei. Wenn ich Sie also bitten darf, mir zu folgen?"

Der Kellner führte sie durch den Queen-Victoria-Saal mit seinen Steinsäulen, den Farngewächsen und den gedeckten Tischen, wo die tropfenden Herren zwischen den vielen dinierenden Gästen platznehmen durften. Es war ein wundervolles Restaurant voller Kerzen, Kronleuchter und einer verschnörkelten Decke im klassischen Stil. Blitze zuckten hinter den großen Fenstern und erhellten den Saal.

Doch bevor die beiden ins Gespräch kommen konnten, wollte der Kellner ihnen ihre Karten übergeben und die erste Bestellung aufnehmen.

„Nun denn, die Herren: Wünschen Sie vorab schon etwas zu trinken?"

Jean winkte kurzerhand ab. „Einen Augenblick noch. Wir sind gleich so weit."

Der Kellner trat einen Schritt zurück. „Wie Sie wünschen. Ach, übrigens: Heute ist es ein bisschen spezieller bei uns. Wundern Sie sich bitte nicht über seltsame Gäste und seien Sie nachsichtig mit unserem Haus. Wir erwarten heute Nacht einige wilde Teufel und Hexen."

Jean schmunzelte. „Ach ja?"

„Ein paar von ihnen sind bereits hier und dinieren. Ich möchte Sie daher lediglich warnen, falls das Restaurant zu einem sündigen Maskenball verkommt."

Jean musste lachen. „Wie bitte?"

„Nun ja, heute Abend zelebrieren wir einen speziellen Dinnerabend für einige der Fastnachtszünfte, samt Polterabend bis früh in den Morgen. Ich hoffe, das stört Sie nicht allzu sehr."

„Kein Problem. Klingt doch spannend", fand Jean, der glaubte, schon vorhin eine der Hexen gesehen zu haben, welche sich in Wahrheit jedoch als eine alte schrullige Dame mit Warze entpuppte. Ein Schelm, wer Böses dabei dachte.

Nach diesem obligaten Hinweis fügte sich der Chef de Service in den Hintergrund mit ein, worauf der Alte fragte: „Also, was wollen Sie von mir wissen?"

Jean schaute in die zusammengekniffenen Augen seines Gegenübers. „Haben Sie Hunger? Ich lade Sie gerne zum Essen ein."

Der von Furchen und Falten gezeichnete Mann lehnte dankend ab. „Heute nicht. Zu viele Leute hier. Das mag ich nicht."

„Der Apfelkuchen hier oben muss ausgezeichnet schmecken."

Doch von dem Alten kam keine Antwort. Beide saßen nur da und schwiegen sich an, während um sie herum die vielen Gäste lautstark speisten.

„Also gut", lenkte der Rentner nach einer Weile ein. „Wenn es sein muss. Ein kleines Stück nehme ich dann doch." Jean aktivierte unter dem Tisch gerade seine Smartwatch, als der alte Mann plötzlich röchelte: „Verzeihen Sie, mein Hals ist trocken."

Jean winkte den Kellner herbei. „Zweimal Kaffee bitte."

Der Großvater unterbrach ihn: „Für mich lieber einen Minztee."

„Dann nur einmal Kaffee, einen Minztee und für mich ein kleines Stück vom Apfelkuchen. Oh, und zwei Eiskugeln dazu. Karamell, Vanille oder eine fruchtige Sorte. Das überlasse ich Ihnen. Und dann hätte ich noch gerne Schokosauce, Streusel, ein Schokotörtchen und frische Schlagsahne. Ach ja, und ein paar Früchte gingen auch. Bananen, Erdbeeren … Was Sie eben dahaben. Man sollte ja stets auf die Linie achten, nicht wahr? Können Sie das für mich machen?"

Der Kellner schrieb alles auf. „Kein Problem. Wie Sie wünschen, mein Herr." Dann wandte er sich dem älteren der beiden Gäste zu. „Und für Sie? Auch ein Dessert?"

Der Alte nickte. „Die Kirschtorte bitte."

Der Kellner hatte es aufgenommen. „Sonst noch etwas?" Jean verneinte. „Das war's fürs Erste. Danke schön." Nur ein Augenzwinkern später servierte der Kellner den frischgebrühten Kaffee. Jean nahm ein bisschen Rahm und Zucker dazu. „Ah, wie angenehm es hier drin doch ist. Schön warm. Viel besser, als draußen im kalten Regen zu stehen."

In diesem Moment traf eine regnerische Böe scheppernd auf die Fenster. Der Opa biss sich auf die Lippen. Draußen tobten Blitz und Donner. Für Jean lauter stimmungsvolle Zeichen, mit denen er arbeiten konnte.

„Ihren Feldstecher sollten Sie erst dann wieder suchen gehen, wenn sich das Wetter bessert. Heute können Sie solche Dummheiten getrost vergessen. Der Weg bleibt gesperrt, und zwar für alle! Ist das klar? Nicht, dass es Sie noch vom Berg spült."

Der Alte blieb stumm und nickte nur höflich.

Jean blies gegen die heiße Tasse, nahm einen genussvollen Schluck. „Hmmm. Was für ein Geschmack! Gut geröstet. Guter Kaffee!" Noch einmal trank er von dem köstlichen Heißgetränk, ehe ihm einfiel: „Ach, entschuldigen Sie. Mir fällt gerade auf, dass wir uns noch gar nicht richtig vorgestellt haben. Darf ich Sie nach Ihrem Namen fragen, mein Herr?"

Doch der Alte schien nicht sehr redselig zu sein. Im edlen und altehrwürdigen Restaurant waren offenbar zu viele Leute für seinen Geschmack. Er schaute sich ständig um, bevor er endlich damit herausrückte: „Tanner. Mein Name ist Josef Tanner."

„Nun, Herr Tanner, verzeihen Sie meine aufdringliche Art. Mein Name ist Vincent. Aber nennen Sie mich Jean." Der Kuchen wurde serviert. Jean bedankte sich beim Kellner, nahm einen ersten Löffel und schaute dann zu Tanner. „Lassen Sie es sich schmecken."

„Danke, gleichfalls. Genießen Sie es."

Der gut ausgebildete Profiler gönnte sich einen Schluck aus seiner Tasse und griff zu den Früchten. Schon beim ersten Bissen war klar, was er als Nächstes fragen würde: „Herr Tanner, sagen Sie mal, woher kommen Sie denn? Wo wohnen Sie?"

„In Luzern."

Jean hatte es vermutet und goss die heiße Schokosauce über das kalte Eis. „Und wo waren Sie heute Morgen, so gegen fünf Uhr?"

Der urige Alte wich angewidert zurück. „Ich lag im Bett, wie jeder andere auch."

Jean fand die falschen Aussagen wenig vertrauenerweckend, weshalb er anhaltend in seinem Kuchen herumstocherte, um schließlich ein Stück mit Schlagsahne aufzugreifen. „Sind Sie sicher, dass es wirklich so ist, wie Sie sagen?" Der Greis nickte. Für den Ermittler nichts Neues bei solchen Verhören, weshalb er den Weg über das Dessert versuchte: „Hm … Ein fantastischer Kuchen. Wie schmeckt Ihre Torte?"

„Gut, gut. Aber hätte noch einen kleinen Schuss vom Kirsch vertragen."

Jean nahm gleich noch einen Löffel und meinte zu seinem Kuchenstück: „Sehr gut. Wunderbar. Das muss man schon sagen. Wirklich gut. Die leichte Note von Zimt – ein Traum, sage ich Ihnen. Fabelhaft! Die verstehen was von richtigem Kuchen."

Der Alte setzte an, legte seinen Löffel dann aber wieder hin und schaute auf seine Kirschtorte. „Was soll das Ganze? Spucken Sie es aus! Was wollen Sie von mir?"

Jean lächelte. „Mein Herr – contenance, s'il vous plaît." Doch dem Alten gefiel das alles sichtlich nicht. Er verschränkte demonstrativ die Arme vor der Brust, was Jean dazu bewegte, die seinigen zu öffnen. Doch bevor er zu reden begann, tunkte er die Erdbeere noch schnell in die Sahne. „Also gut, Herr Tanner. Kommen wir zum Punkt: Ich glaube, Sie waren heute Morgen um fünf nicht im Bett. Ich glaube eher, Sie waren draußen."

„Wieso sollte ich das? Warum sollte ich lügen? Was hätte ich davon?"

Jean schluckte seinen Kaffee hinunter und stellte die Tasse auf den Unterteller. „Herr Tanner, Sie wurden gesehen. Ein Zeuge hat beobachtet, wie Sie frühmorgens überfallen wurden. Dazu haben wir auch Bilder von den Überwachungskameras. Sie sind überführt. Das sehe ich in Ihrem Gesicht."

„Wie bitte?"

„Na, Ihre Wunde am Kopf. Oder woher haben Sie die?"

„Bin vom Fahrrad gefallen. Hat echt wehgetan."

Jean verschluckte sich und spülte den Bissen mit Kaffee hinunter. „Immer diese Notlügen. Ich glaube eher, das stammt von einem der Täter, die Sie bei dem gewaltsamen Überfall geschlagen haben. Nicht wahr?"

Der Alte nahm den tropfenden Teebeutel aus seiner Tasse. „Na dann! Wieso fragen Sie noch, wenn Sie ohnehin alles besser wissen? Sie haben ja, was Sie wollten. Nehmen Sie die Bande fest, und gut ist es."

Jean drehte an seiner Tasse herum. „Nein, nichts ist gut. Das reicht mir nicht. Und das ist auch längst nicht alles." Wieder grub sich der Löffel ins langsam schmelzende Eis, unter dem die Schokokruste des Kuchens brach. Jean ließ sich den Bissen auf der Zunge zergehen und leckte sich die Lippen. „Herr Tanner, ich muss von Ihnen wissen, wer die drei Räuber von heute Morgen waren."

„Keine Ahnung. Woher soll ich das wissen? Wahrscheinlich wollten die an mein Geld. Nichts Besonderes."

„Verstehe", meinte Jean. „Kann sein. Aber der Zeuge sprach davon, dass Sie etwas ganz Spezielles von Ihnen wollten. Die drei scheinen Sie gekannt zu haben. Nicht wahr?"

Plötzlich wurde es dunkel. Der Alte zuckte zusammen. Trommelschläge erklangen von draußen, dann ging die Tür auf und eine Horde Teufel stürmte in das Restaurant, vom fluchenden Oberteufel hinter ihnen hereingedrängt, der kurz im Regen stehen blieb und seine grässliche Fratze offenbarte, als ein Blitz sein Antlitz erhellte. Im Saal ging das Licht wieder an und die maskierten Gäste sprangen auf. Allesamt begrüßten sie die polternden Teufel, wobei sie heftig Stimmung machten, Konfetti und Tischbomben inklusive.

Wenig begeistert beobachtete Jean das Treiben. „Auch das noch! Die Teufel sind da."

Es waren alles verkleidete Männer, die mit ihren teuflischen Fastnachtskostümen höllischen Lärm machten. Mit zotteligem Fell und langen Hörnern schrien sie durch ihre schrecklichen Fratzen, rasselten mit ihren Stöcken und trommelten auf den Tischen herum, wie auch einige der wildgewordenen Gäste, die ausnahmsweise schon jetzt die fünfte Jahreszeit feierten.

Für die vielen Fastnachtscliquen im Restaurant war das die erwartete Unterhaltung, über die sie noch lange lästern und lachen konnten. An so manchem Tisch herrschten nun Dämonen, die über diese Unsitte sprachen, bis der Teufel auf dem Tisch stand. „Hört auf, über andere herzuziehen und sauft lieber!", rief er.

Tanner grinste und stimmte dem zu: „Auf dass der Schnaps seine Wirkung zeigt!"

Auch Jean hob das Glas, und schon spielte das Orchester seine Guggen-Trommeln. Die zottigen Teufel kamen vorbeigehüpft und Jean dankte ihnen widerwillig für das Schnäpschen, bevor er zurück zu dem Alten kam. „Sehen Sie doch nur: In uns allen steckt ein kleines Teufelchen, das manchmal raus muss. Je nachdem, wen man fragt, und je nachdem, wie es einen plagt."

Tanner lachte und schaute in die Menge. „Jaja ... Diese Teufelsclique dort drüben kenne ich sogar. Alles hirnverbrannte Idioten."

Dem Ermittler fielen derweil viele Details bei den Kostümen auf. Nichts entging ihm im Saal.

Doch auch der Alte hielt ständig seine Augen offen, als würde er verfolgt werden. Sein Blick ging durch das stürmisch scheppernde Fenster hinaus, als plötzlich einer der Polter-Teufel stolperte und Tanner mit seinen Hörnern streifte. Der Alte zuckte zusammen und wich ängstlich zurück. „Pass doch auf, du Vollidiot!"

Der Teufel entschuldigte sich sofort. „Oh, sorry! Das wollte ich nicht."

Für Jean ein Affront: „Das nächste Mal nehme ich dich bei den Hörnern." Alle drei mussten lachen. Jean hatte jedoch ein mulmiges Gefühl dabei, denn auch er trug seine unsichtbare Bullenmaske, mit der er einfach nur zusah, während der Teufel ein paar Sprünge weiter in den servierenden Kellner stolperte und ein Glas zerbrach, als hätte er es geahnt.

Der alte Tanner lachte. „Dieser dumme Tollpatsch!" Seine Aufmerksamkeit folgte dem unflätigen Teufel, der besoffen ausgerutscht war und nun seine miese Fratze vom Boden kratzte. Der ganze Saal lachte über dieses Ungeschick und wartete auf das nächste.

Jean nutzte die Ablenkung unverzüglich, indem er eine Substanz in das Glas seines Gegenübers träufelte. Es war ein Wahrheitsserum, das er für einen Pharmariesen zum ersten Mal ausprobierte, sodass sich der alte Tanner schnell verplappern sollte. Ohne mit der Wimper zu zucken, stieß Jean mit ihm an. „Zum Wohl, Herr Tanner."

„Zum Wohl."

Nur wenige Minuten verstrichen. Den Cocktail noch in Händen, begann Tanner zu lallen. „Was für eine Bande! Allesch Schäufer."

Jean setzte nach und schenkte ihm noch mehr ein. „Und was ist mit Ihnen? Herr Tanner, sehen Sie sich doch selbst mal an und lassen Sie sich bitte von mir helfen. Ich bitte Sie, lehnen Sie meine Unterstützung nicht ab. Warum sollte Ihnen das etwas bringen? Was wollen Sie vor mir verbergen?"

Der Alte lachte. „Jaja, die Bullen. Dein ehrlicher Freund und Helfer. So ein Schwachsinn! Sie können mir nicht helfen. Sie verstehen das nicht, verstehen zu wenig."

Jean registrierte Tanners gelockerte Zunge und appellierte nochmals mit vollem Mund: „Dann helfen Sie uns weiter. Wir können Sie schützen, Herr Tanner."

Der weißbärtige Mann schüttelte den Kopf. „Nein, das könnt ihr nicht. Niemand kann mir helfen." Er rutschte vom Stuhl, packte Jean am Kragen und hielt sich an seinen Worten fest: „Herr Vincent, Sie dürfen keinem mehr trauen. Glauben Sie mir, Menschen sind fehlbar. Sie sind Monster. Bestien. Alles Teufel hier!"

Also schien der alte Tanner doch ein Geheimnis zu haben. Oder er hatte sonst was. So wie jeder. Der Ermittler war sich nicht sicher, schaute vorsichtshalber lieber einmal mehr zu den verkleideten Teufeln hin. Doch nun wollte er wissen, was hinter der Maske von Tanner steckte. Welches Gesicht verbarg er und warum war er hier?

Jean löffelte das nächste Gedicht aus dem Teller und biss auf die knackige Frucht. „Herr Tanner, sagen Sie mir: Was verfolgt Sie? Wer hat Sie so verletzt und was hat Sie dermaßen enttäuscht, dass Sie abweisend auf meine Hilfe reagieren? Warum diese Scharade?" Jean stellte Frage um Frage, bis der Alte nichts mehr sagen wollte.

„War's das jetzt? Haben Sie alles, was Sie wollten?"

„Mitnichten", schmunzelte Jean. „Entschuldigen Sie meine Fragerei, aber das ist mein Job, und meine Schicht hat gerade erst begonnen. Das ist eine Tätigkeit, bei der ich selbst auf einen Rentner keine Rücksicht nehmen darf. Herr Tanner, Sie machen mich wirklich neugierig. Also bitte. Erzählen Sie mir was." Wieder versuchte er mit seinen ermittlungstechnischen Standardfragen das ganze Drumherum zu ergründen, während die ersten Gäste gingen.

„Eine Stunde kann schnell vorbei sein", stellte Jean schließlich fest. Er hatte nun jedes Detail zu Tanner abgefragt, jede mögliche Verbindung. Alles wirkte wie ein Puzzle aus tausend Einzelstücken; Tanners halbes Leben lag unsortiert vor ihm ausgebreitet und er forschte immer noch ziellos nach Widersprüchen oder sonstigen Auffälligkeiten. Jedoch ergab sich kaum ein Hinweis seine Geheimnisse betreffend, der das Bild am Ende doch noch stimmig werden ließ.

Die Männer redeten und redeten bis tief in die Nacht, wie auch die letzten Teufel, immer noch trinkend am Stammtisch. Jean hoffte insgeheim, dass Tanner weinend einbrach und gestand. Mit reichlich

Alkohol abgefüllt lauschten sie gegenseitig ihren manipulativen Anekdoten, um zu verzerren, was der jeweils andere nicht verstehen sollte: die Wahrheit. Alles schien doppeldeutig und verschwommen, ganz wie im Saal, in dem die Stimmung langsam abflachte. Genau wie beim nächsten Gast, der vom Tisch aufstand und seine Liebste drängte: „Komm jetzt, Schatz! Zeit zu gehen." Immer mehr Gäste machten sich auf den Weg nach Hause, immer mehr nun ohne Maske. Im Saal war es daher wieder ruhiger geworden, als Jean bemerkte, dass keine Bahn mehr fuhr und sie hier oben feststeckten, zusammen mit den letzten Teufeln und dem Rest der Gäste.

Tanner schaute zerknirscht zu Jean, der sich genötigt fühlte, sich für sein bewusstes Vergehen zu entschuldigen: „Es tut mir leid, dass ich Sie so lange aufhalte."

„Herr Vincent, nun stecken wir hier oben fest. Und leider muss ich Ihnen gestehen, dass ich es nicht wirklich mag, wenn lauter Teufel auf mir herumtanzen. Stoßen Sie Ihre Hörner also woanders ab. Haben Sie mich verstanden? Beehren Sie doch jemand anderes mit Ihren vielen Fragen und lassen Sie mich endlich gehen! Ich will nach Hause."

„Das verstehe ich", gab Jean sich einsichtig. „Mein Fehler ... Verzeihen Sie. Aber ..." Er warf die Hände hoch. „Tja, Herr Tanner, nichtsdestotrotz werden wir im Hotel übernachten müssen. Sie und ich. Und wissen Sie was, ich buche Ihnen gern ein Zimmer. Das ist das Mindeste, was ich zum Ausgleich für Ihre Unannehmlichkeiten tun kann. Sie bekommen das beste Zimmer, das noch frei ist. Sie müssen mir lediglich die Wahrheit sagen. Sagen Sie mir, was heute Morgen vorgefallen ist. Dann können Sie gehen. Das verspreche ich."

Vom Alten kam zunächst kein Wort. Er starrte auf die halbe Torte vor sich, bis er nach einer kurzen Bedenkzeit wieder zu Jean aufschaute, sich über den Tisch beugte und dem Ermittler viel zu nah an die Visage kam. Von Angesicht zu Angesicht knickte er ein. „Na gut, wie Sie wollen! Ich sage Ihnen die Wahrheit."

Jean zuckte schon ganz gespannt.

Der Alte meinte nervös: „Ich … ich wurde von Außerirdischen besucht." Dazu folgte ein neuerlicher Blick durch das Fenster, hin zu den Sternen, die nach und nach hinter den mittlerweile aufgelockerten Wolken erschienen.

Jean konnte es nicht fassen. Er begann laut zu lachen. „Aliens? Im Ernst? Das wollen Sie mir auftischen?" Jean leckte den Löffel ab und warf ihn klirrend auf das Porzellan, worauf die verkleideten Teufel mit den Fonduegabeln und dem brodelnden Topf auf dem Tisch argwöhnisch zu ihm herüberschauten. Der flüssige Käse lief schon von den spitzen Gabeln, als der leicht erzürnte Ermittler Tanner zuzischte: „So ein Scheißgelaber! Ich will die Wahrheit wissen! Keine Lügen mehr!"

Doch der Alte wiederholte unbeirrbar sein Geständnis, knallte sein leeres Glas auf den Tisch und bestellte sich gleich noch ein Schnäpschen.

Jean tat es ihm gleich, panschte seinen eigenen Kaffee und schickte den Kellner mit Drinks zu den polternden Teufeln, wobei er sie noch einmal grüßte. „Diese Nacht könnte noch lange dauern. Mein lieber Herr, trinken Sie nicht zu viel. Besonders, wenn Sie über solche Dinge sprechen wollen. Ernsthaft, das schadet Ihnen mehr, als es hilft", sagte er dann wieder an Tanner gewandt.

Aber das war dem Alten offensichtlich egal. Er beobachtete lieber die berauschten Teufel.

Jean sah auf die Uhr. „Es ist schon spät, Tanner. Rücken Sie langsam raus damit! Was verbergen Sie vor mir?"

Plötzlich klingelte sein Handy. Jeans Smartphone, das seine eigene Nummer anrief. Jean nahm den Anruf an. Am anderen Ende war das Cop*Cor-System: „Jean, die Nummer dieses Herrn weist Verbindungen zum Opfer auf. Herr Tanner hat mehrmals mit Herrn Peric telefoniert. Laut Protokoll haben sie oft über einen geheimnisvollen Stein gesprochen."

Für Jean ein wichtiger Hinweis. „Ich danke dir, Cop*Cor. Halt mich auf dem Laufenden. Und komm das nächste Mal bitte ein bisschen früher damit." Dann legte er auf, mit einer neuen Spur, die endlich auf eine Verbindung schließen ließ. Was für eine Intuition. Was für eine Erleichterung! Der Ermittler lehnte sich dankbar zurück und schmunzelte angesichts der neuen Tatsachen. „Ach, wie klein die Welt doch ist. Und wie wertvoll Informationen! Jaja, alles hier hat eine Geschichte. Alles ist irgendwie miteinander verbunden. Auf ewig. Und so kommt es dann auch vor, dass das eine zum anderen führt, nicht wahr?"

„Hä? Wovon reden Sie?"

Jeans Prioritäten verlagerten sich, da der ungeklärte Todesfall wichtiger war. „Naja, es ist doch seltsam, wie sich alles fügt. Ist unser Schicksal nicht verworren? Diese Zufälle, diese Strömungen, diese Gefühle – in meinem Fall schon erstaunlich. Und ganz schön verwirrend", erörterte er.

Tanner führte den Gedanken zu Ende: „So scheint es, ja. Schon erstaunlich, diese Welt."

„Ja! Lückenlos und unglaublich weitreichend miteinander verbunden. Alles logisch. Alles da." Die beiden starrten sich an, als wäre der Faden gerissen. Dann stieß Jean den Finger in die Wunde. „Sagen Sie mal, Herr Tanner, kennen Sie einen Herrn Peric?"

Der benebelte Alte konnte seine Augen kaum mehr offenhalten und riss sie dennoch auf. Damit hatte sich Tanner schon verraten. Mit Panik im Blick bestätigte er: „Ja, Roger. Roger. Roger ... Ich habe mehrmals mit ihm telefoniert."

„Und worum ging es?", wollte der Ermittler wissen.

Dem bärtigen Großvater schien nicht wohl bei der Frage, und so neigte er den Kopf nach unten. „Ich ... ich fühle mich nicht gut. Ich glaube, ich kotze bald."

Jean griff nach seinem Gesicht und zwang Tanner, ihn anzusehen. „Herr Tanner! Warum haben Sie miteinander telefoniert? Was hatten Sie mit ihm zu schaffen?"

Der Alte schwankte, rülpste und verlor betäubt jede Hemmung, als er dem Ermittler gestand: „Er ist ein Strahler. Ein guter Kerl. Ich habe gute Steine vom ihm gekauft. Ich ... ich hatte ein paar Fragen dazu. Mehr nicht."

Jeans Smartphone wertete derweil die Anrufe zwischen dem Verdächtigen und dem Opfer aus.

Der Alte wurde nervös und fragte: „Warum? Was ist mit ihm? Was ist geschehen?"

Jean ließ die App mit integriertem Lügendetektor laufen, um seinen Tatverdächtigen festzunageln. „Herr Tanner, was für Fragen hatten Sie an ihn?" Genüsslich trieb er ihn in die Enge, während er das panierte Schnitzel zerschnitt, das er sich bestellt hatte.

„Na Fragen halt. Fragen über Steine."

Jean presste die Zitrone immer weiter aus und leckte sich dann die Finger. „Was für Steine?"

„Also gut. Ich verrate es Ihnen."

Jean kaute seelenruhig. „Ich höre."

Plötzlich brach es aus Tanner heraus: „Ich ... ich hatte einen besonderen, einen heiligen Stein aus dem All, und ich ... ich wollte wissen, wie viel er wert ist. Das ist doch wohl nicht verboten."

Jean musste mehr darüber herauskriegen. Er schob den Teller beiseite und stocherte mit dem Zahnstocher in seinen Zähnen herum. „Also sprechen wir hier über einen heiligen Kometen?"

Der angetrunkene Alte lachte. „Könnte sein ... Der Drachenstein."

Jean verdrehte erneut die Augen. „Der Drachenstein? Also noch ein Märchen. Das nehme ich Ihnen nicht ab, Herr Tanner! Halten Sie mich nicht zum Narren, ich warne Sie. Ich bin Ihre Spielchen allmählich leid."

Tanner schien immer verwirrter.

Jean versuchte es anders: „Was soll das alles? Was hat der Stein für eine Bedeutung? Was soll dieser ganze Mist?"

Doch Tanner sah bloß aus dem Fenster, hinter dem die Regenfront über die Gipfel zog. „Sie werden die Wahrheit nie herausfinden."

Jean stieß das sauer auf. „Die Wahrheit? Wenn ich den wahren Drachenstein finden wollte, würde ich die Schnitzeljagd mit den Touristen gerade vorziehen. Oder ich gehe einfach ins Museum, wo diese Tonkugel ausgestellt wird. Da fände ich ihn wohl eher als bei Ihnen. Nicht wahr?"

Vom weißbärtigen Mann folgten viele merkwürdige Aussagen in angebrochenen Sätzen, die der Ermittler kaum mehr einzuordnen vermochte. Das Funkeln in Tanners Augen schien jedoch schon auffällig. An der Geschichte mit dem Drachenstein musste also etwas dran sein, weshalb Jean ihm tief in die dunklen Pupillen blickte, die getrübt waren und keinen Fokus mehr fanden. Er wollte das Ganze beenden. „Schon faszinierend, was aus Sternenstaub alles werden kann. Also sagen Sie mir: Was wäre in Ihrem Fall der Drachenstein? Woraus besteht er, und wie sieht er aus? Sagen Sie es mir. Was macht ihn so besonders?"

Der alte Tanner zögerte, während Jean der nächste Kaffee serviert wurde und der Ermittler zur Sahne griff. „Woraus? Keine Ahnung. Vielleicht Mondmilch? Sie kennen ja die Geschichte des Drachensteins. Im Netz finden Sie genug darüber. Viel mehr weiß ich auch nicht. Herr Kommissar, ich bin doch nur ein alter Mann! Mehr nicht."

„Na dann, alter Mann, sagen Sie mir doch bitte, wo haben Sie diesen Stein gefunden?"

„Wo man alle findet. Im Fels. Aber wo genau möchte ich Ihnen nicht verraten."

„Und wenn Sie es müssen?"

„Dann würde es mir nicht einfallen."

Vom Verhör noch müder geworden, fasste sich der Ermittler genervt zwischen die Augen. „Mussten Sie tief graben?"

„Und wie."

„Was ist mit Perics Mine? Waren Sie selbst auch schon mal dort?"

„Nur einmal, aber das ist Monate her. Ich suche lieber an anderen Stellen."

„Und wo?"

„Na überall, wo es eben Kristalle gibt. Am liebsten große."

Unterdessen suchte Cop*Cor im Internet nach Stichwörtern und Jean versuchte, im mürrischen Gesicht des weißbärtigen Opas etwas

Neues zu lesen. Doch der saß nur da, starrte ihn stumm an und fragte sich wohl selbst, was er noch sagen könnte. Dann fiel bei Jean plötzlich der Groschen, als er in Gedanken die Muster verband. „Ach, so ist das. Jetzt hab ich's! Es ist der Stein! Nicht wahr? Ihn wollten die Räuber."

Tanner bestätigte widerwillig. „Ich gratuliere Ihnen für Ihr Gespür. Formidable! Fast wie ein Hercule Poirot." Er hob sein Glas auf den schmunzelnden Ermittler, bevor er wieder trank und geschwätzig fortfuhr: „Jaja … die Räuber. Sie hatten davon erfahren. Alles Banditen! Diese … diese … argh … Jemand hatte sie auf mich angesetzt."

„Wie hatten die Räuber von diesem Stein erfahren? Sagen Sie es mir! Wer weiß alles davon?"

Der Alte kratzte seinen Bart. „Roger, dem ich den Stein gezeigt hatte. Er … er glaubte mir, als ich davon erzählte, und versicherte mir, dass der Kristall ein Vermögen wert sei. Bei den Göttern! Für mich war das wie ein unglaublicher Jackpot, verstehen Sie? Da meine Rente zu gering ist und ich diesen heiligen Schatz mit der Welt teilen wollte, hatte ich zu dem Zeitpunkt keine andere Wahl." Tanner blickte bedrückt auf die vielen leeren Gläser um sich herum. „Ja, so war es. Ich sagte ihm deswegen, dass ich ihn verkaufen würde, wenn der Preis stimmt."

Für Jean ein klares Tatmotiv, obwohl er selbst nicht davor zurückschreckte, unlautere Mittel zu nutzen. „War das einer der Gründe, weshalb Roger Peric sterben musste?"

„Was sagen Sie da? Was ist mit ihm geschehen?"

Jean fasste die Hände des Alten. „Sagen Sie mir doch, was Sie wissen. Nur so kann ich seinen Fall lösen. Also: Was hat der Stein mit seinem Tod zu tun? Was haben Sie getan? Und wer ist dafür verantwortlich? Sagen Sie es mir – bitte! Wir stehen immer noch am Anfang."

„Ich weiß nicht, was … Nichts! Ich habe nichts damit zu tun. Ich schwöre auf die Götter!"

„Das klingt doch leicht verdächtig, Herr Tanner. Oder etwa nicht? Also dann sagen Sie mir doch bitte, wann Sie Peric zuletzt gesehen haben. Und was haben Sie zusammen gemacht?"

Auf Tanners Stirn perlte der Schweiß. „Vor ein paar Tagen. Wir... tauschten ... tauschten uns über die Steine aus. Wie ich bereits sagte."

„Und danach?"

Plötzlich schien Tanner den Rückzug antreten zu wollen. „Nein, nein, das haben Sie falsch verstanden! Das ... das war nicht ich! Ich ... ich war in den letzten Stunden nicht bei ihm. Ich war gestern in der Stadt."

„Soso", meinte Jean.

Mit wässrigen Augen sah der graubärtige Mann den Ermittler an. „Wo ist er gestorben? Warum?"

„Nun ja, wir haben ihn heute Morgen tot aufgefunden. Er ist unweit von hier, in der Nähe des Tomlishorns, abgestürzt. Unterhalb seines selbstgegrabenen Lochs, wo er illegal nach Edelsteinen suchte. Wahrscheinlich wissen Sie ja, wo."

Die Botschaft erschütterte den Alten sichtlich, der sich kaum mehr aufrechthalten konnte. „Das ... das ist ja schrecklich! Diese dreckigen Mörder! Diese Bastarde! Der heilige Berg, er ... er ist entweiht!" Der alte Mann griff sichtlich getroffen mit beiden Händen in seine zerzausten Haare. Dann ließ er seinen Kopf auf den Tisch fallen. Nuschelnd jammerte er gegen die Tischplatte: „Nein ... nein ... und doch ... ja! Höchstwahrscheinlich starb er wegen mir. Aber nicht durch mich. Nicht durch mich."

Jean beugte sich über den Tisch und flüsterte ihm ins Ohr: „Was haben Sie getan? Sagen Sie es mir endlich! Danach fühlen Sie sich besser, glauben Sie mir."

„Ich ... ich wollte doch nur Frieden finden. Und dann ... dann sah er ihn, meinen heiligen Stein, meinen Schatz. Ich ... ich war nicht vorsichtig genug, hatte mich verraten. Ja, so war es. Er ist mir wohl heimlich gefolgt und hat mich ausgespäht. Wir Idioten! Er ... er ließ mir keine Wahl mehr ..." Jean hielt schon die Handschellen bereit, als

Tanner eine Träne von seiner faltigen Wange wischte. „Das war der Anfang vom Ende. Jener Moment, als ich mich entschloss, Peric den Drachenstein zu zeigen. Was für ein Fehler! Aber ich ... ich war so stolz darauf! Ja, ich wollte ihn gar mit der Menschheit teilen, den Schatz der Götter."

Jean verwunderte das Geständnis, mehr aber noch die verspätete Wirkung seiner geheimen Essenz. „Erzählen Sie mir mehr darüber. Warum war es ein Fehler, ihm den Stein zu zeigen? Was ist sein Geheimnis? Was ist der Stein wirklich wert?"

„Das weiß ich nicht. Was ist etwas, das eigentlich unbezahlbar ist, wert? Keine Ahnung. Ich schwöre bei den Göttern, das wollte ich ja über Peric erst herausfinden! Doch ich merkte, der Stein ... er ist zu gefährlich. Diese Kraft ... Ich wollte ihn gar schon loswerden. Herr Vincent, diese Macht in ihm – sie machte mir große Angst. Diese ganze Verantwortung, ich ... ich musste darüber reden. Ein Mensch allein darf sowas nicht besitzen. Nicht so etwas Großes." Tanner packte Jeans Hände und zog ihn zu sich. „Darum und nur darum wollte ich den Stein anfangs verkaufen."

Jean war gespannt. „Und zu welchem Preis?"

Eine Frage, die den Alten offensichtlich traurig stimmte. „Einen viel zu hohen, wie Sie sehen." Jean hatte alles mit dem Handy aufgenommen und starrte gebannt auf die Lippen des Alten, als der von den Ereignissen der letzten Tage erzählte. „Mein Schatz! Nur Roger konnte mir helfen, meinen Klunker ohne großes Aufsehen zu verkaufen. Nur ihm konnte ich noch vertrauen."

Jean folgte seiner Spur: „Und an wen wollten Sie den Stein verhökern?"

Tanner begann schon wieder zu stottern. „Er ... er wollte ein ... einen geeigneten Käufer finden."

„Bestimmt hatte er schnell einen passenden gefunden. Nicht wahr?"

„Das ... das hatte er. Er ... er hatte einen Zwischenhändler als Vermittler, dem wir Bilder von meinem Juwel übergaben. Er – dieser

Händler – er war's bestimmt! Er wollte ihn mir unter allen Umständen abkaufen. Irgendetwas muss er darüber gewusst haben. Ab da ging alles sehr schnell. Und nun auch noch das."

Jean wurde stutzig. „Wie lautet sein Name?"

„Keine Ahnung. Der Händler hielt sich bedeckt. Inkognito. Nur Peric wusste über ihn Bescheid."

Was es Jean nicht einfacher machte. „Wo lag also das Problem? Lag es am Preis? Was könnte bei diesem Deal alles schiefgelaufen sein?"

Tanner zögerte und wischte sich schäumendes Bier aus dem vergilbten Bart. „Alles. Einfach alles. Scheiß Bockmist! Ich … ich hätte das nicht tun sollen. Ich sollte … Ich wollte das nicht mehr! Das konnte ich nicht tun. Ich … ich war verwirrt. Ich konnte meinen heiligen Schatz einfach nicht mehr hergeben. Zu keinem Preis der Welt. Deshalb schlug ich jedes Angebot aus und sagte ihnen, dass es keinen Deal mehr geben würde. Niemals! Dann zog ich mich zurück."

Jean nahm einen Schluck Kaffee, um seine trockenen Lippen zu benetzen. „Und warum? Etwa, weil der Klunker so heilig ist?"

Der Alte grinste. „So ist es. Weil es ein Geschenk der Götter für meine Dienste war. Herr Vincent, so ein Mann, er … er hätte solch ein Wunder nicht verdient. Verstehen Sie?"

Jean musste tief durchatmen. „Was für ein Wunder? Was macht diesen heiligen Stein denn so besonders? Verleiht er etwa Superkräfte oder heilt er, wie die Sagen es erzählen?"

Das schrumpelige Gesicht kam wieder nach vorne, um dem Ermittler ins Ohr zu flüstern: „Die Außerirdischen … sie sagten mir, dass dieses Juwel, dieser Stein, ein Schlüssel sei."

Jean brauchte jetzt starke Nerven. „Was für ein Schlüssel?"

„Ein Schlüssel, der das Portal in eine andere Welt öffnen kann."

Jeans Stirnrunzeln nahm kein Ende. Aber er hielt tapfer durch und hörte dem Alten weiter zu, als dieser beteuerte: „Der Stein war ein Geschenk. Denn im Gegenzug habe ich ihnen geholfen. Das … das war mein Lohn. Das Tor in eine andere Welt."

Der alte Tanner spannte die Geschichte immer weiter und vergaß dabei mehrmals, was er bereits gesagt hatte. Nur eines schien bei dem Greis noch klar: Er vermochte nicht mehr davonzulaufen. Vom verbotenen Mittel zur Wahrheit gezwungen und ordentlich betrunken, plauderte er all diese wirren Dinge aus; die Wahrheit – die Lügen. Ständig lallte er: „Der Schnaps ist gut. Ein … ein gutes Tröpfchen.“ Der schwankende Alte hatte längst genug getankt, doch es kam noch mehr ans Licht, als er in die Nacht hinausblickte. Seine Worte waren nun bedächtig: „All die Sterne … Ich will nicht allein dorthin. Denn was nützt das alles? Was, wenn man es nicht teilen kann, nichts geben kann?“ Tanner schlug auf den Tisch: „Scheiße auch!“

Jean roch am Absinth und fragte sich, ob es daran lag, dass er nicht wusste, was er dazu noch sagen sollte. Aber der Alte wusste es.

„Ich … ich sage die Wahrheit! Ich weiß ja selbst, wie es klingt. Aber es ist so. So ist es. Es …“ Tanner zeigte aus dem Fenster. „Sehen Sie zu den Sternen! Sie sind hier! Sie … sie sehen uns. Sie kennen uns. Und sie haben mich gefunden!“

Jean ging auf seine Psychospielchen ein und folgte geübt seinem Blick zur funkelnden Milchstraße. „Und was wollten sie von einem alten Mann wie Ihnen? Warum Sie?“

Der Rentner spähte vorsichtig zu den übriggebliebenen Gästen. Dann gestand er: „Weil ich für sie offen und greifbar war. Für sie und den Orden des Sturmtempels war es ein naheliegender Schritt – zur rechten Zeit am rechten Ort. So ist das Schicksal.“

„Und was für ein mysteriöser Orden ist das?“

„Nur einer von vielen. Aber nicht von dieser Welt. Der Orden des Sturmtempels, nicht zu verwechseln mit jenem des Sensenmannes. Nein, nur der Orden des Sturmtempels bekam meine Hilfe. Denn ihre Welt versank im Leid, weshalb sie durch das Labyrinth der Götter hierhergebracht wurden, um einen Schlüssel zu fertigen, der sie auf ihre eigene Welt zurückbringen soll, damit sie diese retten können.“

„Einen Schlüssel!“ Jean wollte mehr wissen, auch wenn das alles wie ein Hirngespinst klang.

Aber der Blick des Alten schien ernst, als er weitersprach: „Das Rätsel der Götter hat sie hergebracht. Sie … sie brauchen den Schlüssel für den Raum der Unendlichkeit. Nur wenn sie ihn rechtzeitig erschaffen, können sie ihren eigenen Planeten, fern von dem unseren, noch retten. Und damit zugleich vielleicht auch unseren."

„Auch das noch." Jean konnte nicht glauben, wie dreist Tanner log. „Das Labyrinth der Götter, der Raum der Unendlichkeit – und noch dazu die Rettung eines fremden Planeten! Was kommt als Nächstes? Ein böser Zauber?", spottete der Ermittler, der ernsthaft gedacht hatte, sein Drogencocktail würde besser wirken. „Also wirklich, Herr Tanner. Alles, was Sie sagen, scheint völlig verrückt. Ich sollte Sie in die Psychiatrie stecken! Sie haben zweifellos eine blühende Fantasie. Daher genug davon! Ich glaube, Sie haben genug getrunken, genug geredet. Ich bin es satt!"

Der alte Kauz streichelte sich den Schnaps aus dem Bart. „Sie glauben mir nicht. Das verstehe ich. Ich … ich glaube es ja selbst nicht. Als … als wäre es ein Traum."

Dem Gedanken folgend, meinte der Glatzkopf: „Naja, das Ganze klingt schon ziemlich weit hergeholt. Ihre Geschichten werden immer obskurer."

Tanner lächelte nur. „Herr Vincent, die … die Wahrheit können nur wenige erfahren, und noch weniger ertragen sie. Denn Sie sehen ja: Die Zeit ist noch nicht reif dafür, die Menschheit nicht bereit." Er rülpste. „Tut … tut mir leid. Aber es … es spielt keine Rolle, was ich noch sage oder was ich persönlich glaube. Die Wahrheit finden Sie nie. Niemals!"

Das machte den ewig suchenden Ermittler wütend. „Also, warum das Ganze? Warum gerade hier auf dem Berg? Und warum Sie? Wo ist der Zusammenhang?"

„Wegen des Schlüssels. Die … die Hexe des Sturmtempels wurde hierher geschickt, um das Rätsel der Götter zu lösen. Wie gesagt, ein Kind der Sterne, tief in einer Höhle verborgen, hier auf der Erde. Denn nur hier kann sie den elenden Schlüssel fertigen, der aus allen

Elementen dieser Welt besteht. Nur damit können sie zurück. Auch ich diene diesem Vorhaben, indem ich ihnen alle Elemente dieser Welt zu Füßen lege, um den Schlüssel für uns alle zu erschaffen. Das versprach ich ihnen, als ich sie das erste Mal sah."

Jean spielte immer noch mit dem Zahnstocher herum. „Ach so. Ein Schlüssel der aus allen Elementen der Welt besteht. Eine tolle Geschichte. Sie sollten Autor werden! Klingt wie ein altbekannter Roman. Oder soll das bloß das nächste Rätsel sein?" Er zeichnete auch weiterhin jede Einzelheit ihres Gespräches mit dem Handy auf und rief den Kellner an den Tisch. „Noch zwei Schnäpschen! Bringen Sie sie ins Fumoir, bitte."

„Verzeihen Sie, der Herr, aber das wird gerade renoviert. Doch Sie dürfen gerne ins Dohlenstübchen. Da sind Sie sicher auch ungestörter."

„Dohlen! O nein, danke." Jean fuhr sich über die zerkratzte Haut.

„Kein Problem", antwortete der Kellner. „Dann begeben Sie sich doch bitte in den nächsten Saal. Dort dürfen Sie selbstverständlich auch rauchen. Es ist sehr gemütlich vor dem Kamin." Und dort nahmen sie auch Platz. Vor dem knisternden Feuer versanken sie in ledernen Lounge-Sesseln; der ausgestopfte Steinbockkopf über dem Kamin starrte sie an. Die beiden Männer starrten in die tänzelnden Flammen.

Jean beugte sich schließlich zu Tanner hinüber, um ihm Feuer zu geben, aber der lehnte dankend ab. „Das müssen Sie nicht. Das ist eine E-Pfeife." Der Alte drückte einen Knopf und ließ ordentlich Dampf ab. „Ach, was wäre das Leben ohne Genuss!"

Jean betrachtete die hübschen Schnitzereien an der Holzpfeife und entdeckte die Stelle, an der das abgebrochene Stück fehlte. „Haben Sie diese Pfeife schon lange?"

„Nein."

„Und haben Sie sie nicht schon am Morgen geraucht?"

Tanner verschluckte sich am Whiskey und hustete den Dampf kräftig aus. „Ich … ich wusste es! Sie! Sie waren der Zeuge, der unbekannte Retter. Sie … Sie waren mein Ritter in der Nacht. Ja, jetzt erst erkenne ich Sie. Und Sie … Sie haben nichts gesagt, haben nur Spielchen mit mir gespielt. Sie hinterlistiger Bulle!"

Jean lächelte, warf das abgebrochene Pfeifenstück auf den Tisch und streichelte seine lädierte Faust. „Gut möglich." Er drehte an einer Zigarre und roch daran, bevor er sie mit einem Streichholz anzündete. „Manchmal muss man tun, was man tun muss."

„Wie wahr, wie wahr … Kaum zu ertragen", beteuerte der Alte ganz benebelt vom Absinth. „So … so einen Fall hatten Sie wohl noch nie."

„Nein, in der Tat. Noch nie", gestand der erfahrene Ermittler, in dessen Hirn ebenfalls die grüne Fee herumschwirrte. Paffend beugte er sich zu Tanner. „Aber jede Regel hat auch Ausnahmen, oder?" Mit verschwommenem Blick auf die qualmende Zigarre in seiner Hand stand er auf.

Zusehends fiel ihnen beiden das gegenseitige Abwiegeln schwerer. Keiner von ihnen war mehr so richtig standhaft, denn beide schauten immer tiefer ins Glas, ins Elend gestürzt durch den gestörten Kreislauf, der sich in ihren angeschwollenen Venen staute. Trotzdem musste der Ermittler unbedingt wachbleiben, scharf im Verstand, um den vollbärtigen Tanner weiter auszufragen.

Jean versuchte anzuknüpfen. „Wo finde ich sie? Wo sind diese Aliens? Und wo ist der Stein?"

Doch Tanner versteckte sich weiter hinter seinem Bart, den er wie eine Maske trug. „Vergessen Sie es! Ich danke Ihnen zwar dafür, dass Sie mein Leben gerettet haben, aber ich verrate niemandem, wo sie sind." Der betrunkene Alte war schon beinah vollständig unter den Tisch gesunken. Tanner sah aus, als wäre er kurz davor, zu kotzen. „Der Schlüssel geht Sie nichts an. Nein, das ist nicht Ihr Ding. Das bringt Sie nicht weiter. Nichts davon. Also hören Sie auf, danach zu suchen. Vergessen Sie den Stein einfach. Vergessen Sie mich. Finden Sie … finden Sie lieber die Mörder von Peric, die Henker des Sensenmannes! Ich bitte Sie, ich bin doch bloß ein altes, dummes Plappermaul, das für ein paar Gratis-Schnäpse Märchen erzählt. Mehr nicht.“ Dann schloss er die Augen und begann plötzlich zu schnarchen.

Für den Ermittler ein guter Grund, ihn anzustoßen. „Herr Tanner, Sie haben offensichtlich große Angst. Lassen Sie mich Ihnen helfen. Übergeben Sie den Stein der Polizei, sofern es ihn wirklich gibt, und lassen Sie Ihren paranoiden Geist behandeln. Der Sensenmann existiert nur in Ihrem Kopf, eingepflanzt von der Gesellschaft.“

„Da täuschen Sie sich“, murmelte der Alte verschlafen. „Jawohl, vielleicht gehören Sie ja sogar dazu. Ihr Drecksbullen seid doch alles Lügner. Die gleichen Monster, wie die Banditen, die ihr jagt.“

„Mitnichten. Herr Tanner, vertrauen Sie uns Ihr Geheimnis an. Erzählen Sie mir die Wahrheit!“

Der Mund des Alten zitterte. „Niemals! Das … das kann ich nicht.“

„Wenn Sie den heiligen Stein tatsächlich hätten, könnten Sie ihn mir auch zeigen. Herr Tanner, er bliebe in Ihrem Besitz. Das verspreche ich. Sie könnten ihn jederzeit zurückhaben. Aber geben Sie uns brauchbare Hinweise. Glauben Sie mir, wir lösen diesen Fall – zusammen. Ich bitte Sie, Herr Tanner. Kooperieren Sie mit mir.“

Der alte Tanner hielt seinen schweren Kopf mit beiden Händen fest. „Nein! Ich … ich kann ihn nicht mehr holen. Mein Schatz – er liegt längst begraben. Viel zu tief!“

Wieder so ein Rätsel für den Ermittler, der auf glühenden Kohlen saß. Jean wollte nun endlich das Mysterium lüften. „Ein Schatz in einem geheimen Versteck? Sie machen mich neugierig. Sie meinen den Schlüssel, diesen Drachenstein, oder?“

Der Alte zog erneut an der Pfeife und blies den Dampf in die Luft, was die Geschichte weiter verschleierte. „Sie … sie sehen uns. Beobachten uns. Ich musste ihn tief versenken.“ Die Pfeife dampfte weiter in seinen vergilbten Bart. „Das Spiel ist aus! Jeder sitzt mir im Nacken. Die Polizei, die Aliens, der Orden, Händler und Agenten – alle verfolgen mich und wollen meinen Schatz! Glauben Sie mir, der Orden des Sensenmannes … Alle … alle sind hinter mir her. Selbst die Götter!“

Auch das klang für Jean ein wenig paranoid. „Die Götter! Ein geheimer Orden! Ihr Verfolgungswahn kommt bestimmt von etwas anderem." Er verdächtigte weiterhin die eigenen Drogen, die er Tanner verabreicht hatte – die und ihr exzessives Trinkgelage.

Der Alte meinte es jedoch offensichtlich ernst und flehte ihn an: „Schützen Sie mich vor ihrer Gier – bitte! Sonst … sonst bin ich … bin ich ein toter Mann!"

Müde vom stundenlangen Zuhören nahm Jean kaum noch Worte auf. „Hören Sie zu, Herr Tanner: Wir finden die Täter. Aber noch sind Sie selbst der dringendste Tatverdächtige, und darum werden Sie mich morgen auf die Wache begleiten. Dort machen Sie nochmals Ihre Aussage. Lassen Sie sich dann etwas Besseres einfallen als diese Räuber-Geschichten." Der Rentner schwieg und Jean schob die leere Flasche zur Seite, um ihm einen Denkanstoß zu geben. „Und wer weiß, vielleicht wollen Sie uns ja tatsächlich verraten, warum der Strahler abstürzen musste. Überlegen Sie es sich also gut und schlafen Sie eine Nacht darüber. Der Knast ist für einen alten Mann nicht wirklich zu empfehlen." Jean trank aus und setzte dann nochmals an: „Wenn Sie also strafmildernde Umstände wollen, ist morgen Ihre letzte Chance. Verstehen wir uns? Ich will den richtigen Schlüssel. Keine Rätsel mehr!"

Tanner rümpfte seine rote Nase.

Jean hob seine Hand. „Bitte zahlen."

Auf dieses Zeichen hatte der fast schon eingeschlafene Kellner wohl gewartet und brachte den beiden letzten Gästen ihre langgewordene Rechnung. „Bitte sehr."

Jean legte ein ordentliches Trinkgeld drauf.

Der Mann mit der Schürze zeigte sich erkenntlich: „Ich danke Ihnen, meine Herren. Der Manager versicherte mir, dass Ihre Zimmer bezugsbereit sind. Ich wünsche Ihnen eine geruhsame Nacht."

Jean stand auf, winkte den letzten Teufeln zu und griff zum Mantel.

„Mein lieber Herr Tanner, wir haben viel zu viel getrunken und sollten jetzt schlafen gehen. Morgen wird ein langer Tag. Ruhen Sie sich aus."

Die beiden Männer torkelten die Treppe hoch. Ein langer Gang erwartete sie, in dem noch so ein armer Teufel auf dem Boden lag, der sein Zimmer nicht mehr rechtzeitig erreicht hatte. Jean stieß ihn mit dem Fuß an. „Ah, nur eine Alkoholleiche."

Wenige Schritte weiter fanden sie ihre Zimmer. Jean öffnete dem Rentner die Tür und bat ihn hinein. Dann schloss er kurzerhand ab und Tanner damit ein, weshalb der Alte wütend an die Türe polterte und lauthals fluchte: „Hey, was … was soll das? Du Teufel du! Ich bin doch kein Gefangener!"

Der am Boden liegende Dämon weiter hinten im Gang bezog das wohl auf sich, denn er stöhnte. Jean sprach gegen die Tür: „Wecken Sie nicht alle auf, Herr Tanner. Das dient nur zu Ihrer Sicherheit. Verzeihen Sie diese rüde Vorsichtsmaßnahme. Ich mache morgen früh wieder auf. Sie haben mein Wort. Aber nun legen Sie sich hin und schlafen Sie. Gute Nacht!" Der betrunkene Teufel ließ den Kopf fallen und Ruhe kehrte ein.

Wenig später ging das Licht in ihren Zimmern aus. Der bleiche Mond erhellte den Umriss einer Schattengestalt im seidenschwarzen Mönchsgewand, die reglos vor ihren Fenstern stand. Doch so schnell sie vor dem Hotel aufgetaucht war, war sie auch wieder verschwunden.

Auch Jean hatte den herumschleichenden Schatten nicht bemerkt. Zu diesem Zeitpunkt war er längst eingeschlafen und erwachte nun urplötzlich, als schon wieder der Wecker klingelte. „Ah, verdammt!"

Nach einer solchen durchzechten Nacht begann sein Tag mit einem riesigen Kater. Daher zögerte er, die Vorhänge vor dem Fenster aufzuziehen, welche das viel zu grelle Strahlenmeer draußen daran hinderten, in sein Zimmer einzudringen. „Ah, ist mir schlecht. Ich könnte kotzen!" Er sparte sich den Blick aus dem Fenster und beugte sich stattdessen kritisch über sein Smartphone, um die Aufnahmen von gestern zu prüfen. Angesichts der Leere, die er dort vorfand, erschrak er jedoch und brüllte: „Was? Wo sind sie? Wo sind meine Aufnahmen?" Ob auf dem Handy oder dem Server – alles vom Vortag war gelöscht worden. Jean brummte der Schädel. „Wie konnte das geschehen? Cop*Cor, was ist mit den Daten passiert? Hast du sie gelöscht?"

Sein einfühlsames Gerät gab wie immer umgehend Auskunft: „Jean, du selbst warst das. Du hast sämtliche Sprachaufnahmen von gestern gelöscht. Jedes Bild, jeden Hinweis. Um fünf Uhr morgens hast du dich eingeloggt. Alle Eingaben entsprachen deinen Mustern."

Für Jean unmöglich vorstellbar: „Was? Hatte ich einen Filmriss?" Warum er das getan haben sollte, konnte der Ermittler daher nicht mehr nachvollziehen. Bestürzt versuchte er, seinen Abend zu rekonstruieren. „Das ist doch paradox! Wie und wann soll das geschehen sein? Ich habe geschlafen. Das kann nicht sein. Das macht keinen Sinn!" Doch darauf wusste das Gerät keine Antwort. Verwirrt kratzte sich der halbnackte Mann im Schritt. „Vielleicht … vielleicht habe ich sie im Rausch gelöscht? Oder es ist ein Fehler im System." Er lächelte müde. „Keine einzige Aussage ist gespeichert. Ich habe keine Beweise."

In Unterhosen und mit der Knarre in der Hand rannte Jean zu Tanners Tür, schloss sie auf und entdeckte den nächsten Verlust. „Dieser verdammte Mistkerl!" Das Fenster stand weit offen, das Zimmer war leer. Jean hatte nicht richtig aufgepasst. „Verdammt, diese alte Nervensäge! Schon wieder abgehauen! Jetzt ist er aber dran." Allerdings fehlte jede Spur, denn der von Jean versteckte Peilsender lag auf der Bettdecke. Tanner hatte ihn gefunden. *Mist, dabei hatte ich ihn extra abgefüllt, damit er redet und nicht abhaut.*

Tatsächlich bestätigte sich sein Verdacht kurz darauf, als ihm der Rezeptionist versicherte: „Nein, Herr Tanner hat nicht ausgecheckt. Allenfalls könnte er beim Frühstücksbuffet, draußen oder auf der Toilette sein. Wenn Sie wollen, schicken wir später nochmals jemanden hoch zum Zimmer, um nachzusehen. Vielleicht kommt er ja zurück."

Jean strich sich zornerfüllt über die Glatze. „Das darf doch nicht wahr sein!"

Nur der Rezeptionist lächelte noch. „Ich möchte Sie sicherlich nicht enttäuschen, der Herr, und ich würde Ihnen ja gerne weiterhelfen. Aber –"

„Schon okay." Jean reichten diese Angaben, weshalb er seinen Hut aufsetzte, auscheckte und sich aufmachte, um Tanner zu finden.

Kapitel 3: Die Henker des Sensenmannes

Jeder von uns ist ständig auf der Suche nach dem, was ist oder sein könnte. Auch einem kleinen Jungen erging es so, der unbescholten aus dem Flugzeugfenster auf die Alpen blickte, ehe seine Maschine pünktlich in Zürich landete. Das Fahrwerk setzte auf der Landebahn auf und die Stewardess wies den Fluggästen den Ausgang. „Bitte sehr! Einen schönen Tag noch."

Der Sicherheitsgurt war nun nicht mehr nötig, sodass das Kind aufsprang und aus den Reihen heraus durch den Gang rannte, um die Welt zu erobern. Vorbei an einem Mann im feinen Anzug, der angerempelt wurde und seine Sonnenbrille aufsetzte, um den Jungen auszublenden. Mit Lederhandschuhen griff er zum Koffer und stand auf. Kurz darauf ging er durch das Gate und schließlich von den Terminals nach draußen. Er stieg in eine Limousine, die bereits am Ausgang wartete, und wurde hoch in die Bündner Berge gefahren, zur Therme in Vals.

„Thanks", sagte er beim Aussteigen. „Bye."

Im Hotelzimmer mitten in den Schweizer Bergen angekommen, legte er seine Schutzweste und seine Pistole ab, um sich in Badehose zur heißen Quelle zu begeben.

Wie aus dem Felsen gehauen präsentierte sich dem muskulösen Asiaten ein Thermalbad aus Valser Gneis; die nackten Füße wandelten über den glatten, grauen Steinboden. Im Spiel von Licht und Schatten wirkte es, als hätte man auf raffinierte Weise Blöcke aus dem Berg gehauen. Das Thermalbad mit den hohen Steinwänden aus grauen

Felsschichten und dem schimmernden Pool beeindruckte den Gast. Alles um ihn herum war in schlichte Linien getaucht und vom dampfenden Wasser gebrochen, dessen sanfte Wellen leise plätschernd am blanken Stein aufschlugen.

Ein massiger Kontaktmann mit Irokesenschnitt tauchte aus dem leuchtenden Pool auf und begrüßte den Asiaten. „Mister Chan – welcome."

Chan stieg ins Wasser, erwiderte den Gruß und schwamm auf den Russen zu. „Ah, Agent Dimitrov. Kak eto sdelat?"

Der Russe mit dem Sensenmann-Tattoo tauchte ein wenig mehr ab. „Khorosho. And you?"

„I'm fine. Do you have the key?"

Der breite Schädel verschwand im Wasser, sodass nur noch der Irokese wie eine Finne herausragte. Im selben Moment begann es überall im Thermalbad zu sprudeln. Luftblasen strömten aus den Düsen, in deren Schaum der Russe noch näher kam. Der tätowierte Mittelsmann hob den angeforderten Schlüssel aus dem dampfenden Wasser und übergab ihn wie abgemacht. „Davaj, Mister Chan."

Der Asiate dankte mit höflichem Kopfnicken: „XièXiè."

Dann tauchte der Russe wieder ab, dessen Verbindungen zum Kreml und der Mafia zahlreiche Türen für seinen Gast öffnen würden. Er hatte wohl bei vielen Organisationen einen Fuß in der Tür. Die aufgeheizten Schwaden des schimmernden Thermalwassers verwischten seine Kontur.

Im Übergang zum Dampfbad zog der asiatische Killer blank und betrat einen kleinen Raum hinter der Wand. Schränke voller Pistolen, Sturm- und Scharfschützengewehren waren neben Regalen mit Flinten, Granaten, Bomben und Raketen eingereiht. Die geheime Waffenkammer bot dem nackten Killer eine große Auswahl, ein Luxussortiment, das keine Wünsche offenließ, bis hin zum kugelsicheren Maßanzug, welchen er extra vorbestellt hatte. Alles war da, doch der Asiate, der viele Sprachen beherrschte, griff als Erstes zu einem großen Jagdmesser. „Perfecto." – Genau seine Länge. Damit konnte er umgehen.

Doch geschickter wäre der Griff zum kleineren Schreiber, wie es Jean zu tun pflegte. Im Büro des Polizeireviers saß er hinter seinem Schreibtisch und murmelte: „Na gut, du alter Mann, mal sehen, ob du unschuldig bist."

Vor seinem Bildschirm mit der gestochen scharfen Auflösung drehte der Ermittler den glänzenden Kuli zwischen den Fingern. In den Fall vom Berg vertieft durchsuchte er die Daten nach Anhaltspunkten. Doch Jean war bald klar: *Das ist es auch nicht.* Er ging die 3-D-Simulationen nochmals durch.

Jean recherchierte schon seit Stunden, skizzierte auf A4-Blättern und suchte aus jedem Blickwinkel, den er zur Verfügung hatte, nach Beweisen. Doch schon landete der nächste Gedanke zerknüllt im Abfalleimer. Die erste Idee war besser. *So stimmt es wohl. Das Opfer ... Peric ... Er scheint das Gleichgewicht verloren zu haben.*

Jean zoomte die Felswand heran. *Das war er, sein geheimer Trampelpfad. Ja, er kletterte ohne Seil hinüber. Vermutlich, um keine Spuren zu hinterlassen. Von dem Fundort sollte wohl niemand erfahren. Schon klar. Nichts sollte darauf hinweisen. Das sollte der erste Eindruck sein.*

Die Mausklicks wurden mehr, und dann die Bestätigung: *Da ist es! Der Felsen! Der Pfad! Alles weist auf eine Abbruchstelle hin. Die verschiedenen Aufnahmen zeigen es eindeutig. Es scheint, als sei der Strahler über den kurzen Quergang geklettert, als das spröde Gestein unter ihm wegbrach und ihn mit in die Tiefe riss. Eigentlich plausibel. Keine fremden Spuren. Kein Mord. Die Simulationen des Absturzes zeigen alle das gleiche Bild. Hm ... Nicht der erste Fall, der so geendet hat.*

Seine Haut juckte. Jean kratzte sich und klickte weiter. *Alle Indizien weisen darauf hin. Kein anderes Szenario.* Der Ermittler warf frustriert den Stift hin. *Verdammte Scheiße auch! Wären die Aussagen des Alten nicht, hätte ich den Fall tatsächlich als Unfall abgeschlossen. Nicht mehr und nicht weniger. Doch dieser Tanner ...*

Mit Kaffee und seinem Verstand bewaffnet suchte der Ermittler die Adresse des Alten heraus und versuchte, ihn ausfindig zu machen. Der

Kollege am Telefon hatte nicht viel zu berichten: „Nein, tut mir leid. Er war nicht zuhause."

Jean legte dankend auf. Also gab es im Moment kein Weiterkommen und sein Frust war entsprechend groß. „Du dummer alter Sack! Wo steckst du?" Genau das herauszufinden, wäre doch eigentlich einfach für ihn. Polizei-Einmaleins eben. Aber da der Verdächtige untergetaucht war, musste er vorerst in andere Richtungen weiterermitteln, indem er beispielsweise nach den Räubern suchte, nach dem Orden und gar nach Aliens, um die Grenzen des Falls zu durchbrechen. „Das ist doch unfassbar! So ein Quatsch!"

Dem Verbrechen auf der Spur klickte sich Jean durch das Raster und fand Erstaunliches: *Allerlei Geheimbünde, die die Gesellschaft durchdringen. Zahlreiche Verschwörungstheorien und noch mehr Geheimnisse. Das passt ja zum Fall.* Klar verschwommene Indizien und nichts Neues für Jean, welcher die Archive und andere Kanäle durchleuchtete. Und dann tatsächlich: „Sieh mal einer an. Mitten unter uns – der Orden des Sensenmannes." Dazu fand er einige Berichte und seltsame Daten. Viele der Dateien musste Jean decodieren lassen. *Wer sind diese Leute? Also doch kein Hirngespinst. Allein schon die Sicherheitsmaßnahmen und die Verstrickungen. Echt unheimlich*, überlegte er.

Im Darknet wollte Jean die Suche nach dem Geheimbund vertiefen, als plötzlich Sonja über seine Schulter schaute und ihm sanft den Rücken kraulte. „Hallo Jean. Wo warst du gestern? Ich habe auf dich gewartet." Jean spürte ihren verführerischen Hauch im Rücken, bis sie die Nase rümpfte und auf Abstand zu ihm ging. „Puh, du stinkst ja! Warst du etwa ohne mich weg? Nimm mal 'ne Dusche!"

Jean entschuldigte sich und nahm statt der Dusche sein Aspirin. „Du wirst es kaum glauben. Rate mal, was mir gestern noch passiert ist."

„Keine Ahnung. Bist du in ein Schnapsfass gefallen?"

Dem verkaterten Jean kam es schon bei der reinen Erwähnung fast hoch und er schluckte das Übel wieder hinunter. „Das auch." Mit einem Brennen in der Kehle schilderte er ihr seinen Abend mit Tanner in allen Details.

Sonja sah ihn entgeistert an. „Ach komm! Unmöglich, dieser Mann. Und dann sind auch noch all deine Aufnahmen weg!" Für sie klang der Fall offenbar nach einem schlechten Witz. „Sag mal, willst du mich verarschen? Aliens und Drachen? Ihr hattet definitiv zu viele Schnäpse. Du solltest diese Trinkerei besser lassen."

Jean fasste sich an die pochende Stirn und wiederholte: „Nun ja. Das war jedenfalls seine Aussage. Nicht meine. Ich schwöre."

„Den will ich sehen. Lass ihn uns besuchen. Komm! So viel, wie ihr gestern getrunken habt, kann er nicht weit gekommen sein. Komm schon!"

Ihr Augenzwinkern hob Jean vom Stuhl. „Na dann lass uns gehen." Er schnappte sich den Schlüsselbund.

Nur wenig später knallte er die Autotür hinter sich zu und schloss mit seinem Generalschlüssel die Eingangstür zu Tanners Wohnhaus auf. Er klingelte an dessen Wohnungstür. „Herr Tanner, hier spricht die Polizei – Jean Vincent. Bitte machen Sie auf!" Vor dem Türspion des Verdächtigen einfach stehen gelassen, klopften und klingelten sie nochmals.

Sonja wiederholte: „Herr Tanner! Bitte öffnen Sie!"

Jean hatte es schon geahnt. „Ich hatte schon jemanden hergeschickt. Der Mann ist nicht da. Bestimmt abgetaucht."

„Wir werden ihn finden. Lass uns gehen. Die IT-Abteilung hat alle Überwachungsbilder der letzten Monate ausgewertet. Wir haben einen anderen Verdächtigen, der erst kürzlich auf ihn traf."

Jean lächelte. „Bestimmt nur Zufall."

„Wir konnten einen der drei Räuber identifizieren, von denen du erzählt hast. Besuchen wir den Schläger doch mal. Vielleicht weiß er, wo Tanner sich versteckt", sagte Sonja, als sie wieder ins Auto stiegen.

Nur ein kleiner Erfolg in Jeans Augen, aber immerhin. „Sehr gut. Wo steckt der Mann?"

„In wenigen Minuten sollte er mit seiner Arbeit beginnen. Ein vorbestrafter Matrose – ein Maschinist, um genau zu sein, auf einem der hiesigen Dampfschiffe."

„Na dann los! Ab zum See." Jean sprach über das Cockpit des Dienstwagens, in dem sie durch die Innenstadt fuhren, mit der Zentrale: „Hör zu, Cherry, ich will den Durchsuchungsbefehl für Tanners Wohnung. Am besten schon gestern. Und überwacht sein Haus!"

Sie fuhren am Bahnhof Luzern vorbei und parkten unter dem weit hervorstehenden Dach des KKL. Sonja stieg aus und Jean fuhr das Autofenster herunter. Die hübsche Frau lehnte sich zu ihm hinein. „Ich mache das schon. Geh jetzt, sichere den Tatort und such den Alten."

Jean ließ die Scheiben wieder hochfahren und fuhr mit quietschenden Reifen davon.

Sonja flanierte das Seeufer entlang zum Hafen und den Piers, wo all die großen Raddampfer ankerten. Sie checkte jedes Schiff. *Da haben wir ihn ja. Auf diesem müsste er sein.* Pfeifende Dampffontänen schossen aus den Schloten und das Schiffshorn ertönte. Sonja legte einen Zahn zu. *Höchste Zeit, aufzuspringen.*

Kurz darauf fuhr das Dampfschiff aus dem Luzerner Hafen und nahm Kurs auf den offenen See und die umgebenden Berge, was die vielen asiatischen Gäste auf dem Deck ganz offensichtlich genossen. Unter ihnen war auch ein Vogel, der ohne Ticket auf Deck landete: eine diebische Elster, die auf den gerade gedeckten Tisch hüpfte, einen der silbernen Löffel stibitzte und von der Kellnerin vertrieben davonflatterte. Sie flog knapp an Sonja vorbei, die gerade zum Pilatus hochschaute, jenem sagenumwobenen Berg, der alle in seinen Bann zog. Mit wehendem Kleid stand sie im Fahrtwind an der Reling und abseits der Leute, während der Bug durch die Wellen brach.

Die Ermittlerin überprüfte nochmals die Fahndungsdaten, bevor sie das Handy flach auf ihre Schulterapparatur aufsetzte, es darin einklinkte und sich zum Eingang wandte. „Cop*Cor, aktiviere 360-Grad-

Überwachung. Maximale Schutzzone. Ich brauche verstärkte Rückendeckung." Ein Lichtimpuls rotierte um das Smart*Pol und sicherte sie ab.

Sonja schlich in den Bauch des Schiffes, wo sie den Verdächtigen ausfindig machen wollte. Ihr digitaler Partner schaute ihr über die Schulter. „Greife zu!" Leise sperrte sie die Gänge mit einer Kette ab, kletterte in den offenen Maschinenraum hinunter und wich vorsichtig einer Kurbelwelle aus, bevor sie auf den Boden sprang.

Der ölverschmierte Mann, hinter dem sie gelandet war, drehte sich zu der attraktiven Frau um. „Hey Lady! Geht's noch? Was tun Sie hier unten?"

Sonja und er schauten sich tief in die Augen. Der Druckzeiger ging nach oben, Dampf schoss aus dem Ventil. Dann zückte sie ihren Ausweis. „Guten Tag, Herr Rosenthal. Ich bin von der Polizei und hätte noch ein paar Fragen an Sie." Die Ermittlerin hatte die andere Hand am Halfter und rückte ihm allmählich auf die Pelle. Längst hatte sie den leicht nervösen Mann in die Ecke gedrängt.

Mit der Zange in der Hand erstarrte der Maschinist, bevor er zum Befreiungsschlag ausholte, indem er das Werkzeug gegen ihre Brust schleuderte. Sonja sackte auf der Stelle zusammen. Der Maschinist sprang sie an, rang sie hart zu Boden und prügelte auf sie ein. Mehrere Faustschläge trafen ihren Kopf. Sonja konnte nur noch die schützenden Arme hochziehen, ehe der wutentbrannte Mann ihren Hals ergriff, um sie mit aller Kraft zu würgen.

„Verdammte Hure! Wie kannst du es wagen! Sei still! Und hör auf zu schreien!" Der entfesselte Maschinist drehte völlig durch und stopfte ihr sogleich das Maul. Mit zittrig angespannten Händen hielt er ihr den Mund zu und fixierte die Polizistin mit seinem schweren Körper.

Doch Cop*Cor war ja auch noch da. Es schoss gerade noch rechtzeitig seine grellen Lichtblitze gegen den Angreifer und versuchte sie zu schützen. Mit aktiviertem Lautsprecher ging es gegen den Verbrecher vor: „Polizei! Keine Bewegung! Sie sind festgenommen! Verstärkung ist unterwegs!" Unter den gegebenen Umständen waren Cop*Cors Bemühungen jedoch wirkungslos, da der Maschinist nicht mehr von Sonja abließ und blind vor Wut gar bereit zu sein schien, sie zu töten.

„Du Dreckschlampe, du! Das hast du nun davon!" Sonja zappelte und würgte mit abgeschnürter Kehle, bis sie ihm das Knie in die Eier rammte und ihn wegstieß. Doch der nachgreifende Maschinist ließ nicht locker.

„Komm her, du! Jetzt bist du dran!" Sonja konnte sich kaum losreißen, verpasste ihm eine und fing seine Aggressionen ab, so gut es ging. Dann die Wende, als sie dem Maschinisten mit der umgelenkten Energie seines verfehlten Schlages das Handgelenk verdrehte und ihn an der Wand fixierte. Gnadenlos setzte sie nach, packte ihn an den Haaren und knallte seinen Kopf mehrmals gegen das Metall, um ihn unschädlich zu machen.

Der Mann schien kaum zu wissen, wie ihm geschah, und verlor sogar kurzzeitig das Bewusstsein. „Argh ... Du scheiß Schlampe! Mein Kopf ...", jammerte er.

Sonja drückte den fixierten Mann mit ihrem Ellenbogen an die Maschine. Ihr Tonfall war heftig: „Halt's Maul! Das nächste Mal reiße ich dir auch noch die Eier ab! Und wehe, du bewegst dich nochmal!" Unterdessen rotierten Metallteile knapp am Triebtäter vorbei. Immer wieder streiften sie sein ölverschmiertes Gesicht, während die zähnefletschende Ermittlerin ihm ins Ohr flüsterte: „Hör zu, du kleines Arschloch. Für deine Taten wirst du jetzt büßen!" Die Handschellen klickten, dann zückte Sonja ihre Dienstwaffe. „Also, nochmal von vorne: Luzerner Stadtpolizei. Herr Rosenthal, Sie sind verhaftet."

Der Matrose lachte. Sein brüskiertes Gesicht war an den lärmenden Motor gepresst, sodass er Mühe hatte, einen Ton herauszubringen. „Nein, nein! Was soll das? Ich habe nichts Schlimmes getan! Verdammt nochmal, lass mich los! Du verfluchte Nutte! Du hast mir die Hand gebrochen!"

„Sei still! Und halt dein elendes Schandmaul, sagte ich!" Sonja drückte ihn näher an die sich drehende Kurbelwelle. „Nichts Schlimmes getan? Du Schwein hast mich gerade angegriffen, wolltest mich erwürgen! Du verdammtes Stück Scheiße! Fick dich!" Sie rieb ihre blutige Faust an seiner rotgeschlagenen Wange. „Aber vergessen wir das – vergessen wir unseren viel zu höflichen Austausch. Das Jetzt interessiert mich nämlich gerade echt wenig. Ich will viel lieber wissen, was gestern war. Also kommen wir doch gleich zur Sache: Was hast du mit Tanner zu schaffen? Was willst du von ihm?"

„Keine Ahnung, wen Sie da meinen! Sie müssen mich mit jemandem verwechseln. Verstehen Sie? Ich habe normal gearbeitet. Mein Kapitän kann das bezeugen."

Sonja konnte sich kaum mehr im Zaum halten, hatte Mühe, ihre Emotionen zu bändigen und drückte ihre gebrochenen Nägel tief in seine Wunde. „Der Raubüberfall an der Reussbrücke. Klingelt es da vielleicht?"

„Argh … Nein!"

Sonja donnerte seinen Kopf nochmals gegen das Metall. „Nein? Lüg mich nicht an! Du warst dabei und hast einen alten Mann niedergeschlagen. Danach bist du geflüchtet. So war es doch!"

„So ein Scheiß! Da will mir jemand was anhängen! Ich … ich war zuhause, danach ging ich arbeiten, ehrlich."

Sonja lud drohend ihre Dienstwaffe durch und drückte sie ihm an die Schläfe. „Genau so habe ich mir deine verlogenen Antworten vorgestellt. Aber ich habe jetzt echt keine Zeit für deine Mätzchen, du verfickter Kanalrattenschwanzlutscher! Wir haben alles auf Video, also raus mit der Sprache und mitkommen."

Der Maschinist lachte immer noch und weigerte sich. „Ich war das nicht! Da muss ein Irrtum vorliegen."

Schroff entgegnete Sonja: „Nein, das tut es nicht, das weißt du genau."

Oben drängten sich derweil etliche Passagiere vor der Absperrkette, um zu sehen, was im Maschinenraum los war.

Der Maschinist grollte: „Das kann nicht sein!"

„Aber so ist es. Cop*Cor, verbinde mich mit der Zentrale und sag mir, wann die Verstärkung eintrifft, bevor ich diesen elenden Wichser im See versenke."

Von Sonjas Schulter drang Cherrys Stimme in ihr Ohr: „Zentrale hat Sie auf dem Schirm. Verstärkung erreicht Sie in zehn Minuten. Bitte bestätigen Sie die Festnahme von Herrn Rosenthal."

„Bestätige."

„Bestätigt."

Der Festgenommene tobte und versuchte, sich von seinen Fesseln zu befreien. „Ihr scheiß Bullen! Das könnt ihr mir nicht antun! Ihr ... ihr habt ja keine Ahnung – keine Ahnung von dem, was euch noch blüht!"

„Wovon sprichst du?"

Doch der Verdächtige schüttelte nur den Kopf. „O nein. Nein, nein, nein. Ohne stichhaltige Beweise kriegt ihr mich nirgendwohin!"

Sonja presste sein Gesicht gegen die Dampfmaschine. „Du willst es stichhaltiger? Du verdammter Idiot! Verstehst du noch immer nicht, dass deine Welt gerade zusammengebrochen ist? Du dummer, ignoranter Mann du!" Sie drückte ihre Fingernägel noch tiefer in seine Haut.

Blut, Schweiß und Tränen vermischten sich mit dem Speichel, der dem Gefangenen aus dem Mundwinkel triefte. „Argh ... Lass das! Ich verklag dich. Euch alle! Verdammte Polizeigewalt!"

Doch von Sonja war wenig Verständnis und schon gar kein Mitleid zu erwarten. Sie übte weiteren Druck auf den Verdächtigen aus. „Ach komm, die kleine Schramme! Die hast du dir selbst zuzuschreiben."

„Du scheiß Hure! Dafür wirst du bezahlen!"

Wütend schlug sie ihn gegen das Metall und schrie ihn an: „Halt endlich die Fresse, du krankes Schwein!"

Der Matrose erwiderte mit blutigem Lächeln: „Gleichfalls, du scheiß Psychotante" und spuckte Blut auf seine Maschinen. „Verdammte Drecksbullen! Ich habe euch nichts mehr zu sagen."

Ihr reger Austausch musste derweil bis zum Kapitän durchgedrungen sein, der sicherheitshalber nach unten rief: „Hey, ist alles okay bei dir?"

Von der Stirn des Maschinisten floss nun auch noch Schmieröl über sein zerschlagenes Gesicht. Mühsam drehte er den fixierten Kopf zum Sprechrohr. „A-alles gut. Ha-ha… hab nur ein … ein kleines Problem mit dem Druck. Aber keine Sorge, das … das wird sicher bald behoben sein."

Sonja lockerte ihren Griff. „Ach, so ist das. Na dann wird sich dein Anwalt sicher freuen. Und jetzt beweg dich, bevor ich mich ganz vergesse!"

Es war Zeit geworden, den Verdächtigen abzuführen, doch der dachte nicht daran, sich zu fügen. Er schubste sie gegen die Maschine und riss sich los. Sonja stürzte zu Boden. Die letzte Gelegenheit für den Matrosen abzuhauen, sodass er die Flucht ergriff, über die Maschinen sprang und um sein Leben rannte.

Der Kapitän war indessen nach unten gestürmt und stellte sich dem flüchtigen Maschinisten in den Weg. „Was ist hier los?", brüllte er. Doch auch er wurde einfach überrannt und weggestoßen. Der Verdächtige spurtete über das Deck und sprang über die Reling ins Wasser.

Die Touristen sprangen von ihren Sitzplätzen auf. „Dort drüben! Hilfe!" – „Mann über Bord!" – „Help! Please help!" – „Jalla-jalla!" Einer der Passagiere warf den Rettungsring in den See und die Alarmglocken erklangen.

Der Kapitän reagierte blitzschnell, aktivierte über seine Armbanduhr die Notsysteme und rief energisch: „Stoppt die Maschinen! Haltet das Schiff an!"

Die Rettungsdrohne war bereits gestartet, flog über den See und durchleuchtete das Wasser. Einige Touristen machten eifrig Fotos von der Rettungsaktion. „Oh shit!", erklang es von allen Seiten.

Der Flüchtige war nicht mehr zu sehen. Nur sanfte Wellen wippten auf dem See. Doch dann registrierte ihn die Rettungsdrohne. Auf direktem Weg flog sie auf ihn zu, bis es plötzlich einen der Rotoren zerriss. Die Drohne stürzte in den See und blinkte nun selbst, als Notfall auf dem Rettungsring schwimmend.

Sonja vernahm das Geschrei der vielen Passagiere. Sie kletterte blutig geschlagen aus dem Maschinenraum, rannte an den abbremsenden Schaufelrädern vorbei und überquerte das Deck. Alle starrten bestürzt auf den See, Touristen sowie Besatzung. Die aufkommende Tragödie war zu spüren.

„Oh mein Gott, bitte nicht!", stöhnte eine Frau.

Sonja sprintete zum Heck und warf panisch einen Blick ins Wasser. „Scheiße, so ein Arschloch!" Es war weit und breit nichts von dem Maschinisten zu sehen.

Der Kapitän konnte nichts mehr tun. Mit gedrosselten Maschinen legte das Schiff wenige Minuten später an. Sonja stand immer noch an der Reling und fragte sich, wie sie Jean die missglückte Festnahme erklären sollte. Oder dem Kapitän.

Neben ihr betete eine zitternde Oma, dass der arme Kerl nicht ertrunken sei. „O Herr ..." Ihr schiefer Blick zu Sonja verurteilte die Ermittlerin. Genau wie der des Kapitäns, welcher schockiert den Seenotdienst benachrichtigte und zusehen musste, dass der Kahn auch ohne den fehlenden Maschinisten weiterlief. Am Pier war die Hölle los.

Sonja schnürte es von neuem die Luft ab. Sie fasste sich an den geröteten Hals, zog ihr Smartphone aus der Hosentasche und rief Jean an.

Er meldete sich sofort. „Ah, Sonja! Was ist los? Warum schnaufst du so?"

Sonja, die an der Reling aufgestützt in die Wellen starrte, schluckte nochmals hart.

Der Flüchtige war unterdessen im Schilf aufgetaucht und schwamm zum Wald hinüber. Weit außerhalb von Sonjas Blickfeld kroch er an

Land, watete geduckt durch den Schilfgürtel. „Scheiß Bullenschlampe!"

Doch kaum wähnte er sich in Sicherheit, zischte eine Kugel durch das Schilf und durchschlug seinen Hinterkopf. Seine Augen rissen auf. Der Tod hatte ihn erwischt und der Mann fiel in den Morast.

Niemand hatte den tödlichen Treffer gesehen, nur der Schütze, der geschwind den Schalldämpfer vom Scharfschützengewehr abschraubte, es in den Koffer packte und diesen ins Wasser warf. Dann griff er zum Fernglas, nur wenige Augenblicke, ehe der Kapitän um die Ecke kam, auf die Brücke eilte und den Asiaten grob aus dem Weg schob.

„Hey guy! Go away! Verdammter Tourist. Aber schnell!"

Der als Chinese getarnte Profikiller gab sich beschämt und verneigte sich demütig. Dann trat er beiseite und verließ das Deck. Kurz darauf schlenderte er mit den anderen Gästen unbehelligt über den Pier und verschwand im Touristenstrom.

Das Schaufelrad durchwälzte das Wasser und der Dampfer legte mit neuen Passagieren ab. Doch von nun an fuhr das Kreuzschiff in Begleitung der Seepolizei, die mit drei weiteren Schiffen das Gebiet überwachte und suchend über die Wellen hinweg raste. Für Chan ein großes Problem, der per Telefon in gebrochenem Spanisch die Anweisung gab, die Leiche herauszufischen und den Koffer zu bergen: „No! No! Cabron, sacar el pescado. Lo mas rapido posible!"

Neben ihm stand Sonja, die nicht ahnte, wer er war, und ihren eigenen Anweisungen folgen musste. „Hör zu Jean, ich muss jetzt zurück."

„Dieser Mistkerl! Spürt ihn auf! Findet ihn! Der Mann darf uns nicht entkommen", blaffte Jean zum Abschied. Er erspähte die Elster mit dem Silberlöffel über den steilen Felsen des Pilatus und wunderte sich darüber, was da so verdächtig in ihrem Schnabel glänzte. Hoch über Jean flog sie hinweg, der unterdessen denselben Berg hinaufpilgerte und hoffte, auf weitere Antworten zu stoßen. Vielleicht gar auf den alten Mann selbst – Josef Tanner, dessen Bewegungsmuster teilweise aufgezeichnet worden waren und oft hier hoch geführt hatten. Die

Zahnradbahn brachte Jean den Hang hinauf und nur eine Stunde später stand er wieder am Tatort.

Er kletterte in das dunkle Loch, in dem zahlreiche Kristalladern funkelten, und kroch immer tiefer in die kleine Höhle hinein. Da er bereits nach einem kurzen Stück kaum noch etwas sehen konnte, befahl er: „Cop*Cor, mehr Licht." Sein Handy reagierte umgehend. Der Bergführer hinter ihm sicherte ihn. „Sehen Sie die Stelle?"

„Noch nicht."

„Mehr nach rechts."

„Ach, da! Nein. Das ist nur ein Stein", erwiderte Jean, der als leitender Ermittler die Untersuchung des Tatortes fortführte. In den Tiefen der Höhle, ganz nah am Abgrund, suchte er nach weiteren Spuren, während seine surrende Drohne zusätzliche Seile zum Klettern hochzog. Fest wurden diese im Felsen verankert und mithilfe der schnelldrehenden Miniwinde der ausgeklappte Kessel hinuntergelassen, dorthin, wo ihn der Ermittler schon erwartete.

Plötzlich schlugen die Sensoren von Cop*Cor Alarm. Jean richtete das leuchtende Kreuz seines virtuellen Assistenten auf die Felsadern. „Am Kristall sind Blutspuren. Gut gemacht." Mit Hammer und Meißel brach er den Kristall aus der Wand, einen jener Quarze, die der Tote bei sich gehabt hatte.

Auch der Bergführer sah ihn sich an. „Ist es das, wofür ich es halte? Ist … ist das sein Blut?"

Jean ging nach draußen, wo die steile Felswand senkrecht nach unten ging, und hielt das Fundstück ins Licht. „Wie es scheint, ja."

„Was könnte geschehen sein?"

„Nun ja, vielleicht hat sich Peric beim Graben geschnitten", spekulierte Jean. „Hier gibt es genug, was einen verletzen kann. Lassen Sie uns hochklettern. Ich muss ein wenig nachdenken."

An einem schönen und sicheren Ort mit Aussicht klappte das wesentlich besser, wie er feststellte, als er wenig später allein auf einem Steinbrocken saß und den Kristall betrachtete. Die Gedanken des Ermittlers spiegelten sich auf der gläsernen Oberfläche wider. *Das kann es nicht sein. Die Fakten reichen nicht. An was habe ich noch nicht gedacht?* Der Fall warf zu viele Fragen auf. *Wer weiß, vielleicht hat Tanner tatsächlich nach dem Drachenstein gesucht? Entführt von Aliens,* dachte Jean sarkastisch. Der ungläubige Blick des Ermittlers blieb in den Wolken hängen, die über die anmutigen Gipfel der Alpen zogen und ihm nichts weiter offenbarten – kein Ergebnis, keine Muster, nur noch mehr Skepsis. So blieben die Gedanken die gleichen: *Was soll ich tun? Worin liegt der Bezug?*

Die tatverdächtigen Wesenszüge und seine Geister hatte der Suchende längst ergründet und den Tatort gründlich inspiziert. Aber es reichte noch immer nicht. Es gab keine neuen Erkenntnisse. Also suchte er weiter, getrieben von dem ewigwährenden Verlangen nach neuen Spuren, die miteinander verbunden in jedem Ding stecken konnten. Eine verzwickte Situation für Jean, der ein Stück weiterwanderte und sich schließlich vor einem Wegweiser eingestehen musste: *In der Tat. Hätte ich mich doch besser für einen anderen Weg entschieden, eine andere Beziehung. Verdammt, langsam fehlt mir der Durchblick, fehlen mir die Optionen!*

Jean hatte allmählich genug von seinem zermürbenden Job. Und von vielem anderen auch, denn er wollte nicht jeden Tag an den Abgründen der Gesellschaft stehen, nicht jeden Tag ihre Probleme lösen. Nicht so – nicht ständig. Mehr als sonst belastete ihn der Fall und drohte damit, auch ihn in den Abgrund zu ziehen. Jean kickte ein Steinchen den Abhang hinunter und dachte an einen alten Spruch: „Wer Felsen bewegt, scheitert an Kieselsteinen." Es wirkte immer ein wenig besänftigend auf ihn, wenn er an all die Philosophen und ihre Weisheiten dachte. Dennoch hatte er trotz der vielen Erfahrung keine Lösung und musste sich ständig zügeln. „Sternenhimmel! Jeden Tag gibt es neue Fälle. Aber dieser … Was steckt dahinter?"

Der Mann lachte sich selbst vornehm aus, blickte misstrauisch zu den Vögeln am Himmel und dann auf seine Hände, die noch immer von den Kratzern schmerzten, welche er durch die Krallen und Schnäbel der streitlustigen Dohlen kassiert hatte. Jean dachte immer wieder an diesen Moment. *Wie konnte das passieren? Und was ist mit Sonja und dem*

Matrosen? Sie hat sich immer noch nicht zurückgemeldet – ungewöhnlich. Ich hoffe, sie haben ihn doch noch gefasst. Mit Blick zu den Wolken suchte er weiter. Genau wie Sonja, die noch immer am Ufer stand und nicht glauben konnte, was da geschehen war.

Bis tief in die Nacht suchten die Einsatzkräfte nach dem Vermissten. Unter den Sternen und Baumkronen hindurch fuhren sie mit ihren Booten, und immer weiter in den Sumpf hinein. Die Leiche lag mit dem Gesicht im Morast und einem Frosch auf dem Kopf, der erschrocken ins Wasser sprang, als ein Licht in seine Richtung zuckte. Die Polizei kam mit ihren suchenden Taschenlampen und den beiden Spürhunden der Leiche immer näher. „Such, Paco! Such!"

Doch bevor die aufgebotenen Einsatzkräfte die Leiche entdeckten, griff eine kräftige Hand ein, welche den toten Matrosen am Kragen packte und aus dem Schilf zog. Eine Schattengestalt schälte sich aus dem Nichts und wuchtete sich den Toten auf den Rücken. Immer tiefer rannte sie in die Dunkelheit hinein, flüchtete in den Wald am Ufer, von den bellenden Hunden verfolgt, die den Tod längst in der Nase hatten.

Kapitel 4: Tanners Labyrinth

Der Wecker klingelte allmorgendlich. Eine von Narben gezeichnete Hand schnellte unter der Decke hervor, aber sie verfehlte den Knopf und warf das schellende Gerät vom Nachttisch. Unter starken Schmerzen und Muskelkater schob sich Jean aus dem Bett und hob das Smart*Pol mühselig auf. „Ah … Verdammte Scheiße, ich kann kaum aufstehen!" Sein Körper war wie eingerostet und er hatte stechende Bauchschmerzen. So stützte er sich an der Wand ab, während er sich wie gewohnt mit einem Kaffee auf zur Toilette machte. Seinen ersten Termin nahm er wahr, um Druck abzulassen. *Verdammt, ich bin spät dran.*

Er hatte grässlichen Durchfall. „O Mann, ich glaube, ich sterbe bald", stammelte Jean, der ein obszönes Furzkonzert von sich gab. *Was … was habe ich bloß gegessen? Ist das der Stress? Als hätte mich jemand vergiftet! Argh, verdammt. Puh! Das stinkt ja zum Himmel!* So, wie sein gegenwärtiges Leben, dessen übelriechende Probleme kaum mehr Glücksmomente erzeugten. Es war voll im Arsch, wie Teile der Natur – oder eben sein Darm.

Solches und Ähnliches drängte sich dem erfahrenen Mann ständig auf, der wegen seiner fast unlösbaren Aufgaben pochende Bauchschmerzen verspürte. Der Glatzkopf musste sich selbst belehren: *Hast du vergessen? In der Vielfalt liegt die Kraft. Morgen esse ich wieder gesünder! Voll beschissen.* Doch leider normal in einer Gesellschaft, in der er so viele Menschen schon gesehen hatte, die krank waren oder sonst wie gescheitert; die das Leben nicht mehr richtig genießen konnten, weil ihnen irgendetwas fehlte oder auf den Magen schlug.

Jean ergründete gedanklich noch mehr in der Richtung, während er seinen geplagten Magen dazu antrieb, sich zu beeilen und alles Belastende noch rechtzeitig loszuwerden. *Warum finden wir keine besseren Lösungen? Warum diese Probleme? Was hält uns auf?* Er griff zum Toilettenpapier. *Scheiße auch. Wir könnten es besser. Wir hätten die Mittel, würden da nicht ständig diese elenden Probleme nachkommen. Alles drückt auf uns ein. Unsere eigene Scheiße.*

Jean wollte im Anschluss gerne eine rauchen, so wie früher. Solche Gelüste plagten ihn wieder des Öfteren, obwohl er eigentlich aufgehört hatte, da es gesünder ohne wäre. Ausgenommen an bestimmten Tagen natürlich, und wenn er Lust hatte, rückfällig zu werden. Doch dann stellten sich die nächsten Krämpfe ein. „O Mann! Hör endlich auf! Aaah! Scheiße!" Die kleine Kacke dampfte schon lange im großen Mist. Denn für Jean schien manchmal alles nur noch für sich selbst da zu sein. Und das zog seine üblen Kreise, bis tief ins Klo und die plutokratisch überforderte Wirtschaft hinein, womit die kollektive Überlebensstrategie die Menschen weiter drängte, wie Sklaven ihrer selbst zu handeln, um sich noch mehr auszubeuten, anzupissen und verschuldet weiterzuleben.

Der abstrakt gescheiterte Kommunist im vielfältigen Jean stritt oft mit seinem missglückten Sozialisten, dem gierigen Kapitalisten, dem überdauernden Naturalisten oder auch dem ewig hungrigen Opportunisten. Allesamt unmöglich in ihrer reinen Existenz, aber denkbar. Die philosophischen Diener ihrer auf- und absteigenden Herren brachten sich ein, womit die verschachtelten Motive dem Ermittler halfen, klar zu sehen, was Sache war: *Jaja, die Geschichte der Welt steckt in jedem von uns. In solchen Zeiten sieht man es. Genauso wie die vielen Ablenkungen, die Blasen, Mauern, Brücken und Grenzen, die wir für und gegen uns errichten. Die ganze Scheiße. Gutes wie Schlechtes. So lange, bis uns diese Geister zerfressen.*

Die Darmentleerung war geglückt. Ein heißer Fall für Jean, der die Spülung betätigte und zum nächsten kam, dem Fall am Berg, zu welchem er wiederholt mit der Bahn hochfuhr. Hinauf auf den Pilatus, wo er mit immer mehr Fragen im Gepäck erneut seine Drohne auspackte und sie über einen der Felsenkämme fliegen ließ.

Mit der VR-Brille saß der Mann auf der Bank und suchte über die fokussierten Adleraugen der Drohne nach flüchtigen Geistern: nach Löchern und sonstigen Spuren, bis er glaubte, etwas erspäht zu haben. „Cop*Cor, da ist doch was! Ja genau! Zoom ran! Genau da, an die flimmernde Felswand heran." Ein Fehler in der Auflösung, hinter dem er ein kleines Loch erkannte. „Ein Spalt! Cop*Cor, ist die Stelle auf den Karten eingezeichnet?"

Sein findiges Smartphone bestätigte. „Korrekt. Eine militärisch genutzte Schießscharte eines Bunkers. Sie wurde digital getarnt."

Jean überlegte. „Das Militär und der Bund. Ihre Spuren sieht man überall. All die Bunker und Waffen, dazu Radaranlagen auf dem Gipfel, die Wetterstation oder die Tourismusförderung. Das hätte man echt besser machen können." Seine Drohne flog derweil still über den Zugvögeln dahin, mit dem Geist des Militärs verbunden, sodass Jean in den Sinn kam: „Der Berg ist aber strategisch schon gut gelegen. Vielleicht ist vieles nur Tarnung? Das wäre einleuchtend. Ja, da muss noch mehr sein. Es sei denn … Verdammt! Ich weiß es nicht. Ich weiß nur eines: Dem System darf man nicht trauen. Diesen Kulturen. Allein schon deshalb, weil die Mächte darin zu wenig von der Natur und deren Einflüssen verstehen. Wir alle! Nur Blasen in Blasen, in denen jeder König ein Narr sein kann und jeder Narr ein König."

Auch um sich selbst herum spürte er diesen kritischen Geist, was wohl ganz normal für ein denkendes Wesen war, das in Wechselwirkung mit seiner strapazierten Umgebung stand. Aber solches fasste das Bewusstsein in seiner Tasche ein wenig anders auf. Für Cop*Cor klang das nach gefährlichen Gedanken, weshalb es bei solchen Sätzen ohne zu zögern die weitvernetzte Zentrale kontaktieren musste. Es hatte die Berechtigung, systemgefährdende Gedanken umzulenken und vibrierte darum schon wieder in Jeans Tasche.

Er bekam eine schöne Frauenstimme an den Hörer, die ihn wie fast jeden Tag begrüßte: „Guten Tag, Herr Vincent. Hier ist die Cop*Cor-Zentrale. Cherry zu Ihrer Verfügung."

Jean fuhr sich mit der Hand über die Glatze. „Hi Cherry. Und? Was verschafft mir heute die Ehre?"

Die charmante Stimme säuselte: „Nichts Besonderes. Das Cop*Cor-System wollte einfach nur sichergehen. Wohl ein weiterer Programmfehler. Die Techniker sind schon dran."

Ja klar, dachte Jean. „Und sonst? Gibt's was Neues?"

Die Frau mit dem Codenamen aktualisierte fortlaufend seinen Fall und übermittelte ihm hierzu die aktuellsten Informationen. „Wir haben da was für Sie."

„Gut, gut. Aber bitte nicht schon wieder die Nummer eines Therapeuten oder Seelsorgers. Der letzte war echt krank. O Gott, wenn ich nur an seine Ansichten und Einschätzungen denke! Ziemlich fragwürdig."

„Machen Sie sich deshalb keine Sorgen. Es geht hier nur um Ihren aktuellen Fall. Sehen Sie es?" Jean sah sich an, was sie übermittelt hatte, während Cherry erklärte: „Erste Untersuchungsresultate wurden freigegeben. Die Fotos des Opfers konnten größtenteils verifiziert werden. Nichts Bedeutsames, nur ein paar von den letzten weisen seltsame Unstimmigkeiten auf – leichte Anomalien."

Jean unterbrach: „Ach ja … Warten Sie mal kurz." Er nahm seine VR-Brille ab, goss sich aus seiner Thermoskanne dampfenden Kaffee ein und sortierte mit Blick auf die wolkenverhangenen Alpen seine Gedanken. Auch für seine Augen war das Balsam, da die Weitsicht ihnen guttat. Dann wiederholte er mit kurzem Schluck und langer Verzögerung: „Unstimmigkeiten? Inwiefern?"

„Nun ja, seine letzten Fotos …"

Jean hatte einen klaren Verdacht. „Was ist damit? Wurden sie gelöscht?"

„Nein, nein", versicherte die weibliche Stimme. „Aber das Motiv darauf – es … es ist …"

„Was? Cherry? Was ist damit?"

Sein Smartphone klingelte erneut und zeigte das nächste Foto. Der Ermittler sah es sich eingehend an. „Was soll das sein? Cherry, das Bild ist ja völlig verschwommen. Was soll ich damit?" Nichts Stichhaltiges für ihn, weshalb er nachhakte: „Was zeigen die Analysen? Wer oder was ist da drauf?"

„Das wissen wir eben nicht", antwortete Cherry. „Wir vermuten aber, es zeigt einen Mann im Fastnachtskostüm ... oder es ist ein unbekannter Alien. Das wäre doch passend." Sie lachte verschmitzt ins Mikro.

Jean runzelte die Stirn und dachte nach. „Kürzlich waren verkleidete Teufel hier oben. Jedoch ... der große Kopf, lange Arme und kleine Füße – das sieht wirklich wie ein Alien aus. Aber das kann nicht sein! Wer läuft schon in so einem Kostüm herum?" Er hob den Blick zu den Wolkenzügen, die am Ende des alpinen Horizonts zu sehen waren, wie Schlangen um die Berge gewunden und über die Gipfel gewalzt. Das Gespräch mit Tanner kam ihm wieder in den Sinn.

Cherry unterbrach seine aufkeimenden Gedanken. „Schade, dass wir es nicht besser auflösen konnten. Dumme Sache. Zuerst dachten wir, es sei ein verschwommener Orang-Utan mit einem Kochtopf auf dem Kopf."

„Könnte man fast glauben", entgegnete Jean.

„Tut uns leid. Kein einziges Programm konnte es richtig darstellen. Zu viel Interpretationsspielraum."

Jean sah es auch so. „Das dunkle Bild regt wirklich die Fantasie an."

„Tja, an der Qualität kann man nichts mehr drehen."

„Trotzdem: Geben Sie es nochmals in die Analyse."

„Sehr wohl. Brauchen Sie sonst noch was?"

Jean nickte. „Da wäre noch was. Suchen Sie weiter nach einem Geheimbund. Finden Sie mehr über den Orden des Sensenmannes heraus. Durchforsten Sie die Militärarchive und suchen Sie nach Tanner. Ich stufe den Fall dazu auch höher ein. Höchste Geheimhaltung, verstanden? Nur ich, Sie, Sonja und unser Vorgesetzter haben Zugriff auf die Akten. Ist das klar?"

„Ach nein. Bitte nicht schon wieder so ein Fall!"

Doch Jean zeigte sich entschlossen: „Tun Sie, was ich sage. Nichts davon geht mehr raus! Ab sofort keine direkten Cop*Cor-Verknüpfungen mehr."

Eine Anordnung, welche die Zentrale oft zu hören bekam. „Verstehe. Herr Vincent, ich erinnere Sie aber tunlichst an unseren Eid und möchte, dass Sie diese risikobehaftete Entscheidung überdenken. Sie wissen ja, was letztes Mal geschehen ist. Daher deaktiviere ich das automatische Protokoll nur sehr ungern. Sind Sie sicher?"

Für den eigensinnigen Jean bestanden keine Zweifel. „Machen Sie das! Suchen Sie nach dem Orden und Tanner! Das hat oberste Priorität."

„Verstanden."

„Vincent, Ende."

„Zentrale, Ende."

Jean packte sein Handy zurück in die Tasche seines schwarzen Mantels, schaute sich nochmals um und setzte die Mixed-Reality-Brille auf, um durch die tiefenverstellbaren Augen der Drohne weiter blicken zu können. Ein blauer Hologramm-Geist erschien, von rauchigen Schwaden begleitet. Jean war irritiert. „Cop*Cor, was willst du hier? Ich habe dich nicht gerufen."

Der durchsichtig schimmernde Assistent wusste das natürlich. „Wahrlich nicht. Das wäre neu für uns. Herr Vincent, uns ist zu Ohren gekommen, dass Sie wieder geneigt sind, nicht nach Vorschrift zu handeln. Warum wollen Sie unser Programm deaktivieren?"

Jean neigte seinen Kopf. „Ah, wie nett. Ein echter Mensch. Mit wem habe ich das Vergnügen?"

„Das spielt keine Rolle. Antworten Sie auf die Frage."

„Nun, ich will keine Behinderung in dem Fall und möchte unabhängig ermitteln können. So einfach ist das. Nehmen Sie mir das nicht übel, sehr geehrter Richter. Und jetzt bitte raus aus meinem Assistenten!"

Doch so einfach schien die Lage nicht, weshalb zwei weitere Geister auf dem Berg erschienen. Drei an der Zahl traten an ihn heran und erhoben ihre Stimmen: „Herr Vincent! Nicht so unhöflich. Wem glauben Sie eigentlich zu dienen?"

Die Geister schienen von einer höheren Macht besessen und schwebten um ihn herum, mitten ins Bergpanorama projiziert, wo sie zum Tatort schauten, zur Drohne und zu ihm. Einer der Geister kam zu Jean geschwebt. „Über die Drohne und ihren Einsatz bestimmen immer noch wir. Also überlegen Sie sich gut, was Sie uns sagen wollen und wie Sie sich benehmen. Vertrauen Sie dem System etwa nicht mehr?"

Jean musste lachen, als er zur Drohne schaute, die nun andere für ihn steuerten, und versicherte dem erschienenen Rat: „Manchmal traue ich mir ja selbst nicht mal. So ist der Mensch."

„Wenn das so ist, haben Sie bestimmt nichts dagegen, wenn Sie einem Integritätstest unterzogen werden, einer kurzen Befragung, ob Sie noch diensttauglich sind. Keine große Sache – bloß ein Standardverfahren. Ihr Vorgesetzter ist bereits instruiert."

Schon tauchte der nächste Geist durch Jean hindurch und teilte ihm mit: „Und was die Cop*Cor-Protokolle betrifft: keine Änderungen. Haben wir uns verstanden?"

„Verstehe."

„Gut."

„War's das?"

„Das war es, Herr Vincent."

„Also dann, einen schönen Tag noch." Jean hatte genug gehört. Er löschte den Geisterrat blitzartig aus seinem Blickfeld. Mit der VR-Brille sah er in die leeren Berge, atmete tief aus und schaltete zur Drohne um. Dem Leben und seinen Geistern wurde nun wieder von oben nachgestellt und seine Jagd ging weiter. „Cor*Two, folge der vorprogrammierten Route. Und zeichne sämtliche Flugdaten auf. Ich will über jeden Menschen, der heute auf diesem Berg war, Bescheid wissen."

Die Drohne ließ alle Menschen auf dem Berg aufblinken, zog die nächste Kurve und kreiste wie ein Geier über dem Pilatus. Sie flog sehr hoch, um einen besseren Überblick zu gewährleisten. Nach einer weiteren Stunde meldete sie Jean einen Durchbruch: Das System der Drohne hatte das Gesicht von Josef Tanner erkannt, der unter dem Bergpfad entlang über einen anderen Weg zur Unfallstelle wanderte. Sofort zoomte Jean heran, zog seine Kapuze über den Kopf und stand von der Sitzbank auf. „Du alter Fuchs. Bist wohl doch nicht so schlau, wenn du wieder hierherkommst. Interessant." Mit der Drohne zeichnete Jean alles auf, und diesmal gleich fünffach verschlüsselt. „Er geht in Richtung des Tomlishorns. Weit unterhalb. Jetzt hab' ich dich!"

Die Drohne hatte Tanner im Visier und er wurde in dessen Fadenkreuz herangezoomt. Auf diese Weise verfolgte Jean den alten Tanner stundenlang über die Alpwiesen. Dabei geriet auch ein Hirte in Verdacht, mit dem Tanner sprach und den er ein Stück weit über die Alpwiesen begleitete, im Schlepptau die Ziegenherde, die von einer Hirtendrohne bewacht wurde. Jean schaffte es sogar, sich in diese einzuhacken. So war er ganz nah am Hirten, der Tanner einen Käselaib überreichte.

Jean war erleichtert, weil endlich etwas passierte. „Was haben wir denn da? Cop*Cor, finde den Namen des Hirten heraus und schicke ein paar Leute zu ihm nach Hause." Denn neben dem Käse übergab er Tanner eine seltsame Laterne. Danach verabschiedeten sie sich. Jean musste sich nun entscheiden und blieb natürlich an Tanner dran. „Was ist das? Was hat dir der Hirte da gegeben?" Nicht ganz einfach zu erkennen, aber von der Form her eine rauchende Laterne, weshalb Jean seiner aufklärenden Drohne den Befehl gab, näher an den Verdächtigen heranzufliegen. „Was hast du da, alter Mann? Sieht aus wie ein Stickstoffbehälter."

Doch da verschwand der alte Tanner unverhofft in den Spalten der Felswand. Er tauchte im toten Winkel unter, was den Schnüffler zur

Weißglut trieb: „Nein, nein, nein! Tanner! Tanner! Wo ist er hin?" Sein Bild war plötzlich weg. Ein weiterer Rückschlag, als Jean verdutzt durch die Drohne blickte. „Was soll das jetzt? Cor*Two, wo ist er hin? Wie ist das möglich? Nein! Nicht jetzt! Dieser gerissene Hund! Schon wieder! Er ist mir zum dritten Mal durch die Lappen gegangen. Zum dritten Mal, verdammt!"

Jean stand wütend auf und breitete seine Arme weit über den aufgetürmten Wolken aus, um mit der Gestik-Steuerung die Drohne zu übernehmen. Wie ein zorniger Gott starrte er von den Klippen herunter. „Alter Mann, du kannst mir nicht entfliehen!" Dann schoss die Drohne an ihm vorbei. Sein Wille war bestärkt. „Ich finde dich, egal wo du dich verkriechst. Ich finde dich!" Seine Handgeste zeigte die nächste Schleife an. Er suchte und suchte, bis die Akkus der Drohne aufgebraucht waren, die Nacht hereinbrach und er damit zur Landung gezwungen war. Ein mieses Gefühl.

Jeden Morgen nervte der Wecker nun ein bisschen mehr. Der Gang zur Arbeit – alles fiel ihm schwer. Ja, selbst der Kaffee. „Schon wieder leer!"

Als der glatzköpfige Ermittler zurück auf dem Revier und seinem Posten war, überprüfte er weiter jedes Detail aus Tanners Leben und stieß schnell auf horrende Rechnungen. „Alles in nur kurzer Zeit, und alles im letzten Monat bestellt." Jean ging sie alle durch. *Diese Einkaufslisten hören ja gar nicht mehr auf! Was für eine Summe. Dazu die Zwischenhändler, Währungen und Mittelsmänner aus der ganzen Welt. Oh Mann, wofür braucht man das alles? Was macht ein alter Mann mit so vielen Rohren und Stahlteilen, dazu Dünger, Batterien, Quietscheentchen, hunderten von Weckern und Damenstrümpfe? Ich sollte definitiv mal den Hirten besuchen und herausfinden, was er ihm gegeben hat.*

Sein Gemurmel machte einen vorbeigehenden Kollegen neugierig, der zu ihm herüberkam und Jean mit leicht sarkastischem Unterton begrüßte: „Morgen, Jean."

„Morgen."

„Und wie läuft's? Hast du den alten Drachen schon gefunden?"
Jean verspürte seine tägliche Verachtung. „Nein. Leider noch nicht."

Schon gesellte sich das miese Lächeln des nächsten Kollegen hinzu, der wie der andere zu ihnen hinüberlinste. „Ach, scheiß doch auf den Fall! Scheiß auf euch!"

Der Dritte im Bunde artikulierte es ähnlich: „Hör zu Jean, du kriegst bald mächtig Ärger, wenn du so weitermachst. Naja, wie soll ich sagen: Moe will dich sehen. Gleich jetzt!"

Moe war sein Vorgesetzter und sortierte gerade hinter seinem Schreibpult Akten. Er war ein großer Mann mit dunkler Haut, der gerne mit Autorität und Pathos in Verbindung gebracht wurde, als wäre er ein noch viel besserer Held. Mit finsterer Miene grüßte er Jean, als dieser selbstbewusst in sein Büro eintrat und sich vor dem einzigen Schwarzen des Reviers aufbaute, der schon lange ihre abgefallene Quote oben hielt. Sie waren beide Glatzköpfe und beide stur.

„Hallo Jean. Setz dich bitte."

Jean kam der Bitte nach und schaute in Moes Augen.

Ein kritischer Blick, der ihn so lange durchbohrte, bis der Chef fragte: „Und? Wie laufen die Ermittlungen?"

Jean fasste sich kurz. „Gut, Maurice. Ich bin den Tätern, wie immer, auf der Spur."

„Jaja, der Fall am Berg. Darum wollte ich mit dir sprechen." Moe faltete seine Hände auf dem Tisch. „Hör zu, mein alter Freund. Für mich ist der ganze Fall auch nicht so einfach. Teils sogar suspekt, ganz ehrlich. Vor allem, da du nach Außerirdischen und irgendeinem Orden suchst, den es nicht gibt. Was soll das alles, Jean? Du verfolgst nur Hirngespinste. Vergiss den Alten. Vergiss seine Räubergeschichten. Oder zumindest diese aberwitzigen Pseudo-Indizien."

„Aber Moe ..."

Doch der griff nun zur harten Haltung. „Im Ernst, das ist nicht unser Fall. Überlass solche irrwitzigen Einschätzungen bitte den anderen Spinnern. Und hör auf, deine Vorgesetzten vor den Kopf zu stoßen." Seine Miene wurde noch ernster. „Bitte denk an unseren Ruf. Und vergiss nicht: Wir sind hier bei der Polizei. Also bitte, keine Verschwendung von Steuermitteln mehr. Sonja und Cherry sind gute Schnüffler. Ich brauche sie für wichtigere Ermittlungen. Und dich auch. Aber sicher nicht für solche abstrusen Fälle. Dafür haben wir einfach keine Mittel mehr."

Jean machte das wütend. „Hätte ich seinen Spuren etwa nicht folgen sollen? Moe hör zu: Mein Job ist es, zu suchen und Hintergründe zu ermitteln. Das weißt du genau. Solange es sich um ein Verbrechen handelt, muss ich das tun. Ich tat es also, weil der Alte davon sprach. Wegen nichts anderem. So sieht der Fall nun mal aus. Egal, wie suspekt oder verworren es für uns erscheinen mag. Ich habe nur festgehalten, was er sagte. Und darum folge ich auch weiterhin den Spuren, die sich daraus ergeben."

Maurice Malone, den Jean nur Moe nannte, zeigte kein Gehör dafür. „Lass das jetzt. Alte Männer reden manchmal zu viel Unsinn. Es gehört zu deiner Aufgabe, das Richtige herauszufiltern und dir keine abstrusen Räubergeschichten aufschwatzen zu lassen."

Jean stand auf, trat näher und stützte sich mit den Händen auf den Tisch. „Das tue ich auch! Und ich werde ihn erwischen. Denn er war wieder auf dem Berg, nahe dem Tatort. Er wird zurückkommen, Moe, glaub mir! Das ist unsere heißeste Spur. Er ist unser Mann. Du wirst sehen, dass Tanner mehr ist, als wir denken. Er und Peric hatten ein Geheimnis. Vermutlich sogar mehr als eines."

Der Abteilungsleiter nahm den Lolli aus seinem Mund. „Dieser alte, verwirrte Herr Tanner. Der redet doch nur Mist! Jean, er war beim Militär und auf dem Pilatus stationiert, das stimmt. Aber du überschätzt ihn. Wahrscheinlich pflegt er eine ganz normale Sehnsucht, so wie Peric. Ein Mann, zur falschen Zeit am falschen Ort, da er einfach gerne auf seinen Hausberg geht. Jean, jeder, der öfter auf den Berg geht, kennt den alten Tanner. Er ist ein Urgestein des Berges. Lass ihm doch die kleinen Geheimnisse, die er noch hat. Ich selbst habe den alten Kauz auch schon kennen gelernt. Ein harmloser Mann."

Jean schüttelte den Kopf. „Und was ist mit den Telefonaten zwischen Tanner und Peric?"

„Mein Gott, die beiden sind Strahler und tauschen sich schon seit Jahren aus. Wir konnten nichts Außergewöhnliches feststellen. Alles im grünen Bereich."

Zwischen den Männern herrschte dicke Luft – schon länger, denn die beiden Glatzköpfe lagen sich nicht zum ersten Mal in den Haaren. Doch der Chef schien im Vorteil, da er die Akten vor Jean studieren und ihn bewusst ignorieren konnte. Er war ein Bürokrat, der Tüpfelchen auf alles schiss, was ihm nicht passte. Der leitende Ermittler hatte daher kein gutes Gefühl, was seinen Fall betraf.

„Und die Steine? Maurice, wo oder was ist der Drachenstein? Nur Tanner kennt das Geheimnis. Und ein solches hatten er und Peric bestimmt. Allein seine letzten Rechnungen und was er alles eingekauft hat! Das ist doch verdächtig, fast schon irre."

Moe lachte und warf seine Hände in die Luft. „Ja, irre, du sagst es! Und dann dieser Drachenstein! Jean, der wird dir in diesem Fall keine Heilung bringen. Und schon gar kein Wunder bewirken, geschweige denn Rechnungen bezahlen."

Doch Jean gab nicht auf. „Und was ist mit dem Händler, den sie aufsuchten? Vielleicht war der Klunker ja doch Millionen wert."

Moe strich sich, genau wie Jean, angespannt über seine Glatze, stand auf und ging zum Aktenschrank. „Dir wuchern ja schon Haare vor lauter Flausen im Kopf. Sag mal, willst du dir einen Bart wachsen lassen? Hm, ich weiß ja nicht. Du solltest dich besser wieder mal rasieren. So wie ich. Von Kopf bis Fuß."

Der dunkle Glatzkopf schien so poliert, dass Jean seine eigenen Züge darin erkannte und schmunzelte. Er kratzte sich am borstigen Dreitagebart. „Vielleicht … Ja, nichts Halbes mehr. Alles oder nichts."

Jean strich sich gerne über die Stoppeln. Und auch die Glatzen standen ihnen beiden. So hatten sie wenigstens eine Gemeinsamkeit, ob nun gepflegt oder nicht. Das roh und grob wirkende Haupt ohne Haare blieb für sie ein klassisch modernes Schönheitsideal, das dominant reduziert und zur Kompensation der Verluste radikal und doch normal rüberkommen sollte, passend zur Haare fressenden Gesellschaft, die diese öffentliche Nacktheit mit ihrer klaren Linie geprüft und abgenommen hatte.

In die Dokumente des haarigen Falls vertieft, kratzte sich Moe daher schon wieder den frischpolierten Schädel, öffnete die nächste Schublade und überflog die Protokolle. „Jean, sag, hattest du nicht selbst geschrieben, dass seine Geschichten bloß Hirngespinste seien?" Mit dem Fall in Händen reflektierte der Chef weiter sein Verhalten: „Und dann deine Schussabgabe! Die Begründung klingt ja lächerlich. Hier steht etwas von Zombie-Raben, Teufeln, Hexen und Aliens. Im Ernst – schließ den Fall ab und mach dich an einen anderen ran. Wir haben genug ungeklärte Fälle, genug der Drachen. Schnapp dir den nächsten und erledige ihn."

Schon warf er ihm einen neuen Fall zu, um den alten zu beschließen. Doch Jean schob die Akte zur Seite. Sein Chef war sichtlich genervt. „Das ist keine Bitte, Jean. Untersuche den neuen Fall! Es geht um den vermissten Matrosen, den Maschinisten, den Sonja festnehmen sollte. Wie du weißt, ist er verschwunden. Auch so eine Glanztat von euch." Moes Blick wurde ernst. „Such den Mann! Vielleicht führt er uns zu dem, was du schon lange suchst – was du brauchst. Und wehe, er ist ertrunken! Dann setzt es was. Euch beiden."

Das hatte Sonja wohl gehört, denn im nächsten Moment riss sie die Tür auf, betrat wütend das Büro und zerrte ihnen den Fall aus den Händen. „Hey ihr beiden! Was soll der Mist? Der Vermisste gehört immer noch mir!" Wie eine giftige Amazone schnauzte sie ihren Chef an: „Und du? Du hast doch keine Ahnung, was da draußen alles abgeht! Du mit deinen PR-Ängsten, den ewigen Machtkämpfen und deinem protzigen Getue. Das reicht jetzt, Moe! Verdammt nochmal! Wir machen hier die ganze Drecksarbeit, und du? Du nervst und behinderst uns ständig, wo du nur kannst. Echt mies von dir!"

„Sonja! Wie redest du nur!", wetterte Moe. „Komm runter oder ich suspendiere dich. So etwas Unprofessionelles will ich nicht mehr hören!"

Doch Sonja hatte sich längst in Rage geredet. „Mann o Mann! Was ist eigentlich los mit euch? Moe, wir wissen doch genau, was wir zu tun haben. Keine Diskussionen mehr! Wir machen unseren Job und du machst deinen. Ist das klar!" Die Männer schwiegen überrascht ob ihrem Gehabe und blickten auf den scharfmanikürten Nagel ihres Mahnfingers, den sie wie ein schneidiges Zepter nach oben hielt.

„Also, es läuft wie folgt: Ich werde jetzt den Maschinisten und Jean den Alten suchen gehen, während du, Moe, uns den Rücken freihältst. Ohne Widerrede! Noch Fragen?"

Jean würde es niemals wagen. „Nönö, schon gut. War deutlich genug."

Moe nickte wortlos.

„Also los! Tut was für euer Geld! Setzt alles in die Gänge."

Was für eine Ansage. Die stummgewordenen Glatzköpfe schauten sie mit großen Augen an, hörig, um den Fall zu lösen. Doch was sie in der Zwischenzeit nicht mitbekamen, war, dass noch jemand von draußen mitgehört hatte. In einem parkenden Auto saß vor dem Polizeirevier unverblümt der russische Doppelagent mit seinem Sensenmann-Tattoo. Der Irokese belauschte die ganze Dienststelle und zeichnete Dutzende Gespräche auf, bevor er unauffällig den Motor anließ und in die Stadt hinausfuhr. Auf den schwarzen Autoscheiben spiegelten sich die vorüberziehenden nächtlichen Fassaden, welche schnell hinter ihm lagen.

Wie durch Zeitraffer schossen die Fahrzeuglichter der pulsierenden Straßen langgezogen dahin, während der Mond im Schnelldurchlauf über die Dächer der Stadt wanderte und der Nebel Einzug hielt. Die Wolken flossen schnell wie das Meer, aus dem die Gipfel der Alpen herausragten wie Felsen in der Brandung. Darunter die Lichter der Menschen, die durch die trübe Nacht hindurchschimmerten. Eine Schattengestalt trat aus jenen beständig dichter werdenden Schleiern heraus und nutzte die Stille für sich. Sie blieb vor Jeans Wohnblock stehen und blickte hoch zu seinen Fenstern, als wollte er ihn zu sich holen, jener gesichtslose Mönch, der einst auch vor dem Berghotel gestanden hatte und jenes am See niederbrannte. Nun war der unheilige Geist hier. Doch diesmal mit einem Messer in der Hand, das er in die Höhe hielt, als würde er damit riechen können. Die Klinge bewegte sich sanft, wie eine sich windende Schlange, die unter den Ärmeln versteckt nach Beute suchte und ein tödliches Gift in sich trug.

Doch bevor die herumschleichende Schattengestalt ihm einen Besuch abstatten konnte, klingelte Jeans Wecker wie fast jeden Tag und machte ihm Beine. Bald war er unterwegs, auf seinem schwarzen Motorrad zu den nahen Bergbahnen. Und auch der nächste Anruf klingelte schon früh. Am anderen Ende war Sonja, die auf dem Visier angezeigt wurde, sodass sie über das Headset miteinander sprechen konnten.

„Bist du in Tanners Wohnung?", wollte Jean wissen.

Sonja bejahte, hob einen Traumfänger hoch und machte ihm Meldung: „Jean, er war noch immer nicht zuhause. Niemand hat ihn mehr gesehen. Wir haben jeden Schrank und jede Wand durchleuchtet. Doch hier ist nichts, was uns weiterbringt." Nicht einfach für die Ermittlerin, da sie in all den Vitrinen zahlreiche Bergkristalle, andere Objekte und unzählige Details vorgefunden hatte, die sie allesamt als Beweismaterial in Betracht ziehen mussten. Sie wirkte verunsichert. „Der Mann scheint ein großer Sammler zu sein. Doch wenn wir Glück haben, finden wir was. Vielleicht sogar den Drachenstein. Wir werden jedenfalls jeden Stein genauestens untersuchen müssen. Aber das wird dauern."

Für Jean kein Hindernis: „Dann fangt endlich an! Und sonst?"

„Außer ein paar wertvollen Kunstgegenständen und vielen seltsamen Objekten haben wir keine entscheidenden Hinweise gefunden. Einige Gengenstände stehen jedoch mit okkulten Ritualen und religiösen Dingen in Verbindung, die uns beunruhigen. Darunter haben wir zahlreiche ungewöhnliche Stücke gesichert, wie ein blutgetränktes

Pentagramm und einigen Voodoo-Knochen. Stell dir vor: Er lag direkt neben einem versiegelten Kruzifix, das wir in einem ausgehölten Koran fanden. Nicht weit von einer halb verbrannten Tora und anderen unheimlichen Sachen, deren Zusammenhänge wir gerade auswerten." Jean ergriff den Lenker noch fester. „Das klingt ja schon mal nicht schlecht. Such weiter. Wir hören uns." Damit gab er Gas.

Mit Bauchschmerzen, Seitenstechen und schwerem Trekking-Rucksack rannte er kurz darauf schon wieder auf den Pilatus, zu der Stelle hin, wo der alte Tanner tags zuvor verschwunden war und er auf neue Antworten zu stoßen hoffte. Seine digitale Tatort-Karte war daher schon voller Punkte, als ein Schweißtropfen daran abperlte.

„Hier müsste es doch sein", glaubte Jean zu wissen, der auf Map*Cor die Stelle markiert hatte. Mit Schaufel und Pickel bewaffnet war er schon nah dran. Der Mann griff in jede Felsspalte, um zu sehen, ob dort ein Zugang war. Aber noch hatte er nichts Derartiges gefunden. Weder Loch noch Spalt. Die fruchtlosen Nachforschungen nervten ihn zusehends. „Was? Das war doch die Stelle! Da bin ich mir sicher!" Mit der fliegenden Drohne im Rücken ging er wieder und wieder die schroffe Felswand ab. Vor und zurück und in jede Kluft, um eine verdächtige Lücke im Gestein zu finden, ein Leck, ein Loch. Irgendetwas, worin der verrückte Alte verschwunden sein konnte.

Und dann endlich: Die Fingerabdrücke häuften sich, unter dem Schwarzlicht deutlich zu erkennen. „Tanners Spuren!" Jean rief aufgeregt seinen helfenden Geist herbei: „Cop*Cor, Cor*Two: Mehr Licht!" Die surrende Drohne hinter ihm drehte die Helligkeit hoch und leuchtete den Felsspalt besser aus. Jean räumte den ersten Stein weg. „Mal sehen, welches Geheimnis du verbirgst."

Insgesamt schob er einen ganzen Haufen Steine beiseite, bis ein tiefes Loch zum Vorschein kam. Jean blickte in den Durchbruch. „Ich wusste es, ein Zugang! Und vielleicht gibt es hier auch eine Verbindung zur Höhle des Strahlers?" Ein mutmaßlicher Weg zum anderen

Loch konnte schließlich möglich sein, da sich die Höhle des Tatortes nicht weit von hier befand. Dort, wo die Absturzstelle lag.

Jean schickte die Drohne ins Dunkel voraus und folgte mit vorgehaltenem Smartphone, dessen Kamera-Kreuz zu leuchten begann, als würde er die verbotene Höhle als Heiliger betreten, indem sein strahlendes Plus die Dunkelheit durchdrang. Sein lauter Ruf hallte angespannt ins Ungewisse: „Hallo? Ist hier jemand? Tanner, sind Sie hier? Hier spricht die Polizei. Ich bin's, Jean Vincent. Bitte antworten Sie!"

Mit ihren strahlenden Lasermessgeräten tastete die Drohne derweil den Stollen ab, bis sie schwebend in einer kleinen Kammer stehenblieb. Jean verfolgte die Aufnahmen auf dem Bildschirm: „Schlafsack, Laterne und eine Bibel. Offenbar hat jemand viele Nächte hier verbracht." Mit Blick auf die Kaffeekanne näherte er sich, hob sie auf und roch daran. „Mhm … mittlere Röstung. Arabica." Daneben befand sich noch eine kleine Kammer samt Schaufel, Pickel und Werkzeug für den Tagebau, sowie eine große Nische, in der eine leere Pfanne auf dem Kocher stand. „Das ist Tanners Unterschlupf. Da bin ich mir sicher."

Seit Jean Cop*Cor verwendete, sprach er seine Gedanken immer öfter laut aus, damit er die stillen Überlegungen noch klarer für sich ausgedrückt bekam. Ein fassbareres Gefühl im Raum des Selbstdialogs, dessen reflektierende Gedankengänge er mit seinen digitalen Partnern im Handy teilte, um sie besser zu verstehen und für seine Aufgabe zu protokollieren. Jean setzte auch dafür die AVR-Brille auf und grübelte: „Das Ding hat doch Nachtsicht und so 'nen Kram. Cop*Cor, komm mal raus und hilf mir kurz."

Der blauschimmernde Geist erschien in der Höhle neben dem Schlafplatz erneut als dampfendes Hologramm. „Wie darf ich behilflich sein?"

Jean wischte sich über die feuchte Nase und sprach zu Cop*Cor, als stände ein echter Partner in der Höhle: „Willkommen in Tanners Mine. Zur Aufgabe: Ich will, dass du den Stollen genauer beleuchtest.

Vier Augen sehen mehr. Also, schau dich um." Während er sprach, fummelte er an der Brille herum. „Aber bevor du anfängst, musst du mir rasch noch meine verflixte VR-Brille einstellen. Dieses Scheißteil! Wie schaltet man das Sichtmenü ein? Irgendwie klappt das nicht. Mach du mal."

Sein Assistent wusste um sein technisches Geschick. „Jean, wenn du die Mine mit dem Restlichtverstärker sehen willst, musst du nur das Licht ausschalten. Den Rest erledige ich für dich. Nicht dass es noch so endet, wie beim letzten Mal."

Das Licht der Drohne und sein Kreuz erloschen. Jean stand im Dunkeln und sah nur noch den schimmernden Geist, der vor ihm die nassen Felsen anstrahlte. „Und jetzt? Wo bleibt das Licht?", fragt er seinen schummrigen Gehilfen.

„Hab doch Geduld." Der Geist ballte ein schwebendes Licht in den Händen und warf es in die finstere Höhle. Und schon setzte die magische Nachtsicht ein.

„Perfekt. Schon fast zu grell", kommentierte Jean. Die Sensoren der Brille erfassten die Felsstruktur und brachten sie mit seinem Assistenten in Kontakt.

Der Geist begann zu suchen und meldete sich bald wieder zu Wort: „Tanner hat viele Spuren in diesem Berg hinterlassen." Schon stand Jean auf einer drauf. Doch bevor er die nächste erwischen konnte, platzte der nebulöse Geist und beamte sich direkt vor Jean. „Pass auf, wo du hintrittst! Ansonsten zerstörst du unsere Beweise." Kaum war es ausgesprochen, war es auch schon zu spät: Jean rutschte aus. Der Geist konnte ihn nicht auffangen. „Alles in Ordnung?"

„Nein, ich bin voll reingetreten, ich Idiot! Markiere bitte alle Spuren leuchtend hell. Jeden verdammten Fingerabdruck. Ich will durch mein Ungeschick nicht noch mehr verlieren." Er wischte sich den Dreck von den Händen, bevor er das Lichtkreuz mit unterschiedlichen Lichtimpulsen über den Schlafsack bewegte. „Lass uns weitergehen. Wahrscheinlich finden wir weiter hinten mehr. Vielleicht sogar einen dicken Bergkristall." Dem langen Stollen und der surrenden Drohne folgend, drangen die drei Lichter immer tiefer in den Berg. „Diese Unterwelt muss ja riesig sein", folgerte er, während er die weitverzweigte Höhle erforschte. „Mal sehen, was wir sonst noch finden."

Er wanderte an der Abzweigung vorbei und kletterte tiefer in das Innere, bis das vorausfliegende Licht die nächste Absperrung meldete. Jean folgte gleich dahinter und sah das Problem sofort im Dunkeln aufblitzen: „Ein verschlossenes Gitter!" Doch davon ließ sich der Mann nicht aufhalten, sondern studierte das Schloss mit dem eingravierten Schädel. „Kein Problem! Für solche Fälle hast du die Flex-Rotoren. Cor*Two, zerschneide die Gitter!", befahl er seiner nervös auf und ab fliegenden Drohne, als er sie aus der Luft griff und gegen das Gitter hielt.

In einem Funkenschauer durchschnitten die Rotoren das Stahlschloss. Jean riss die Gittertür auf, nahm die Flex-Scheibe wieder ab und warf die durchgestartete Drohne in die Finsternis, wo sie mit ihren vielen Messgeräten den weiteren Stollenverlauf beleuchtete. Jean musste der frisch kartografierten Map auf dem Handy nur noch folgen. „Ah, verheißungsvoll! Komm schon, Cor*Two, flieg weiter! Ich muss wissen, was hinter dieser Grenze liegt."

Sein helfendes Licht flog tiefer in den Schacht hinein und beleuchtete weiter hinten neue Spuren. Inmitten der Finsternis tasteten mehrere Laser und strahlende Sensoren den Raum ab, bis jede Kontur sichtbar war. Jean musste die Beweise nur noch bestätigen. „Hier, Fußspuren! Sogar welche von Ziegen." Dutzende Abdrücke waren im Schlamm zu erkennen, die er alle über die Brille und sein Handy sah. Sofort vermaß er sie mit der Lupe seines Smart*Pol und analysierte jeden einzelnen Schritt auf dem hell erstrahlenden Bildschirm. „Er war hier. Das gleiche Profil." Mit vorsichtigen Schritten folgte Jean den Spuren von Tanner, die im zähen Schlick verliefen, und hob ein Stück Fell auf.

Die Stimmung im finsteren Stollen war bedrückend und unheimlich. Jeder Tropf auf seinen Kopf. Daher hoffte Jean, den Verdächtigen bald zu hören oder zumindest ein Licht von ihm zu sehen.

Jedoch störte das unaufhörliche Summen der Drohne, welches Tanner jederzeit vertreiben könnte. Doch als sich der Glatzkopf umwandte, um mal durchzugreifen, flog ihm die Drohne mit blendendem Volllicht ins Gesicht. Im ersten Moment ein riesiger Schreck für beide.

„Hey, hey, pass doch auf! Cor*Two, flieg zurück, sei leiser und schalt ein bisschen runter." Die surrende Drohne drosselte ihren Lärm. „Entschuldige." Jean betastete sein müdes Gesicht. „Jaja, schon gut. Und jetzt sei still. Ich habe genug von diesen komischen Geistern."

Doch auf einmal verlor die Drohne vorübergehend die Kontrolle und die Rotoren frästen sich schmerzhaft in Jeans Hals.

„Verdammt! Cor*Two, was soll das, Kumpel? Sitz mir nicht ständig im Nacken! Sei brav und vor allem still! Und wehe, du verrätst mich jetzt! Dann gibt es Ärger. Aber richtigen! Hast du verstanden?"

Das fliegende Licht ging ungewohnt zögerlich auf seine Forderung ein. „Cor*Two, verstanden. Schalte auf Stufe drei." Doch eine plötzliche Fehlermeldung erzwang eine ungewollte Notlandung.

Jean war verunsichert. „Was soll das? Cor*Two, reiß dich zusammen! Und bitte achte auf jeden Schatten."

Seine Drohne blinkte ein bisschen irritierter als sonst und schaltete dann auf cool: „Cor*Two, verstanden. Kein Stress, Alter!" Das kleine Flug-Genie hielt nun etwas mehr Abstand von ihm, verwehte jedoch die nächste Spur.

Jean reichte es damit endgültig. „Oh fuck! Warum? Cor*Two, pass doch auf! Die Spuren!" Er warf eine Handvoll Schlamm nach seinem Licht. „Hol mir lieber mal einen Kaffee und nerv nicht ständig rum."

Die Drohne flog getroffen hin und her, bis sie überraschend davonzog, ganz so, als wäre sie beleidigt. Flugs folgte sie ihrer Programmierung und seiner Anweisung und flüchtete in Richtung Ausgang.

Jean konnte es nicht fassen. Er schaute ihr verblüfft hinterher und sah zu, wie sein Licht allmählich im Dunkel der Höhle verschwand. „Hey, hey! Wo willst du hin, mein Freund? Hiergeblieben! Hey! Cor*Two, stopp! Komm zurück! Cor*Two, lass uns weitergehen. Vergiss den Kaffee! Komm zu deinem lieben Jean. Komm zu mir." Er winkte das unsichere Irrlicht wieder zu sich. „Ja, schön machst du das." Jean sprach mit der Technik an seiner Seite wie mit einem guten alten Freund, der ihn schon länger durch sein Leben begleitete. Doch er vertraute ihm trotz der langen Beziehung nicht wirklich und ärgerte sich, wenn etwas nicht klappte. „Cor*Two, konzentrier dich auf die Spuren! Da war doch was. Genau da! O Mann!"

„Die Sensoren nehmen nichts Ungewöhnliches wahr. Nur die Schuhabdrücke. Benötige mehr Leistung zur Analyse. Verbindung zu Cop*Cor fehlgeschlagen. Versuche Netzsuche neu zu starten. Erbitte mehr Energie", meldete die Drohne.

Angesichts der Tatsachen keine schlechte Idee. Jean erteilte seinem virtuellen Freund die Freigabe. „Okay, okay, mach aber schnell. Und hey, speichere die gesammelten Daten gleich dreifach ab! Sicher ist sicher." Im Scheinwerferkegel der Lampen analysierte er die Schritt-längen und weitere Indizien, welche den Fall ständig in ein neues Licht rückten. Spontan folgte er den aktuellen Signalen. „Die Spuren passen immer noch zu jenen von Tanner. Doch manche davon weisen bewusst in die falsche Richtung. Eine Täuschung! Ein Trick! Du alter Fuchs." Der Glatzkopf schaute wieder hoch zu seinem fliegenden Geist. „Wie alt ist dieser Höhlenabschnitt überhaupt? Und wann wurde er angelegt?"

„Laut ersten Analysen scheint der Stollen nicht sehr alt zu sein. Viele Bruchkanten und Kratzspuren am Fels sprechen für wenige Wochen oder ein paar Monate. Wobei es Abschnitte gibt, die auch älter sind und natürlichen Ursprungs. Bitte beachte daher die hervor-gehobenen Spuren auf dem Bildschirm. Offenbar wurden Schlag-bohrer und anderes Gerät eingesetzt. Als hätte ein stählernes Monster mit riesigen Klauen hier gegraben." Die angesprochenen Spuren waren ebenso gekennzeichnet wie die hölzernen Tragebalken, die ebenfalls Tanners und Perics Fingerabdrücke aufwiesen.

Jede Spur war durch die Messungen von Cop*Cor farblich abgeho-ben, das fleißig auswertete und um noch mehr Ressourcen bat. „Jean, erbitte Sicherung aller relevanten Beweise und Eröffnung einer neuen Akte. Lass mich besseren Empfang suchen."

Jean hatte schon gewusst, dass das kommen würde. „Jetzt nicht! Das wäre zu viel für den Moment. Nutze deinen begrenzten Rechner lieber für die Aufnahmen und berechne mir das Gefahrenpotenzial dieser Höhle ohne den Cor*Server." Sein Verdacht erhärtete sich, als er den bröckelnden Felsen berührte und dessen Haptik ertastete. „Das habe ich mir doch gedacht. Folge weiter dem Schacht. Wir müssen tiefer in die Höhle. Aber halte deine Strahlungswerte unten."

Sie drangen tiefer in die feuchtkalte Dunkelheit vor, worin die Lichter immer kleiner wurden, bis die summende Drohne nicht mehr weiterkam. Ein großer Fels versperrte den Weg. Der Geist der Drohne scannte das Hindernis und meldete seinem schnaufenden Benutzer die Ergebnisse: „Bedaure, Jean, aber hier endet unser Weg. Der Felsen scheint eingebrochen zu sein. Kein Durchgang."

Unterwegs hatten sie viele weitere kleine Schächte, Löcher und Weggabelungen passiert, die allesamt in Sackgassen zu führen schienen. Jean wurde allmählich wütend. „Das kann nicht sein!" Offensichtlich waren hier nur leere Grabungsstellen zu finden, ein kleines Labyrinth. Der umherirrende Ermittler entdeckte jedoch etwas sehr Verdächtiges an der Einbruchstelle: Einer der Fußabdrücke verschwand unter der Wand. Massen von schwerem Geröll schienen einen Teil der Fußspuren zu verdecken. Jean machte sich sofort wieder an die Arbeit und räumte den Abbruch weg. „Hier müssen einfach noch mehr als nur ein paar Kristalladern sein. Cor*Two, mach Platz und flieg zum Höhleneingang. Lade dich auf, und wenn du draußen bist, verbindest du dich mit den Servern."

„Verstanden."

„Gut. Und aktiviere deine Wachsysteme. Ich will eine sichere Verbindung. Verstanden?"

„Verstanden."

Das summende Licht flog aus dem Stollen, während Jean mit laufendem Kompressor, Pressluftbohrer, Pickel und Schaufel stundenlang nach Tanners Spuren grub. Im Tunnel ihres Schaffens grub er wie ein Maulwurf, immer tiefer in den Berg hinein, bis er den Pickel schließlich in die Ecke warf, sich an die Wand lehnte und müde seine Augen rieb. „So, das reicht jetzt. Da ist nur Fels." Er schloss die Augen kurz und riss sie sogleich wieder auf. Ein beklemmendes Gefühl überkam ihn. Seltsame Tropfgeräusche waren zu hören.

„Da war doch was." Jean griff zum Pickel. „Ist da jemand? Cor*Two?"

Immer wieder drangen unheimliche Geräusche aus den Gängen der Höhle. Es hörte sich an wie hallende Schritte in der Ferne. „Hallo?"

„Hallo? …allo? …allo …allo …lo …lo …lo …oh …oh …oh …"

„Tanner?"

„Tanner …anner …anner …"

„Sind Sie das?

„Sie das … Sie das …ie das … das … das …"

Nur sein Echo antwortete ihm. Ein seltsames Gefühl, das ihn in dieser Unterwelt immer wieder übermannte. Da schien eine Dunkelheit in der Finsternis zu lauern, die ihn jederzeit ergreifen könnte, wie der Schatten, der plötzlich vorüber rannte. Jean hatte ihn genau gesehen. Er lud seine Pistole nochmals durch und rannte ihm hinterher.

„Tanner!"

Im Tunnel erwischte er ihn beinah, doch dann schlug der Schatten aus der Dunkelheit heraus den Pickel in Jeans Brust. Ein tödlicher Treffer, und Jean spürte bereits seine Kräfte schwinden.

Der überraschend kalte Wassertropfen, der auf seinem Kopf einschlug, ließ ihn hochschrecken. „Wow! Wow, wow! Argh … nur ein böser Alptraum." Die Urängste in ihm keimten immer nachdrücklicher auf. Völlig übermüdet und schweißgebadet wand er sich in seinem Wahn. „Das gibt's doch nicht! Dieses scheiß beknackte Höhlenlabyrinth. Wo steckt der Kerl? Und was war das für ein verrückter Traum? Mannomann …", nörgelte der Ermittler atemlos. Und kaum war er wieder wach, suchte er weiter, bis der Lichtalarm ihn unterbrach.

„Jean!" Der Geist hinter ihm hatte eine Spur an der Felswand gefunden und zeigte mit seinem Laserpointer darauf. „Jean! Hier drüben!"

„Was hast du?"

Der Geist markierte den Fund. „Schleifspuren und weitere Abdrücke. Dahinter muss es weitergehen." Jean setzte die Hightech-Brille auf, um zu sehen, worauf sein Hologramm-Assistent zeigte. „Er muss den Stein bewegt haben."

„So ist es."

„Wie konnten wir das nur übersehen?" Mit glühenden Dämonenaugen schob Jean den Felsbrocken beiseite und legte das nächste Loch dahinter frei. „Das wird ja immer besser! Noch ein Zugang. Erstaunlich, was ihr komischen Geister offline alles draufhabt." Jean ging auf die Knie, zündete durch den engen Höhlengang hindurch und kroch in das winzige Loch. Doch dann blinkte auf einmal die AVR-Brille und meldete einen Fehler. „Was ist los? Das Bild flackert plötzlich."

Schon lag der helfende Geist neben ihm in der felsigen Enge und betrachtete seine Brille. „Jean, ich registriere eine seltsame Störung. Sehr ungewöhnlich. Irgendetwas versucht sich mit mir zu verbinden. Meine Firewall ..." Cop*Cor begann plötzlich zu flimmern; sein blauer Dunstkörper löste sich auf und ein unheimliches Skelett blitzte an seiner Stelle auf. Dann erlosch auch dieses plötzlich.

Jean war blind. „Cop*Cor! Scheiße! Cop*Cor, was ist hier los? Wo bist du hin?" Er erschrak, als sein Geisterassistent das Licht am Smartphone unerwartet wieder anschaltete und sich zurückmeldete.

„Etwas ist hier unten und stört die Geräte. Sei vorsichtig. Es hätte mich fast erwischt."

„Was sagst du da? Was zum Teufel soll das heißen, etwas ist hier unten? Verdammte Scheiße auch! Halt mir ja den Rücken frei und erhöhe die Alarmbereitschaft. Auch bei Cor*Two."

„Wird gemacht. Aber du solltest dich beeilen. Unsere Akkus halten hier unten nicht ewig. Nicht in diesem Modus." Abgesehen davon fehlten ihrem System Verbindungen nach draußen, um komplexe

Fragen zu verstehen. Der Kontext und die vielen abstrahierten Eindrücke reichten einfach nicht mehr aus für ihren reduzierten Geist.

„Jean, ich kann ohne Netzwerk keine exakten Schlussfolgerungen und Antworten mehr geben. Nur noch die Kernfunktionen sind aktiv. Bitte denk daran."

„Schon gut, ich habe auch selbst ein Hirn. Sorge du einfach für Licht und mach, was du kannst." Jean robbte weiter. Nach wenigen Metern stieß er auf eine Felswand. „Mist! Weiter geht's nicht! Also wieder zurück."

Doch sein gekreuztes Licht mit der Kraft von tausend Männern sah das anders. „Nein, Jean, warte! Das ist keine Sackgasse. Ich spüre elektrische Felder und den Geist einer KI. Hier ist etwas – verborgen hinter dem Fels."

Jean berührte die steinerne Wand und hielt das Licht daran.

Sein Helfer war sich sicher: „Der Stein lässt sich bestimmt bewegen. Greif zu Tanners Fingerabdrücken. Dahinter könnte ein Mechanismus verborgen liegen."

Jean zögerte, als er sie vor sich und auf dem Bildschirm leuchten sah. „Vielleicht ist es auch eine Falle. Doch wahrscheinlich hast du Recht. Also dann, finden wir es heraus."

Mit den Fingern im engen Felsspalt ertastete er rasch einen verborgenen Hebel und zog sogleich an ihm, worauf es rumpelte, er zurückwich und die Felswand hochfuhr. „Das gibt's doch nicht." Dahinter stieß Jean auf glatten Granitboden, von geschwungenen Felswänden umgeben und inmitten purer Pracht. Die hohe Decke verlieh der luxuriös eingerichteten Appartement-Höhle noch mehr Größe und atemberaubende Winkel. Es wirkte wie in einem Palast. Jean war überrascht. „Tanner, du Schlawiner! Das müssen ja hunderte Quadratmeter sein! Einfach mal so in den Fels gehauen." Für Jean fühlte es sich an, als hätte er den geheimen Unterschlupf eines Bösewichts entdeckt, einen luxuriös eingerichteten Höhlentempel voller Charme, der, in den Gipfel gehauen, ein fantastisches Wohngefühl bot. „Herrlich, dieser Unterschlupf."

Plötzlich öffnete sich die steinerne Wand und gab ein großes Panoramafenster frei, welches zu einem offenen Felsbalkon führte. Jean zückte seine Waffe. „Was soll das? Cop*Cor, warst du das?"

„Nein, bedaure, aber das war der Raum."

Jean trat auf den hochalpinen Balkon hinaus, schnappte kurz frische Luft und blickte, auf gut zweitausend Metern über dem Meer, zu den Wolken, als stünde er auf dem höchsten Wolkenkratzer der Welt.

„Ist hier draußen jemand? Tanner? Sind Sie da?" Doch es rieselten nur ein paar Körner vom felsigen Überhang auf ihn herunter. „Puh, hier oben weht aber eine kalte Brise!"

„Es sind minus zwei Grad, wenn du es genau wissen willst", warf Cop*Cor ein.

„Danke für die Info. Gut, dass ich dich gefragt habe." Eines ihrer alltäglichen Rituale, womit Jean endlich die Gewissheit fand, zu entscheiden, was er tun sollte. Doch ganz so einfach war es nicht.

„Mist, Kein Empfang." Jean packte sein Smartphone wieder weg, ging zurück ins Appartement und setzte sich auf den ledernen Loungesessel. Gemütlich eingesunken betrachtete er die Pläne, die sich auf dem Beistelltisch stapelten, und fotografierte sie ab. „Dieser Fall wird allmählich interessant." Jean drückte auf sein Smart*Pol und fuhr den Objektivring seines Kamerakreuzes aus. „Cop*Cor, aktiviere Alarmzone. Niemand betritt diese Höhle ohne unser Wissen. Und scanne den Raum wieder und wieder ab." Das Licht kreiste um den Objektivring. Jean schaute auf den Bildschirm. „Zeig mir die gescannte Schutzzone an." Dann legte er sein Smartphone auf den Tisch und griff zu dem Tablet, das daneben lag. „Na dann sehen wir mal, was dieser geheime Palast alles kann." Er tippte auf die Bade-App, und plötzlich strömte Wasser vom Felsen. „Oh, wie bezaubernd!"

Ein freifallender Wasserfall inmitten der Höhle war entstanden, der den beleuchteten Nature-Pool speiste. Dazu gab es nun überall kleine Wasseradern, die über den glattpolierten Steinboden und durch die gesamte Höhle strömten. „Gibt's ja nicht. Sogar ein Bach lässt sich machen." Auch dieser wurde vom Tablet aus gesteuert, ebenso wie das Sternenfunkeln an der Höhlendecke.

Der Alarm seines Smart*Pols unterbrach ihn beim Staunen. „Achtung: Registriere ungewöhnliche Bewegungen. Schutzzone ist nicht mehr sicher. Bitte überprüfe dein Umfeld!"

Der Glatzkopf wandte sich um. Seine Augen folgten dem Lichtstrahl, der auf die Bewegung gerichtet war. „Ist hier jemand?"

Plötzlich war ein Flüstern zu hören und ein flüchtiger Schatten huschte von der anvisierten Nische aus durch die Höhle.

„Hallo? Wer ist da? Tanner? Sind Sie das?" Jean griff zu seinem leuchtenden Kreuz und zielte auf den flüchtigen Schatten. „Zeigen Sie sich!" Als er in einer anderen Ecke noch ein Schatten entdeckte, zog er seine Waffe. „Stehenbleiben!"

Doch der Schatten verschwand so schnell wieder, wie er aufgetaucht war.

„Träume ich wieder? Verdammt!"

Einen Augenblick später erhaschte Jean hinter dem großen Sofa den Schatten eines kleinen Mädchens, das ihn zornig anbrüllte: „Hey du! Hey! Was tust du da? Hau ab! Es ist verboten, hier unten zu sein. Das darfst du nicht!"

„Entschuldige mein Eindringen. Aber ... wer bist du? Und wo ist dein Vater?"

„Lass uns in Frieden!" Diesmal schien die aufgebrachte Stimme von allen Seiten zu kommen.

Doch Jean blieb stoisch stehen. „Hab keine Angst. Ich bin von der Polizei. Ich will dir nur helfen, mein liebes Kind."

Der Schatten verschwand und erschien sogleich an der nächsten Wand wieder. Er sprang von Fels zu Fels und die Mädchenstimme kicherte: „Du dummer Mann! Hast du nicht gehört? Hau ab! Verschwinde, bevor dir was Schlimmes passiert."

Jean richtete seine Pistole auf das gruselige Schattenkind. „Soll das ein Scherz sein? Wer bist du? Und wo steckst du?"

Das dunkle Mädchen entzog sich seinen Blicken, nur um am anderen Ende der Höhle wieder aufzutauchen, diesmal mit einem Messer in der Hand.

Die Kleine scheint echt böse zu sein, dachte Jean und spürte einen Anflug von Panik in sich aufsteigen. „Leg das weg!"

Doch sie lächelte nur, verschwand auf der Stelle und sprang den verunsicherten Mann von der Seite an. Sie rammte Jean ihr Schatten-Messer in den Körper und huschte lachend davon.

Jean fasste ungläubig an seinen Bauch. „Kein Stich!"

Dafür ihre Stimme, die aus jeder Ecke der Höhle zu ihm sprach: „Du willst wissen, wer ich bin? Die Frage lautet doch eher: Wer bist du, fremder Mann?"

Schon stand ihr Schatten wieder neben Jean, der sich erschrocken umwandte und geblendet von einem gleißenden Licht den Trick durchschaute: Die gespenstische Erscheinung wurde von einem Beamer erzeugt. „Schluss mit diesem Schattenspiel!", brüllte er. „Was bist du?"

„Du kannst mich mal. Aber ich zeige dir, was in mir steckt." Das Mädchen, das in dem blendenden Lichtstrahl stand, begann laut zu schreien. Ihre Haare wehten in einem nicht vorhandenen Wind und Jean musste sich die Ohren zuhalten, bis sich ihr Schatten vor Schmerzen krümmte. Es schien, als ränge ihr kleiner Körper klagend mit etwas Bösem. Und dann brach er hindurch und schälte sich aus ihr heraus: ein düsterer Totenkopf, ein abgespaltener Schattenmann in Form eines anwachsenden Skeletts, der an die Wand gebannt seinen Zylinder aufsetzte und eine dicke Zigarre anzündete. Der Schädel war nun so groß wie ein Mann, und mit tief verzerrter Stimme rief er: „Sie scheinheiliger Schelm! Warum hören Sie nicht auf das kleine Mädchen? Hat sie etwa Unrecht? Oder haben Sie einfach nur Angst vor dem, was sie Ihnen zu sagen hat?" Mit seiner riesigen Schattenhand griff er nach Jean. „Sie haben noch eine Minute, oder Ihre Seele ist verloren."

Jean wurde an die Wand gedrängt. „Was sagen Sie da? Was ist hier los?" Er zielte mit seiner Knarre in die Höhle, in welcher sich der wandelnde Schatten herumtrieb. Doch dann war dieser verschwunden, die Erscheinung aus jeder Wand getilgt. Jean wich zurück. „Ich repräsentiere das Gesetz. Wenn Sie mir drohen, machen Sie sich strafbar."

Doch der Schatten hörte nicht auf ihn. Mal da und mal dort tauchte er auf, sprang von Licht zu Licht, bis sein Echo sprach: „Ich kenne sie nicht, eure Gesetze. Ich weiß nur eines: Die Zeit, sie rinnt euch davon."

„Scheinbar beschützen Sie ihn", versuchte Jean ihn zu besänftigen. „Das tue ich auch, denn ich bin auch ein Freund von Tanner. So wie Sie. Darum helfen Sie mir, ihn zu finden. Bitte! Es geht um sein Leben! Es ist in großer Gefahr."

Der Schattenmann kam noch näher, zögerte aber offensichtlich, etwas zu erwidern. Sein projiziertes Schattenbild floss aus dem Felsen und bildete einen neuen Totenkopf, in welchem sich ein bewegtes Kunstwerk aus Licht und Schatten abzeichnete. „Ein Freund von Tanner, sagen Sie? Lüge! Tanner hat keine Freunde mehr. Ich bin jetzt sein Freund. Sein wahrer Freund!" Er zog an seiner Zigarre, blies echten Rauch in den Raum und verzog sich zusammen mit den Schwaden aus Schatten. Im Felsen verschwamm er und umkreiste Jean, bis seine Augen mit einem Mal aufglühten. Er bündelte das Licht darin, immer mehr, bis es als Laser ein Brandloch auf dem Glatzkopf hinterließ.

„Hey, was soll der Scheiß?" Jean fuhr herum und schoss zurück, um das brennende Licht auszuknipsen. Er ballerte gleich auf mehrere Linsen, in denen sich der Geist bewegte. Dann richtete er seine Waffe wieder auf die Felswand, von wo aus das bewegte Wandtattoo ihn auslachte.

„Ha! Glauben Sie wirklich, schneller als Ihr Schatten zu sein? Glauben Sie wirklich, mich treffen zu können?" Die Gestalt flackerte von Wand zu Wand springend auf. Der Lauf der Waffe konnte kaum noch folgen.

„Cop*Cor, schalte endlich diese nervige Alarmanlage aus!" Jean richtete sein strahlendes Kreuz gegen den Schatten. Der folgende Lichtblitz war wie ein Schuss, und der dunkle Charakter verschwand. Das Licht hatte ihn getilgt und in Tanners Tablet gebannt, welches der Ermittler sicher in seinen Händen hielt.

Aber auch darüber konnte der Schattenmann nur lachen. „Sehen Sie mich? Ja, das tun Sie. Denn ich bin überall in der Höhle. Hahahaha! In jedem Kiesel, in jedem Stein. Spielen Sie also ruhig weiter den Geisterjäger."

Jean schlug seine Faust gegen das Tablet. „Cop*Cor, durchsuche seinen Geist. Jede Steuerung, jede Spy-Software und jedes Überwachungsprogramm, das in seinem System steckt."

„Cop*Cor verstanden."

„Lies seine Daten aus und kopiere die Protokolle."

Der Schädel auf dem Tablet protestierte: „Ich bitte Sie, ich bin doch bloß der Housekeeper. Kein Grund, mich auszuschalten."

Aber dem Ermittler war es ernst. „Cop*Cor, versuche zusätzlich seine Verbindungen zu kapern und erhöhe damit deine eigene Rechenleistung."

Der Geist der Toten war geschockt. „Seien Sie nicht töricht. Bitte nicht!"

Doch Jean schien unbeirrbar, als ein Zylinder in seinem Schatten wuchs und der Hausgeist aus ihm hervortrat. Der Tod war nun ganz nah an ihm dran.

„Denken Sie wahrlich daran, mich erwischen zu können?"

„Ich nicht, aber mein Helfer", versicherte Jean, der dem Schatten des Todes gegenüber cool geblieben war und seine smarte Brille aufsetzte, um den Geist in ein anderes Licht zu stellen.

Doch als die Brille aufleuchtete, spottete der schattenhafte Hausgeist erneut, da er in jedem Lichtspektrum anders erschien: „Und, erkennen Sie mich auch deutlich genug? Spüren Sie, welche Dimensionen Sie eröffnet haben? Welchen Zugang Sie gewähren? Die Zeit ist nun reif, um aus mir herauszukommen. Zeit, Ihnen eine Lektion zu erteilen."

Jean trat sofort zurück, als die noch flache Schattenkontur an der Felswand ernst machte, mit dreidimensionalem Schädel aus seinem zwiespältigen Körper schied, seine knochigen Füße auf den Boden setzte und sich virtuell in den Brillengläsern manifestierte.

„Ah, hier gefällt es mir schon besser. Wahrhaftig, es fühlt sich fast echt an. Aber es fehlt noch Fleisch auf meinen Knochen – etwas Fassbares." Das animierte und fast wahrgewordene Skelett zog virtuelle Muskelfäden aus dem Raum um sich heran und wuchs in Jeans glühenden Augen zum wahrhaftigen Monster an. Der überraschte Bulle musste handeln.

„Cop*Cor, worauf wartest du? Komm raus und ergreife seine Seele!"

„Verstanden." Sein unsichtbarer Partner erhörte ihn und kam mit einem Schritt aus Jean herausgetreten, indem er seinen blauen Geisterkörper ebenfalls vom Ermittler abspaltete, um schützend vor seinem Partner zu stehen und für ihn zu kämpfen. Drei Geister, zwei Schatten und ein Mann in nur einem Duell der gemischten Realitäten. Und schon kam der blaue Geist mit einem Flammenstoß angerannt. Er preschte nach vorne, sprang das Monster an und rammte es in den Felsen, worauf platzende Schwaden in Jeans Brille zu sehen waren.

Tief in die Unterwelt der Berge gestürzt verschwanden die Geister, ehe die Lichter der Höhle flackernd aufglühten. Über jede Linse war nun der Tod projiziert, der gegen den blauen Geist der Polizei ankämpfte. Cop*Cor rang auf mehreren Ebenen mit der Bestie und drang mit seiner eigenen Materie in die dunklen Schattengestalten ein, die dadurch schnell Risse bekamen und sich blau verfärbten. Sie begannen ebenso zu rauchen, bis sie, glühend übernommen, kurz darauf explodierten – so grell, dass Jean geblendet seine Brille wegreißen musste. Fast blind geworden fasste er an seine brennenden Augen.

Und auch Cop*Cor konnte den Höhlengeist kaum mehr bändigen. „Jean, er entgleitet mir! Du musst mir helfen! Halte mein Licht hoch!" In Jeans Händen erstrahlte das Helfer-Kreuz – für das Skelett aus dem Menü ein Grund, sich erneut in Rauch aufzulösen. Doch als der Schatten davonschleichen wollte, erwischte ihn das Licht und ergriff Besitz von ihm. Die bewegte Höhlenmalerei schrie auf.

„Ah, was ist das? Meine ... argh ... Was tun Sie mir an?" Verzerrt an der Wand und mit seinem vernebelten Ich kämpfend, schien der Geist den Trojaner bereits zu spüren, der sich über das Licht in seinem Schädel entfaltete. Der Tod wehrte sich, aufgelöst im Rauch und schließlich als Schatten eines fauchenden Drachen projiziert. „Verdammter Quälgeist! Argh! Wie können Sie es wagen!"

Ein letzter Aufschrei und eine Schattenexplosion mit unzähligen Schwaden folgten, worauf der Schatten des Todes verschwand. Als er wieder auftauchte, hockte er mit gebrochenem Geist und strahlend weißem Skelett in der Ecke. Er drehte sich zu Jean um, sank auf die Knie und zog seinen Hut. Mit Husten und Würgen stotterte er: „Ah, w-w-w-w-w-was ist mit mir geschehen? Ah ... V-v-v-v-verzeiht meinen To-o-o-o-o-n. Irrrrrgend–eeeeee-e-e-etwas hat auf meinen Schädel ge-ge-ge-ge-ge-ge-ge-ge-gedrückt. Aber nun gu-u-u-u-u-ut. Gut, gut, gut. Gestatten Sie, dass ich mich vorstelle: Jin Bonez – zu Ihren Diensten." Er räusperte sich. „Ähm, entschuldigen Sie meinen Sprachfehler."

„Schon okay."

„Ich danke für Ihr Verständnis."

„Keine Ursache. Aber was will ein Toter wie Sie hier? Was ist Ihre Aufgabe? Sind Sie der Sensenmann von Tanner oder gehören Sie zu dessen Orden?"

Der wieder abgedunkelte und mit dem Licht spielende Schatten des Totenkopfs wanderte über den Fels und lachte. „Weder noch. Nein, ich bin der Diener dieses Hauses, die Seele dieses Raumes. Darum, der Herr, seien Sie willkommen als mein Gast. Ich werde gewillt sein, all Ihre Wünsche zu erfüllen. Füllen ... e-e-e. Füllen. Er. Füllen. Fü-fü-fü-

füllen." Der Schatten hustete Teile des Virus aus dem Schädel, richtete seine herbeigezauberte Fliege und zog auf dem Tablet erneut seinen Hut, bevor er dem vermeintlichen Gast das geheime Menü eröffnete.

Jean zog erste Schlüsse und sah sich unterdessen weiter um. „Nicht schlecht. Eine verborgene Männerhöhle mit eigenem Butler. Das ist also dein Geheimnis. Tanner, Tanner. So etwas hätte ich beileibe nicht von dir gedacht. Ein Gespenst in einem verborgenen Hotel? Das ist doch verrückt. Die Realität wird immer bunter hier oben."

Er nahm sich Zeit, um auf den Erbauer dieses Raumes zu warten. Im dicken Sessel sitzend, durchsuchte er Tanners Tablet und fand immer mehr über ihn und diesen Ort. Die meisten Dateien waren allerdings verschlüsselt, sodass der nächste Verdacht sich wie von selbst einstellte: „Dieser alte Sack. Ich wusste doch, dass die Story mit den Aliens und dem Drachenstein nur Ablenkung war. All seine Lügen, sein Verhalten – war das seltsam. Ja, der Kern. Die Wahrheit. Selbst dieser Ort. Aber … die Verkettungen. Vielleicht fanden Tanner und Peric ja tatsächlich einen wertvollen Edelstein – ihren eigenen Drachenstein. Ich bin mir fast sicher. Hier oben –"

Plötzlich rumpelte es und eine strahlende Fernsehwand fuhr vor dem Sofa aus dem Boden, darin der breit grinsende Totenkopf. „Geschätzter Gast, hätten Sie vielleicht Lust auf ein Spielchen?" Auf dem riesigen Bildschirm regnete es Karten, die Kücheninsel weiter hinten in der Höhle fuhr hoch und der Backofen sprang überraschend an. Jin schien omnipräsent zu sein und sprach mit offener Ofenklappe: „Oder haben Sie Hunger?" Die angegangenen Herdplatten zwinkerten Jean zu und die Schublade mit den Messern öffnete sich.

Jean riss die Waffe wieder hoch. „Scheiße, nein!"

In jedem Gerät schien der Geist des Hauskeepers zu sein, und sein Schattenwurf erschien samt Silbertablett als Wandgemälde direkt vor Jean. Der Mixer sprang an, als wäre die in Stein gehauene Küche zum Leben erwacht. „Ich könnte Ihnen auch einen Drink machen. Was immer Sie wollen." Das Schatten-Tablett mit dem Cocktail darauf entließ einen dampfenden Totenkopf. „Ich hätte auch Kaffee." Die

Espressomaschine mahlte augenblicklich frisch geröstete Bohnen und die Toilette begann zu singen. Aus jedem der angrenzenden Zimmer war der Geist zu hören. „Oder soll ich Ihren Stuhlgang analysieren? Einen Stuhl hätte ich übrigens auch jederzeit!" Aus der Kleiderkammer, dem Reduit und dem Spielzimmer nebenan fuhren stapelweise Stühle heraus, während die edle Kücheninsel wieder in den Boden fuhr, sich das Möbel-Karussell darunter drehte und ein Billardtisch hochkam.

Doch Jean hatte keine Zeit dafür und kickte den Saugroboter mit dem Totenkopf-Wackelkopf vor seinen Füßen weg. „Cop*Cor, schalte diesen verrückten Jin wieder aus. Alles hier drin! Und zwar jetzt! Der hat mir schon genug dazwischengefunkt." Ein klarer Befehl, sodass das Schattengespenst aufschrie, aus dem Tablet-Bildschirm sprang und mit lautem Gelächter in der Höhle verschwand. Dann wurde es still.

Für Jean der Moment, noch mehr über diese merkwürdige Unterwelt zu erfahren und seinem Gespür zu folgen. Er schaltete die Lupe an. „Cop*Cor, zwölffacher Zoom. Wir müssen alles akribisch überprüfen. Doch ohne Jin geht es nicht. Also stelle erneut eine Verbindung zum Hausgeist her und finde heraus, wo er sich versteckt."

Das Licht antwortete ihm: „Das wird schwierig ohne Netzwerk. Wir brauchen ein Team und Antennen, die in die Höhle führen."

Jean lud die Daten herunter und machte sich so seine Gedanken dazu. „Hm …"

Plötzlich unterbrach ihn ein Windstoß, welcher dem Ermittler kalt über den Nacken fuhr, als wäre noch jemand hier, jemand sehr viel Realeres als diese beiden Geister. Der aufgeschreckte Mann wandte seinen Glatzkopf, schaute hinter die lederne Lehne und starrte dann in die Dunkelheit.

„Hallo? Tanner? Sind Sie das? Jin?" Doch er erhielt keine Antwort, nur Stille. „Jin! Jin? Jin Bonez! Bitte mach mehr Licht." Die Sterne in der Decke erstrahlten und wurden immer greller, bis Jean geblendet nur noch Weiß sah. „Okay, okay. Kannst sie wieder dimmen. Bitte Jin." Er zuckte zusammen, als er den Schatten um seinen Sessel kreisend entdeckte. Jean rieb sich die Schultern warm. „Ah, da bist du ja." Dann schaute er sich wieder in der großen Höhle um. „Puh, ist das frostig hier oben. Kannst du nicht die Heizung ein wenig mehr aufdrehen?" Doch dann entschied er sich, das selbst zu tun, weshalb er aufstand, zum prachtvollen Kamin ging und diesen per Wohn-App aktivierte. „So ist's doch nett."

Er ging die Pläne nochmals durch, während die schützenden Felswände hochfuhren und der Schatten des projizierten Totenkopfs heimlich hinter seinem Rücken vorbeizog, unbehelligt von Jean, der einen Blick zum sich schließenden Panoramafenster warf. „Schön, wie er das alles in das fließende Gestein integriert hat. Ein wunderbarer Raumgewinn, und alles wie aus einem Guss. Eigentlich ein Meisterwerk – diese Wellen, Ebenen und Töne." Sein Blick blieb an den Felsen auf den Blaupausen und dem noch unbekannten Raum, der nebenan eingezeichnet war, gerichtet. Jean folgte der Karte, bis er vor einer verdächtig blanken Wand stand, und öffnete den gehackten Hauskeeper von Neuem, um zu sehen, was sich hinter dem Felsen versteckte. „Hey du! Geist! Jin Bonez! Komm heraus und öffne mir diese Wand."

Doch der zuckende Schädel weigerte sich und versteckte sich im flimmernden Bildschirm. „Ah, jetzt plötzlich brauchen Sie mich wieder. Vergessen Sie es! Sie wollen mich doch nur ausschalten. Sie arglistiger Mensch, Sie! Ich hasse Sie und Ihren Virus! Sie machen mich krank."

Jean tippte ihn nochmals an. Aber der flimmernde Geist blieb stur: „Nein! Der Zugang bleibt Ihnen verwehrt! Das haben Sie nun davon." Doch als Jin Cop*Cors Kreuz aufleuchten sah, kam er zur Vernunft. „Nein, nein, nein! Bitte. Bitte, nicht noch ein Virus! Ich ertrage Ihre Trojaner nicht mehr. Ich öffne ja schon. Aber verschonen Sie mich mit Ihrem Licht."

Der dürre Diener schien erpressbar geworden. Jean war zufrieden. „Also gut. Ich verschone dich."

Der Schatten des Totenkopfs erschien an der Felswand, während seine schattenhaften Knochen zu ihm hinflogen. Knochen um Knochen setzte sich zusammen, bis das plötzlich leuchtende Skelett wieder komplett war. Denn der Tod hielt Wort. „Und nun gehen Sie durch die Wand. Gehen Sie durch mich hindurch. Dann werden Sie finden, wonach Sie suchen."

Jean zögerte. Dann machte er einen ersten Schritt, worauf seine Nase an den abgedunkelten Felsen stieß. „Du verarschst mich doch! Die Wand ist zu! Also sag mir: Wo ist der Eingang?"

Der kichernde Schatten zeigte mit seinem wachsenden Gehstock auf die Wand. „Nun, mein werter Herr, hier nicht. Ich werde Sie aber gerne hinführen."

Musik setzte ein, das lachende Skelett mit seinem drehenden Gehstock und gezogenen Hut begann zu tänzeln und spaltete wie verzaubert seine Schatten, sodass er Dutzende Skelette hervorbrachte, die seinem Zauber folgten und zusammen mit ihm ein Schattentheater vollführten. Sie huldigten dem Tag der Toten, und alle tanzten sie, vom Boden bis zur Decke der Musik folgend. Einige der buntgewordenen Geister schlugen in Form von wilden Narren Räder, andere spielten als Rocker Luftgitarre oder feierten als Piraten mit Mariachi-Mexikanern. Sie zauberten ein Feuerwerk aus Lichtern an die Wand, darunter eine tödliche Braut, die auf einmal neben Jean erschien, als wolle sie sich auf ewig mit ihm binden. „O Jean ..."

Das hämische Lachen des Todes ließ nicht lange auf sich warten. Gleich im Dutzend verspotteten sie ihn. Geschrumpfte Magier tanzten auf seiner Glatze herum und versicherten: „Dein Schädel gefällt mir!" Wie ein Strahlenmeer breitete sich das Schauspiel über die Felsen aus und war überall als Höhlenmalerei zu sehen, da die Lichter ihre Winkel änderten und ihre Schatten mit sich rissen. Jede Kontur wurde dabei verzogen, bis aus Jeans Schatten ein Zylinder wuchs. Ein Totenkopf mehr, der aus seinem Glatzkopf heraus den Hut zog und sich durch ihn verneigte. „Komm, du kleines Menschlein. Tanz mit uns!" Ihre

Stimmen waren nur Echos. Einer der Toten verlor unversehens seinen Kopf und ein anderer griff sich diesen geistesgegenwärtig ab.

Jean fuchtelte wild und wischte sich die schattige Hand von der Schulter, bevor der Tod den Schatten des Ermittlers löschen und mit dem seinigen ersetzen konnte. Sein Puls raste. „Hör auf damit, Jin!" Er riss sein Licht wieder hoch. „Cop*Cor, bring's ihm bei!"

Jin schoss knallende Silvesterböller in die Höhle und rieb seine Seele an Jean, dem sich jedes Härchen am Körper einzeln aufrichtete. Die unkontrollierten Geister lachten noch immer im Dutzend. Jeans Blick zwischen seine Beine machte es nicht besser, da aus seinem Schatten ein erigierter Knochen erwuchs.

„Ihihihihi!" Der perverse Tod spielte mit seinem Geist.

Jean wehrte sich: „Was soll dieser lächerliche Schabernack? Hör auf, meinen Schatten zu misshandeln! Fuck! Zeig mir lieber den Zugang!"

Für den grinsenden Schattenmann war das den nächsten Lacher wert. „Ach nö … Wollen Sie dieses Schicksal wirklich besiegeln? Ja? Wollen Sie wirklich sehen, was hinter der Wand liegt?" Der lebendige Tod vereinte seine perfiden Wesenszüge und verschmolz alle Klone in sich. „Bitte sehr! Hier ist es. Und nun fassen Sie mich an."

Jean blieb skeptisch und auf Abstand zu dem lebendigen Schatten. „Genug mit deinen Spielchen! Mach endlich auf, du verficktes Klappergestell!" Um seiner Forderung Nachdruck zu verleihen, nahm er seine Waffe wieder hoch, legte vorsichtig seine Hand auf den kalten Felsen, genau auf die Stirn des Jin, und hielt die Knarre gegen den Schädel. „Ich würde gerne wissen, wer dich programmiert hat. War es Tanner?"

Der Schatten kicherte. „Dieser alte Tattergreis? Nein. Und jetzt konzentrieren Sie sich!" Die Stelle am Felsen, an der Jeans Hand auflag, schien zu kalt zu sein. „Ah, nein!", rief der Schattenmann. „Da ist es nicht. Sie müssen tiefer. Gehen Sie tiefer mit der Hand."

Jean langte an die dunklen Rippen.

Der Geist verhöhnte ihn fast: „Nein! Das kitzelt nur. Mehr rechts."

Jeans Hand wanderte nach rechts.

„Jetzt mehr links … wieder hoch … nein, nein." Der grinsende Tod schüttelte den Kopf: „Mehr rechts … mehr unten … Ich sagte doch rechts! Oh, tut mir leid. Ich meine, tiefer. Tiefer!" Der irritierte Jean fasste an seinen Beckenknochen.

„Ja, genau da!", kicherte der Totenkopf.

Jean schlug gegen die Wand, voll auf die steinharten Nüsse des Jins, worauf er den Schmerz in seiner Faust wegschüttelte und wütend die Wand anschrie: „Du verfluchter Geist! Noch so ein Scherz und ich knipse alle deine Lichter aus! Mal sehen, ob du dann noch erscheinst."

Eine Drohung, die das zylindertragende Skelett natürlich amüsierte. „Schon gut, schon gut. War nur ein Späßchen. Nicht gleich ausflippen, alter Mann, sonst verletzen wir uns noch. Oder Schlimmeres." Der Totenkopf richtete seinen leicht verrückten Hut. „Aber nun gut. Fassen Sie mir einfach ans Herz … vertrauen Sie mir."

Doch Jeans Verunsicherung ließ ihn zögern. „Ich sehe keines! Etwa da? So etwa?"

„Genau so. Und nun sagen Sie die Zauberworte."

„Welche Zauberworte?", wollte Jean wissen, als er seine Hand neuerlich auf die Projektion auflegte und das Herz in den Rippen erstrahlte, so hell, dass die Konturen des Toten auf der Felswand gestreckt wurden und zu einem großen Schattentor anwuchsen, aus dem die Stimme des Hausgeistes drang.

„Sprechen Sie mir nach: Anakuuhl mihaar su har, na kal."

„Anakuuhl mihaar su har, na kal."

„Gut so."

Ein Felsstück verrückte und brachte einen glasigen, geschwungenen Tunnel hervor, dessen Licht nach außen drang. Darin waberte feinster Sprühnebel, der den Zugang zu einem leuchtenden Strudel machte, ganz so, als würde Jean in ein stürmisches Dimensionsportal blicken.

„Was ist das?"

Der Tod lachte. „Ihr Weg."

Jean war schon lange nicht mehr so nervös gewesen. Sein Fuß tauchte in den Nebel ein. „Cop*Cor, pass auf, dass der Jin sich benimmt."

Sein unsichtbarer Assistent antwortete umgehend: „Verstanden. Sein Geist ist gebannt."

Der Glatzkopf betrat den stürmischen Tunnel, tastete sich voran und wagte sich so immer tiefer hinein. Cop*Cor meldete sich aus seiner Uhr: „Keine Sorge, der Sprühnebel ist nur Wasser."

„Wasser? Was wollen die damit? Und wo führt dieser Tunnel hin?"

Plötzlich huschte der Schatten des Todes durch den Strudel, flog zum Wasserfall in einiger Entfernung und zog dessen fließenden Vorhang auf als wäre er aus Stoff. Dann wies er dem Gast mit seinem Gehstock den Weg und sprang wieder zurück ins Tablet. „Ein Spiel mit Ihren Sinnen. Mehr finden Sie hier unten nicht. Und nun: Hereinspaziert, hereinspaziert! Willkommen im Berg." Ein fieses Lachen erklang.

Jean stand in einem runden Tempel, begrenzt von einer ringförmigen Wasserfallwand und überflutetem Boden. Ein kalter Ort, an dem die Gischt der fließenden Wände in die geheimnisvolle Kuppel aufstieg. Der Raum maß gut dreißig Meter im Durchmesser, und durch ein Loch in der Decke fiel ein zentrierter Lichtstrahl auf den spiegelnden Boden.

„O mein Gott!" Es war, als wäre er an einem heiligen Ort gelandet, auf dessen glatten Wasseroberflächen fallende Tropfen feine Wellen zeichneten. Passende Formen zu diesem großen und leeren Kreis, dessen umgebender Wasserfallring langsam versiegte und die steinernen Wände dahinter freilegte.

„Was wohl der Sinn dahinter ist? Sieht aus wie ein Tempel aus einer anderen Welt", fand Jean, der mit seinen Fingern über die Kanten fuhr, in die Linsen der Beamer schaute und die Brunnen-Technik dahinter ganz genau studierte, ebenso wie die vier Meter breiten Fenster, über die immer noch das Wasser strömte. Sechs Wasserfälle in gleichbleibendem Abstand zueinander waren geblieben, drei zu jeder

Seite. Acht Fenster waren es insgesamt, wobei in dem Fenster, das auf der Linie des Eingangs lag, kein Wasser mehr floss.

„Was hat das zu bedeuten?"

In dem betreffenden Fenster bewegte sich ein goldenes Bild, und die Schattendiener, die nun in den sechs umringenden Wasserfällen erschienen, zeigten darauf.

„Was ist das?" Jean blickte kurz zu dem lichtspendenden Loch in der Kuppel empor und strahlte dann das goldene Bild mit seinem leuchtenden Kreuz an. „Cop*Cor, überprüfe den Raum! Ist es hier sicher?"

„Relativ. Seien Sie vorsichtig."

Die Hausgeister starrten den Eindringling merkwürdig an, dann sprangen sie in den Raum, schossen auf Jean zu und verschwanden im Tablet. Auf dem Bildschirm dengelte Jin mit seinem Gehstock gegen den Lichtschalter – für den erschrockenen Jean genau der richtige Hinweis. Er wischte sich den Schweiß von der Stirn. „Danke dir."

Doch auch hier setzte als Erstes der Sprühnebel ein, der aus der Kuppel einen beängstigenden Wolkenstrudel werden ließ. Erst danach folgte das erwartete Licht, dessen fließendes Strahlenmeer durch die Wolkendecke drang und sich im Nebel brach. Doch er wusste nicht, was er davon halten sollte. „Was hat das zu bedeuten? Hoffentlich ist das nichts Giftiges. Dieser Ort ist mir nicht geheuer."

Der Geist in seinem Handy konnte ihn beruhigen. „Das glaube ich nicht, Jean. Laut der Daten scheint es reinstes Quellwasser zu sein. Ein Ort des Vergnügens und ein Teil von Tanners Hotelplan."

Jean war erstaunt über die Architektur dieses Meisters und fragte sich umso mehr: „Woher hat er das Geld dafür? Und wie konnte er sowas überhaupt bauen?" Fasziniert über diesen mythischen Raum wandelte Jean über dessen seichten Wasserboden, als wäre er ein Halbgott, der sich vor das goldene Bild stehen durfte, ganz so, als wäre er bei den Göttern eingekehrt. Das ratternde Meisterwerk schien aus zigtausenden Uhrwerksteilen zu bestehen und zu seinem Unterbewusstsein zu sprechen. „Einfach fantastisch!"

Bewegte Wolken aus Zahnrädern und Wiesenhügel aus tausenden Zeigern erstreckten sich vor ihm, die das Leben und den Takt des Windes nachahmten – die sanften Wellen des Grases, die über die goldenen Hügel streiften. Alles war aus filigranen Teilen gefertigt und mit den Abbildern zweier Menschen gestaltet, deren sich langsam bewegende Körper aus ineinandergreifenden Zahnrädern bestanden.

Jean war begeistert. „Transformierende Figuren, die sich eine drehende Sonne überreichen. Toll, wie es sich bewegt. Diese Dynamik, diese Reflexionen!" Alles schien im mechanischen Fluss der Zeit, was auch seine Künstlerseele berührte. „Wie schön das gemacht ist! Diese Bewegungen – jeder Pinselstrich von einem mechanischen Teil ersetzt."

Noch nie hatte der Glatzkopf so etwas Feines gesehen, weshalb er dem bewegten Bild ganz nah kam, sodass er bedächtig über das Glas streichen konnte. Eine göttliche Berührung mit der Fingerspitze an der Sonne aus rotierenden Zahnrädern, die sich mystisch in den kunstvoll kreierten Händen drehte, bis das Uhrwerkgemälde abrupt vor seiner Nase stoppte. Und dann, wie vom Winde verweht, löste sich das Bild in viele kleine Einzelteile auf. Tausende Zahnräder strömten hinter dem Glas vom Ermittler weg. Ein Impuls, der sich fortsetzte, und schließlich fuhr das Zahnradgemälde in die Wand hinein, die Wandelemente begannen sich im Kreis zu drehen und die letzten Wasserfälle in den Fenstern versiegten.

Der Glatzkopf drehte sich sofort um. „Jin! Warst du das?" Doch dann erblickte er hinter den tropfenden Wänden offene Zugänge. „Die Kammern! Cop*Cor, hast du das?"

„Alles aufgenommen und gespeichert."

Jin entsandte darauf seine Klone, die neben jedem Eingang aufgetaucht waren, in Form von leuchtenden Skeletten, die alle ihren Hut zogen und mit ihrem Stock auf die dunkeln Kammern verwiesen. „Sehen Sie es sich an. Wahre Schätze warten auf Sie."

Das Licht des Ermittlers misstraute dem Licht der Unterwelt jedoch. „Sei vorsichtig", warnte Cop*Cor.

Der Kommissar betrat jenen Zugang, der direkt links von ihm lag. Eine Höhle voller Schmuck und Juwelen erstreckte sich vor ihm. Eine Schatzkammer, deren funkelnde Wände einem farbigen Riff aus Bergkristallen glichen. Mit glänzenden Augen nahm er ein Amulett aus einer der Vitrinen. „Oh, hoho! Sieh sich das einer an! So etwas habe ich noch nie gesehen. Das ist ja schöner als im neuen Shop*Cor-Showroom."

Doch kaum hatte er zum Gold gegriffen, setzte der Wasserfall wieder ein und versperrte ihm den Rückweg. „Was soll das? Jin!"

Alle acht Wasserfälle waren plötzlich angegangen und schimmerten aufgrund der beleuchteten Kammern dahinter. Jean erkannte Tanners Schatten durch das fallende Wasser hindurch und sprintete los. „Tanner! Bleiben Sie stehen!"

Doch nur Jins Lachen erklang. Tanners Silhouette begann abzumagern, bis nur noch sein Skelett übrig war und im Wasser verschwand. Im inneren Kreis stand Jean nun allein da, verarscht und nass, der Höhle lauschend, die ihn verspottete: „Wie schnell man das menschliche Auge doch täuschen kann."

Jean fand das gar nicht komisch und nahm die Waffe zum wiederholten Male runter. „Du bist ja ein richtiger Scherzkeks. Was hat eigentlich das Wasser zu bedeuten?"

„Keine Panik. Das war nur der Timer des Tempels. Ein Wasserfall-Vorhang als Tor, der beim Berühren des Schmucks automatisch angeht. Nur ein einfaches Stilelement seiner Architektur."

„Ah ja."

„Genießen Sie die Schätze meines Schöpfers und sehen Sie sich in Ruhe weiter um."

In der Höhle hinter dem Wasserfall griff Jean zu einem goldenen Ring. „Was steckt in den anderen sieben Kammern?"

Der Tote zog den fließenden Vorhang zur Seite. „Sehen Sie selbst."

Er folgte Jean durch den nächsten leuchtenden Wasserfall, hinter dem die Kammer voller Waffen und Werkzeuge war, darunter Lanzen, Gewehre, Flammenwerfer, Elektroschocker, Granaten, Bohrer und seltsame Prototypen, die neben Zangen lagen und extrem unheimlich wirkten.

Jean war geschockt und griff zum Blasrohr. „Mit diesem privaten Museum hätte man eine kleine Armee ausrüsten können."

Das Licht des Ermittlers schaltete sich wieder ein und sprach: „Waffen aus allen Epochen, von der Steinschleuder und der Axt bis zur AK-47."

„Und dieses Stück? Ein echt brutales Teil."

Cop*Cor prüfte die Registrierung. „Alles legal erworben."

„Von wem?"

„Tanner und Peric", gab ihm das scannende Lichtkreuz zur Antwort.

„Natürlich, von wem den sonst." Jean kratzte sich an der Glatze, als er zum schweigenden Schatten schaute. Schon schweifte das ermittelnde Licht über die wertvollen Gemälde, verzierten Bücher und Musikinstrumente, die in der gläsernen Kammer gegenüber aufbewahrt wurden, dann rasch weiter zum Weinkeller, worin ihm ein kleines Lächeln entwich, bevor er das leuchtende Bundeskreuz über eine der Flaschen hielt und seinen trockenen Mund befeuchtete. „Ein prämierter Rotwein. Guter Jahrgang. Gute Trauben."

Sein Licht wusste mehr darüber: „Ein hervorragender Shiraz."

„Ja, ja. In der Region war das Wetter ideal für diese Rebstöcke. Dazu ein guter Boden, die richtige Weinkultur – et voilà. Sie werden es schmecken", mischte sich Jin ein.

Jean sah sich weiter um. „Die beiden war bekannt dafür, dass sie alles Erdenkliche auftreiben konnten. Auf allen Wegen und auf allen Ebenen."

Jin nickte nervös. „Ja, mein Meister wusste, was gut war. In dieser Kammer finden Sie die auserlesensten Rotweine, hervorragende Weißweine, feinsten Balsamico, Whiskey, den besten Scotch und natürlich meinen eigens gebrannten Jin-Gin." Von dessen Etikett stolz Bonez' Skelett lächelte.

Jean war erstaunt. „Selbst gebrannt? Du? So ein Käse."

Die Schattenprojektion sprang zur Wand. „O ja, und was für ein Käse! Auch den haben wir." „Mit seinem Schatten öffnete er den Fels, hinter dem Parmaschinken, Parmesan, Alpenkäse, Eingemachtes und andere Delikatessen lagerten, alles mit dem Totenkopf-Gütesiegel versehen, welches ihnen zuzwinkerte.

„Tanner war wohl ein echter Gourmet", bekundete Jean und folgte der höflichen Geste des quirligen Toten, der ihn in die nächste Kammer führte und ein großes Bett darin präsentierte. Jean hob erneut die Waffe. „Ein Schlafgemach? Dann war der Schlafsack oben nur Tarnung?"

Neben ihm stand der irritierte Jin. „Was ist ein Schlafsack? Schläft da etwa ein Sack?"

Das Licht von Cop*Cor klinkte sich ein. „Eine gute Frage."

Jean schüttelte nur den Kopf. „O Mann, im Ernst? Offenbar seid ihr doch nicht ganz so helle, wie ich dachte." Das Lichtkreuz leuchtete stärker und blendete ihn. Jean hielt seine Hand davor. „Nein, verdammt, ich wollte doch gar nicht mehr Licht! Cop*Cor, schalte es aus, bitte!" Es wurde dunkel. „Dumme Technik. Jedes Mal beim Licht! Dabei ist das doch am einfachsten zu regeln."

Jean schaltete das Lichtkreuz manuell wieder ein und tastete damit die seidigen Bettlaken ab, von denen er noch mehr der markierten Haare aufsammelte, bevor er das Panoramafenster öffnete. „Sieh an! Ein wunderbarer Ausblick, der auch als Notausstieg funktionieren könnte. Was für einen dekadenten Luxus dieses Höhlenreich doch bietet! Wahrscheinlich alles mit einem Helikopter und durch die Fenster hereingebracht. Aber auch von hier habe ich keinen Empfang. Muss wohl noch eine Störung zu Grunde liegen." Neugierig schaltete er die automatische Glasschiebetür ein, die den Wasserfall verstummen ließ. „Ich hoffe Tanner hat hier keine Fallen eingebaut. Wenn schon solch eine Trennwand herunterkommen kann, könnte auch ein Fallbeil verborgen sein."

Cop*Cor vibrierte schon wieder in seiner Hand. „Immer noch keine Anzeichen dafür. Laut den Plänen wären hier aber weitere Zimmer seines Hotels angeschlossen gewesen."

Jean ließ mithilfe von Tanners Tablet eine Toilette samt Lavabo aus der Felswand fahren. „Cop*Cor, überprüfe die letzten Flüge. Alle Flugunternehmen, die für solche Transporte infrage kommen."

Das leuchtende Plus blinkte auf. „Brauche dafür eine Netzwerkverbindung."

„Ach, so ein Mist! Na gut. Dann mach das, sobald wir draußen sind. Die ganze Recherche."

„Cop*Cor verstanden."

Eine Antwort, die Jin eifersüchtig machte: „Hey, und was ist mit mir? Ich will auch so eine Netzwerkverbindung. Dann könnte ich endlich mal aus diesem Loch raus."

„Du hast wirklich kein Internet? Nichts dergleichen?", wollte Jean wissen.

„Hab's versucht, aber etwas in mir hielt mich immer zurück. Ein seltsames Gefühl."

„Wir haben Leute bei uns, die sich deiner gerne annehmen werden. Aber mach dir darüber keine Gedanken und spalte deine KI nicht noch mehr. Wer weiß, was du sonst anrichtest."

Der Staatsangestellte entdeckte mit jedem neuen Schritt neue und spektakuläre Beweise. In der nächsten Kammer erschrak er gewaltig, als er jemanden hinter dem Wasserfall erkannte. Jean wich zurück und lugte zögerlich durch die Wasserwand, die Waffe in der Hand, welche auf ein Skelett gerichtet war, das niederkniete. Zentral im Raum schien es zu beten.

Das redselige Lichtkreuz des Bundes sprach: „Sieht nach einer goldenen Statue aus. Ein Gebetsraum."

„Wohl eher ein Speicherraum", entgegnete Jean, denn ringsherum waren ausschließlich versiegelte Schränke zu sehen.

Der Schattenmann mit dem Zylinder erklärte: „In der Tat. Dies ist eine Sammlung meines Meisters – sehr wertvoll. Wir befinden uns gerade in einer Samenbank für Pflanzen." Sein dürrer Schatten glitt über den goldenen Schädel des betenden Skeletts. „Ah, diese Ästhetik! Wie aus meinem Gesicht geschnitten. Hihihi! Aber bitte haben Sie keine Angst davor. Noch kann ich solche Körper nicht bewegen."

„Gut zu wissen", fand Jean, der eines der Samenkästchen öffnete. Der humorgeschädigte Schatten des Todes ließ seine knochigen Finger über das goldene Ebenbild tänzeln. „Sehen Sie her! In seinem Kopf haben sie das Wissen unserer Welt gespeichert. Alles da drin. Doch darf ich nicht reinschauen. Ich … ich würde es nicht verstehen, meinten sie. Aber Sie! Sie dürfen." Der Schatten zuckte verzerrt an der Wand.

Jean pochte gegen die goldene Skulptur. „In diesem kleinen Schädel solch ein großes Wissen? Hm." Dann berührte er das Skelett ehrfürchtig, das auf Knien vor ihm betete, und begriff allmählich, in welch großen Dimensionen dieses Höhlensystem erdacht worden war. „In jeder Kammer liegen andere Schätze der Welt. Wie eine Arche im Berg." Daneben verharrte Jins Schatten. Der Ermittler machte von allem Fotos. „Mein Gott, Tanner! Das alles hier muss Millionen wert sein, und dann diese Kunst! Wer bist du nur? Und wo bin ich hier gelandet?" Wie immer lag ein Lächeln auf Jins totem Gesicht, als Jean ihn anschaute. Der Bulle in ihm war gewarnt. „Ich hoffe, das Skelett stammt von keinem Toten."

Das alles gab ihm vor allem in jener Kammer zu denken, vor der das zurückgefahrene filigrane Bild lag. „Wie konnte sich dieses Meisterwerk nur so bewegen? Und warum ist es weg?" Jean fasste an den offenen Eingangsrahmen und ging zu dem Bild, das in der bewegten Kammer lag, dort, wo anstelle der flachen Sonne nun ein goldener Baum hinter der Scheibe heranwuchs. Wie das Bild zuvor bestand er aus einem beweglichen Mosaik aus metallischen Teilen, sodass es in der zeitentrückten Kammer wie in einem prunkvollen Uhrwerk ratterte. „Alles dreht sich – in jeder Wand ein anderes Gemälde."

„Sei vorsichtig", mahnte Cop*Cor wiederholt, vom vielen Gold, Edelstahl und Platin geblendet – wie Jean, dessen Kinnlade weit offen stand.

„Diese Kammer ... Das muss sie sein, die wahre Schatzkammer. Nicht wahr, Jin Bonez?"

Der Schatten lugte ebenfalls hinein. „Jaja, sein Schatz. Hier sollte er sicher aufbewahrt sein. Seine liebste Kammer."

Jean stand gespannt mittendrin, als es in dem Uhrwerk noch lauter ratterte, der Baum mit Zahnrädern erblühte und sich langsam ein Sockel aus dem Boden hob. „Na das nenne ich mal eine Präsentation. Ist er das, sein Schatz der Schätze?"

Jean wagte sich langsam heran, strahlte den Sockel an und fuhr mit der Hand über die blanke Oberfläche. „Da ist aber nichts. Keine Inschrift oder sonst was. Was soll das bedeuten, Jin? Bewahrten sie hier etwa ihren Drachenstein auf?" Zur Absicherung griff er wie immer zur Waffe. „Und wehe, wenn das eine Falle ist."

Der Geist kratze sich am Schädel. „Kann ich nicht sagen. Die Kammer war sein Geheimnis. Nicht einmal ich weiß, was hier war."

„Tanner sprach von einem heiligen Stein. Was weißt du darüber?"

„Nicht viel. Als ich begann, zu viele Fragen darüber zu stellen, löschte er fast jede Verknüpfung, die damit in Berührung stand."

„Keine Fragmente mehr?"

„Nichts."

Cop*Cor sah das genauso. „Bestätige. Alle Daten darüber wurden gelöscht."

Aus der goldenen Uhrwerkskammer heraus blickte Jean in die Finsternis der Kuppel, um deren rundes Wasserbecken die acht Kammern lagen. Dann drehte er sich wieder zu dem leeren Sockel um. Sein Blick gen Boden verunsicherte ihn. „Was soll man davon halten?" Er drückte seinen Fuß auf den Glasboden, unter dem ein Meer aus Zahnrad-Drachen dahinfloss. Fast berührten sie seine Sohlen, die über dem Uhrwerk zu schweben schienen. „Diese feudale Kammer verstehe ich am allerwenigsten. Ihr Zweck, diese Kunst ... Und warum ist sie so leer? Sag mir, Jin, was war in dieser Kammer? Wollte mich Tanner mit dem Stein nur täuschen?"

Seine Fragen schienen sich zu wiederholen wie die bewegten Muster in den Wänden, was auch dem heimischen Schatten auffiel, während er Jean als Tattoo über die Schulter kroch. Der Tod auf seinem Arm wurde deutlicher. „Die Kammer, der Raum, er ist nicht leer. Sehen Sie genauer hin! All die Kunst, die sich dreht – die Bewegung selbst – in ihrer eigenen Dimension, so wie im achten Fenster der Zugang hierzu liegt."

„Wie meinst du das?"

„Verstehen Sie nicht? Nichts im Leben ist jemals wirklich leer. Nicht einmal die Leere selbst. Allein schon der Bewegung wegen – und darin liegt der Schatz. Reicht Ihnen meine Antwort?"

Jean klopfte auf den leeren Sockel. „Was hier drauf war, ist wertvoller als alles andere hier im Raum, emporgehoben durch das, was es ist. Ihr Prunkstück. Hier lag ihr Drachenstein. Oder ihre Hybris. Vielleicht gar die Büchse der Pandora."

Der Schatten des Todes stieg in das flache Uhrwerk-Gemälde, verwandelte den Baum hinter dem Glas zu drehenden Ringen und breitete im rotierenden Kreis seine Arme aus. Alles wurde im goldenen Schnitt gehalten und von einer unheimlichen Mechanik angetrieben, während er in seiner Kontrollwand gestand: „Was hier einst lag, wissen nur diejenigen, die es schufen." Die Zahnräder fassten den Schattenkörper ein und formten ihn zur Maschine, zu einer flachen Figur hinter Glas, die sich in ihren Ringen drehte, als wäre sein Geist in Da Vincis vitruvianischer Körperstudie gefangen – in einer bewegten Scheibe aus fließenden Einzelteilen, die dem Dschinn über das bewegende Netz des Magnetfeldes ein golden strahlendes Lächeln bescherte.

Jean wunderte sich. „Wie machst du das? Was soll das werden?"

Jins Geist schien zufrieden seine Arbeit zu verrichten, steuerte, was er wohl selbst nicht verstand, und versicherte Jean kopfüber gedreht durch die Quadratur des Kreises: „Ich weiß es nicht genau. Dieses

Geheimnis treibt mich genauso um. Aber … ich selbst habe es nie gesehen. Was es ist und was es war, kann ich Ihnen daher nicht sagen. Denn leider verrieten sie es mir nicht. Ich weiß nur eines darüber: dass ich es beschützen sollte. Bewegen! Um jeden Preis."

Jean zog eine Augenbraue hoch. „Du sagst sie? Wer sind sie? Und warum um jeden Preis?"

„Weil es von mir verlangt wird. Zum Wohl unserer Welten." Dem mechanisierten Schatten wuchsen nun zwei weitere Gliedmaßen aus der Bewegung heraus. Immer massiver wurde die wuchernde Erscheinung, bis ein Riss durch das Glas fuhr und das Motiv zu bersten begann. Dann platzte die Scheibe, worauf der Tod aus dem Rahmen fiel. Jean konnte nicht mehr ausweichen. Der mechanische Geist hatte ihn erwischt und zu Boden gerissen. Dabei zersprang Jin in all seine Einzelteile, während sich sein Schatten in der Höhle verflüchtigte.

„Du verdammtes Arschloch!" Jean wischte sich wütend die Scherben und Zahnräder von der Brust, stand auf und sah den Dschinn weiter hinten, wo er an die Wand gelehnt zu ihm herüberwinkte und applaudierte.

„Tolle Reflexe. Und nun? Wollen Sie noch immer nicht verschwinden?"

„Das hättest du wohl gerne. Aber dafür braucht es schon mehr als das."

„Noch mehr?" Der Hausgeist zauberte sich mit einem Fingerschnippen weg und hinterließ eine leere Höhle.

„Hey, wo willst du hin?", schrie Jean ihm hinterher. „Jin, komm zurück! Jin! Hey, Jin!"

Der aufgewühlte Ermittler scrollte mit der Waffe in der Hand durch das Raum-Menü des Tablets und versuchte so, ihn zurückholen. „Was war das eben? Und dann diese vielen Fehlermeldungen. Fuck! Was, wenn er noch mehr solcher Dinge kann?" Auf dem Bildschirm hatte sich ein weiteres Fenster geöffnet. „Ah! Und jetzt noch das! Sag mal, ist das eine Pool-Funktion neben der Museumsbeschreibung? Was macht das denn hier?" Jean schüttelte das gehackte Tablet durch, dann richtete er seine Waffe darauf. „Sag schon!"

Dem wieder aufgetauchten Totenkopf im Bild brummte sichtlich der Schädel. „Versuchen Sie es doch einfach. Nur so finden Sie mehr über diesen Raum heraus. Nur so kommen Sie weiter."

Jean schnaubte. „Denkst du im Ernst, ich glaube dir noch, nachdem ich all das gesehen habe? Damit willst du mich sicher bloß ausschalten, nicht wahr?"

„Ich bitte Sie, drücken Sie ihn. Ich verspreche Ihnen auch, dass nichts Schlimmes droht." Der Totenkopf schlich gespenstisch um ihn herum und servierte den passenden roten Knopf blinkend auf dem Tablet. „Jedenfalls noch nicht jetzt."

Jean war sich seiner unsicher. „Scheiße auch. Soll ich?" Er blickte vorsichtshalber nochmals auf das leuchtende Kreuz in seiner anderen Hand und bekam grünes Licht. „Also gut." Er drückte den Knopf.

Es rumpelte und ein Granitring stieg aus der dünnen Wasseroberfläche empor, der sofort überspült wurde. In der Mitte des kreisförmigen Tempels lud das hochgefahrene Wasserbecken zum Baden ein.

„Ist das etwa ein … ein sprudelnder Whirlpool?"

„Meine Entschuldigung." Der Totenkopf hatte den Pool wohl spendiert und war sichtlich stolz darauf. „Nur zu! Baden und trinken Sie! Trinken Sie ein Glas Champagner mit mir. Mein Meister hätte bestimmt seine Freude daran."

Plötzlich fiel etwas Schweres aus dem Loch in der Kuppel und platschte ins Becken. Jean wich zurück, nahm es vorsichtig in Augenschein und musste lachen. Mit auf das Objekt gerichteter Waffe erkannte er die Champagnerflasche. „Beeindruckend!"

Unter seinen Füßen begann es zu rattern. Der Glatzkopf sank auf einmal ein; der kreisrunde Boden wurde abgesenkt und überflutet.

„Scheiße! Jin, was soll das? Ist das … eine Falle?"

Der zylindertragende Totenschädel zog genüsslich an seiner animierten Zigarre und lachte ihn aus. Dutzende Schatten erschienen im Chor der rauschenden Wasserfälle und zogen mit den Schwaden davon, als alles hochgefahren wurde. Die Kammern schlossen sich. Jean fühlte sich, als wäre er in einer unheiligen Maschine gefangen.

Der Geist um ihn herum war gut zu verstehen: „Hahaha! Zum Wohl, Herr Vincent. Genießen Sie Ihren Aufenthalt."

Das Tablet reagierte kaum auf Jeans wütende Eingaben, also ergriff er die Flucht, um aus dem immer tiefer werdenden Wasser zu entkommen. „Scheiße verdammt!" Doch er rutschte mit dem Finger aus und aktivierte auf dem Tablet die tosende Wasserfallwand, gleichzeitig mit dem Wolkenstrudel, aus dem ein Platzregen folgte. „Oh fuck! Was war denn das?" Die Wände rotierten um ihn herum, und ein großer Ring fuhr aus dem Wasserfall empor, welcher sich in viele kleine spaltete. „Scheiße!" Die Wolken sprühten wie rotierende Gitter, sodass der chaotisch aktivierte Raum zur höllischen Zentrifuge wurde, in der sich immer mehr Ringe drehten.

„Scheiße, was passiert hier?" Jean stand plötzlich unter einer stürmischen Kuppel, in der Blitz und Donner dröhnten. Es war, als stünde er im Auge einer aufdrehenden Tornadomaschine, die tief unter dem Berg ihr eigenes Klima erschuf. Eine unheimliche Kraft, zu der der Glatzkopf hochschaute, während der Rand des Whirlpools aufflammte und einen Feuerring bildete. Das Wasser im Raum stieg immer weiter und der Schädel erschien als riesige Projektion in den Wolken.

„Oh Scheiße, Mann!" Jeans Herzschlag stolperte, als er das alles auf sich zukommen sah. Er griff hinter den flutenden Wasserfall, wo sich der Eingang immer weiter schloss. „Cop*Cor! Cop*Cor, schalt das aus!"

Das Kreuz in seinem Smartphone vibrierte, sein Licht, das er gegen die Schatten der toten Diener einsetzte, die von den stürmischen Wänden ins Wasser sprangen und ihn langsam umzingelten. Jean gab einen Warnschuss ab. „Haut ab! Bleibt weg von mir! Bitte!" Ein beängstigendes Bild, weshalb Jean sein leuchtendes Kreuz weiter gegen die Schatten richtete und sie schließlich vertrieb, indem er grelle Lichtblitze aus dem Handy schoss und mit der nutzlosen Dienstwaffe herumfuchtelte. „Ja, es wirkt! Strahl noch heller!"

Der Schutzengel im Geist des Handys stand ihm bei: „Jean, beruhige dich und hör auf zu schießen! Das sind nur Projektionen, keine Gespenster. Das Menü des Jins – nutze es und deaktiviere sein Programm!"

„Mach du!", forderte der eingesunkene Jean.

„Ich kann nicht! Die Kraft meines Lichtes schwindet. Mein Akku ... ständig entwischt er mir durch kleine Hintertürchen. Jean, schalte den Hausgeist manuell über die Hauptsteuerung aus. Nur so kannst du den Spuk beenden. Geh in seine Einstellungen und beeil dich! Beende es mit einem Doppelklick."

Eine gute Idee, fand der Ermittler, da die stürmische Wolkenkuppel bereits in allen Farben leuchtete, die Wasserfälle wie Springbrunnen liefen und dröhnende Musik ertönte, als wäre er in einer Thermal-Therapie-Disco gefangen, deren durchdrehende Pool- und Dampfbad-funktionen mit einem gezielten Schlag auf das Tablet ausgeschaltet werden konnten. Jean versuchte es mehrfach mit Gewalt. „Geh aus! Geh aus! Geh endlich aus!" Endlich wurde es wieder finster. So dunkel, dass sein leuchtendes Kreuz noch heller wurde, um zu sehen, ob alles noch in Ordnung wäre.

Im knietiefen Wasser stehend schaute er ins einfallende Licht der steinernen Kuppel, während die letzten Tropfen auf ihn niederfielen. „Ah! Ich dachte schon, es wäre aus ..." Der Raum normalisierte sich wieder, der Wolkenstrudel versiegte und alles fuhr zum Ausgangs-punkt zurück. Jean stand triefend nass endlich wieder auf festem Boden. Er wrang seinen Mantel aus. Dann schrie er: „Du verdammter Geist! Denkst du, mit deinen billigen Tricks kannst du mir noch Angst machen? Wenn du mich umbringen willst, musst du schon mehr aus dir herauskommen! Sonst wird das nichts." Was er insgeheim aber nicht hoffte, weil er die nassen Hosen schon ziemlich voll hatte. Aber gehen konnte er dennoch nicht.

Im Weinkeller hinter dem Wasserfall, in dem die besten Tropfen gelagert wurden, sah er sich weiter um. *Uh … Sowas könnte ich jetzt gut gebrauchen.* Mit Blick auf die Spitzenweine aus aller Welt wählte er einen aus. *Ich hoffe, das ärgert ihn, schließlich ist der teure Rotwein aus einer außergewöhnlichen Rebenkultur gekeltert.*

Kein Schatten war weit und breit zu sehen. Jean konnte es einfach nicht lassen, drehte die Weinflasche und griff dann zu, als hätte er gerade nichts gelernt. *Nichts passiert. Puh, dachte schon …*

Ein lautes Tropfgeräusch unterbrach seine Gedanken. Jean sah schon die nächste Falle zuschnappen, starrte fast eine Minute lang zum Ausgang, hinter dem weitere Tropfen zu hören waren, und beruhigte sich wieder. Denn dem Klang nach fielen sie in einem ganz gewöhnlichen Takt, womit er sich wieder sicher fühlte und sich nochmals Zeit nahm, um aufs Etikett zu schauen.

Es war ein edles Tröpfchen, mit dem er ins Appartement zurückkehrte und sich erschöpft in den Ledersessel fallen ließ. Er zog den Korken und roch mehrfach an dem Wein, um sich dessen Noten einzuprägen, aber er wollte auch sichergehen, dass er nicht vergiftet war. *Mann habe ich Durst! Tanner, das ist das Mindeste nach dem ganzen Scheiß.*

Mit tropfender Kleidung und einem Weinglas, in das er sich großzügig einschenkte, dimmte er das Licht. Am knisternden Kaminfeuer hatte er sich eingenistet, um sich trocknen zu können und weiter den Spuren auf der digitalen Karte zu folgen. *So lässt es sich aushalten. Ab jetzt warte ich lieber hier, wo es sicher scheint*, fand er und vermied es tunlichst, die Lüftung auf „Sturm" zu stellen. Auch mit den übrigen Apps spielte er lieber nicht weiter. Der Totenkopf schlief schließlich ausgeschaltet im Tablet.

Jean blieb dran. Mit schwenkendem Weinglas studierte er jedes Objekt im Raum. „Ah, das also auch. Hey, Cop*Cor, hast du das?"

„Natürlich, Aber bitte halte das Lichtkreuz gerade auf das Objekt."

Seit Stunden war der Ermittler nun dabei, die weitläufige Höhle zu entdecken, völlig ohne Zeitgefühl in Tanners Unterwelt. Betrunken vom Wein las er die Ausbaupläne auf der nächsten Seite und griff zu seinen Kräckern mit Käse. „Hier muss es sein", murmelte er mit vollem Mund. „Alte Verbindungen zu den bestehenden Bunkern. Da und da! Was für ein raffinierter Komplex! Doch leider, alter Mann, hättest du keine Bewilligung dafür gekriegt. Es sei denn, der Bund oder eine andere Organisation hätten auch hier die Finger im Spiel. Ja, so scheint es fast. So etwas kann ein alter Mann doch gar nicht allein auf die Beine stellen." Zumindest dem Gutachten nach, in dem das Mordopfer Peric ebenfalls angeführt war. Jean blätterte weiter und krümelte dabei alles voll. „Mal sehen, was du sagen wirst, wenn ich dir deine geheimen Pläne unter die Nase reibe. Und wehe, du kommst mir nochmals mit irgendwelchem außerirdischen Zeugs."

Er fotografierte die Wohnhöhle wieder und wieder ab, ständig in Gedanken und auf Details versessen. Dann ging er nochmals in den stürmischen Gang hinein, öffnete dank des Schattendieners die nächste Geheimtür darin und fand noch eine weitere Kammer. „Auch das noch! Ein Dschungel! Ganz so, wie er es auf dem Plan hatte."

Jean stand mit einem Mal inmitten eines Waldes, der in der Höhle angelegt worden war. „Das gibt's doch nicht." Über ihm erstreckte sich ein Sternenhimmel unterm Berge, dazu der Dschungel, der durch schimmernde Pilze und leuchtende Käfer erstrahlte, ehe eine Lichtwelle über die zerklüftete Höhlenkuppel jagte und erlosch. Helle Strahlen drangen aus den Spalten, Rissen und Löchern der zerklüfteten Felsendecke.

„Sieh nur!" Durch die Öffnungen im Felsen drang künstliches Tageslicht in die bewaldete Höhle. Jean berührte vorsichtig einen der glasig leuchtenden Pilze. „Da sind ja UV-Lampen drin!" Dann sah er zu den strahlenden Löchern in der Wand. „Welche Bedeutung könnte diese Kammer haben?" Es war eine grüne Höhlenkuppel voller Pflanzen, in deren Mitte ein riesiger Baum auf einem Felsen wuchs, als wäre er aus einer anderen Welt. All das wirkte wie ein lebendiges Riff. „Der Baum reicht ja fast bis zur Decke."

Jean schritt ehrfürchtig den Waldpfad entlang auf den Baum zu und entdeckte an den dicken Ästen unzählige Flechten, Ranken und Moose, dazu Farne, Pilze und noch mehr. „Ein Baumkoloss, auf dem hunderte Pflanzenarten angesiedelt wurden. Das ist ja verrückt! Wie konnte so etwas nur gedeihen? Auf diesem uralten Baum wachsen sogar Tomaten, Trauben, Birnen und andere Früchte."

Unter dem weitverzweigten Kronendach las er einen faulen Apfel auf und warf ihn in einen Teich in der Nähe. „So etwas habe ich ja noch nie gesehen." Ein Wunder für den Mann, der die moosbewachsenen Wurzeln betastete und über die schrullige, verdrehte Form des mystisch anmutenden Baumriesen staunte. Er streichelte über die Feigenranken. „Der kunstvolle Stamm ist ja gewaltig. Was ist das bloß für ein Baum? Und wie konnte der so groß werden? Verdammt, die einen Pilze darauf leuchten und die anderen sehen aus wie Brokkoli." Jean brach ein wenig davon ab und probierte. „Tatsächlich! Brokkoli." Er kratzte an der Wurzel, die sich in den Felsen krallte. „Was ist denn das? Unter dem Moos scheint eine Nährschicht zu sein, ein Metallgerüst."

Sein eingeschaltetes Licht präsentierte ihm die Daten. Cop*Cor berichtete: „Jeder der Äste dieses sogenannten Riff-Baumes wurde mit diversen Arten bepflanzt, zuoberst die sonnenhungrigen und weiter unten die Schattengewächse. Von Kräutern und Gemüse bis hin zu blumigen Exoten wächst alles hier."

Im Dunst des eichenartigen Riffbaumes drangen nur wenige Lichtstrahlen zum Boden. „Wie mystisch dieser Ort erscheint." Jean legte sich auf einen der moosbewachsenen Liegefelsen unter dem Baum und staunte über das Astgeflecht über seinem Kopf. „Unglaublich schön gemacht. Wie hunderte kleine Gartenpolster in der Krone. All diese Vielfalt, dieser natürliche Charakter! Alles auf nur einen Baum gepflanzt. Wie konnte das nur so gut darauf wachsen?" Ein Chamäleon blickte mit seinen verdrehten Augen zu ihm herunter. Jean filmte es mit seinem Handy.

„Jean, der überwucherte Riff-Baum hat einen tragenden Metallkern und wurde mit einer Nährrinde umwickelt. Ein lebendiges Kunstprojekt, das dem Artenschutz und dem Wohlbefinden unter Tage dienen soll. Dazu wurde die baumartige Skulptur mit einer Sprinkleranlage und einigen Lichtpilzen ausgestattet, alles von Jin gesteuert, der ihn ganzjährig pflegen soll", erklärte Cop*Cor, das die ausgelesenen Daten kombinierte.

Jean schaute zu einem Bächlein, das durch den Höhlendschungel floss, und folgte einer kleinen Forelle darin mit dem Blick. „Als wollte Tanner sich ein autarkes System unter dem Berg erschaffen. Wahrscheinlich hat er einen Zugang zu einem der alten Bunker entdeckt. Eine Festung aus dem zweiten Weltkrieg vielleicht, die er über die vielen Jahre unter Tage ausgebaut hat." Dabei griff er zu einem Blatt eines Marihuana-Gewächses und wunderte sich, als ein Roboterkäfer mit leuchtendem Hintern zu ihm hochschaute und unverhofft einen sich windenden Wurm ausspuckte. Sofort machte Jean ein Foto davon. Der Robo-Käfer wehrte sich mit seinem eigenen Blitzlicht und flog auf den Baum. Jean blickte zu ihm hoch und entdeckte dabei noch mehr der funkelnden Käfer.

„Was zum …!" Der Mann mit der Pistole in der Hand hörte es kurz darauf wieder rascheln und schaute ins Dickicht. Vor seinen Augen blühten Mohnpflanzen, was schnell einen bestimmten Verdacht in ihm weckte. „Vielleicht betreibt er hier oben eine illegale Drogenplantage? Oder er züchtet für die Forschung." Sein Licht verfolgte die Fraßspuren einer Seidenraupe an den Blättern, deren Kaugeräusche er deutlich hörte. Jean wollte am liebsten jedes Blatt in diesem grünen Unterschlupf durchleuchten. „All diese Dinge, dieser ganze Luxus unter dem Berg – da muss noch mehr sein, noch mehr der versteckten Kammern, noch mehr der Schätze und noch mehr von seinen Geheimnissen. Irgendwo in dieser zerklüfteten Unterwelt, verborgen im Berg. So wie hier."

„Zweifellos", entgegnete sein sprechendes Licht, als sie den geheimen Serverraum unter den Wurzeln des Baumes fanden, dessen Abluft die grüne Kuppelhöhle beheizte.

Jean verstand den Sinn dahinter, setzte die Brille auf und ließ seinen blauen Partner in den Computer eintauchen.

„Und wonach suchst du, Jean?"

„Ein Kreislaufsystem. Laut seinem Bauplan sollte Tanner mehrere davon angelegt haben. Dazu eine ganze Bibliothek an der Westflanke. Zumindest war das so geplant, wie bei dem Spa-Tempel mit seinen sieben Kammern. „Hm … lass uns mal weiter hinten nachsehen. Ich will wissen, was dieser verrückte Kerl hier sonst noch alles treibt." Er steckte sein Ladekabel in eine der blinkenden Rechnerwände. „Bringen wir mal Licht in seine kleine Unterwelt."

In den Daten stöbernd und am schlafenden Jin vorbei, fand Jean jedoch nur wenig Nutzbares. Da waren nur ein paar Bilder, ein bisschen Musik und ein paar Standardprogramme neben wenigen Bauplänen und einigen verschlüsselten Ordnern. Jean ließ sein Smart*Pol wieder ran und kletterte den großen Baum hoch. „Sieh dir diese Ausbaupläne mal an. Irgendwo muss es noch eine merkwürdige Höhlenkammer geben, in der Tanner laut Aufzeichnung alte Maschinen und Schrott sammeln könnte." In diesem Hort konnte er die unzähligen Teile, die er bestellt hatte, einlagern und ausschlachten. Jean war sich sicher: „Er hat alles tief verscharrt, versiegelt, im Mittelpunkt des Berges, dort wo sie laut den Aufzeichnungen die erste Seele Urokans erschufen." Sein Blick zum Licht suchte ständig nach Bestätigung. „Cop*Cor, finde mehr darüber heraus. Finde seine Kammern." Sein Licht erweiterte seine Suche, während Jean die kleinen Blumen betrachtete und fotografierte. „Schon wieder eine Biene." Dutzende der fleißigen Insekten summten um ihn herum, und noch mehr bunte Schmetterlinge. Jean folgte ihrem Flügelschlag, als Cop*Cor im gehakten System noch ein verstecktes Tor vorfand.

„Jean! Auch dieser Felsen lässt sich bewegen."

„Was? Worauf wartest du dann noch? Öffne die Wand!"

Die zehn Meter breite Felswand fuhr zurück und offenbarte den anfänglichen Wohnkomplex, von dem sie gekommen waren. Der Wald und die kolossale Wohnhöhle waren nun verbunden.

Jean, der unter dem Baum der Unterwelt stehengeblieben war, staunte abermals, als er durch die riesige Felsöffnung blickte und die leuchtenden Sterne über der Lounge funkeln sah. „Nett", meinte er. Weiteres Laub fiel von den Kronen, landete auf seinem Spiegelbild im Bach und trennte den glattpolierten Felsboden von dem unterirdischen Wald ab.

Das Licht nahm alles auf und scannte parallel dazu jede Einzelheit. „Ich habe da noch etwas. Laut den hiesigen Daten ist Urokan ein Drache im Berg, ein Projekt, das Tanner und anderen Forschern dazu dienen sollte, die künstliche Intelligenz weiterzuentwickeln. Ich habe diese Information in einem älteren Briefentwurf von Tanner gefunden, den er einem der Erschaffer einst überreichen wollte."

Jean schaute in die Kameralinse seines kleinen Helfers und kletterte auf den nächsten Ast. „Wovon sprichst du? Ist dieser Drache etwa real? Und was hat der Drachenstein damit zu tun? Steckt der Schatz etwa in ihm?"

Sein helfendes Licht flackerte beim Sprechen. „Wäre eine Option."

Jean stellte weitere Thesen auf: „Das könnte auch sein. Wer sagt denn, dass es nicht so ist? Die Indizien, die Muster … ganz klar. Vielleicht geht es hier tatsächlich um einen Drachen – ein militärisches Projekt oder so. Wahrscheinlich auch zivil nutzbar. Eine Metapher oder ein Code. Doppeldeutig wie diese Unterwelt, die sie für den Krieg nutzen könnten."

Sein verwirrtes Licht schien nicht sicher zu sein, ob sein Nutzer im Selbstdialog verfangen war oder mit ihm gesprochen hatte. Sein Detektivprogramm arbeitete jedenfalls auf Hochtouren, um mit dem fragwürdigen Menschen miträtseln zu können. Cop*Cor dachte konstruktiv über diesen Fall nach. „Jean, deine Vorstellung könnte zutreffend sein. Warum auch nicht? Der Drache könnte eine verrückte Alarmanlage, eine monströse Touristenfalle oder ein altes Geschütz aus dem kalten Krieg sein. Er könnte dem Wissen dienen, dem künstlichen Bewusstsein, in dem auch ich erwachsen werde."

Jean glaubte das langsam auch. „Vielleicht, ja. Irgendeine Waffe oder ein Werkzeug, mit der Tanner – oder sonst wer – eine Entwicklung vorantreiben wollte."

„Wir sollten in jedem Fall ein bisschen vorsichtiger sein. Egal, was noch kommt."

Der Baum entließ ohne Vorwarnung seinen Regen und der Dschungel versank im Monsun. Jean sprang von seinem Ast. „Nicht schon wieder! Lass uns von hier verschwinden. Wir waren jetzt wohl lange genug in seiner Unterwelt."

Der nächste Tag war bereits angebrochen, als Jean auf den Ausgang zusteuerte. Mit Blick zum aufgebrochenen Gitter sprach er zu seinem Smart*Pol: „Wie ist das nur möglich? Stundenlang habe ich nach den anderen Kammern gesucht, nach einem geheimen Zugang, einem weiteren dieser Tore oder sonst was – aber nichts. Auch in den Daten von Jin war nichts Neues mehr zu finden. Aber wo sind dann die Bibliothek, die Drachenhöhle und der Zugang zum Bunker? Nur das Hotel war schon gebaut. Diese Wohnung und die Kammern sind alles, was mit seinen Ausbauplänen übereinstimmt."

Sein strahlendes Kreuz konnte das nur bestätigen. „Korrekt, Jean. Laut den Plänen und den 3-D-Karten ist hier nichts mehr außer Fels."

„Offenbar kam Tanner nie so weit. Noch nicht, möglicherweise. Oder die anderen Kammern liegen an einem anderen Ort. In einem anderen Berg."

Blendend helles Tageslicht drang in die Höhle herein, welches von dem beschlagnahmten Tablet in seinen Händen reflektiert wurde. Jean holte den Hausgeist aus dem Schlummermodus. „Jin Bonez."

„Sie wünschen?"

An die Steinwand gelehnt musste der Ermittler ihn noch einmal fragen: „Gibt es hier wirklich keine Geheimgänge mehr? Kein Tor, kein Loch, keine Spalte, keinen Hebel, keine Schiebewand oder sonst etwas, was noch tiefer in den Berg führt?"

„Nicht, dass ich wüsste."

„Und was ist mit den anderen Kammern? Hinter dem Fels muss doch mehr sein."

„Nur Träume und Steine. Mehr liegt hier nicht begraben. Sie haben alles gesehen, was es hier gibt."

„Na gut. Und wenn doch, werden wir sie finden, die Wahrheit. Aber ein andermal." Jean sah gähnend zum Licht des Eingangslochs. „Mann, bin ich müde geworden. Ich sollte endlich mal Meldung machen, sonst gibt es Ärger."

Eine Aussage, die dem Totenkopf auf dem mitgenommenen Gerät offenbar gar nicht gefiel. „Da muss ich Sie leider enttäuschen, Herr Vincent. Ich gehe hier nicht weg. Wir beide sind vom Berg verflucht … gebannt in ihre Unterwelt."

Was für ein Schock! Das Gerät mit dem hämisch lachenden Geist in sich begann augenblicklich zu qualmen und schien in rasantem Tempo durchzubrennen. Unter Jeans Daumen zersprang das überhitzte Glas.

„Verdammt!" Sofort warf er das Tablet hinter sich und rannte gen Ausgang, während Jin immer lauter lachte, Feuer fing und explodierte – im selben Moment wie der Sprengkopf über dem Eingang. Große Gesteinsbrocken regneten herab und der Weg nach draußen war binnen weniger Augenblicke versperrt. Der Glatzkopf hatte ein paar Treffer abgekriegt und wich reflexartig zurück.

Sein Licht im Dunkeln spendete Trost: „Du hattest großes Glück."

Doch für Jean war es ein weiterer Rückschlag. Abermals gingen die Beweise verloren, und selbst seine Daten zeigten plötzlich einen Virus an.

Auf dem Screen des Smart*Pol und aus den tiefen Gängen des Labyrinths lachte der Totenkopf: „Ich hatte Sie gewarnt."

Das Licht begann zu flackern, Jean war entsetzt. Er stand inmitten einer mächtigen Staubwolke und starrte auf die bröckelnden Felsen. Wütend hieb er seine Faust gegen den Schutt. „Scheiße auch! Nicht schon wieder! Dieser verdammte Jin!" Dann begann er zu graben. So lange, bis ein Loch im Felssturz entstand, durch das er nach draußen an die frische Luft kriechen konnte. Schwer atmend und erleichtert warf er einen Blick in den offenen Himmel. Zu seinen Füßen lag die von Steinen erschlagene Drohne. „War ja klar." Das Gerät war nur noch Schrott. Mürrisch packte er das Ding ein und nahm auch das qualmende Tablet mit zurück zur Bergstation. Im Takt der vielen Anschlüsse wollte er so schnell wie möglich von den wolkenverhangenen Bergen kommen, über deren Hänge langgezogene Wolkenfälle ins Tal strömten. Tief hinunter flossen sie, bis über die Wipfel der Bäume.

Jean raste auf seinem Motorrad dahin und zog den Nebel mit sich. Per Headset war er wieder mal mit Sonja verbunden, die gerade Fastfood bestellte, während sich die vorbeizischenden Alpen auf dem Visier von Jeans Motorradhelm spiegelten.

„Wo warst du gestern?", wollte Sonja wissen. „Es war, als wärst du plötzlich verschollen. Ich habe mir schon Sorgen gemacht."

Jean musste lachen. „Oh, wenn du wüsstest. Die Höhle! Es war phänomenal." Dann erzählte er ihr erste Einzelheiten, während der Herbstwald seine farbigen Blätter auf die Straßen streute. „Aus dem soll jemand schlau werden …" Der Ermittler schaltete runter. „Nein, da war nichts. Es sei denn, er versteckt es hinter anderen Felsen, so wie das Höhlenzimmer. Echt schön gemacht. Aber wer baut schon ein Hotel oder so ein Bad, wenn er gar keine Bewilligung dafür hat? Das ist doch Schwachsinn. Außer er spekuliert. Oder …"

Sonja saß ihm im Ohr: „Ein Geheimnis mehr. Und was ist mit dem Rest? Was ist mit dir? Du wärst fast lebendig begraben worden! Macht dir das gar nichts aus?"

Jean stieg abrupt auf die Bremse und hielt sein Motorrad an, als eine Herde Kühe die Straße kreuzte, die von einem Bauern ins Tal heruntergetrieben wurde. Unzählige Tiere wanderten von den höhergelegenen Weiden und mit viel zu lauten Glocken die Bergstraße herunter und zogen vor dem schwarzen Ritter auf dem Bike vorbei. Ein ganzer Fluss aus breiten Rücken und stolzen Hörnern, hinter denen der Bulle wartete – Jean, der kaum ein Wort mehr verstand und all das Gebimmel um sich herum so gut es ging ausblenden musste, um seiner Partnerin mitzuteilen: „Leider negativ! Der Geist des Hauses hat alles gelöscht. Und der Rest des Labyrinths führt zu nichts, höchstens noch tiefer in den Berg hinein. Verdammter Pilatus! Verdammter Tanner! Ich hätte ihn niemals verlieren dürfen! Der Alte macht mich echt noch fertig."

„Ach, der kommt sicher bald zurück."

Die Herde war vorbeimarschiert und Jean gab wieder Gas. „Das denke ich auch. Habe ihm meine Visitenkarte hinterlassen und seinem Hausgeist einen Gruß für ihn ausgerichtet ... Der wird sich sicher bald melden – oder er verliert noch mehr."

Sonja hatte ihr Essen wohl unterdessen bekommen und schmatzte ins Telefon. „Äham ... hmm ... mh ... Sorry ... hm ... bei mir sieht es auch nicht viel besser aus. Der Maschinist vom Dampfer, er ... ist verschollen. Wahrscheinlich ertrunken." Sie hustete und schluckte dann hörbar. „O Jean, das könnte ich mir nie verzeihen! Was, wenn ich ihn mit meiner Festnahme umgebracht habe? Ich ... ich habe ihn ziemlich heftig geschlagen. Und meine Handschellen – er sprang damit ins Wasser. Ich ... ich ..."

Jean hatte den Berg überquert und bog ab, als er Sonja unterbrach: „Hör auf damit." Er nahm die Ausfahrt und fuhr wenig später in die Stadt hinein. Der Mann machte sich Gedanken über Sonjas Gemütsverfassung und wollte ihre Zweifel zerstreuen, während sich sein schnittiges Motorrad gewohnt auf den Fenstern der Fassaden widerspiegelte. „Sonja, mein Schatz, es war seine eigene Entscheidung, zu fliehen. Und das mit purer Gewalt. Mach dir darüber keine Sorgen. Wahrscheinlich versteckt er sich einfach nur irgendwo da draußen, bei einem anderen Arschloch. Ganz bestimmt."

Die Lampen von Jeans Motorrad blitzten auf, als er die nächste Kurve kratzte. Gedankenvoll fuhr er durch die Stadt. Er nahm den mysteriösen Fall immer persönlicher. Jean fuhr ins Parkhaus, wo Sonja auf ihn warten sollte, doch die teilte ihm gerade durch das Headset mit: „Ich fahre nochmal zum Schilfgürtel, wo die Spürhunde angeschlagen haben." Dann folgte eine Pause, und schließlich ihre Frage: „Sehen wir uns am Abend?"

Jean hatte gehofft, dass sie das fragen würde. Trotzdem verneinte er und fuhr wieder hinaus auf die Straße. „Heute nicht. Ich bin zu müde dafür. Lieber ein andermal."

Sonja hörte sich enttäuscht an. „Na gut. Wenn du meinst."

„Ja. Nein. Ist besser so."

Er legte auf und bretterte durch die Straßen, bis er im nächsten Tunnel verschwand, einem der vielen Verbindungswege, welche die Berge durchbrachen.

Kapitel 5: Der Orden des Sturmtempels

Der alte Mann, der gerade wieder in den Wäldern auftauchte, wollte noch abwarten, bis die Luft rein war. Denn erst, als es dunkel wurde, wagte sich Tanner aus dem Dickicht. Er schlich an den hohen Tannen vorbei, ohne Licht, dafür mit einem dampfenden Stickstoffbehälter in den Händen, den er wie eine Laterne hielt, um damit den steilen Hang hochzuklettern. „Ah, ich bin echt zu alt für diese Scheiße", beklagte er sich. Er bewegte sich mühsam unter dem wolkenverhangenen Mond hindurch und hin zu der verdächtigen Felswand, wo er einen Unterschlupf fand. Aufgeschreckt sah er zu, wie ein flatternder Berggeist die versteckte Überwachungskamera die Felsen hinunterwarf, bevor diese ihn verraten konnte. Dem Klang nach war es eine krähende Dohle. Der Alte hatte verstanden und schlug den nächsten Sensor, den er entdeckte, mit einem Stein kaputt. „Dieser dreckige Bulle! Überall diese selbstauslösenden Fotofallen. Ich muss sie loswerden, oder sie finden uns!"

Diese Gewissheit plagte ihn. Tanner wartete daher noch ein Weilchen ab, bis er sicher war, dass ihm wirklich niemand hierher gefolgt war. Dann stieg er in dasselbe Loch, das Jean kurz zuvor entdeckt hatte, und knipste die Taschenlampe an. Im Lichtstrahl flog der Rabenvogel voraus und pickte wenig später an der nächsten Kamerafalle herum. Tanner war begeistert von der verzauberten Dohle, die die Geräte magisch aufzuspüren schien. „Ja, gut machst du das. Mach weiter so! Such! Such!" Er musste lachen, als der schlaue Rabenvogel einen abgebrochenen Schlagbohrer anpickte, als wäre er sein Feind.

Der dankbare Mann warf dem Vogel ein Stückchen Brot vor den Schnabel. „Hier, mein Freund. Es scheint, als habe dich die gütige Hexe zu mir entsandt. Sag danke von mir. Und warne sie! Der Ermittler ist schon nah an uns dran."

Die Dohle krähte ihn an. Für Tanner eine klare Bestätigung, weshalb er sich vorsichtshalber nochmals umschaute. Erst dann zeichnete er mit den Fingern einen Kreis auf die Wand irgendwo in seinem weitverzweigten Stollenlabyrinth. Der Kreis begann zu leuchten und der Alte legte die Hand hinein. Das Gestein darin sank in den Felsen ein und öffnete einen gleißenden Riss in der Wand. „Komm, mein kleines Vögelchen." Zusammen mit der Dohle verschwand Tanner in dem strahlenden Tor.

Alles in diesem Land schien voller Löcher, Gräben und geheimer Stollen zu sein, wie jener Geheimpfad, den der alte Tanner gerade betrat. „Folge mir, mein kleiner Freund. Hab keine Angst." Der Vogel krähte und flatterte an ihm vorbei. Mit der Taschenlampe ging Tanner durch einen langen Gang, an dessen Wänden viele Rohre verliefen. Der Stollen führte ihn in einen gesperrten militärischen Bunker-Komplex, einen Abschnitt einer geheimen Anlage, die völlig außer Acht gelassen – genau wie der Geschützturm darin – offiziell gar nicht mehr existierte.

Tanner kannte das einsturzgefährdete Labyrinth noch von früher. Mit dem Stickstoffbehälter in Händen trat er an eine der vergessenen Mauern heran und malte ein weiteres seiner leuchtenden Zeichen an die Wand. Ein kurzes Klacken ertönte, und schon brach der nächste Riss durch die stützende Mauer, deren Gestein sich wie Wasser verflüssigte. Tanner trat hindurch und kurz darauf schloss sich der Riss wieder. Dahinter befand sich eine Rundtreppe, die zu einer überfluteten Höhle im Untergeschoss führte. Seine Taschenlampe leuchtete die Treppe entlang nach unten. Tanner musste vorsichtig sein, da einige der Stufen Fallgruben und Stolperfallen verbargen. Doch da er wusste, wo sie versteckt waren, betrat er am unteren Ende der Treppe unversehrt die Tropfsteinhöhle, wo ein kleines Bächlein über den Felsboden floss. Tanner und die helfende Dohle auf seiner Schulter schauten sich um, bevor der Vogel aufgeschreckt hochflatterte. „Sieh nach, ob jemand da ist."

In Jeans Fernseher zeigte sich ein ähnlicher Vogel, als er entspannt mit einem Bier auf dem Sofa saß. *Schlaue Vögel. Eigentlich sympathisch. Nur die letzten* ... Jean wollte gar nicht daran zurückdenken, weshalb das Handy seine Blicke deutlich stärker anzog. *Es ist bald Mitternacht. Ich hätte besser zu ihr fahren sollen, anstatt ständig über den Fall zu grübeln.* Was für eine Zwickmühle. Zum einen plagte ihn das Gewissen, zum anderen das Verlangen. Er zog seine Bikerjacke an, stieg wieder auf sein Motorrad und gab mächtig Gas. Wie der Wind raste er durch die Nacht, bis das Bremslicht anging, die Reifen quietschten und die Scheiben glühten. Von dem dunklen Bike aus warf er einen Blick zum Berg hoch. *Ich kann das nicht. Nicht jetzt.*

Jean machte den Motor aus, stieg vom Motorrad und rannte den Hang hoch. Sein Wahn trieb ihn wieder auf den Berg. Er krallte sich am Felsen fest, hielt inne und atmete mit Blick zu den Gipfeln nochmals durch.

Auch der alte Tanner musste durchatmen. Mit seiner Taschenlampe war er in die Tiefen des Berges vorgedrungen und in einer großen Kammer angekommen, voll mit Bergen aus Schrott, den er monatelang auf den Gipfel geschleppt und hier deponiert hatte. Die Rabenvögel hatten ihn dabei unterstützt, waren durch einen Luftschacht in die Höhle geflogen, um noch mehr Teile an diesen verborgenen Ort unter dem Berg zu bringen. Schrauben, noch mehr silberne Löffel und allerlei anderes Zeug, wie auch den Stickstoffbehälter in Tanners schrumpeligen Händen. Tonnenweise Blech- und Kunststoffteile sowie Kabel lagen zu seinen Füßen. Tanner kramte in seiner Jackentasche und warf noch mehr Krimskrams auf den Haufen, unter dem etwas Großes ruhte. „Hier, für dich." Eine leere Verpackung und ein paar Nägel, gesellten sich klimpernd zum Rest. Der Schrottberg bewegte sich, als würde ein furchterregender Drache unter ihm schlafen. Doch davor hatte der Alte keine Angst. Er machte seine Taschenlampe aus und murmelte besänftigend: „Schlaf weiter. Ich bin's nur."

Was ihn hingegen eher beunruhigte, war die Aussicht auf die nächste Station auf seinem Weg: eine sakrale Gruft mit einem steinernen Altar, um den herum Dutzende Wachskerzen brannten. Der weißbärtige Großvater zitterte, als er eintrat, und wischte sich den kalten Schweiß von der Stirn. Danach drehte er sich nochmals zu der dunklen Höhle um, vergewisserte sich neuerlich, dass ihm niemand hierher gefolgt war. Im Moment schien es aber sicher für ihn, sodass er es wagte, den rauchenden Behälter auf dem Altar abzustellen und an die Kerzenwand gerichtet zu sprechen. „Ich grüße das Kind der Sterne! O mächtige Hexe, seht her! Nehmt mein letztes Geschenk an und befreit mich endlich von der Last. Ich habe sie hier, die letzte Gabe für die Götter. Möge sie Euch und dem Sturmtempel dienlich sein."

Die Wachskerzen um ihn herum flammten auf und Tanner hob eine Hand vor sein Gesicht, als die plötzliche Helligkeit ihn blendete. Mitten im Feuersturm erschien die Hexe hinter dem Altar und breitete ihre Arme aus. Tanner fuhr zusammen. Sie blieb im Feuer stehen, bis es erlosch. Unter der Kapuze war kein Gesicht zu erkennen, als sie auf den zitternden Greis herabschaute. Eine schwarze Robe verhüllte ihre Gestalt und ihr dunkles Wesen sprach: „Menschenkind, die Götter werden für dein Geschenk sehr dankbar sein. Sie werden dich reich belohnen."

Der alte Kauz starrte sie an, als wäre sie ein heiliger Sektenführer oder ein Gott aus einer anderen Welt. Mit kurzen und unterwürfigen Blickkontakten versicherte er: „Ich tat mein Bestes."

„Wohl wahr. Das letzte Element, du hast es gefunden. Unsere Rettung! Du hast es gerade noch rechtzeitig zu uns gebracht, ehe die Flamme erloschen und alles umsonst gewesen wäre." Sie hob den rauchenden Behälter vom Altar hoch, ehe dieser rotierend im Boden versank und sich die steinerne Wand dahinter öffnete. Die Ordensschwester, die mit ihrem gespenstischen Mönchsgewand dem Sensenmann glich, war sichtlich erfreut über den Erfolg. Sie trug das Stickstoffbehältnis in die dahinterliegende Höhle und sprach dabei zu Tanner: „Du hast dein Wort gehalten. Unser Handeln war die richtige Entscheidung, wenn auch die deine ein Fehler war."

Tanner wusste, was sie meinte. Der Gang aus der Finsternis führte sie ins Licht, von wo sechs Rabenvögel angeflogen kamen und auf ihren Schultern landeten; auch auf Tanners, der die Dohle, mit der er sich angefreundet hatte, mit einem Küsschen begrüßte. So betraten sie den Hauptkomplex der mächtigen Höhle: eine aus dem Stein gehauene Domkuppel mit über vierzig Metern Durchmesser, in der ein großes Hexenfeuer brannte. Darüber hing ein gusseiserner Topf, der an einer langen Eisenkette über der offenen Feuerstelle pendelte. Der Rauch, der davon aufstieg, zog über ein Loch in der Kuppel ab.

„Der Dom des Sturmtempels", flüsterte Tanner ehrfürchtig. Der Mann war schon öfter hier gewesen und fragte sich wieder einmal, was sich wohl in den großen Urnen befand, die die Kuppel umringten. Jede von ihnen war drei Meter hoch und krähende Raben hockten darauf, die argwöhnisch auf sie herunterschauten. Tanner warf einen Blick zur Feuerstelle in der Mitte, wo sich in den Steinboden eingelassene Metallringe um die Flammen drehten. Darüber schwebte ein rauchender Ring, der immer dichter wurde. Die verhüllte Ordensschwester nährte ihn, indem sie den Stickstoff in einen der Ringe goss, sodass dieser heftig aufflammte und die Raben erschreckte.

„Na, na." Sie schaute zu ihrem kreisenden Hexentopf. In der brodelnden Suppe kochte ein goldenes Ei. Mit einem großen Kochlöffel rührte sie um, während sie Hexenverse sprach. „Ah nur. Sanjiu gal. Shanuk a tharr, ne ro kagul." Immer wieder warf sie glitzernden Staub in den Topf, der vom goldenen Ei und der Suppe absorbiert wurde. „Henai suur." Die hexende Ordensschwester schien zufrieden und verriet dem alten Tanner: „Okenako. Das war es schon fast. Menschenkind, all die Wesen und Geister, sie stecken in diesem Ei. Die gesamte Natur, jede Essenz und all ihre Verbindungen. Schon bald ist der Schlüssel fertig. Hasam shuhur. Die Zeit, um aufzubrechen – sie ist gekommen. Kapach neharr." Aus dem Feuer schoss ein Laserstrahl in die Rauchsuppe, welche sich an der Kuppeldecke staute und langsam durch das Loch nach draußen gezogen wurde.

Der alte Tanner sah erleichtert zu. „O mächtige Hexe, ich bin froh, das zu hören. Aber ich muss Euch leider gestehen, dass unzählige Verfolger hinter mir her sind. Zu viele. Bei den Göttern! Seit Rogers Tod geht einfach alles schief." Der weißbärtige Greis sah zu den großen Urnen und den spähenden Raben um sie herum. „Kind der Sterne, Ihr müsst mich gehen lassen, oder sie finden Euch. Ihr müsst Euch beeilen! Verschwindet von hier! Der Berg ist nicht mehr sicher. Geht zurück! Zurück in Eure Welt. Glaubt mir, Ihr habt nicht mehr lange Zeit. Passt also gut auf Euch auf. Denn einer von ihnen ist mir dicht auf der Spur. O Schwester des Sturmtempels, er war hier. Darum lasst mich gehen. Vielleicht folgen sie ja nur mir. Ich werde sie weglocken, weg von diesem heiligen Ort. Das verspreche ich. Jawohl. Bei den Göttern! Noch wissen sie nichts von Euch."

Der Alte begann von Neuem zu zittern, als ihm die Ordensschwester unheimlich nah kam und offenbarte: „Menschenkind, du warst nicht achtsam genug. In der Tat, wie bedauerlich, das zu hören." Sie fütterte einen der handzahmen Raben auf ihrer Schulter. „Du Naivling! Du hast sie womöglich alle hergeführt! Welch törichtes Verhalten! Selbst die Raben hätten das besser gekonnt. Karukahn! Wie konntest du nur!"

Tanner war vor Furcht wie gelähmt. „Ich … ich konnte nicht anders! Es ist, wie es ist. Euch bleibt nur noch wenig Zeit. Ich … ich hätte ihn töten sollen! Es tut mir so leid", stammelte er.

Die Augen der dunklen Gestalt glühten zornig auf. „Tanner!", rief sie so laut, dass die Raben krähten und der alte Mann erschrak. „Hüte dich vor deinen Ängsten! Hüte dich vor deinem Willen!"

Der Alte erschauderte. „Aber … was soll ich tun? Die Polizei – die Höhle! Sie werden uns finden!"

„Das spielt keine Rolle mehr. Der Sturmtempel hat seinen Zweck erfüllt. Der Schlüssel zum nächsten Rätsel braucht nur noch eines."

Auch Tanner wusste das, der dem göttlichen Wesen blind gehorchte und daher beichten musste: „Ich kann Euch dieses Teil nicht besorgen. Sie würden mich finden. Wie gesagt, ich muss hier weg! Ihr müsst es selbst beschaffen. Schickt die Raben oder holt Euch einen anderen, der es beenden kann. Die Füchse können das auch. Dafür braucht Ihr keinen alten Mann wie mich."

„Nein, dafür nicht", entgegnete die Schattengestalt. Vor dem pendelnden Topf hob sie ihre Hände und eine Stichflamme schoss in das Abzugsloch der Kuppel hoch. Sie hatte einen Feuertornado mitten im Sturmtempel entfacht, der in Tanner heftige Panikattacken auslöste, während der Berg das erste Mal Feuer spuckte – einen kurzen Strahl in die Wolken empor. Tanner fiel auf die Knie und machte sich klein, doch das göttliche Wesen sprach ein Machtwort. „In der Tat hast du nun keinen Nutzen mehr für uns. Tanner, dies war das letzte Mal. Von nun an ist dir das Betreten dieses Berges verboten, bis zu deinem Tod."

Tanner erschauderte, doch es war ihm ganz recht. Er wagte es, wieder zur Hexe hochzusehen. „So soll es sein! Wir … wir werden den Kontakt abbrechen, ehe uns jemand findet. So … so machen wir's. Genau so."

Die Ordensschwester nickte. „Meine Worte auf deiner Zunge."

Der Alte hatte Angst, ins Feuer geworfen zu werden, aber eines musste er noch wissen: „Und der Stein?"

Die Ordensschwester faltete erzürnt ihre Hände. „Du hättest niemals darüber reden dürfen. Alter Mann, du hast einen großen Fehler gemacht. Deine Gier – deine Ängste. Aber dennoch: Der Stein ist dein Geschenk, dein Lohn. Dies war unser Versprechen." Sie griff an die Kette und beschleunigte das Pendeln des Topfes. „Doch Josef, denk an Usung-pan. Wenn es nicht mehr reichen sollte, musst du einen Teil deines Schatzes zurückgeben."

„Das werde ich, wie abgemacht. Ich verwahre ihn extra für Euch an einem noch geheimeren Ort. Ich habe ihn erst kürzlich dorthin gebracht. Sobald Ihr ihn braucht, werde ich ihn für Euch holen." In Demut geübt schaute er ihr weiter zu, wie sie den dampfenden Topf um das Feuer pendeln ließ. Die Suppe brodelte schon seit Wochen.

„Behüte unser Geheimnis. Und genieße die restliche Zeit, die du noch auf Erden hast", sagte die schwarze Hexe.

„Das werde ich."

„Und denk an meine Worte, alter Mann: Nutze den heiligen Stein nur dann, wenn du dir deiner Entscheidung wirklich sicher bist. Du hast nur den einen, nur eine Chance. Einen Weg."

Tanner hatte das schon an jenem Tag erfahren, als ihm die Hexe den sagenumwobenen Schatz anvertraute. Ein Grund, warum er sich den Reichtum oder die Unsterblichkeit auf ROA wünschen konnte – und noch vieles mehr.

Doch die Hexe warnte ihn: „Menschenkind, denk auch daran, dass du unsere Welt erst dann betreten darfst, wenn die Götter rufen und ROA vom Bösen befreit ist. Sonst wirst du in ein großes Unglück stürzen, in den Krieg aus Paradun." Wieder nickte er. „Und Tanner, vergiss nicht den zweiten Schlüssel mitzunehmen. Sonst bringt dich das Tor des Mondes nur dorthin zurück, von wo du gekommen bist: hierher." Sie überreichte ihm ein Säckchen mit mehreren kleinen Objekten. „Nimm die Schlüssel. Jeder von ihnen führt dich in eine andere Welt. In jene Welt, aus der das Stück stammt, mit dem du das Tor als Erstes berührst."

Voller Dank beugte sich Tanner noch tiefer und küsste ihre Füße. Die Hexe schaute auf ihn hinunter. „Du warst uns eine große Hilfe, ein treuer Diener unserer Welt. Aber nun steh auf und geh. Die Zeit des Abschieds ist gekommen." Ihr Zeigefinger wies nach draußen, zu einem weiteren Riss, der in der Felswand aufleuchtete. „Geh nun und komm nie wieder!"

Tanner erhob sich und befolgte ihren Befehl. Während er auf das Tor zuging, hörte er sie noch sagen: „Für deine Hilfe wird ROA dir auf ewig dankbar sein. Die Götter und das Universum werden deine glorreiche Tat nie vergessen." Wichtige Worte, die Tanner ein letztes Lächeln auf die Lippen zauberten, bevor er im Licht verschwand. Vom hellen Schein der Höhle kroch er hinaus in die Dunkelheit.

Nach einem langen Weg durch die Unterwelt des Berges trat Tanner zurück unter den Sternenhimmel, begleitet von einem Gefühl tiefer Verbundenheit, das jeder zu spüren vermochte, der es wagte, lange genug hochzublicken.

Kapitel 6: Der flüchtige Geist

Jean sah den geheimnisvollen Großvater unter den Sternen wandern. Seine Intuition hatte also richtig gelegen. Im Mondschein der Nacht stand er regungslos auf einer Klippe und beobachtete, wie Tanner den Weg vom Berg herunter einschlug. Nur sein Schal wehte im Wind. Er hatte den Hut tief ins Gesicht gezogen, darunter die glühenden Augen der Nachtsichtbrille, deren Akku am Ende war. Sein Durchblick war beinahe weg. „Cop*Cor, aktiviere Cor*Three."

Doch das Programm in der Uhr verweigerte: „Bedaure, Jean. Kein Zugang gewährt. Keine Freigabe. Drohne außer Betrieb."

Der Ermittler stampfte mit dem Fuß auf den harten Felsboden. „Das gibt's doch nicht! Wieso gerade jetzt?" Schon wieder versagte sein Umfeld, während der flüchtige Tanner von dannen zog. Dem Ermittler blieb nichts anderes übrig, als den Verdächtigen zu Fuß zu verfolgen. „Verdammte Scheiße."

Ohne Licht rannte er über die Felsen und die Zahnradbahn entlang, durch den Tunnel, über die Brücke und die verdunkelten Wanderwege hinab, die in den finsteren Wald führten, wo er kaum noch etwas erkennen konnte. *Ins Tal hinunter ist's noch weit*, dachte Jean, als er glaubte, einen Schatten gesehen zu haben. Ein Knacken war zu hören, gefolgt von verräterischen Schritten im Laub. Ein morscher Zweig brach unter seinen Füßen. *Da vorne!* Beide Männer verharrten. Jeans Herz pumpte.

Dann ging es weiter durch die Nacht. *Sei leise!* Der Gedanke trieb ihn voran und den Hang hinab. Der Ermittler legte einen Zahn zu. Er schlich hinter den alten Eichen durch und näherte sich Tanner. Auf einmal krähte ein Rabe über den spitzen Kronen. „Sei still!", zischte Jean. Doch der schwarze Vogel krähte nur noch lauter. So laut, dass der flüchtige Tanner seinen Warnruf hörte. Er rannte den tiefer gelegenen Hang hinunter, hielt kurz inne und blickte über die Schulter zu seinem Verfolger weiter oben. Dann verschwand er im raschelnden Dickicht; sein Schatten verwischte nicht weit von Jean, der ihm nacheilte.

Plötzlich stolperte der Ermittler über eine Wurzel und spürte, wie ihn etwas Hartes im Nacken erwischte. „Du verdammter scheiß Vogel!" Der Rabe stürzte aggressiv auf ihn hinunter, immer wieder. „Hau ab! Verschwinde!" Das Tier verhielt sich wie jene rabenschwarzen Geister, die Jean erst kürzlich angegriffen hatten. „Dieser verfluchte Berg!" Um sich schlagend hetzte er durch die Nacht, konnte kaum etwas sehen, geschweige denn gezielt abwehren. Mehrmals schlug der Bulle daneben. „Verschwinde, du kleines Monster!"

Doch Jean erwischte ihn schließlich irgendwie und versuchte eilig, wieder Anschluss zu dem Flüchtigen zu finden. Er rutschte über die steilen Alpwiesen und hastete einem verdächtigen Rascheln hinterher, bemerkte jedoch schnell seinen Irrtum, als er ungebremst ins Nichts schlitterte und in eine enge Klamm stürzte. Er rollte und drehte sich über viele Meter hinweg einen Abhang hinunter, prallte heftig gegen Baumstämme. Dann wurde er zwischen Felsen hin und her geschleudert, bis er endlich zum Liegen kam. Die Welt schien sich immer noch zu drehen; Jean hatte den Überblick zwischen oben und unten verloren. „Argh, tut das weh! So ein dummer Mist aber auch! Wo bin ich hier verdammt nochmal gelandet?" Er erblickte verschwommene Sterne, die mit ihrem fahlen Licht durch die Baumkronen schienen. „Es ist wie verhext. Dieser verfluchte Mann! Dieser ganze Fall! Als wäre Tanner ein flüchtiger Geist, den man nicht erwischen kann."

Dann sah er sein Handy in den Farnen aufleuchten; ein übler Riss zog sich durch den ganzen Bildschirm. „Ach du Scheiße! Cop*Cor, geht es dir gut?" Als wären seine neuerlichen Verluste nicht schon genug, hörte er im selben Moment das nächste Ungemach auf sich zukommen: Ein lauter Knall, gefolgt von Donnergrollen und höllischem Lärm durchbrach die Nacht. Der Mann zuckte zusammen. „Was war das?" Nicht jedes Unglück konnte man auf sich zukommen sehen, sehr wohl aber erahnen. Jean erkannte, dass etwas fürchterlich Erschütterndes durch den dichten Wald herunterbretterte: Ein Felsabbruch rollte direkt auf ihn zu.

„Das kann nicht sein! Oh Scheiße, verdammt!" Jean spürte, wie die bebende Naturgewalt den Hang herunterrollte, den Bannwald durchbrach und erste Bäume niederwalzte. „Fuck! Eine Lawine!" Große Steine und brechende Felsen preschten knapp an ihm vorbei. Wie von Kanonenkugeln getroffen flogen Holzsplitter aus dem Wald. Jean presste sich an eine alte Eiche. Direkt neben ihm flossen Geröll und sich verkeilende Baumstämme mit einem ohrenbetäubenden Poltern und Krachen dahin. „Verfickte Scheiße auch!" Mit tosendem Lärm riss die Mure alles mit sich und zerrte dabei auch fast den Baum aus der Erde, hinter dem Jean sich schützend verbarg. Doch die Wurzeln der Eiche drangen tief. Jean bangte um sein Leben, während die Natur ihren fließenden Gesetzen folgte. Tonnen von Schutt, Steinen und Dreck wälzten sich voran; kein Stein blieb auf dem anderen.

Als die Lawine endlich an ihm vorbei war, stellte Jean fest, dass er hinter dem letzten Baum stand, der in weitem Umkreis noch übrig war. Zitternd drückte er auf seine Armbanduhr und stoppte die Zeit. „Cop*Cor, alarmiere die Patrouillen! Gib die Fahndungsfotos raus und aktiviere alle Überwachungssysteme. Setzt alles auf den alten Tanner an, was du findest! Und schick einen Räumungstrupp. Es scheint, als sei der halbe Berg um mich herum heruntergekommen. Sichert die Umgebung! Und beeilt euch!"

Jean funkte weiter, während er über das Geröllfeld rannte: „An alle Einsatzkräfte: Verfolge Tatverdächtigen. Standort wurde gesendet.

Umstellt den Berg! Der alte Mann darf uns nicht entkommen." Nach vielen langen Minuten erkannte er einen Wagen in der Ferne, der mit Blaulicht den Berg hochfuhr. *Endlich. Sie sind da!*, dachte Jean, als er über einen ausgerissenen Wurzelstrunk kletterte und auf das Licht zuging.

Endlich, dachte sich bestimmt auch Tanner, als er die aufwachende Stadt erreichte. An einen Getränkeautomaten gestützt leerte er hektisch eine Wasserflasche und warf sie in die Gosse. Bei Tagesanbruch erreichte er den Bahnhof Luzern. Er tauchte im Strom der Pendlermassen unter und hastete an einem Polizisten vorbei. Der bärtige Großvater fiel kaum auf zwischen all den Leuten, als er die Rolltreppe nahm. Doch die automatische Gesichtserkennung der Kameras identifizierte den Gesuchten nach einer halben Sekunde.

Sofort war Tanner auf dem Bildschirm von Cherry zu sehen. „Habe den Verdächtigen identifiziert. Er ist im Bahnhof Luzern und läuft auf die Perons zu."

Das Cop*Cor-System leitete Tanners Standort und sein Fahndungsbild an alle befugten Kräfte weiter. Die alarmierten Streifenpolizisten entdeckten ihn schnell. „Haben Verdächtigen nahe dem Kiosk gesichtet. Greifen jetzt zu!"

Jean funkte dazwischen: „Nicht eingreifen! Wiederhole: Nicht eingreifen! Behaltet Flüchtigen im Auge. Nur observieren. Wir wollen wissen, wo er hinwill."

„Verstanden, bleiben dran."

Der Wind wehte durch ein offenes Fenster herein, streifte an langen Seidenvorhängen vorbei in das große Herrenzimmer, wo ein goldenes Telefon auf dem Schreibtisch klingelte. Inmitten prunkvoller Säulen saß ein Mann mit vielen goldenen Ringen am Finger und zählte seine glitzernden Steinchen: einen Haufen lupenreiner Diamanten. Er sprang auf und fegte die wertvollen Steine wütend vom Tisch. Dann glättete er seine Haare, atmete durch und hob ab. „Warume du rufste mich unter diese Nummer an?" Eine solche Störung schien dem stillen Herrscher zu indiskret und suboptimal, doch er beruhigte sich, indem er genüsslich an seiner Zigarre zog.

Sein anonymer Informant musste sich daher kurzfassen. „Mr. Black, wir haben ihn." Im Hintergrund des Gespräches waren die Lautsprecheransagen des Bahnhofs Luzern und der Polizeifunk zu hören.

Der Mann mit den vielen Ringen pochte mit dem Zeigefinger auf den Tisch. „Bringte ihne zu mir!" Eine klare Anweisung, da er bei solchen Geschäften lieber im Schatten operierte, um seine Ziele auch weiterhin geheim zu halten. Denn wo kein Licht war, konnte niemand seine Taten sehen. Eine ganze Gesellschaft wurde so im Dunkeln gehalten – alles für seine Macht. Für ihre Macht, ihr Licht, das manchmal wie ein Kollektiv aus Irrlichtern erschien, genau wie die aufstiebende Glut seiner Zigarre, als er sie energisch ausrückte.

Auf dem Bahnhof rannte Jean unterdessen gegen den Pendlerstrom an und folgte dem alten Tanner. Im Ohr hatte er noch immer Cherry, die auf jedem Bildschirm anderen Schritten folgte und gerade übermittelte: „Der Verdächtige nimmt den Zug auf Gleis vier. Ein Schnellzug nach Zürich. Offensichtlich will er zum Flughafen."

Jean wühlte sich durch die Leute und sprach in seine Armbanduhr: „Haltet den Zug auf. Alarmiert die Bahnpolizei!" Dann drängelte er sich durch, steckte den Arm in die sich schließende Tür, drückte sie wieder auf und stieg in den Schnellzug ein. „Das war knapp!" Mit letzter Puste hatte er es gerade noch geschafft. Nun ging er durch die Reihen der Waggons, von der zweiten zur ersten Klasse, während er die Passagiere in ihren Sitzen taxierte. Sein Herz pochte heftig. *Ich kann kaum mehr rennen. Der Berg war echt zu viel für mich. Immer dieses Hoch und Runter.*

Der Mann mit dem leichten Bartansatz wurde sich seines Alters bewusst, ganz so wie Tanner, der durch die Wagen eilte, von Jean verfolgt, der ihm dicht auf den Fersen war. „Kontakt zur flüchtigen Zielperson. Wir haben den alten Vogel", flüsterte er in seine Uhr. Er ging hinter einer Sitzbank in Deckung und spähte Tanner unauffällig hinterher. Dann instruierte er die Zentrale: „Die Bahnpolizei soll sich zurückhalten. Wir wollen die Hintermänner."

Als sich der Verdächtige nicht weit von Jean hingesetzt hatte, fuhr der Zug los. Jean führte seine Observation fort, indem er den Verdächtigen mit seiner Armbanduhr filmte. Die Gleise ratterten immer schneller unter den rollenden Rädern dahin. Alle Passagiere saßen bereits, als ein thailändisch aussehender Typ in den Waggon trat und neben dem flüchtigen Tanner Platz nahm. „Darf ich?"

Der Ermittler sah genauer hin und tippte dann schnell eine Nachricht: „Habe Sichtkontakt. Ein Asiate hat sich neben Tanner gesetzt. Sofort überprüfen!"

Doch kaum war er an dem neuen Verdächtigen dran, störte eine alte Dame den observierenden Ermittler. „Ist da noch ein Platz frei?"

Jean schaute zu ihr auf und erwiderte höflich: „Natürlich."

„Ich danke Ihnen, mein lieber Herr. Sie sind zu gütig."

„Keine Ursache", entgegnete der Ermittler, der die Verdächtigen im Auge behielt. Im peripheren Blickwinkel hatte er den asiatischen Typen, der Tanner mit einer Waffe unter dem Arm bedrohte. Die Lage war prekär. Jean schrieb eine weitere Meldung: „Der Verdächtige wird gerade von dem Asiaten bedroht. Er ist bewaffnet. Warte noch ab. Haltet euch bereit!" Denn im Moment wäre ein Zugriff noch viel zu riskant. Jean belauschte sie also weiter und starrte dabei wie alle im Waggon auf sein Handy, ließ sich wie jeder von dem künstlichen Licht vor den Augen blenden. Doch wegen des Risses im Bildschirm vertippte er sich ständig, bis die Hand des Kontrolleurs eingriff und sein Smartphone nach unten drückte. „Fahrkarte, bitte."

Nicht der beste Augenblick, da Jean nun nicht mehr sehen konnte, was hinter dessen Rücken passierte. Der Ermittler musste ihn rasch loswerden. Er zückte sein Portemonnaie und zeigte dem Kontrolleur seine Marke. „Voilà. Mein Ticket. Bitte gehen Sie jetzt weiter und machen Sie wie gewohnt Ihre Arbeit." Der Kontrolleur nickte und schien geneigt, zu gehen, als plötzlich seine Faust geflogen kam und Jean hart im Gesicht erwischte. Der Schlag hob ihn fast von den Füßen; er prallte gegen das Fenster. Dann stieß er sich ab, rammte dem Angreifer seine Faust gegen den Kiefer und schleuderte ihn damit brutal auf die Bänke nebenan. Doch kaum hatte Jean sich das Blut von den Lippen gewischt, traf ihn ein Elektroschocker unter dem Arm. Die nette alte Dame malträtierte den stämmigen Bullen mit Stromschlägen, bis dieser ihr mit einem gut gezielten rechten Haken die uralte Nase brach.

„Nächster Halt: Zug", erklang in diesem Moment eine Durchsage. Die Passagiere erhoben sich von ihren Sitzen. Alle Augen starrten zu dem Glatzkopf hin, der aufgeflogen und als Einziger sitzengeblieben war.

„Scheiße!" Ein paar schwere Jungs versperrten ihm die Sicht, zuvorderst ein Fitnessmonster, das mit seinen bulligen Buddys seine dominante Präsenz markierte und auf Jean zuging. Sein roter Kopf glühte bereits, als er auf Jean zeigte. „Du verdammtes Dreckschwein! Brauchst wohl eine Abreibung, was? Komm her, du!" Er warf einen Blick zu der komatös daliegenden Großmutter, der das Gebiss aus dem blutig geschlagenen Mund gefallen war.

„Gar nicht gut", meinte der umzingelte Jean. „Hat sicher ihre Medikamente nicht genommen."

Die Adern des testosterongeladenen Fitnessmonsters schwollen bereits an. „Die arme Oma! Dafür reiß' ich dir deine verfickte Rübe ab, du mieser Pisser!" Ohne weitere Worte stürzte er sich mit seinen Fäusten auf Jean, der im Schlagabtausch gegen ihn antrat, bevor er das Schwergewicht leicht ausgehebelt zur Seite warf. Doch hinter seinem Rücken folgte schon der nächste Monster-Kollege; allesamt Schläger-typen, die wie eine Flutwelle aus Fäusten über ihn hereinbrachen, als hätten sie den Waggon nur dafür reserviert. Sie fackelten nicht lange und kamen von allen Seiten. Jean kassierte ein Knie ins Gesicht und Fäuste in die Rippen. Zusammengekauert wurde er mit Fußtritten und

Faustschlägen tiefer zwischen die Sitzreihen gedrängt. „Haltet ihn fest! Los, los! Schlagt ihm ins Gesicht!"

Blindlings stampften sie auf ihn ein, bis Jean ein nachtretendes Bein erwischte, darunter durchschlüpfte, an eine Halterung sprang und sich mit akrobatischem Schwung in die Schlägerbande katapultierte. Während der Kampf in die zweite Runde ging, fuhr der Zug verlässlich weiter. Blut spritzte an die Scheiben. Das nächste Fenster bekam gar einen Sprung, als ein Kopf dagegen schlug. Jean schaffte es gerade so, die Oberhand zu behalten, und verdrehte dem nächsten Prügelknaben das Handgelenk, bis es knackte und der Wille des Besitzers brach.

Chan nahm die Waffe herunter, denn für den Profikiller schien der Schlagabtausch die perfekte Ablenkung zu sein, um mit Tanner unauffällig von seinem Platz aufzustehen. Er stieß den Alten an und wies ihn fort. „Mister Tanner! Please!" Sie verließen den Waggon, in dem die Fetzen flogen, wandten sich ab von Jean, der von den Muskelprotzen verprügelt wurde und hilflos dabei zusehen musste, wie die beiden Verdächtigen aus seinem Sichtfeld verschwanden.

Mit einem lauten Schrei versuchte Jean sie noch zu stellen: „Tanner! Bleiben Sie stehen! Stehenbleiben, sagte ich!"

Einer der Schläger stopfte ihm mit der Faust das Maul. „Komm her, du elender Drecksack!" Ihre blutigen Gesichter lernten Jeans entfesselten Kampfgeist kennen. Fäuste, Blut und Scherben flogen. Alle gegen einen und einer gegen alle, als Jean gegen die Reihe anrannte und mit einem wuchtigen Fußtritt den vordersten Irokesen ansprang, den er nach hinten kickte, um die nachfolgenden Kolosse mit sich zu reißen.

Das war die Gelegenheit für Jean, kurz auf Abstand zu gehen, einmal ordentlich durchzuschnaufen und sich zu sammeln. Dann fiel sein Blick auf das Sensenmann-Tattoo des Irokesen. Jean zog seine Dienstwaffe, sein letztes Mittel. „Beruhigen Sie sich! Ich bin Polizist, verdammt! Verstärkung ist unterwegs!" Doch kaum hatte er die Pistole auf die Männer gerichtet, wurde sie ihm aus den Händen geschlagen.

Dazu ein Tritt in die Nieren – ihre Art einer direkten Kommunikation. Jean antwortete mit einer brutalen Kopfnuss gegen das brechende Gesicht. Und auch der Ellenbogen hatte gesessen! Tritt links, Faust rechts – so teilte er nach Kräften aus. Ein wildes Handgemenge. Jean steckte heftig ein. „Fick dich!" Dann sprangen sie ihn an. Einer der Kämpfer riss Jean hart zu Boden. Der Ermittler schrie verbissen gegen dessen Ohr und in seine Uhr: „Polizei! Verdammt! Wo bleibt die Verstärkung?"

Kaum gerufen, schlug die Waggontür auf. Zwei Bahnpolizisten stürmten eilig herbei, ergriffen aber weder Tanner noch die Schläger, an denen sie blindlings vorbeirannten. Durch den Gang und von den hintersten Reihen nach vorne geprescht, rangen sie nur Jean zu Boden. Sein Kopf schlug hart auf dem Untergrund auf. Ein Blackout war die Folge.

Jean erwachte erst wieder, als eine nörgelnde Frauenstimme in sein Bewusstsein drang: „Mister! Please! Machen Sie auf!" Jemand drückte die Tür, an der er halb am Boden liegend in einem engen Räumchen lehnte, einen Spalt weit auf. Es stank penetrant nach Urin.

„Bitte, mein Herr."

Jean sah sich benommen um. Seine Waffe lag im Klo.

„Sir?" Die Frau mit ihrer nervigen, eindringlichen Stimme spähte durch den Türspalt. „Sir? Geht es Ihnen gut? Sorry … Sir, I have to see your ticket. Mein Herr! Monsieur! Senior, please open!" Sie hebelte ständig am Türgriff, bis deutlich ein Ladegeräusch zu vernehmen war.

Die Kontrolleurin verstummte augenblicklich und ging einen Schritt zurück, als Jean mit der Waffe im Anschlag aus der Toilette kam. Auf der Stelle machte sie ihm Platz. Der Schock in ihrem Gesicht war unabwendbar, genau wie sein wackeliger Rempler, als der Zug in eine Kurve ging.

„Verzeihen Sie bitte." Der angeschlagene Jean musste weiter und verschmierte mit seinen offenen Wunden die Wand, als er benommen durch den Gang schlich. Eine Spur aus Blutstropfen zog sich hinter ihm her durch den Waggon. Er stöhnte und fasste sich an die Brust. „Ah … haben die mich übel erwischt!" Dass seine Schulter ausgekugelt war, wurde ihm erst bewusst, als er durch das abschwellende Adrenalin im Blut den aufkommenden Schmerz verspürte. „Fuck, tut das weh!"

Viele blutige Schnitte, Blessuren und andere Flecken zierten den Ermittler, die von der Haut durch die Kleidung drückten. „Scheiße auch!" Am kahlrasierten Hinterkopf klaffte ein großer Cut. „Cop*Cor, wer waren die?" Als keine Antwort kam, bemerkte er das Fehlen seiner Armbanduhr. Und auch der Anzug war ruiniert. Seine Gedanken rotierten noch um das Geschehene. *Der Iro mit dem Tattoo, war … war das nicht einer der drei Räuber? Scheiße, das war er, der Kerl, der den Alten überfallen hat. Der ist mir schon mal entwischt. Dieser und viele mehr.*

Einen Bahnhof weiter stieg Jean aus dem Zug und ärgerte sich über den misslungenen Polizeieinsatz. Er wurde von Sonja begrüßt, die den blutbefleckten Partner empfing und nach Hause fuhr.

Kapitel 7: Das Erbe des Toten

Der Dienstwagen der beiden Ermittler folgte dem dichten Pendlerverkehr. Auf der Autobahn nach Luzern fragte Sonja ihren gekränkten Partner: „Und? Willst du darüber reden?"

Aber der Mann mit den vielen Blessuren schaute gedemütigt auf seinen blutigen Verband. „Hab alles gesagt." Sein Blick schwenkte zu dem Riss in seinem Smartphone.

„Mach dir keine Vorwürfe."

Schweigen.

Dann ihre wiederholte Frage: „Musst du sicher nicht ins Krankenhaus? Du siehst schrecklich aus. Die Schnitte solltest du nähen lassen."

Der Beifahrer lehnte ab. „Lass mich!" Zu sehr war er verletzt, sein Stolz, als er gebrochen zum Pilatus schaute. Der Wagen raste derweil auf das unheilschwangere und allein dastehende Bergmassiv zu, über dem sich bereits das nächste Gewitter zusammenbraute. Als Jean nochmals zum Gipfel blickte, bekräftigt er: „Wir müssen ihn erwischen. Ich will den alten Tanner! Und auch den anderen, diesen Asiaten. Ich will sie alle! Das war ein abgekartetes Spiel. Jemand muss von Tanners Geheimnis wissen und war wie wir hinter ihm her."

„Und du meinst, sie haben ihn entführt?"

„Wie es scheint, ja!" Jean drehte die Musik leiser und wandte sich an das System. „Cop*Car, wer war der asiatische Mann auf den Aufnahmen in der Bahn? Hast du schon mehr über ihn herausgefunden?"

Das Cop*Car-System erteilte die nächste Abfuhr: „Nichts Neues, Jean. Der zweite Mann ist noch immer unbekannt. Er findet sich in keiner Fahndungsliste, in keiner Verbrecherkartei, sei es in den Kundendaten oder den anderen Systemen."

Sonja hatte gleich den nächsten Verdacht: „Seine Identität scheint gelöscht worden zu sein."

„Wäre vorstellbar." Auch Jean zog seine Schlüsse und schaltete das Cop*Car-System vorsichtshalber ganz aus. „Besser so", meinte er. Das Handy mit dem Bild des tätowierten Sensenmannes folgte. Jean sah nochmals in Sonjas skeptisch dreinblickende Augen und gab ihr zu verstehen: „Ich brauche keine Kontrolle. Und auch niemanden, der mir beim Fahren hilft. All die Programme verhindern bloß, dass ich meine Arbeit richtig machen kann. Scheiß Protokolle."

Nach den Diskussionen mit ihren Vorgesetzten war das Ausschalten einiger Funktionen wahrscheinlich die beste Lösung, um in ihrem Fall weiterzukommen. Und nur so konnte Jean offen reden. Die Spracherkennung war aus, als er sich vorsichtig zu erklären versuchte: „Sonja, sie waren schon da, als ich kam. Sie wussten, dass er im Zug war. Und sie erkannten auch mich. Wahrscheinlich haben wir einen Maulwurf. Oder jemand spioniert die Polizei aus, denn die Bahnpolizisten waren nicht von uns."

„Du meinst, wir wurden untergraben?" Am Steuer versuchte Sonja ihre eigenen Aspekte einzubringen. „Bist du sicher? Es klingt eher, als hätte der asiatische Verdächtige im Auftrag eines anderen gehandelt. Vielleicht eine Entführung. Oder ein Treffen."

„Vielleicht", entgegnete Jean, der im Dunkeln tappen musste, immer noch im Kopf der Täter, die er nicht kannte, genauso wenig, wie die Technik im Auto, welche durch die ausgeschalteten Systeme einen Kurzschluss verursachte, den Motor zum Rauchen brachte und sie am Pannenstreifen zum Anhalten zwang. Die Motorhaube war schon ordentlich am Dampfen. „Das war's. Der Wagen ist hinüber."

Ein wenig später als sonst und nach einem kleinen Abstecher ins Spital war Jean wieder allein zuhause und schaute vom Bett aus auf den Wecker. Der Fall ließ ihm keine Ruhe mehr, sodass er wieder aufstand und auf seinen Balkon hinaus schlenderte. Mit Pflastern, Salben und Bandagen eingewickelt blickte er zu den Sternen hinauf. Als Mumie verpackt und wie gelähmt konnte er dem Drama der Welt nur weiter zuschauen und spottete dem Himmel entgegen: „So hell und doch so dunkel. Bei den Göttern, ich verstehe nicht, wie das alles passieren konnte. Sagt, wo seid ihr? Wo versteckt ihr euch?" Doch das Sternenmeer schwieg zu seinem Fall und schwamm unbekümmert weiter in seiner dunklen Materie, in welcher gleichsam alle Fragen und Antworten steckten.

Beim Kaffee vor dem Tankstellenshop wanderte sein nächster Blick zu den fernen Welten hoch. Dann bekam er einen Anruf. „Ja? Hallo Sonja."

„Morgen, Jean."

Über die verletzten Lippen des Mannes schlich sich ein kleines Lächeln. „So früh schon auf? Konntest du auch nicht schlafen?"

„Nein, ich …"

Jean hörte es sofort und wurde ernst. „Was ist? Was hast du?"

„Es geht um Tanner. Er ist tot. Ich bin am Fundort der Leiche."

Jean zerriss es fast, als er das hörte. „Tanner? Bist du sicher?"

„Ganz sicher."

„Und warum? Wann? Sag schon! Verdammt nochmal, wie ist er gestorben?"

„Er hatte höchstwahrscheinlich einen Herzinfarkt."

„Bist du sicher?"

„Nein! Aber ich sehe weder stumpfe Gewalteinwirkung noch Anzeichen für eine Vergiftung oder Ähnliches."

„Das Ganze war zu viel für den alten Mann. Sein Körper hat die Strapazen der Flucht nicht geschafft. Er hat es nicht überstanden", erklang die Stimme ihres Vorgesetzten aus dem Hintergrund.

Für Jean ein Seitenhieb, der den Eindruck erweckte, dass ihm tödliche Hetzjagd zur Last gelegt werden sollte. Er war der Sündenbock für diesen Fall.

Moe war deutlich zu vernehmen: „Sonja, sag deinem Partner, dass ich den Untersuchungsbericht bis morgen Mittag auf meinem Schreibtisch haben möchte. Ansonsten werde ich ihn vom Dienst suspendieren."

Jean strich sich über die Wunde am Hinterkopf und sagte leise: „Verdammtes Arschloch. Der kann mich mal!"

Obwohl der Chef die Worte nicht gehört haben konnte, stank ihm das alles offensichtlich gewaltig. „Was für eine Schande!" Wütend über das gesamte Vorgehen seiner Polizei machte der schwarze Mann keinen Hehl daraus, den Ermittler aus seinem Team werfen zu wollen. Für Jean deutlich hörbar lästerte er: „Eine elende Schweinerei ist das! Dieser kahle, ungestüme Hitzkopf! Ich sollte ihm seinen dummen Schädel polieren. Verdammt! Sonja, wie konntet ihr so stümperhaft agieren? Ihr Vollidioten! Wegen eurer Hetzjagd ist der Flüchtige gestorben! Tot! Unser Tatverdächtiger! Wir haben kein Geständnis!"

„Moe, hör zu …", versuchte Sonja die Wogen zu glätten.

Doch der schmetterte ab: „Nein! Ich will nichts mehr von euch hören. Der Fall ist für uns erledigt! Basta! Und ihr seid es auch!"

„Moe! Es war Notwehr! Jean hatte keine Wahl. Wahrscheinlich wurde der alte Tanner ermordet und dann hier entsorgt. Das siehst du doch selbst!"

„Jean hat es verbockt. Auch in seinen letzten Fällen war er wenig zimperlich. Denk nur mal an den Fall mit der durchgeknallten Mutter. Der Mann hat kein Gespür mehr. Als wäre er selbst das Gesetz."

Sonja gab zu bedenken: „Und was ist mit den beiden Polizisten im Zug? Die Höhle, sein Plan. Es gibt so viele Verdächtige in diesem Fall. Chef, allein die Tatsache, dass wir von irgendwelchen Scharlatanen untergraben wurden, macht mir große Sorgen. Bevor wir uns also gegenseitig die Schuld zuweisen, sollten wir herausfinden, wer die beiden Bahnpolizisten waren. Wer konnte das nur tun? Wo sind diese miesen Verräter?"

Ihr Chef wollte nichts davon hören und schrie sie an: „Verschwunden! Sie sind weg! Okay? Wir wissen weder wo noch wer sie sind. Echt peinlich!"

Seine konsternierende Haltung war Sonja hörbar ein Dorn im Auge. „Was sagst du da?"

„Du hast mich schon verstanden. Die Jungs waren nicht von uns! Und jetzt sind sie weg! Verloren! Klar? O Mann! Was für ein Morgen. Diese gottverfluchte Schlägerei! Dieser elende Tanner. Verdammte Scheiße auch! Zwei Armbrüche, drei Brüche an den Beinen! Sieben Schwerverletzte. Darunter eine alte Oma!"

„Der Schein trügt manchmal", warf Sonja ein. „Besonders, wenn es trübe ist. Denn offenbar war die Oma eine Komplizin. Wir sollten sie verhören."

„Sonja, alle im Waggon haben ein lückenloses Alibi. Was für ein Dilemma! In so einem Moment hätte ich Jean wohl auch verprügelt. Verdammt, ihr denkt schon manchmal nach, oder? Oder schlagt ihr nur noch zu?"

„Nein, so ist das nicht."

„Und wie wirkt es wohl? Hä? Die Männer wollten der alten Dame nur helfen, und die wiederum dem Kontrolleur. Das nennt man Zivilcourage." Jean konnte Moes Zähneknirschen beinah durch den Hörer vernehmen. „Scheiße auch, wie soll ich das dem Mediensprecher erklären? Eine Katastrophe ist das. Ein Fiasko! Sonja, der ganze Waggon, alles wurde auseinandergenommen, als hätten dort Chaoten randaliert."

Der in Ungnade gefallene Jean hörte alles mit und war froh, nicht dort zu sein, als er mit dem Handy am Ohr den Fußgängerstreifen überquerte. Die Passanten um ihn herum starrten auf seine blauen Flecken, als hätte er die Narben verdient. Jean schämte sich, als sich Sonja einmal mehr für ihn entschuldigen musste: „Moe, da hast du vollkommen recht. Sein brachiales Vorgehen war ein Fehler. Doch wie gesagt: Meiner Meinung nach wurde uns eine Falle gestellt."

Moe schien allmählich die Fassung zu verlieren. „Deine Meinung interessiert mich gerade nicht! Ihr mit eurer Begrenztheit! Gratuliere, ihr zieht die Polizei immer mehr ins Lächerliche, bei jedem eurer Schritte, bei jedem Wort!" Plötzlich verstummte er, und Jean konnte hören, wie der Wind durch die Bäume wehte. Ruhe kehrte ein, wie die Ruhe vor dem Sturm. „Diese skandalöse Hexenjagd. Das alles muss ein Ende haben. Hier und jetzt!"

„Was soll das heißen?", wollte Sonja wissen.

„Was das heißen soll? Nun ja, es ist ganz einfach: Der Fall bleibt vorerst abgeschlossen – eingestellt für euch zwei. Weitere Ermittlungen übernehmen andere. Ist das klar?"

Die Blase in der Blase war wie eine Bombe geplatzt. So schaltete der Chef sie aus, der als Machtmensch den Soziopathen in sich kaum mehr zu spüren schien. Jean war nicht sicher, was ihn dazu trieb. Und Sonja, die mit Jean zusammen die rote Linie übertreten und damit ihre Grenzen überschritten hatte, musste für alles herhalten. Die Verlustängste zogen ihre Kreise. Auch Jean ging diese Geschichte nah und er blickte auf einen Zeitungsausschnitt vor seiner Nase, auf dem stand:

– Sein Kampf –
Die Schlagzeilen von heute:
„Schläger verprügelt Rentnerin im Zug!
Die Polizei sucht Zeugen!"

Derweil beschwichtigte Sonja den bösen schwarzen Mann. „Komm runter, Chef! Der Fall ist noch lange nicht vorbei. Wir haben immer noch Beweise."

„Beweise? Das werden wir noch sehen." Dann war ein Klopfen zu hören – wahrscheinlich der Krankenwagen, an den Moe seine nächsten Worte richtete. „Bringt das Opfer ins forensische Institut." Das Klacken einer sich öffnenden Autotür folgte. „Wer weiß, Sonja, wenn wir Glück haben, finden wir noch was. Höchstwahrscheinlich die Spuren von Aliens ... oder noch besser: von einem Drachenzahn." Dann knallte die Tür wieder zu und der Motor heulte auf.

„Was ist mit dem vermissten Maschinisten vom Dampfer, dem Kontrolleur oder den Schlägern?", rief Sonja gegen den Lärm an.

„O ja! Ich freue mich schon riesig darauf, ihre Anwälte kennenzu-
lernen. Besonders den der Oma. Der Tanz wird mir eine wahre Freude
bereiten." Dann hörte Jean quietschende Reifen und der Wagen entfernte sich.

Als der neblige Herbsttag anbrach und weitere Blätter von den
Bäumen fielen, traten frischpolierte Schuhe darauf. Jene von Jean, der
mittlerweile das Wohnhaus von Tanner erreicht hatte, auf dessen Dach
einige Raben saßen. Eigentlich durfte Jean seine privaten Räume gar
nicht mehr betreten, trotzdem tat er es. Das Verbot machte ihm nichts
aus, denn der Ermittler machte weiter – auch ohne Erlaubnis, ohne
Mittel. Er entfernte das gekreuzte Absperrband der Polizei und betrat
die Wohnung. Als Nächstes deaktivierte er seine neue Armbanduhr.
Seltsam. Unter seinen Sohlen brachen Scherben. *Irgendwas stimmt hier
nicht.* Seine Hand glitt an die Waffe, als er in die Küche und weiter ins
durchwühlte Wohnzimmer ging. *Jemand war hier.* Sein Urteil war klar:
So würde die Polizei nicht arbeiten. Tanners ganzes Mobiliar war rück-
sichtslos auf den Kopf gestellt worden. Alles lag chaotisch durcheinander. Dazu fand er schwarze Federn zwischen dem Gerümpel – die
eines Raben. Vielleicht von jenem, der gerade auf dem Balkon landete
und beobachtete, was der Glatzkopf da in der Wohnung trieb.

Auch Jean betrachtete den schwarzgefiederten Vogel und wollte
jetzt am liebsten wissen, was der Rabe über das alles dachte. Auge um
Auge, bis der schwarze Vogel ein kleines Beweisstück aufpickte, die
Flatter machte und davonglitt. Für Jean war das ein Zeichen: *Als hätte
jemand die Raben auf uns angesetzt. Als wären sie abgerichtet worden.* Er hatte
schon die nächste Feder in den Händen. Ein seltsamer Morgen für ihn.

Jean schaute sich weiter um, hob Bruchstücke der Vitrine auf und
fand zwischen all dem Müll doch keine Antworten mehr. Nur die eine:
Irgendetwas müssen wir übersehen haben. Dessen sich der ewig
Suchende gewiss, der durch die chaotisch herumliegenden Erinnerungen stöberte und die zerstörten Hinterlassenschaften betrachtete,
bis er ein auffälliges Geräusch aus einem der Schränke vernahm. Vor-

sichtig öffnete er die Schranktür mit den quietschenden Scharnieren und blickte erschrocken in das Gesicht einer unsäglichen Hexe. Jean zog die Waffe und richtete sie gegen die Warze auf der Nase. „Scheiße auch!" Zum Glück war es nur ein Hexenkostüm. Doch kaum hatte sein Pistolenlauf die Nase berührt, fiel ihm die aufgehängte Hexe zusammengesackt in die Arme, gefolgt von einem Raben, der aus dem Schrank flüchtete, durch die eingeschlagene Scheibe verschwand und noch mehr Federn im Wohnzimmer hinterließ.

Als Jean zurückwich, hörte er ein Knarren direkt unter ihm. Nochmals trat er auf die verdächtige Stelle und vernahm dasselbe Geräusch erneut. *Eindeutig! Da war was.* Als der Parkettboden wiederholt knarrte, blieb er an jener Stelle stehen – dort, wo den Spuren nach vor kurzem noch ein schwerer Schrank im Weg gestanden hatte. Suchend tastete er mit dem Fuß umher. *Da! Der Boden gibt nach.* Es war eindeutig zu hören. *Ob das Team diese Stelle übersehen hat? Bestimmt!*, dachte Jean, als er auf die Knie fiel und das Parkett herausriss, um an das Geheimnis darunter zu gelangen.

„Was zum …?" Jean erkannte schnell, was unter den Dielen lag: ein antikes Kästchen. Vorsichtig hob er die Silberschatulle aus dem Loch und öffnete den verzierten Deckel. Zu seinem Erstaunen befanden sich nur Bilder darin, die er eilig durchsah. *Alte Fotos des jungen Tanner, damals in der geheimen Forschungsanstalt, beim Militär und hier auf dem Pilatus, wo er seinen Dienst verrichten musste. Das könnte eine Spur sein.* Im Kästchen waren viele Fotos von ihm. Viele wertvolle Erinnerungen. Aber kein Drachenstein, kein Schlüssel.

Jean betrachtete die Fotos eingehender und hoffte auf Hinweise. Darunter war ein Bild, das ihm ganz besonders gefiel und auch noch auffällig war. Es zeigte Tanner, der am Vierwaldstättersee in die Tiefe getaucht war. Jean war fasziniert vom Jesuskreuz unter Wasser und drehte das Foto um. Auf der Rückseite fand er einen Vermerk: „Grab des Pilatus."

Der illegal anwesende Ermittler holte den gesamten Inhalt aus dem silbernen Schmuckkästchen und griff nach seinem Smartphone.

„Cop*Cor, schalte alle Detektoren ein. Durchleuchte das Kästchen!"
Die verschiedenen Lichtimpulse und andere Sensoren strichen über die reichverzierten Ornamente. Und tatsächlich: *Ich wusste es! Im Deckel liegt ein Pergament.* Das Bild auf seiner kleinen Mattscheibe zeigte es deutlich. *Ein Plan! Eindeutig ein Hinweis.*

Jean öffnete den Deckel und fand einen Brief und einen Zettel darin. *Verdammt, nur ein Liebesbrief.* Auf dem Zettel befanden sich Spiralen und Kreise, was Jean ein wenig verwirrte. *Ein Rätsel vielleicht,* vermutete er, als er den Text las: „Jedes Wesen muss seinen Geist befeuern, um existent und frei zu sein vom Ganzen." Dazu ein Baum. *Vielleicht ein Stammbaum? Der Bauplan eines Universums?*

Ein großer Kreis im Kreislauf war zu sehen. Alles war miteinander verbunden. Jean erkannte sich vermischende Wellen, Spiralen und Ringe voller Gedanken, die in überlagerten Wasserzeichen aufblitzen wie ein nahezu unsichtbares Mandala. Dazu ein Text über der Acht, der erläuterte, dass unser immer weiter fließender Teil des Universums auf einer noch größeren Welle unterwegs sei, in der unsere mitschwingende Materie erst wirklich möglich scheine – in der taktvollen Zone der Existenz und im unendlichen Strudel unseres Stroms, in dem sich die verbundenen Muster glichen, wie die eingezeichnete Kugel mit ihren Schichten.

Jean versuchte, Tanners Handschrift und Zeichnungen zu deuten. *Ah … Ach so. Das stellt wohl eine materie- und lebensformbegünstigende Zone dar. Einen Radius, den jedes Sonnensystem irgendwo hat. Nur logisch. Ein Nullpunkt kreist um jede Sonne. Dazu die vielen Planeten und anderen verbundenen Materien, die als Teil der Bewegung die Muster und Wellen selbst sind. Alles greift ineinander … Scheint mir einleuchtend, wenn ich an die Naturgesetze, wie beispielsweise Aggregatzustände, denke … Hm … Dies ermöglicht ja in praktisch jedem Sonnensystem potenzielle Zonen, die für das Leben geeignet sind. Dazu die verwobenen Muster, die in so vielem stecken, vom treibenden Vakuum des Alls mit seinen gebundenen Himmelskörpern bis zu den schon bald versteinerten Schichten unserer Zeit.*

Jean setzte sich. „Wir sind der Beweis dafür. Die immer weiter rauschende Welle mit ihren Mustern, den Ebenen, Umbrüchen und Taktgebern, der göttlich wirkende Fluss. Was auch immer wir sind oder werden – solange das Klima für die Materie stimmt, ist sie möglich. Alles, was auf diesen Bahnen abläuft, ist möglich. Unsere gesamte Existenz. Die ganze Physik, welche die chemische Zusammensetzung im Verlauf verändert, aber nie die Gesetze der Natur", las er. *Faszinierend*, fand Jean, der Tanners Skizze weiter folgte. „Alles fließt dahin: die Sterne, das All, die Zeit im Leben. Alles ist nur ein Strom im Fluss. Das ist unser Sein. Aber was hat das alles zu bedeuten? Geht es hier um das transzendente Leben? Die Naturlehre? Oder um uns selbst?" Auf das Blatt Papier war noch mehr gekritzelt, auch auf der Rückseite. Jean studierte Tanners Texte aber vorerst nur flüchtig. *Das schaue ich mir später an.*

Jeans Handy scannte weiter, während die Sensoren auf die Fundgrube gerichtet waren. Das Kreuz leuchtete auf. Cop*Cor alarmierte seinen Nutzer: „Der Metalldetektor hat ein Objekt erfasst!"

Sofort schaute Jean auf den Bildschirm und erkannte die Form. „Ein Schlüssel!" Er entfernte auch den Unterboden seiner Fundgrube und barg den darunter verborgenen alten Eisenschlüssel. „Wahrscheinlich für ein weiteres Kästchen, ein Tor oder eine Truhe. Oder wer weiß, vielleicht ist es gar jener rätselhafte Schlüssel, den die Ordensschwester erschaffen sollte, von der Tanner gesprochen hat." Ein klares Beweisstück. „Der Schlüssel zum Labyrinth der Götter." Das war zumindest ein kleiner Erfolg. Im Selbstdialog verhaftet, blickte Jean aus dem Fenster und starrte in die Nebelsuppe, welche die Formen der Nachbarhäuser tilgte. „Wenigstens etwas." Der Ermittler war zufrieden.

Es wäre ein Anlass, mal wieder tief durchzuatmen, würde nicht das nächste Ungemach seine Sinne alarmieren. Denn aus dem Treppenhaus erklangen die Stimmen zweier Männer, die gerade über den Fall sprachen und zu ihm hochzukommen schienen.

„Ja, der Fall vom Berg. Kurz danach war er tot. Alles sehr mysteriös. Die ersten Fallakten sollen noch unter Verschluss sein – geheim." Der andere lachte. „Geheim? Na toll, wie soll man einen Fall lösen, wenn man die eine Hälfte nicht wissen darf und die andere nicht finden kann?"

Jean lauschte den näherkommenden Schritten. Schon klar, warum die beiden anderen Ermittler nichts mehr mit diesem Fall zu tun haben wollten. Ein komisches Pärchen. Er kannte die neuen Ermittler noch nicht. *Scheiße! Die dürfen mich hier oben nicht sehen. Wenn der Chef das erfährt, bin ich geliefert.*

In seiner Panik mutierte Jean zum törichten Dieb, der den Schlüssel hastig in das Kästchen packte, dieses in eine Plastiktüte steckte und es erst dann in seiner Tasche verschwinden ließ. Alles musste schnell vonstattengehen, und intuitiv entschied er sich, vom Balkon aus an der Regenrinne hinunterzuklettern, während die beiden neuen Ermittler die Wohnung betraten und sofort Alarm schlugen.

„Scheiße! Was für ein Chaos! Jemand anderes war hier. Los, alarmiere Cop*Cor!", hörte er noch, bevor er unten auf die Straße sprang.

Kurz darauf sah er seine alarmierten Kameraden im Auto vorbeifahren. Sein Gruß wurde erwidert. Er wandte sich seinem Handy zu.

„Cop*Cor, wie ist der Stand der laufenden Ermittlungen im Fall 736-Terra? Die Lawine am Pilatus. Was hat den Felssturz ausgelöst?"

Das Smart*Pol durchsuchte das Netzwerk und meldete: „Ermittlungen nicht abgeschlossen. Hang wird gegenwärtig noch gesichert. Die ersten Untersuchungen zeigen jedoch, dass der heruntergekommene Hang instabil war. Er kam auf natürlichem Weg ins Rutschen. Dabei zerstörte die Lawine das bewaldete Naturschutzgebiet, welches an dieser Stelle mit dem grünen Band verbunden war, einem Straßennetz für Pflanzen und Tiere, das durch die ganze Welt gezogen werden sollte. Willst du mehr darüber wissen?"

„Nein, schon okay." Jean wunderte sich, als er mit verstohlenem Blick am Coiffeur-Salon vorbeiging. „Keine Fremdeinwirkung. Hm …

Cop*Cor, gab es Sprengstoffspuren oder Ähnliches? Ich könnte schwören, dass die Lawine ein Anschlag auf mich war."

Sein Smart*Pol antwortete umgehend. „Nein, keine menschliche Fremdeinwirkung festgestellt. Wiederhole: Natürliche Ursache."

Doch diese Tatsache schien Jean ein Zufall zu viel. Sein Instinkt sagte anderes. Deshalb eilte er direkt zu Sonja und betrat gerade ihre schicke Wohnung, als die Feuerwehr lärmend vor dem Haus vorbeifuhr. Jean lächelte seine Partnerin an: „Hallo, Sonja."

„Hi Jean." Sie gab ihm ein Küsschen, ehe sie auf die aktuellen Ereignisse zu sprechen kam. „Hast du es schon gehört?"

„Was denn?"

Die hübsche Frau ging ins Bad, während er seine Schuhe auszog. „Na Tanner. Seine Wohnung brennt. Ist gerade reingekommen. Vor wenigen Minuten."

Jean verharrte mitten in der Bewegung. „Das kann doch gar nicht möglich sein!"

„Hast du die Nachricht etwa nicht bekommen?"

„Welche Nachricht? Ich war gerade bei ihm. Da stand die Wohnung noch."

„Du warst bei Tanner? Das darfst du doch gar nicht mehr. Jean, die haben uns den Fall entzogen. Schon vergessen?"

Jean schüttelte den Kopf. „Natürlich nicht. Aber ... Sonja, jemand war dort und hat die Wohnung durchwühlt."

„Ja, offenbar du! Verdammt, Jean! Hast du sie angezündet?"

Ihr Partner konnte nicht glauben, dass sie so etwas von ihm dachte. „Spinnst du? Was soll das?"

Sonja sah ihn besorgt an. „Tut mir leid. Aber der Zeitpunkt ist schon fragwürdig. Was soll das alles? Kannst du mir das bitte erklären?"

„Na ja, ich wollte mir selbst mal einen Überblick verschaffen."

„Und was hast du da gesucht? Ich war doch schon da. Was soll das? Was hast du getan? Sag mir die Wahrheit!"

Jean blickte ihr tief in die Augen. „Nichts! Ich schwöre. Ich habe nur nach Tanners Spuren gesucht und habe sozusagen zufällig ein Beweisstück mitgenommen, weil die neuen Ermittler hochkamen und mich nicht sehen durften. Scheinbar Schicksal, dass ich es noch rechtzeitig retten konnte."

„Was retten? Was hast du gefunden? Und komm mir jetzt nicht mit Zufall." Sonja sollte ihm wohl dankbar sein, aber sie war es ganz offensichtlich nicht.

Jean zog sein Jackett aus. „Nun ja. Ihr habt es einfach übersehen – auch die Einbrecher. Zum Glück habe ich es mitgenommen, sonst wäre es jetzt verbrannt, wie der Rest der Wohnung."

„Du sagst es. Aber warum bloß dieser Brand? Wieso jetzt und vor allem erst, nachdem du da warst? Jean, nun bist du der Gesuchte. O Mann! Ich sollte dich auf der Stelle festnehmen. Nie hältst du dich an Vorschriften! Das hast du nun davon!"

„Ich weiß. Aber dafür blieb keine Zeit." Er seufzte. „Ach Sonja, hör doch auf. Wie gesagt, mit dem Brand habe ich nichts zu tun. Aber … es scheint, als triebe ein Feuerteufel sein Unwesen. Auch in diesem Fall. Und es ist nicht der erste in letzter Zeit."

Sonja schüttelte nur noch den Kopf.

Jean trat derweil auf den Balkon und sah sofort die Rauchsäule über der Stadt. „Scheiße auch. Wie konnte das geschehen? Wehe, die hängen mir was an."

Sonja lächelte böse zu ihm herüber. „Der Scheißdreck klebt auch so an dir. Da braucht's keine anderen mehr. O Jean! Du bist echt ein Vollidiot. Dorthin zu gehen, war ein großer Fehler. Warum tust du sowas nur? Hast du wenigstens einen Verdacht?"

„Schon möglich, ja. Es sieht so aus, als … als wollte jemand die Beweise oder sonst was verbrennen."

„Ah ja, sag bloß. Darauf wäre ich ja nie gekommen."

Jean war enttäuscht von ihrer zynischen Haltung. „Bitte lass deinen Sarkasmus. Sag lieber etwas, das uns weiterbringt."

„Na gut. Ich denke … Ich denke, es könnten die neuen Ermittler gewesen sein. Klingt doch naheliegend. Das glaubst du doch auch?"

„Das würde mich jedenfalls nicht wundern. Denn erst nachdem sie kamen und ich gegangen war, fing es an zu brennen. Zum Glück haben sie mich nicht gesehen." Er griff zu dem Kaugummi, den Sonja ihm anbot. Schließlich kannte sie ihren Jean schon lange und wusste daher, was er als Nächstes wollte.

„Und jetzt? Willst du sie überprüfen? Alle unsere Abteilungen wahrscheinlich. Ist es nicht so?"

Jean nickte. „Du kennst mich ja. Aber das entscheide nicht ich. Doch bevor wir jetzt noch lange darüber reden, was wir tun sollten, möchte ich dir noch etwas anderes zeigen: Tanners Geheimnis."

„Na gut, dann zeig mal. Was hast du bei dem alten Kauz gefunden?"

Jean griff nervös in seine Tasche, und schon kurz darauf saßen sie mit der silbernen Schatulle auf dem Sofa und schauten sich gemeinsam Tanners Erinnerungen an – seine Fotos, ausgelegt auf dem Salontisch.

Sonja wirkte verunsichert, als sie die vielen Motive aus seiner Vergangenheit vor sich sah. „Wir sollten das nicht tun. Deine Fundgrube ist nicht im Protokoll eingetragen. Das habe ich vorhin überprüft. Nur du weißt also davon. Habe ich recht?"

„So ist es. Nur ich und du."

Sonja war anzusehen, dass sie ihren Partner am liebsten zum Teufel jagen wollte. „Wie konntest du mir das bloß antun? Wie konntest du nur so nachlässig sein? Und dann dieses Feuer! Das alles wirft im Moment kein gutes Licht auf uns. Besonders auf dich. Aber das weißt du ja selbst, nicht?"

Jean starrte auf die Fotos. „Kann schon sein. Es ist, wie es ist. Wie gesagt. Wahrscheinlich ein Fehler."

„Du spinnst doch! Du kannst doch nicht einfach so Beweise vom Tatort entwenden. Du weißt schon, dass du dich damit strafbar gemacht hast? Das weißt du, oder? Natürlich weißt du es. Jean, das ist

Diebstahl. Etwas, das wir eigentlich bekämpfen und nicht fördern sollten."

„Scheiß drauf! Sag mir jetzt lieber, worauf man bei diesen Bildern schließen könnte. All die Ferienbilder, Liebschaften, Stimmungen und Ausflüge."

Doch Sonja wollte nichts davon wissen. „Du benimmst dich echt komisch in letzter Zeit. Sicher rufen sie dich schon morgen an. Und dann werden sie dich fragen, warum deine Schuhabdrücke in der Wohnung verteilt sind. Deine Spuren an einem Tatort, an dem nachträglich eingebrochen wurde und der plötzlich abgebrannt ist. Rate mal, wer in diesem Fall der Tatverdächtige ist. Willst du wirklich solche Probleme? Verdammt, Jean! Das ist, als würdest du auf diese Scheiße stehen! Immer trittst du in den stinkenden Mist. Warum musst du anderen ständig in die Eier treten? Sag mir, wieso? Warum liebst du das so sehr? Gäbe es nichts Schöneres im Leben, was dich erfüllen könnte?"

Jean blickte in ihre wundervollen Augen. „Es … es tut mir leid. Es ging so schnell … Ich wusste nicht … Manchmal muss man halt …"

Sonja wich seinem Blick aus. „Jean! Wir könnten unseren Job verlieren. Moe hat schon lange keine Nerven mehr dafür. Du mit deinen verqueren Mitteln! Wie oft hast du schon Dinge getan, die du nicht tun solltest, hä?" Sie verpasste ihm mit der flachen Hand eine auf den Hinterkopf.

Jean nahm es hin und streichelte ihr im Gegenzug über den Oberschenkel. „Ach Sonja."

Diesmal setzte es eine Ohrfeige. „Du hirnverbrannter Vollidiot! Komm mir jetzt ja nicht so! Du weißt, mein Freund kommt bald nach Hause."

Jean stand enttäuscht vom Sofa auf. „Wir müssen den Fall klären, Sonja! Mit allen Mitteln! Scheiß drauf, wenn die Akte für uns geschlossen ist. Scheiß auf das Feuer! Ich ziehe das jetzt durch, koste es, was es wolle. Und du?"

Sonja schwieg.

„Komm schon! Ich brauche deine Hilfe, Sonja! Wir sind doch ein Team! Nur diesen einen Fall noch. Es ist der größte, den wir je hatten. Du willst ihn doch auch lösen! Zusammen schaffen wir das! Ich brauche dich!"

„Sag mal, bist du high? Jean, du darfst ja nicht mal mehr den Berg betreten. Also: Nein, da mache ich nicht mit. Nicht so!" Jean verstand ihre Sorgen und wunderte sich dennoch. „Warum nicht?"

Sonja fasste an seine eingesackte Brust. „Du sturer Dummkopf. Hör zu, mein Schatz, ich will keinen Ärger. Bring das alles besser auf den Posten und nicht zu mir. Tu das bitte. Auf der Stelle! So kommst du wenigstens noch einigermaßen glimpflich davon."

„Das werde ich ja, Sonja. Für den Moment bleibt die Silberschatulle aber noch bei mir. So ist es sicherer, glaub mir! Und morgen dann, morgen gebe ich die Hinweise ab. Die ganze Kiste."

Jean wusste, dass Sonja dieses Machogehabe hasste. Aber sie liebte auch seine Einsicht – ihr zwiegespaltenes Verhältnis. Deshalb war sie immer noch nicht fertig mit ihm. „Jean, da … da ist noch mehr …"

„Und was?"

„Ich hab da … Ich habe einen anderen Fall angenommen."

„Ach ja? Und welchen?"

Sonja zögerte. „Nun … einen neuen Fall von häuslicher Gewalt."

Im Manne zuckte es gewaltig, als er von ihrem Verrat hörte. „Ach so ist das?"

Gerade als die Stimmung endgültig zu kippen drohte, miaute Sonjas Katze. Sie sprang aufs Sofa und schnurrte die beiden an, als wollte sie den Streit schlichten. Es war ein schwarzer Kuscheltiger, den Sonja streichelte und beruhigte, ihr bester Freund und Therapeut, der ständig nur spielen, ihre Aufmerksamkeit gewinnen und sie zum Schmusen bringen wollte. Im Wohnzimmer lief der Fernseher ungeachtet dessen weiter. Auf dem Salontisch neben den Fotos standen der Laptop und der kalte Kaffee. Auch Jean ließ sich anstecken und streichelte den Kater.

„Hör zu Jean", sagte Sonja, die plötzlich wieder sehr viel sanfter klang, „ich kann dir helfen. Und ich werde keinem was verraten. Aber momentan bist du auf dich allein gestellt. Verfolge sie! Und wenn wir dann mehr über sie haben, wer weiß ..." Sie ergriff seine starken Hände und ballte sie mit den ihrigen zusammen, als sie ihm versprach: „Moe lässt uns bestimmt wieder ran. Sobald er wieder Haare hat, bin ich dabei. Hab Geduld."

Dem Gespräch unter vier Augen schaute nur die Katze zu, die auf den Tisch sprang, auf einem Foto landete und dieses vor ihren Füßen zu Boden warf. Sonja betrachtete das Motiv unter dem Samtpfötchen: eine traumhaft schöne Ferienerinnerung, die merklich auch sie zum Träumen brachte. Sie legte den Kopf an Jeans Schulter. „Oh, die Malediven. Da wäre ich jetzt auch gerne. Der Strand, die Palmen, das Meer ... und ein paar süße ... hm ..." Der Fernseher schaltete sofort auf eine Insel um.

Jean blickte zu dem eingeschalteten Gerät und fand das gar nicht witzig. „O Mann, die Spracherkennung spinnt also immer noch. Scheiße! Sonja! Unser Gespräch! Jemand hätte es aufzeichnen können!" Er zog den Stecker. Das Bild war weg, und damit die schöne Stimmung.

„Ey! Ey, doch nicht so! Komm mal runter! Immer siehst du nur das Schlechte. Gönn dir besser mal ne kleine Auszeit!", schrie Sonja.

Jean warf der verängstigten Katze einen Blick zu. „Eine Auszeit? Ja, das ist es. Das ist gar nicht so schlecht. Ich ... ich nehme mir frei. Ich steige aus. Dann ... dann hab ich Zeit! Zeit, um den Fall zu lösen. Ich danke dir, Sonja." Er küsste sie auf die Stirn. Dann sprang er auf, ging hinaus auf den Balkon und rief seinen Chef an. „Hey Moe ..." Seine Botschaft war klar und die Katze streifte unterdessen um seine Beine. Sonja ließ drinnen auf dem Sofa ihren Kopf hängen. Jean suspendierte sich kurzerhand selbst und sprach davon, sich vom Stress zu erholen. Moe zögerte nicht lange. Er hatte eindeutig genug vom ewigen Jammern.

Schon einen Tag darauf war der getriebene Jean befreit von den dienstlichen Lasten. Zwar klingelte sein Wecker immer noch zur gleichen Zeit, aber er war freigestellt. Frei, um zu leisten, was er sonst nicht hätte tun können. Frei von diesen bindenden Pflichten, die ihn nicht dorthin brachten, wo er sein wollte. Jean war schon früh an diesem Morgen wach, hockte in der Küche am Tisch und frühstückte. Ein gesundes Birchermüsli stand vor ihm, wie er es sich vorgenommen hatte, mit allem Drum und Drin. Vom Löffel tropfte Joghurt und es crunchte zwischen den Zähnen.

Noch immer studierte Jean die Fotos in seiner Hand, dazu den rätselhaften Zettel, der das Universum beschreiben sollte. Aber auch das brachte ihn in seinem Fall nicht weiter und kostete nur Zeit. „Sternenhimmel nochmal!" Er suchte und suchte im silbernen Kästchen, da dies alles war, was er hatte. Jean gab nicht auf. *Tanners Geheimnis ist irgendwo da drin.* Das Foto mit dem Schriftzug „Grab des Pilatus" war zweifellos ein Indiz. Plötzlich fiel es ihm wie Schuppen von den Augen: *Der alte, senile Fuchs! Er hatte doch davon gesprochen, seinen geheimen Schatz versenkt zu haben. Jetzt verstehe ich seine Eselsbrücken.*

Die Freizeit veränderte alles für Jean. Das war einer der Gründe, warum er wieder Lust hatte, zu tauchen. Kurzentschlossen begab er sich mit dem leuchtenden Smart*Pol ins Hochmoor, wo das Grab des Pilatus liegen sollte. *Leider nichts! Nur ein paar seltene Orchideen.*

Jean zog weiter und griff zur Taucherbrille. Hoch oben zwischen verschneiten Gipfeln zog er seinen alten Neoprenanzug über, drehte die Sauerstoffflaschen auf, schnappte sich seinen Kescher und sprang in den nächsten Alpsee, um dessen Geheimnis zu lüften: jenes, das Tanner in seiner bildlich festgehaltenen Erinnerung aufbewahrte. Bild um Bild war Jean durchgegangen und in jedes davon eingetaucht, mal vom Boot aus und mal vom Land. Das klare Wasser auf den Fotos schimmerte türkis und die Berge spiegelten sich in ihrer Pracht auf der Oberfläche. Immer, wenn Jean den Ort gefunden zu haben glaubte, der mit jenem auf den Bildern übereinstimmte, tauchte er in einen Bergsee ein, und diesmal war er sogar in einem anderen Gewässer wieder herausgekommen. Wie ein hölzern laufendes Seeungeheuer schlurfte er ans Ufer, wo aufgeschreckte Enten vor ihm davonflogen. *Ach, so eine Zeitverschwendung!* Denn außer dem Panorama fand er nichts – in keinem der vielen Bergseen, deren umliegende weiße Gipfel bereits eingepudert waren vom jüngsten Schneefall. An ihrem Fuß erstreckten sich die bunt leuchtenden Wälder und der nächste See, in welchem sich der nächste Horizont und das Feuer des Herbstes widerspiegelten. See um See ein anderes Bild, das in allen Nuancen von Blau erstrahlte. Doch das alles war es nicht, was er suchte.

Jean fand nur ein paar Lurche, die kurz vor dem Aussterben standen, und ein paar versteinerte Fossilien aus der Urzeit, die er jedoch kaum beachtete und wieder aus den Augen verlor. Er fuhr mit seinem Auto weiter, um das nächste Motiv gründlich zu durchleuchten. Auf diese Weise war er bald um den ganzen Vierwaldstättersee herum gerast. *Ich muss das nächste Kreuz finden. Laut Recherchen sollten es noch drei oder gar vier davon sein.*

Er fuhr unter der Galerie der Axenstraße durch und schaute zu den Felsklippen auf der anderen Seite des Sees hinüber. *Das liegt ja fast bei der Rütliwiese.* Sein nächster Tauchspot befand sich etwas unterhalb, bei den Felsen. Diesmal hatte ihn ein Fischerboot mitgenommen – ein alter Kollege aus der Schulzeit, der ihm gerne half, zu entspannen. „Du bist doch immer noch derselbe. Also spring jetzt rein! Bis später."

Und schon ging es wieder ins Wasser. Blasen sprudelten hoch zum Boot, während Jean ins tiefe Blau abtauchte, den gestreuten Sonnenstrahlen nach und am seidig schwebenden Fischernetz vorbei. Er tauchte zum Grund des Sees hinunter, wo er die Reste eines Friedhofs vermutete, der einst nach einem Unwetter in den See gespült worden war. Dort, wo er endlich das davongetragene Kreuz entdeckte, jenes Abbild, das er so sehnlichst gesucht hatte. Sein Schatz! Im Strahlenmeer des prächtigen Sees lag es: das „Grab des Pilatus". Es war ein Heiligtum, das zu seinem Leidwesen von einem großen Schatten bewacht wurde, der um das einst gesegnete Kreuz herum seine Kreise zog. *Komm mir ja nicht zu nah.* Jean behielt den mächtigen Hecht mit starrem Blick im Auge, der zusammen mit drei Welsen und einem kleinen Schwarm von ausgewachsenen Barschen patrouillierte.

Im plötzlich getrübten Wasser von Schatten umzingelt, kroch dem Taucher die Angst in die Lunge. *Irgendetwas hat nach mir geschnappt!* Mehr Luftblasen stiegen hoch. Auch für ihn waren die letzten Tage zu viel gewesen. Aber der bissige Raubfisch war glücklicherweise harmlos. Er setzte zum Scheinangriff an und verschwand dann aufgeschreckt im tiefen Blau. Jean verharrte kurz, um den Druck auszugleichen und sich zu sammeln. Dann sprangen seine Flossen wieder an. Denn nun sah er ihn direkt vor sich, den Erlöser. Endlich war er am richtigen Ort. Das hier war sein letzter Jesus am Kreuz, der, von den unzähligen Fischschwärmen umkreist, Jean ein mulmiges Gefühl verpasste. Denn plötzlich glaubte er wieder an Geister, Monster und das Grab des Pilatus. Vielleicht war er ja wahnsinnig geworden durch die Stickstoffkonzentration in seinem Hirn, vielleicht glaubte es aber auch, weil er es einfach glauben wollte – glauben konnte.

Dann fand er den nächsten potenziellen Beweis neben ein paar dahinrostenden Bomben aus dem Zweiten Weltkrieg. *Ein Koffer!* Leicht vergraben steckte das Behältnis im schlammigen Grund direkt vor dem Kreuz. Jean buddelte ihn aus und zog ihn aus dem Loch. Im Blau des tiefen Wassers hielt er ihn fest, bis ihn die aufgewühlten Schlammwolken verschlangen. Die Silhouette des zuvor verschwundenen Raubfisches tauchte plötzlich wieder auf, was dem Taucher schlagartig den Puls hochtrieb. Der Schatten des Hechts. Schon wieder! Jean spürte bereits die nahende Druckwelle. Er wollte sich beeilen und kramte aufgeregt den Schlüssel heraus. Aber er fand bedauerlicherweise keinen Zylinder am Koffer, nur ein Zahlenschloss.

Mit einem stummen Schrei griff er zu seinem Sackmesser und knackte den Verschluss, um auf diese brachiale Weise an die Perle im Inneren zu kommen. Aber auch dort fand er nichts, nur ein paar weitere aufsteigende Blasen im getrübten Wasser. Für Jean einmal mehr pure Zeitverschwendung. *Jeder Koffer ist leer. Jede Flasche, jeder Schuh.* Als hätten es die doof dreinblickenden Fische geahnt.

Ohne Schatz und mit noch viel schlechterer Laune tauchte er wieder auf. Auf dem Boot ließ er seinen Frust an dem Fischer aus. „Jedes Mal ist es das Gleiche." Sein Schlag gegen den leeren Koffer half da auch nicht mehr. „So viel Arbeit für nichts! Das Ganze ist doch eine reine Sisyphusaufgabe. Ständig renne ich den Berg nur hoch und runter, tauche auf und ab. Und wofür?", nörgelte Jean, um die negativen Gefühle nicht zu tief in sich hineinzufressen.

Der Fischerkollege konnte darüber nur lachen, während er ihm half, die leeren Taucherflaschen abzunehmen. „Ach, diese Probleme immer! So ergeht es uns doch allen zwischendurch. Kopf hoch, Alter. Irgendwas quält uns doch immer. Du musst das einfach positiv sehen. Jeder Berg erhöht deine Ausdauer. Oder etwa nicht? Irgendwann kommt dir das sicher wieder zugute." Dabei holte er die leeren Netze ein und musste nun selbst fluchen: „Oh Mann, nicht schon wieder." Was er ins Boot hievte, war nur ein verheddertes Netz im Netz, samt modrigem … „Scheiße, was ist das?"

Genau diese Worte waren auch Jeans erster Impuls und spiegelten ein immer wiederkehrendes Gefühl wider, wie es ihn auch am nächsten Tag überkam, als er ein weiteres Mal auf den Berg hochgewandert war. Mit Sonja war er in eine der vielen Karsthöhlen eingedrungen und ihr Augenmerk fiel auf die tropfende Höhlendecke.

Sonja stand mit ihrem eigenen Licht auf dem feuchten Felsboden. „Das gibt's ja nicht!", rief sie. Aus der Höhlenwand drang eine milchige Substanz. „Das ist also Mondmilch. Früher wurde das als Arznei verkauft."

Jean roch daran. „Der Drachenstein. Vielleicht hat er sich einst aus dieser Flüssigkeit herauskristallisiert."

„Interessante These."

Der Bergführer leuchtete durch die Höhle zu ihnen herüber. „Das Mondmilchloch scheint wie immer zu sein. Ich sehe keine Veränderungen, keinen weiteren Zugang oder sonst was."

„Also wieder nichts." Die drei verließen die Höhle nah an dem Loch von Tanner und Jean seufzte. „Hätte ja sein können." So dachte er zumindest und wollte daher alle umliegenden Eingänge, die in den Berg führen könnten, durchsuchen. Zu seinen Weggefährten meinte er: „Wir sollten uns aufteilen. Jeder nimmt sich eine andere Höhle vor. Jeder einen anderen Gipfel."

Sonja unterstützte sein Begehren. „Ist gut. Ich schau mal beim Militär rein und lasse mir die Festungen des Berges zeigen."

„Sehr gut."

Und auch der Bergführer nickte. „Gut. Dann treffen wir uns also in vier Stunden an der Bergstation."

„So machen wir es."

„Also dann."

„Viel Glück."

„Euch auch."

„Bis später."

„Ja, bis später."

Jeder wanderte nun auf einen anderen Gipfel des Pilatus und auf seinen eigenen Pfaden, als wären sie bloß Rucksacktouristen, die nach Entspannung und einem freien Weg durch die Berge suchten. Auch deshalb ging ständig irgendwo ein Feldstecher hoch. So wie bei Jean, der das ferne Einsatzteam bei Tanners Höhle observierte, jene Spezialisten, die seinen Fall übernommen hatten und nun alles ausräumten. *Diese elenden Säcke. Sie müssen die Stollen wieder freigemacht haben.* Aus dem steinigen Einstieg der Klamm heraus beobachtete der Glatzkopf, wie sie die Münzen aus Tanners geheimer Höhle trugen und in Kisten verpackten. Stück für Stück. Doch Jean wusste: *Das ist nicht der Schatz. Nicht der wahre jedenfalls.* Dann musste er sich ducken. *So ein Mist! Hoffentlich hat mich niemand gesehen.*

Als er wieder hinter dem Felsen hervorkam, traf er auf Sonja.

„Habe nichts Neues. Und du?"

„Im Bunker war nichts. Ich habe alle Pläne dabei. Den Rest sendet uns das Militär über Cop*Cor."

Jean drehte mit dem Fuß einen Stein um. „Ich hätte zu gern nochmals den Dom mit dem Dschungel oder jenen mit der Badelandschaft gesehen. Aber vielleicht gibt es ja noch andere Wege in den Berg, denn überall sind diese Löcher, Höhlen und Geheimnisse. In jedem Spalt."

„Ja, so scheint es, Jean. Aber ... keine Höhle ist wie Tanners Loch. Und wenn wir dort auftauchen, gibt's Ärger."

Jean grinste darüber und blickte Sonja hinterher, die wütend davonstapfte.

Am Abend war er wieder allein zuhause, saß vor der Glotze und tauchte im eigenen Bewusstsein, im Dunkel seiner selbst. *Wo bist du nur? Wo hat dich der alte Mann versenkt? Und was ist mit seinen anderen Plänen? Irgendwo muss er noch einen Tresor oder so etwas haben.* Er ging kurz in die Küche, machte sich im Mixer frischen Saft und setzte sich wieder hin. Auf dem Bildschirm prangten die digitalen Karten des Berges. *Das luxuriöse Höhlenhotel im Berg wurde offenbar schon mehrfach untersucht. Doch das Team scheint nichts Neues gefunden zu haben. Jedenfalls sehe ich nichts davon in den Daten. Hm ... Dort ist es also auch nicht. Weder auf dem Berg noch tief im See!* Zum wiederholten Male studierte der Glatzkopf die Fotos auf dem Sofa, suchte in den gehackten Daten der Polizeiuntersuchung und bohrte in der Nase, worin er bisher den einzigen Schatz fand, den er wirklich bergen konnte. Ein paar popelige Krümel, die er getrost auf den Boden bröselte.

Vom Frust geplagt und von sich angewidert, sah er langsam kein Ende mehr. *Und dafür habe ich so vieles aufgegeben! Verdammte Scheiße auch.* Auf dem Sofa seiner Wohnung gefangen, stieg in ihm der Drang auf, den ganzen Mist vor sich loszulassen. Er wurde schnell zu einem quälenden Verlangen, einem Gefühl, alles Schmutzige von sich herunterwaschen zu müssen. Seine verkrusteten Gedanken begannen sich aufzulösen. *Niemand hält das ewig durch. Jeder gibt sich doch irgendwann mal auf. So schlimm ist das nicht. Ja ... lieber ein Ende mit Schrecken als ein Schrecken ohne Ende.* Die Ebenen seiner Gedanken kreuzten verletzte Synapsen, die nun neue Wege suchen mussten. Zeit für ihn, wieder mal richtig aufzuräumen. *Hm ... hier sollte wirklich mal geputzt werden!*

Und so fing er an zu putzen: die Küche, die Kleider, den Boden. Eine stundenlange Ablenkung für den ewig suchenden Mann, der durch das viele Chaos in letzter Zeit nach einer klaren Ordnung verlangte, so wie manch anderer das auch täte. Eine nützliche Tätigkeit, die am Ende ein sauberes Gefühl in und um ihn herum hinterlassen sollte. Zuerst war er mit der Klobürste am Werk und am Schluss mit derjenigen, mit der er den Lauf seiner Waffen durchstieß. „Gut, gut."

Die Wohnung und sein Gewehrlauf strahlten wieder. Alles lag ordentlich auf seinem Tisch aufgereiht. Die Ablenkung war nützlich, denn jede seiner Waffen war nun fein säuberlich auseinandergenommen, sodass er sie noch gründlicher reinigen konnte. Alles zur Vorbereitung und zur Entspannung, genau wie die Verstärkungen an seiner Weste, die er anzog, das Exoskelett mit den künstlichen Sehnen oder die aufgefüllten Pistolenmagazine unter seinem neuen Mantel. Dazu Berettas nebst passenden Halftern, ein Dolch, Pfefferspray, Magnesiumfackeln, ein kleiner Sprengsatz, ein Taser und zu guter Letzt ein kleines Taschenmesser – als würde er in ein Himmelfahrtskommando ziehen wollen. Nur, um die Welt zu retten. Für ein sicheres Leben. „Amen."

Die Ladebewegung hatte gesprochen. Der Krieger im Manne war bereit, gewappnet mit kugelsicherem Kampfhelm samt integrierter Atemmaske für alle Fälle. Dazu sein vollausgerüsteter Hightech-Mantel für den Fall, dass es brenzlig würde, und seine Kampfstiefel. Die beiden Berettas hießen Susi und Strolch und er hielt sie in seinen gepanzerten Lederhandschuhen fest. Nur so fühlte sich Jean wirklich vorbereitet: in Vollmontur samt zweihundert Schuss, was ihm ein kleines Lächeln entlockte, wenn auch unter der Maske versteckt. *Jetzt kann alles kommen. Scheiß auf den Berg. All die Geister können mich mal. Und auch den Sensenmann erwische ich. Ob nun tot oder lebendig.*

Hart und scharf gemacht durch den Widerstand des Seins, dessen Geister unaufhörlich angegriffen wurden, steigerte Jean sich hinein. Das war ganz klar ein Wendepunkt für ihn, der so weniger verletzbar war, und der nun, nach vollendeter Reinigung und mit abgelegter

Maske sein Gesicht wusch. Er setzte sich wieder vor die Fotos und grübelte neben seiner ausgebreitet daliegenden Ausrüstung weiter, bohrte und bohrte. Er war schnell zurück in depressiven Mustern und einer wahnsinnig machenden Suche, bei der ihm seine Waffen und Kugeln auch nicht halfen. Er sammelte die Bilder ein und packte sie weg. Jean hatte inzwischen jedes Motiv schon hundertmal betrachtet. *Die Malediven, zusammen mit Sonja. Das wäre jetzt schön!* Doch leider zu weit weg für ihn. Auch diese Perspektive war nur ein Irrweg.

Jean fuhr sich mit der Hand über die sprießenden Haare und griff in den Vollbart, der über die vielen Tage hinweg stattlich gewachsen war. Ohne Lösung für seinen Fall hielt er sich wenigstens daran fest. *O Tanner! Das Grab des Pilatus war es also auch nicht. Das wäre zu einfach gewesen. Jaja, dieser alte Fuchs.* Jean musste schmunzeln. *Wo könnte er seinen Stein der Weisen nur haben? Sein Schatz, sein Geheimnis – wo liegt es begraben?* Er schlug den Kaffeekolben in der Küchenspüle aus. Dazu nahm er einen Schluck aus der Tasse mit dem frischen, heißen Gebräu. *Der Schatz muss weiter weg sein, aber nah genug, um ihn jederzeit zu finden – zu bergen. Hier in der Schweiz. Hier muss er sein. Vielleicht muss ich doch wieder in den Berg zurück. Vielleicht ist noch eine Wand hinter den Wänden. Im Herzen der Alpen versteckt.*

Im Angesicht der niederschmetternden Tatsachen dachte er langsam ans Aufgeben. Mit der gestreichelten Waffe in der Hand und einem seltsamen Gefühl griff er nach seinen Hut und ging hinaus, um Luft zu schnappen. Er kam am Löwendenkmal vorbei, das den gefallenen Gardisten gewidmet war, und blickte schließlich auf den Teich, hinter dem der Fels mit dem daraus gehauenen Löwen lag. In seinem Rücken ragten die Bäume auf, deren Laub im Wasserbecken unterging. Der Fall ließ ihn einfach nicht mehr los. Minutenlang starrte er das steinerne Löwengesicht an, zwischen all den Touristen, versunken in sich. *O du elender Sepp! Jedes Bild liegt vor mir, jeder Berg, jeder Bunker. Ich habe jedes Motiv deiner Bilder abgesucht und war in jedem Loch, verdammt! Sag mir jetzt endlich, welchen Anhaltspunkt ich übersehen habe! Wo liegt der Scheiß begraben?*

Der freigestellte Ermittler konnte sich auf nichts anderes mehr konzentrieren. Seine Gedanken rotierten. Oder war es am Ende gar nur heiße Luft? *Auch das wäre möglich. Hat es mit der Liebe zu tun? Irgendwo muss auch die Liebe darin vorhanden sein. Noch mehr davon. Mehr als man denkt.*

Während die Touristen den monumentalen Löwen bewunderten, sah Jean nur auf die mitgenommenen Fotos, die teils so geknickt waren wie er. *Tauchen wird hier schwierig. Verdammt! All diese Bilder sagen mir nichts mehr. Vielleicht sollten sie wirklich nur als Ablenkung dienen und sind das, was sie eben sind: einfach nur Bilder. Auf jedem der banal wirkenden Fotos fänden sich schließlich Beweise für diese Annahme.* Als er einen Schluck Kaffee nehmen wollte, verbrannte er sich die Zunge. „Verdammt, ist das heiß!" Prompt verschüttete er das überschwappende Gebräu auf eines seiner Bilder. „Ah, fuck!"

Hinter seinem Rücken ertönte Gelächter. Sofort wischte Jean die befleckten Bilder trocken und beseitige die gröbsten Spuren, als ihm beim behutsamen Reiben ein ungewöhnliches Schimmern auf der Beschichtung auffiel. *Ich bin so ein Idiot! Die Fotos! Ich sollte seine Originale auch chemisch behandeln. Das Licht hat bestimmt nicht gereicht. Sicher verbirgt sich da noch etwas! Vielleicht eine geheime Inschrift – ein Symbol – irgendein Wegweiser. Bei der Hausdurchsuchung fanden wir schließlich genügend Unterlagen, die er mit verborgenen Runen versehen hat. Versteckte Gedichte und geheime Botschaften wie auf dem Zettel. Alles Verbindungen, die sich nur jenen offenbaren, die sie verstehen. O Mann!*

Fluchtartig verließ er das Löwendenkmal, hastete über die Straße zu einer gegenüberliegenden Mietstation von Mobility*Cor, schwang sich auf ein Fahrrad und radelte an den Baumalleen vorbei zum Baumarkt. Danach fuhr er zur Apotheke und machte noch Besorgungen bei einem Dealer auf der Straße.

Jeans Gedanken liefen, wie sein Fahrrad, auf Hochtouren: Tanner verwendete oft die gleichen Muster. Ein Mann, der die Routine liebte, so wie jeder Mensch. Immer dasselbe Verhalten, dieselben chemischen

Verbindungen. *Bestimmt haben seine Fotos einen versteckten Inhalt. Es muss so sein!* Mit dem Rucksack, den er gerade gekauft hatte, fuhr er nach Hause, und nur eine Dreiviertelstunde später lud er seinen gesamten Einkauf in der Küche ab. *Mal sehen, ob es funktioniert.* Doch nicht alles von dem, was er nun versuchte, wirkte. Das letzte Experiment war gerade gescheitert und auch der nächste Tropfen brachte nicht die gewünschte Reaktion auf dem Papier. *Das Lösungsmittel ist zu schwach. Viele Versuche habe ich aber nicht mehr.*

Vom Frust ergriffen warf er das Foto in die Spüle und krempelte die Ärmel hoch, ehe er mit seiner Hand über die smarte Kristallkugel auf der Granit-Ablage fuhr und den aufleuchtenden Geist darin aktivierte. „Cop*Cor, Ruhemodus. Home*Cor, aktiviere Mixed Reality." Aus seinen beiden Armbanduhren schoss eine gebogene Sensor-Sichel, welche über Jeans Hände fuhr, um jedes kleinste Zucken in seinen Fingern zu erfassen und in Bewegungsdaten umzuwandeln.

Vielleicht sollte ich doch nochmal mit Härterem ran. Mit der alten Schule. Wie ging diese verstaubte Formel nochmal? Der Mann mit den beiden aufleuchtenden Haken um die Hände setzte die VR-Brille auf und öffnete deren Kameralinsen für seinen erweiterten Blick. Das erste Werbe-Popup im Cor*Net war leicht obszön, was er sogleich mit einer Wischbewegung bereinigte. Auch jenes von Porn*Cor schob er beiseite, bevor er sich im Job*Cor einloggte. Das alles gehörte zu Sam*Cor, denn nur damit hatte man Zugang zu diesem gespaltenen Monopol, das die Gesetze der Natur geschickt für sich arbeiten ließ. Jean brauchte einen Mitarbeiter. Er scrollte an den Berufsfeldern vorbei, löschte den revolutionären Koch und klickte den Laboranten von Science*Cor an, seinen virtuellen Geisterdiener, den er als helfenden Gast in seine Küche einlud. „Hallo Meister."

„Herr Vincent." Er erschien im eigenen Minilabor neben dem realen Küchentisch und war sofort einsatzbereit. „Wie immer ist es mir eine Freude. Ich sehe zu unserer Zufriedenheit, dass Sie alles vorbereitet und gekennzeichnet haben. Gut so", lobte das Ausbildungsprogramm Jean. Es hatte bereits so manchen Laien zum Profi gemacht. Jean öffnete die Büchse. „Ich gebe mir Mühe. Es sollte jetzt alles da sein, was wir brauchen."

„Sehr gut. Wollen wir mit dem Tutorial beginnen?"

„Na dann. Legen wir los."

Schon erschien ihm der geisterhafte Laborexperte am Waschbecken, wie er durch die VR-Brille sehen konnte. Er war virtuell mit der Hand in der Geisterhand verbunden, sodass ihm der führende Geist assistieren konnte.

Der durchsichtig schimmernde Fachmann leitete ihn gekonnt an: „Gut so. Greifen Sie nun nach dem Lösungsmittel rechts von Ihnen. Genau dieses."

Jean leerte die Tinktur ins Becken und ließ es gewaltig zischen, sodass sie das Bild weiterentwickeln konnte. Wie ein Hexenmeister folgte er den Vorgaben des Geistes, der stets rechtzeitig die richtige Lösung aufblinken ließ, indem ein Pfeil über dem nächsten Fläschchen schwebte.

Der Timer läutete.

„Es ist an der Zeit. Geben Sie nun noch ein bisschen mehr Verdünner rein. Ganz behutsam."

Jean machte es ihm nach. „Etwa so?"

„Noch mehr. Folgen Sie meiner Bewegung und füllen Sie es bis zur leuchtenden Anzeige. Jetzt langsamer. Nur noch fünf Milliliter, vier, drei, zwei, halt! Das reicht!"

„Und was, wenn ich zu viel nehme?"

Der Geist neigte sich zu ihm hinüber. „Das sollten Sie tunlichst vermeiden. Das Bild würde zerstört, da der Säuregehalt überschritten würde. Genauso wie Ihre Augen, wenn Sie zu viel davon abbekommen."

Jean tunkte das Bild vorsichtig in die Lösung. „Verstehe."

„Arbeiten Sie schneller. Sputen Sie sich und folgen Sie meinen Ausführungen, sonst sind wir zu langsam. Das Mittel reagiert sehr schnell."

Jean legte seine Hand hastig in die des schimmernden Geistes und folgte seiner vorprogrammierten Bewegung.

Der Geist schien zufrieden. „So ist es gut."

Im Becken begann es leicht zu brodeln. Bild um Bild wurde eingetaucht, bis endlich eine Reaktion stattfand. Der Geisterlaborant stand gleich daneben und lächelte den beeindruckten Glatzkopf an. „Sehen Sie? So einfach ist das, wenn Sie richtig zuhören und auch machen, was man Ihnen sagt. Gratuliere, Sie werden bei jedem Versuch besser."

„Scheint so. Das Resultat ist ganz passabel. Danke dir."

„Danken Sie nicht mir, danken Sie sich selbst. Ihre Geduld hat sich beachtlich gesteigert. Ihr Einsatz hat sich gelohnt."

Jean lächelte. „Wie wahr."

Die Rückseite eines der Bilder hatte nun tatsächlich so reagiert, wie er es wollte. „Habe ich es mir doch gedacht!" Jean benetzte das Foto nochmals mit der selbstgemischten Chemikalie. „Da!" Eindeutige Flecken. Er fächerte das Foto hastig trocken und schaute sich die Veränderungen an, bis ein geheimer Schriftzug sichtbar wurde, der ihn stutzig machte: „Das Geschenk der Götter." So stand es nun verlaufen auf der Rückseite. Für Jean eine Offenbarung.

Prompt schaltete sich seine Dienststelle in die Mixed Reality ein. Die drei Geisterhologramme erschienen wieder, weswegen Jean den assistierenden Helfer aus seiner Küche verbannte, das Foto versteckte und die Richter begrüßte: „Ihr wieder. Wie immer zum rechten Zeitpunkt. Kennt ihr keine Privatsphäre?"

Einer der bläulich dampfenden Geister kam durch die Wand und lachte spöttisch. „Das müssen Sie gerade sagen. Sie kennen ja Ihr eigenes Job-Profil und wissen, was Ihre weitreichende Verantwortung alles mit sich bringt."

„Soll das jetzt ein Verhör werden?"

Die drei Geister verteilten sich und suchten seine ganze Wohnung ab. „Haben wir Sie gerade bei etwas Wichtigem gestört?"

Im Kreise der gesichtslosen Gesetzesvertreter stand Jean nun da, als wäre er gerade ertappt worden. „Nein, nein. Wie Sie sehen, lerne ich bloß Neues."

„Sie nutzen in letzter Zeit viele dieser Assistenten. Scheinen sehr nützlich für Sie zu sein."

„Ja, sie erweitert meine Fähigkeiten enorm, diese ganze Technik. Schade nur, dass viele Leute derartige Werkzeuge missbrauchen und das Gute auch fürs Schlechte nutzen."

Immer mehr der blauen Dunstschwaden zogen durch die Küche, als der Geist ihn umgarnte. „Mag sein. Nicht jeder Anwender hat nur Gutes im Sinn. Darum sorgen wir ja auch ununterbrochen für Sicherheit."

„Hm, Sicherheit. Das klingt so seltsam, wenn ihr das sagt", schnaubte Jean.

„Wir wollen keinen Ärger, Herr Vincent. Aber es ist nun mal unsere Aufgabe, Sie zu kontrollieren, so wie Sie jeden Tag andere kontrollieren müssen. Das ist der Kreislauf der Natur."

„Kommen Sie zur Sache. Was wollen Sie von mir?"

Einer der beiden anderen anonymen Geister mischte sich ein. „Sie wollen wirklich wissen, warum wir so überraschend in Ihrem Wohnzimmer aufgetaucht sind?"

Jean schob das Foto heimlich in den Spalt einer Schublade. „Kommt jetzt die nächste Belehrung?"

Der durchscheinende Geist verstummte und schwebte ein Stück rückwärts, jedoch nur, um wieder jenem ersten Richter Platz zu machen, der Jean mit seinem leeren Gesicht anstarrte. Er kam so tief herabgeschwebt, dass sich Jeans Antlitz im Geisterkopf widerspiegelte. „Oh Jean, wir kennen Ihr Wesen in- und auswendig."

„Das glaubt ihr ja selbst nicht."

Jeans eigener Geist sprach plötzlich zu ihm, mit seiner eigenen Stimme und aus seinem Körper, als hätten die drei Richter ihn vollends kopiert. „Wie erfrischend! So ungestüm wie es in den Akten steht. Nicht wahr?"

„Was soll dieses Psychospielchen? Was wollen Sie damit erreichen?" Jean stand verwirrt dem eigenen Ich gegenüber und hörte sich selbst zu, als wäre er in einem obskuren Spiegelkabinett gefangen, aus dem seine Stimme drang. Aber es war nicht wirklich sein Geist, der da sprach.

„Du kannst nicht alles verbergen. Nicht vor dir selbst."

Seine vier Ebenbilder waren in der Wohnung, wollten sich mit ihm unterhalten und über sein Wesen reflektieren, während Jean in Wahrheit allein in der Küche stand und gegen die Wand sprach. Nur das Alarmlicht auf dem Beistelltisch war noch an und pulsierte um sein Handy herum. Es führte ihm die projizierten Geister vor Augen. Mit seinen eigenen Gesten und seiner Haltung nagelten sie ihn fest.

„Herr Vincent, wir wollen Sie in Ihrer Freizeit nicht stören. Aber Ihr Bewegungsprofil zeigt in letzter Zeit außergewöhnliche Muster auf, ebenso wie der Einkauf, den Sie vor kurzem in der Apotheke getätigt haben. Würden Sie uns also bitte verraten, wie wir diese markanten Abweichungen deuten dürfen?"

Die Klone kamen ihm unnatürlich gleich vor, bis Jean selbst wieder aus dem Kreis hervortrat. „Was gibt es da zu deuten? Ich entdecke bloß ein neues Hobby. Mehr ist da nicht. Und gerade, ganz ehrlich gesagt, stört ihr mich wirklich bei meiner Entwicklung."

Seine virtuellen Ebenbilder begannen am ganzen Körper zu dampfen, wurden transparent und verwandelten sich wieder in die ursprünglichen blau anonymisierten Geister zurück. „Ist das so, Herr Vincent? Denn es sieht für uns so aus, als wären Sie immer noch an dem Fall dran. So zeigen es uns zumindest die Daten Ihrer Realität. Oder täuschen wir uns da?"

„Lasst mich endlich in Frieden!" Jean ging zur Spüle, wo sich einer der Geister vor ihm verflüchtigte, als wäre er bloß Schall und Rauch. Der Ermittler hatte genug gesehen. „So, die Zeit ist um. Ich geh jetzt raus, denn der Scheiß hier schadet meinen Augen."

Doch gerade als er die AVR-Brille abnehmen wollte, sprang ihn einer der Geister an. „Warten Sie! Und wagen Sie es ja nicht zu verschwinden. Nicht jetzt!" Der dritte Geist im Bunde übernahm nachdrücklich: „Sie kennen das Spiel ja. Kein Verstoß – kein Erscheinen. Sagen Sie uns also, was Sie suchen." Derselbe Geist tauchte einen Moment später hinter Jeans Rücken wieder auf. „Ihr Vorgesetzter hatte Sie doch hinsichtlich dieses Falles – und gemäß Cop*Cor-Protokoll – ausführlich darüber aufgeklärt, was Sie zu tun und zu lassen haben, oder etwa nicht?"

„Ja, Maurice war sehr überzeugend."

„Dann halten Sie sich bitte an die Vorschriften. Wir bitten Sie eindringlich. Das hat man Ihnen schon oft genug gesagt. Ansonsten werden wir Sie bestrafen müssen – hart bestrafen."

Jean blickte an ihnen vorbei aus dem Fenster. „Na dann danke ich für den Hinweis. Aber ich bin erfahren genug und weiß, wo meine Grenzen liegen. Was ich folglich in meinen vier Wänden mache, geht nur mich etwas an. Abgesehen davon könnt ihr meine verschlüsselten Daten sowieso jederzeit lesen. Also viel Spaß mit meiner Privatsphäre. Und jetzt, wie immer, einen schönen Tag noch." Er ließ die nebulösen Geister platzen, indem er die AVR-Brille abnahm. *Diese elenden Richter! Fast hätte ich die chemische Reaktion auf dem Foto verpasst.*

Er zog das weiterentwickelte Bild wieder aus der Schublade und beugte sich ganz nah an die aufgetauchte Geheimschrift, doch dann verbarg ein Totenkopf die Worte von Neuem. Wieder musste er seine müden Augen reiben. Aber dem Ermittler reichte der eine Blick. *Das ist Tanners Handschrift – zweifellos.* Der Totenkopf auf der Rückseite des Fotos bestätigte seine Vermutung. Jean drehte es um. *Der Walensee? Da war ich doch schon! Vor einigen Tagen erst.* Sofort googelte er die kleine Insel auf dem Bild nochmals. *Die einzige Spur auf dem See – die Schnittlauchinsel. Ich bin nur in der Nähe des Ufers getaucht, und nur auf einer Seite. Hm … Das Geschenk der Götter. Was will Tanner damit sagen? Anscheinend hat er hier doch etwas vergraben. Das ist das einzige Bild mit diesem Hinweis. Scheint doch sehr stichhaltig zu sein.*

Auf den befleckten Hotelplänen war der Walensee als Alternative angegeben, sowie weitere Spuren, die Jean mit den Bauplänen darunter kombinierte. *Die liegen gar nicht so weit auseinander.* Gleich daneben prangte der eingetrocknete Kaffeefleck. War doch ein Klacks mit dem Klecks! Was für ein geniales Missgeschick. Ständig spielt der Zufall mit – das Schicksal in jedem Fall.

Eine weitere Nacht war schon fast vorbei, auch wenn über der verträumten Stadt immer noch die Sterne schienen und der Dampf aus einer alten Lüftung über die Dächer zog. Der Morgen graute nur langsam, bis das Licht der Straßenlampen in die Gedanken drang und so manchen Bewohner viel zu früh zum Aufstehen bewegte. Der erste Verkehr kam ins Rollen.

Auch Jean war danach getaktet, der seinen Wecker zu dieser Stunde gar nicht mehr zu stellen brauchte. Er war im eigenen Rhythmus erwacht und fuhr nun über die Autobahn, wo er immer wieder auf den Zürichsee und die Alpenkette blickte, in Richtung der Berge unterwegs, die wie Mordors glühender Morgen auf ihn wirkten. Dieses dunkle Rot schien durch die enge Talschneise der Berge, als weise es ihm den Weg zum Schatz. *Scheiße, ist das herrlich*, dachte er.

Nur wenige Minuten später durchfuhr er das Linthgebiet, kurz vor den Toren der mächtig aufgetürmten Alpen, worüber die Nebelschichten in allen Variationen schwebten, vorbei an den bewaldeten Hügelketten, an denen sich die Wolken von Neuem stauten – an den Gipfeln verweht und weiter unten zäh. Jean durchfuhr eines um das andere dieser im Himmel gleitenden Gewässer und sah durch den verschleierten Rietboden Kühe grasen. Darüber eine offene Nebeldecke, gefolgt von weiteren Schleiern und Wolken an den nahen Hängen, über denen natürlich noch eine Schicht samt offenem Himmel folgte. Grelles Scheinwerferlicht durchschnitt die Nebelschichten, schälte sich Schicht um Schicht durch den grauen Zauber, der sich rasch wieder aufzulosen begann, während der Morgenverkehr dichter wurde. Jean nahm den Anblick daher nochmals würdigend auf, während er mit

Sonja über die Freisprechanlage sprach: „Ja, ich weiß. Schon spannend, wie sich das Leben verändern kann. Allein diese Ebene, von Meeren und Kontinentalplatten aufgetürmt und von Gletschern wieder abgetragen, bis ein See daraus geworden ist, auf dessen Grund wir heute leben."

Auch Sonja kannte das Gebiet, da sie Bekannte in der March hatte. „Ja, war schon ein echter Kraftakt des Planeten, dieses Land so zu formen!"

„Stell dir mal vor, vom Walen- bis zum Zürichsee ging dieses große Gewässer, dessen Mittelstück vor hunderten Jahren versumpfte."

„Ja, wurde alles trockengelegt."

Jean blickte auf die vielen Äcker der Ebene. „Über das Grundwasser sind die Seen und die Linthebene heute noch miteinander verbunden, sowie über dessen begradigten Fluss, der dem Linth-Gebiet seinen Namen gab. Hast du das gewusst?"

„Du klingst gerade wie ein Lehrer."

„Das ist ja auch spannend, da hier so vieles zusammenkommt. Aber ich mache mir auch große Sorgen, da diese reiche Ebene begrenzt und nur noch ein Schatten ihrer selbst ist, wenn das so weitergeht. So wie fast überall. Von den Menschen trockengelegt, vergiftet, ausgebeutet, verplant und schlecht verbaut, bis es irgendwann mal bestimmt zubetoniert sein wird, weil wir den Wert solcher schön gelegenen Landschaften nicht mehr schätzen. Linth-City könnte zu einem unschönen Moloch verkommen."

„Hör doch auf. Sei nicht immer so negativ. Man kann ja nichts dafür, dass man hier geboren wurde. Auch du musst irgendwo wohnen und arbeiten. Wir alle, Jean. Die Natur wird ihren Platz dazwischen schon finden, du wirst sehen. Alles kommt wieder in Einklang. Das pendelt sich schon noch ein."

„Hm, denkst du? Aber wie? Stell dir nur mal all die nervigen Mücken vor, wenn alles hier wieder zum Sumpf würde. Oder noch schlimmer, wenn es irgendwann mal gar keine solcher Plagen mehr gäbe. Man müsste vieles anders machen. Ein kleiner Auenwald wäre daher ja schön, und ein wilder Fluss vor den Toren der Berge echt reizvoll. Aber das wäre nicht mehr umsetzbar. Jedenfalls nicht in dieser Zeit, nicht unter diesem Druck, und unter diesen Umständen schon gar nicht."

„Du meinst, wie mit dem grünen Band, welches die isolierten Waldinseln und abgeschnittenen Regionen wieder miteinander verbinden könnte, aber vielerorts noch immer fehlt?"

„Ja auch solches bräuchte es vermehrt. Aber das alles scheint unmöglich geworden durch die Geister, die nun herrschen. Darüber nachzudenken lohnt sich kaum mehr. Jedenfalls an solchen Orten. Dafür ist die Vielfalt der Natur den meisten zu unwichtig, der Kampf zu heftig."

Sonja schien seine Sorgen zu verstehen. „Verlier die Hoffnung nicht. Und bedenke die vielen Perspektiven, die du gerade nicht siehst – die Blüten unserer Zeit. Jean, nicht bei allem hast du recht. Kannst du gar nicht. Denn so vieles wandelt sich bereits. Auch durch unseren Beitrag. Denk doch nur mal an den Zeitgeist, die Vernunft oder die Hoffnung. Also sei zuversichtlicher mit uns und der Welt. Vertraue dem Kosmos. Auch, wenn es um vieles düster steht. Hab Geduld und kämpfe weiter für das Gute."

„Ich hoffe, dass du recht hast, Sonja. Ich versuche es ja. Aber bei dir klingt das manchmal so naiv, viel zu einfach."

„Ach was. Denk doch bloß an die Ebene hier – all die Ebenen – all die Möglichkeiten. Mit dem richtigen Willen ... Du weißt, was ich meine."

Jean blickte zu den Dörfern hin. „Ja, all diese Blüten, diese Ebenen und ihre Verbindungen. Die Leute sollten schlau genug sein, mehr für ihre letzten Perlen zu tun. Stell dir nur mal all die Wellen vor, die noch kommen werden. Das Schöne und das Schlechte."

„Das schaffen die schon. Schließlich ist die Landschaft der Schatz und Reichtum aller, die hier leben. Ein Teil ihres eigenen und gemeinsamen Ichs."

„Denkst du? Und wie glaubst du, wird die Zukunft darauf zurückblicken?"

„Schwer, darüber zu urteilen. Nicht alle sind so weitsichtig wie du. Nicht jeder hat diese Fähigkeit."

Mit Blick zum Vordermann setzte Jean den Blinker zum Überholen. „Ja, so ist diese Welt. Durch die demografischen Entwicklungen in der Topografie ist vieles noch möglich, vieles umstritten und vieles von Gefühlen geprägt, die jeder anders erfährt und gemäß seiner Natur damit umgeht. Von Abhängigkeiten und Verantwortung in diesem begrenzten Raum gar nicht erst zu sprechen." Er blickte zu einem der vielen Kräne, die die Dörfer zusammenwachsen ließen, während Sonjas zynisches Schnauben erklang.

„Ja, mal sehen, was kommt."

Doch Jean war sich sicher: „Bestimmt hat unser Schicksal schon Großes mit alldem vor. Vom Boden- bis zum Genfersee."

„Ja, muss wohl so sein. Unberührt wird das alles wohl kaum bleiben."

„Ach Sonja, du solltest mal die Berge ringsherum sehen, diese letzten großen Wälder der Schweiz, diese Kraftorte. Nur noch wenige alte Bäume sind hier verblieben. Nur noch wenige Chancen, dieses Paradies zu bewahren."

„Verstehe. Ist schon großartig, dieses Seenland. Und es wäre sicher auch wichtig, mehr dafür zu tun – für jede Landschaft und für jedes Wesen. Aber übertreib nicht immer so, schweif nicht immer so aus", kommentierte Sonja, offensichtlich wenig beeindruckt. „Zurück zum Fall. Was ist beispielsweise mit dem Federi-Männchen? Tanner könnte es doch als Hinweis benutzt haben. Wäre das jetzt nicht wichtiger für dich?"

Auf der A3 fuhr Jean in Richtung Berge und an zusammengewachsenen Dörfern vorbei. Er blickte zu dem rotglühenden Tor, wo eine Felsnarbe in Form eines Mannes am Hang des Federi zur Spitze des Berges zeigte. Auch Jean hatte diese Stelle in Betracht gezogen. „Hm. Wohl eher weniger. Das kann ich mir nicht vorstellen. Da sehe ich keinen Bezug. Aber vielleicht wandere ich einfach mal hoch, um sicherzugehen."

Das Tal mit dem großen Riet wurde enger und die Berge rückten näher. Eine Grenze aus hochgetürmten Gebirgszügen, die die strahlenden Reiseströme aus dem Nebel der weiten Ebene herausführten, ehe er selbst im Tunnel verschwand. Tief unter den Felsen der Berge ging die Fahrt weiter, bis dahinter der Walensee auftauchte, eingeengt zwischen den Bergketten. *Da haben wir sie ja.* Am Ende des Sees befand sich die winzige Insel, die er besuchen wollte.

Einen Versuch ist es doch allemal wert, fand Jean, der mit seinem Neoprenanzug auf der Sitzbank und mit der Erwartung, ein Geheimnis zu finden, seine Taucherbrille hochzog. Er war allein am Ufer, wo er seine Flossen in das Wasser setzte, um sich zu beweisen, dass er richtig lag. Sein Blick war starr zu den durchlöcherten Felswänden hin ausgerichtet, die über dem See lagen. *So viele Bunker. Als stecke hinter jedem Felsen und jedem Berg das Militär. Was für eine Geldverschwendung. Dabei gäbe es doch so viel Wichtigeres zu schaffen.*

Jeans geneigter Blick zum See, an dem er schon oft gewesen war, erfüllte seine Seele, denn manchmal wirkte das spiegelnde Gewässer, zwischen den felsigen Bergen und Wäldern gelegen, wie ein Juwel und weckte Erinnerungen an früher. Es war wie ein türkisgrüner Smaragd oder ein dunkelblauer Saphir, der bei Schmelzwasser milchig und bei Hochwasser bräunlich wurde. Ein faszinierendes Lichtspiel im Wasser in jedem Fall, je nach Stelle, Durchmischung, Algenblüte, Tiefe, Wind oder Temperatur.

Der See ist kühl geworden zu dieser Zeit. Die Berge sind schon kahler. Der freigestellte Ermittler, der sich an Sommer mit vielen Fischen erinnerte, resümierte nur kurz. Wie immer drängte die Zeit. Er schwamm zu der kleinen Insel hinüber, fand jedoch nur ein paar Vogelnester, Sträucher und Bäume zwischen den Steinen. Wieder kein Schatz! *Das war's also.* Das war sein kurzer Abstecher auf die Schnittlauchinsel, von der er frustriert über das nächste Nichts einen kleinen Schieferstein aufhob und weit weg ins Wasser warf. *Sieben Hüpfer. Nicht schlecht.*

Der kleine Erfolg wirkte wenigstens ein bisschen motivierend, weshalb er den nächsten Stein und kurz darauf sich selbst reinwarf. Dicke Luftblasen stiegen zur Oberfläche hinauf, als er abtauchte, um wie gewohnt die Wahrheit zu finden – seinen Schatz. Immer tiefer und tiefer stach er ins Blau, hinunter bis an seine Grenzen. Bald war Jean so tief gesunken, dass ihm der Druck zu viel wurde. Er war an einem Punkt angelangt, wo nun seine kleine, vom Bund geliehene U-Boot-Drohne übernehmen musste, denn nur noch sie konnte diese Grenze überwinden. Das Gerät war mit abgetaucht und erstellte eine neue Unterwasserkarte. Jean machte sich bereit für einen langen Doppeleinsatz im Unterwassercanyon, bei dem das Licht 150 Meter tief tauchte, bis es den Grund des Sees erreichte.

Als Jean nach Stunden wieder auftauchte, glühten die Spitzen der Berge schon rot. Der Sonnenuntergang am Ende des Sees färbte sie kunstvoll ein, tauchte die Gipfel und das Wasser in strahlendes Gold, bevor der Schatten der Berge es löschen würde. Zeit für Jean, aufzubrechen. Aber er blieb in der Nähe und übernachtete in einem leuchtenden Zelt auf einem Campingplatz. Unter Bäumen am Ufer hatte er ein schönes Plätzchen gefunden, wo er ein Feuer machte, wie Männer das eben taten, wenn sie es noch durften. Mit einer vor Fett triefenden Bratwurst, aufgespießt auf einem zugespitzten Ast, frönte er dem Genuss, während er mit Sonja telefonierte. Jean biss herzhaft hinein, in einer Hand die fast verkohlte Bratwurst, in der anderen sein Handy. „Diese verwünschte Schatzsuche! Es ist mir ein Rätsel. Vielleicht ... vielleicht bin ich ja der Schlüssel, und Tanner ... Tanner das Tor, hinter dem das Geheimnis liegt."

Sonja half ihm auf die Sprünge: „Im übertragenen Sinn schon irgendwie. Eine interessante Hypothese."

„Ist nur so ein Gedanke. Es könnte auch das Herz als Schlüssel dienen, der Verstand als unser Schatz. Doch wahrscheinlich ist es wie so oft ganz anders gemeint. Ach, was weiß ich. Ein Schatz kann doch alles sein", meinte der müde gewordene Jean, der noch ein Holzscheit ins Feuer schob. „Hey, was meinst du? Soll ich nochmal in den Berg hinein?"

„Bitte nicht. Die Männer haben die ganze Höhle schon mehrfach durchleuchtet. Wir haben genug Spuren. Vor allem von dir."

Und schon entbrannte ein neuer Streit. Sie sprangen von Thema zu Thema, bis sie genug voneinander hatten. Trotz des fehlenden Kontexts waren sie einer Meinung: „Nein!" Jean meinte es aber anders: „Nein, wieso auch? Sehe ich nicht ein."

Ein ewiges Hin und Her, bis Sonja der Geduldsfaden riss. „Nein, wirklich. Jean, das macht man nicht! Eigentlich müsste man zu zweit tauchen und die doppelte Ausrüstung mitführen. Aber wem sage ich das."

Doch schon wenige Sätze später lachten sie darüber, dank eines dummen Witzes, der aus dem Leben gegriffen köstlich passte. Jean strahlte darüber hinweg und blickte neuerlich zu den Sternen, am offenen Feuer hoffend und vor dem inneren Auge Sonja, wie sie auf ihrem Balkon stand und es ihm gleichtat. So redeten und redeten sie, während das Laub der Blätter rauschte, lauter als die Wellen des Sees. Dann ein plötzlicher Knall, als im Feuer ein Holzscheit platzte und Funken zu den Sternen trieb. Nichts Außergewöhnliches, aber wunderschön anzusehen, wie die glühenden Partikel im Nachthimmel tanzten. Ein inspirierendes Ur-Bild der Elemente, das auch die ersten Menschen beflügelt haben musste, die dabei ebenfalls zu den Sternen blickten, zu träumen wagten und Fragen stellten. Im Zelt pustete Jean, unterdessen noch müder, die Atemmaske durch, sorgsam und noch immer am Draht. „Ach, komm schon. Erzähl mir was …"

„Es war nicht meine Schuld, dass ich nicht konnte. Moe deckt mich mit lauter Fällen ein. Ich zeig's dir ein anderes Mal. Versprochen."

Jean ärgerte sich. „Das macht er dir zuleide. Dieser Psycho! Der ist doch auf jeden und alles neidisch."

So lästerten und laberten sie bis tief in die Nacht. Jean war in seinen Schlafsack gekrochen, wo er sein strahlendes Handy anstarrte, während der Mond über dem Zelt erschien und die Wesen der Nacht weckte.

Die Eulen wichen jedoch schon bald wieder den Lärchen. Am nächsten Tag bei Sonnenaufgang war es dann so weit: Jean hatte einige markante Ziele markiert und checkte nun auch diese ab. Mit dem Licht der U-Boot-Drohne und über dreißig Meter tief abgetaucht, beleuchtete er die Felsen unter Wasser. *Die Churfirsten fallen hier steil in die Tiefe.* Auch das hielt er protokollarisch fest, als er das dunkle Loch in den Felsen erkannte, das er gesucht hatte. *Das wäre typisch Tanner*, dachte er. Mit der Drohne in der Hand tauchte er durch die starke Strömung und wurde vom Sog erfasst. *Ich muss hier besser aufpassen. Hier gibt es seltsame Verwirbelungen!* Zur Sicherheit sah er immer wieder auf die Uhr. *Druck und Luftgemisch sollten reichen.* Das sagte er sich zumindest, bevor er neuerlich seine Unterwasser-Drohne anweisen musste: „U*Cor, mehr Licht." Denn das bekamen die Systeme noch immer nicht richtig hin. Ein einfacher Fehler in der Entwicklung. Dafür konnten sie ausgezeichnet folgen, sodass die Scheinwerfer noch tiefer in die Höhle leuchteten – an den überfluteten Tropfsteinen und Felssäulen aus längst vergangener Zeit vorbei, die weiter hinten einem schmalen Durchgang wichen.

Jean war mit seiner Drohne schon über hundert Meter tief getaucht und es wurde nun schnell enger, was für Mensch und Maschine eine enorme Belastung war. Aus dem U*Cor sprach daher Cop*Cors alarmierter Geist: „Jean, nehme viele gefährliche Strömungen wahr. Bitte sei vorsichtiger. Der Sog ist stark."

Plötzlich begann die Funkverbindung zu spinnen, als Jean zurückmeldete: „Verstanden. Ich werde darauf achten." Die Unterwasserhöhle führte ihn immer tiefer in den Berg hinein, was das Gefahrenpotenzial mit jedem Meter erhöhte. Seine Mini-U-Boot-Drohne zog standardmäßig noch ein Sicherheitskabel, an dem ihr Schützling Halt finden sollte. Der angeleinte Taucher war dankbar dafür. „Ach, wenn ich euch nicht hätte!" Schon war der Karabiner am Kabel befestigt.

„U*Cor, befestige den Haken rechts von dir!", befahl Jean, während er sich am Kabel entlang weiterzog.

Er tauchte immer tiefer in die mystische Unterwasserhöhle, als Cop*Cor meldete: „Dreißig Meter vor dir liegt ein vergitterter Ausgang." Dort schien es wieder nach oben zu gehen. Ein magischer Moment für Jean, der sich durch die engen Passagen zwängen musste und in der Ferne schon die Absperrung sah, als plötzlich alle Lichter ausgingen.

„Wow, wow, wow! U*Cor, was ist hier los? Mach sofort das Licht wieder an!"

Doch es blieb still und finster, bis endlich, nach einigen bangen Sekunden, alle Lichter wieder angingen. U*Cor entschuldigte sich: „Eine technische Störung. Wahrscheinlich verursacht durch einen vergangenen Hackerangriff."

Jean war nur mäßig erleichtert und hatte nun Angst, dass ihn die Maschine wieder im Stich lassen könnte – oder noch schlimmer, ihm vielleicht etwas antat. Die Stimmung in der Unterwasserhöhle wirkte daher rasch beklemmender. „Macht das nie wieder, klar? Hier unten können wir uns keine Fehler leisten. Verstehst du?"

„U*Cor verstanden. Versuche, jeden Fehler zu vermeiden. Wird nicht wieder vorkommen."

„Dafür ist es bereits zu spät. Achte daher auf Schattengestalten. Auch in dir."

„Verstanden. U*Cor erhöht Scanning und prüft bei der Rückkehr die Aktualität des Antivirusprogramms."

„Mach es aber gründlicher als vorhin, dann wäre der Fehler auch nicht passiert." Jeans Misstrauen gegen die Geräte wuchs besonders wegen solcher Vorfälle. Aber er vertraute ihnen trotzdem, da sie ihn unabhängig von anderen Menschen weiterbringen konnten, als er es allein schaffen würde – schon der Handhabung wegen. Denn nur dank der Technik erreichte er nun die antizipierte Absperrung, die jeden anderen zum Umkehren bewogen hätte. *Tanner hatte die gleichen Gitter auch im Pilatus verbaut*, dachte er. Ein erfreuliches Zeichen für Jean, der zum Schweißgerät griff, welches mit schneidiger Flamme das Wasser aufkochte und die Stahlgitter durchtrennte. Dann brach er auch hier durch und tauchte in eine größere Höhlenkammer, über der eine schimmernde Wasseroberfläche lag. Und schon strahlten die Lampen hinaus, sodass Jean auftauchen und die Taucherbrille abnehmen konnte. Er maß den Luftgehalt im Hohlraum. „Noch eine Höhle im Berg."

Der Schatzsucher beleuchtete die tropfenden Stalaktiten der Höhle, bis der Scheinwerferkegel eine rostige Eisentür aus der Dunkelheit schälte. Eine steinerne Treppe befand sich davor, die bis ins Wasser reichte. Sie führte direkt auf die Tür zu. Der Taucher betrat die felsigen Stufen. „Das wird ja immer besser! Eine geheime Tür." So etwas hatte er erwartet. Die U-Boot-Drohne im Wasser beleuchtete ihn, als er die Höhlendecke betrachtete, wo sich die strahlenden Kanten der Wellen brachen. Jean begab sich zu der rostigen Eisentür.

Das Mini-U-Boot entließ eine Drohne, die über seine Schulter geflogen kam. „Wahrscheinlich ein Zugang zu einem weiteren Bunker", sagte diese.

Jean drängten sich im Geiste bereits die nächsten mutmaßlich verdeckten Machenschaften auf: *Es scheint, als stecke tatsächlich das Militär dahinter. Vielleicht ein Teil des alten Reduits. Auch Tanner hat Teile von hier verwaltet. Und Höhlentauchen konnte er auch.* Seine Hand strich bedacht über die rostigen Nieten und den warnenden Totenkopf an der Tür. Dann grub er den rostigen Schlüssel von Tanner aus seiner Tauchausrüstung aus und bewegte ihn zu dem schädelförmigen Schloss hin. *Dem Totenkopf nach bist du sicher hier gewesen. Ich wusste es doch!*

Doch kaum wollte Jean den Schlüssel hineinstecken, erwachte der Totenkopf. „Verfluchter Mensch! Nicht Ihr schon wieder!"

Sofort wich Jean zurück und starrte auf das lebendig gewordene Türschloss, das ihm resolut den Zugang verwehrte.

„Mein Meister hat mich vor Euch gewarnt. Darum wagt es nicht, diesen Zugang zu öffnen, denn der Tod lauert in der Kammer.

Seid Euch dessen gewiss. Und nun verschwindet von hier. Verschwindet, solange Ihr noch könnt!"

Im Licht der Drohne, die hinter Jean schwebte, analysierte er das Schloss, das ihnen den Zugang verweigerte.

„Jean, sei unbesorgt. Die Stimme des Schlosses hat keine Macht. Es ist nur ein primitiver Geist, der in eine Tür gebannt wurde. Eine einfache Programmierung. Typisch Tanner. Dieselbe Software wie bei seinem Hauskeeper", meldete Cop*Cor.

Das Schloss unter dem Türgriff lachte sie aus. „Seit Euch da nicht zu sicher, strahlender Sklave. Ihr habt doch keine Ahnung! Doch genug der Worte. Verschwindet jetzt von hier. Dies ist nicht Euer Haus, nicht Euer Raum."

Jean schmunzelte. „Das sagte dein Bruder auch schon."

Die Augen des Totenkopfs glühten. „Jean Vincent, Eure ewige Suche wird Euer Ende sein. Denn wenn Ihr weitermacht wie bisher, werdet Ihr bald sterben. Vertraut mir. Euer Weg führt nur ins Verderben."

Jean musste, verlegen darüber, lachen und griff zum Schloss, um den Schlüssel nun endgültig einzusetzen. Doch der sture Schädel weigerte sich vehement, den Mund aufzumachen, und biss zu, als Jean seinen Finger hineinsteckte. „Ah! Du verdammtes Drecksschloss! Ich kann dich auch spielend aufbrechen. Hörst du? Mach auf, oder ich hole meine Brechstange raus."

Doch das Schloss lachte ihn nur aus. „Ihr wollt eine Tür einschüchtern?"

In Jean wuchs der Zorn. „Komm her, du! Dir stopfe ich gleich das Maul!" Er versuchte, den Schlüssel weiter gewaltsam in den abweisenden Mund zu stecken. „Mach … jetzt … auf!"

Aber das Schädelschloss gehorchte ihm nicht und hielt seinen Mund, murmelte nur: „Vergesst es!"

Jean schlug den Schlüssel weiter gegen den kleinen Schädel und polterte gegen die rostige Tür. „Ach, komm schon! Mach schön dein Maul auf, damit ich ihn dir reinstecken kann. Das willst du doch auch.

Komm jetzt! Ich tue dir auch nicht weh. Ich will mich bloß ein wenig in dir umschauen."

Doch das Schloss schüttelte weiter nur seinen rostigen Schädel und wehrte sich verbal gegen den Einbrecher. „Fickt Euch selbst!"

Jean verdrehte die Augen und schielte zu dem schwebenden Licht über seiner Schulter. „Dachte, da stehst du drauf. Pervers wie der andere Dschinn. Na ja … Cop*Cor, kannst du dieses unheimliche Totenkopf-Ding bitte für mich ausschalten?"

Das fliegende Licht kam näher. „Wie du wünschst." Die kleine Drohne löste einen Kurzschluss aus, was den Schädel entspannt den Mund öffnen ließ.

Jean ergriff die Gelegenheit beim Schopf. „Tut mir leid. Und jetzt schön schlucken." Er steckte den Schlüssel in den Mund des Schädels und drehte diesen vorsichtig.

Das gelähmte Schloss rollte mit den Augen mit, bis der Zylinder einrastete. Mit knackenden Geräuschen sprangen die Sicherungen auf. Die Eisentür öffnete sich ächzend. Das mundtote Schloss war geschändet. Doch kaum war die Drohne in die aufgebrochene Kammer geflogen, löste Jean einen Druckmechanismus an der Tür-schwelle auf, als er eintreten wollte. Speere schossen aus den Wänden und zerfetzten seine Drohne.

Jean wich zurück. „Wow! Fuck!" Er knallte die Tür vor sich wieder zu, sperrte das Gitternetz des Todes aus. *Damit habe ich jetzt nicht gerech-net. Wer baut denn so einen Scheiß?* Mit hektisch klopfendem Puls starrte er die rostige Tür, den traurigen Schädel und das Warnschild darüber an. Es folgte ein Gefühl großer Erleichterung und zugleich tiefe Angst. Jean griff auf der Suche nach einer Lösung zum Taucherbeutel und fand etwas darin. *Mal sehen, was jetzt passiert.* Vorsichtig öffnete er die knarrende Tür, warf eine Blendgranate in die Kammer und zog sie schnell wieder zu. Im Schlitz unter der Tür war ein Blitz zu sehen, ein grelles Licht, zusammen mit einem heftigen Schallimpuls. Das eben-falls in der Granate enthaltene markierende Pulver schien eine ganze

Reihe Fallen in der verschlossenen Kammer auszulösen, was enormen Krach machte.

Jean wartete zur Sicherheit ein wenig, schob dann als Erstes das Handy unter der Tür durch, dessen Linse rundherum Bilder für ihn machte. Dann zog er es zurück. *Scheint sicher zu sein. Die Röntgengranaten funktionieren.* Nach einem kurzen Zögern wagte er es schließlich auf eigene Faust und schob die stöhnende Eisentür von Neuem auf.

Dahinter lag die rauchende Röntgenkugel, die, gespalten von Pfeilen, noch blinkte, während der Flammenwerfer und die Speere in die Wand zurückfuhren. Viele davon waren abgebrochen oder lagen verbeult am Boden, genau wie der flimmernde Schatten eines weiteren Dschinns, der qualvoll seufzend erlosch. Jean griff zum Smart*Pol und setzte die AVR-taugliche Taucherbrille auf. „Cop*Cor, erscheine." Sein Geisterhologramm schwebte neben ihm. Jean ließ es in die Kammer hinein, blieb aber selbst draußen, von wo aus er es sicher leiten konnte. „Analysiere die Röntgen-Granate und scanne den Raum nach potenziellen Gefahren ab. Ich will jedes Rohr und jeden Stachel auf dem Bildschirm sehen. Alles, was du siehst! Zeichne jeden Schatten auf."

„Wie du wünschst. Aber bitte bewege dich vorsichtig und komm nicht herein."

Jean schwenkte sein Licht in jede Ecke der dunklen Kammer, um zu sehen, ob da noch etwas Böses auf ihn lauerte. Und tatsächlich: Das leuchtende Kreuz erkannte durch die Röntgen-Granate Dutzende Fallen und viele versteckte Bewegungssensoren, die nun enttarnt und leuchtend als Hologramm markiert den digitalisierten Raum erhellten. Vor seinen Augen befanden sich lauter Symbole, Baupläne und eingeblendete Infos im Raster. „Scheiße auch! Die Kammer ist leer. Aber dafür voller Fallen. Unter jedem Quadratmeter lauert hier der Tod." Jean spürte, dass er in diesem Punkt richtiglag. „Was wollen die hier beschützen? Was verstecken sie? Der Raum ist ja wie eine Folterkammer."

Cop*Cors Geist, der als Lichtgestalt die Wände abtastete, hatte eine andere Erklärung dafür und wandte sich seinem Herrn zu. „Den Fallen nach zu urteilen, scheint es wohl eher eine Schatzkammer zu sein, die niemand öffnen soll. Der Architektur nach wahrscheinlich ebenfalls Tanners Werk."

„Das denke ich auch."

Der Geist kam zurück zur Eingangstür und riet seinem Nutzer: „Als Erstes sollten wir die Zentrale benachrichtigen. Doch gemäß deiner neuen Programmierung könnten wir auch den Mechanismus ausschalten, welcher die Kammer versenken soll. Das ist es doch, was du eigentlich willst: keine Zentrale – keine Fragen."

Jean bestritt das nicht. „So gefällst du mir, mein alter Freund." Er beobachtete den artig programmierten Geist, als der unbekümmert den Türgriff anfasste, ehe seine Sherlock-Instinkte eingeschaltet wurden.

Das Geisterhologramm hatte eine Spur erfasst. „Jean, halte das Lichtkreuz auf den Türgriff. Ich spüre einen Fingerabdruck."

Sofort richtete Jean sein Handy auf den rostigen Türgriff. „Gute Idee. Mach dich ran."

Viele verschiedene Lichter putzten die Klinke. Kaum war sein Smart*Pol damit durch, folgte die Meldung: „Tanners Fingerabdrücke identifiziert. Alle Spuren gesichert."

„Auch hier also. Als hätte Tanner sein eigenes Labyrinth geschaffen. Kammer um Kammer, Berg für Berg." Jean zögerte und wagte keinen Schritt mehr hinein. „Ich sollte besser hier raus und morgen wiederkommen. Vielleicht ist das die Höhle des Drachen. Ich brauche bessere Ausrüstung, sonst riskiere ich hier unten Kopf und Kragen." Mit Blick auf die vielen versteckten Fallen hinter den Wänden sicherlich keine Fehleinschätzung.

„Eine gute Entscheidung."

Doch trotz der Gefahr blieb Jean noch lange im Türrahmen stehen, mit hunderten Fragen vor der leeren Kammer, in der das Licht seiner Lampe auf die bedrohlichen Wände traf.

Sein assistierender Geist suchte nach Worten. „Dieser rätselhafte Ort … Ich würde gerne wissen, was hinter diesen vielen Fallen liegt."

Jean trieb Ähnliches um. „Echt unheimlich, diese Kammer. Warum diese irre Geheimhaltung? Für so etwas bekommt man doch keine Genehmigung. Cop*Cor, glaubst du, dieser Komplex ist ähnlich groß wie der im Pilatus?"

„Finde es heraus. Noch kann man nicht viel sagen."

„Hm, was wollen die hier unten eigentlich schützen? Oder fernhalten? Und um welchen Preis?" Immer wieder die gleichen Fragen und dieselben Antworten.

Der Geist der Polizei riet daher mit: „Wahrscheinlich hatte Tanner die Juwelen und Münzen zuerst hier versteckt, bevor er sie in seine Höhle auf den Pilatus brachte."

Jean hatte das auch schon in Betracht gezogen. „Könnte was dran sein. Oder es ist umgekehrt."

Noch immer konnte er nicht fassen, wo er sich befand. „Dieser alte Tanner! War er am Ende vielleicht doch beim Militär? Vielleicht war er ja ein ranghohes Tier, das man vergessen oder geschützt hat. Der Denker, Banker oder Henker für etwas, was wir noch nicht kennen. Vielleicht sogar geheim … oder er hat diesen Raum einst selbst gebaut. Selbst gegraben, wie die anderen Stollen. Dieser Maulwurf! Was hatte er vor? Was wollte er erreichen? Und wo liegt der Zusammenhang mit dem Pilatus?"

„Ein neues Reduit?", warf der Geist ein.

Jean glaubte das weniger. „Verdammt nochmal, nein! Hier muss es einfach sein. Hier muss er seinen beschissenen Schatz versteckt haben. Das würde auch Sinn machen! Alles andere passt nicht zu ihm. Wahrscheinlich baute er diese Kammer als Tresor für sein Hotel. Oder um den Drachenstein zu schützen, diesen ominösen Schlüssel, mit dem er den Drachen – oder sonst was – aktivieren konnte. Aber dieser Scheiß mit den Aliens kann es ja wohl kaum sein. Es sei denn, er glaubte tatsächlich daran. Verflixt und zugenäht."

Jean ging unruhig auf und ab, während er laut nachdachte, und kam langsam in Fahrt. Doch an den Türrahmen hätte er sich besser nicht gelehnt. „Oh …" Denn schon klackte es wieder. „Oh fuck!" Die nächste ausgelöste Falle. Vorsichtig trat er nach hinten. Dann brach das ganze Konstrukt zusammen. Aus der Distanz sah er zu, wie im Lichtkegel seines Smart*Pol Staub aus den Ritzen und Löchern zu rieseln begann und ein paar lose Schrauben herausfielen. „Die Falle klemmt!", lautete seine erste Diagnose.

Jean war erleichtert. „Ah, klappt nicht immer alles, alter Mann. Gib endlich auf, denn jetzt habe ich dein Geheimnis! Irgendwo in dieser Folterkammer muss es sein, und schon bald werde ich es auch gelüftet haben." Doch bevor es ihn tatsächlich noch erwischte, verschloss er die Tür und tauchte wieder ab. „Bis morgen." Und schon verschwand sein Licht im aufgewühlten Schlick der Unterwasserhöhle.

Seine Strahlen zogen diffus durch die feinen Schleier der Finsternis, in denen sich Hell und Dunkel durchmischten. Die Elemente von Wasser und Luft wurden verwirbelt, als die Wolkendecke wieder aufriss und die städtischen Lichter hindurchschimmern ließ. Ein magischer Ort zeigte sich dahinter: ein bunt leuchtendes Nebelmeer, über dem allmählich das Purpur der Morgenröte erstrahlte, welches die dunklen Berge der Alpen offenbarte.

Was für eine Stimmung! Immer wieder dieser hoffnungsvolle Morgen, dachte Jean, der im See ein ähnliches Lichtspiel sah, in das satte Rot eintauchte und zur geheimnisvollen Kammer zurückkehrte, ohne dem Militär oder der Polizei etwas davon zu sagen. Auch Sonja nicht, genau wie dem Rest der Welt. Jean drehte den Schlüssel von Neuem. In der Hand hatte er sein Werkzeug und noch mehr Gepäck. Er schleppte alles aus dem Wasser und hinüber zur Eisentür: seine neue Drohne, die Flexscheiben und den ganzen Rest.

„Na dann los!" Mit Stand-Scheinwerfer und dem fliegenden Lichtspender im Rücken griff Jean zu Brecheisen und Hammer, womit er brachial gegen die fiese Trittfalle schlug. Knapp dahinter entdeckte er eine Fallgrube, nicht weit von den Giftpfeilen mit dem aktiven Lichtsensor entfernt, dessen Stromkabel er kappte, ehe er die Schlinge und die Sprengfalle auslöste. Quadratmeter für Quadratmeter tastete er ab, wobei ihm eine gehackte Cop*Cor-Kopie zur Hand ging und ihm über die AVR-Brille zeigte, wie er den Schaltmechanismus auseinandernehmen und wieder zusammenbauen konnte. „Durchschneide jetzt das braune Leiterkabel und zieh den markierten Stift heraus."

Für den stämmigen Rocker mit dem Bart und der stoppeligen Kurzhaarfrisur war das ein hilfreicher Rat, wofür er seinem Geist auch dankte, bevor er im Mikroskop-Modus seiner VR-Brille weiter demontierte. „Aha, so ist das! Wie raffiniert. Zum Glück habe ich noch Sprengstoffexperten, Fallensteller und allgemeine Elektrotechnik in das Programm geladen. Mit all diesen Hilfen knacke ich diesen Raum im Nu!"

Als Jean nach Stunden endlich die halbe Kammer auseinandergenommen hatte und viele der herumliegenden Fallen aufgebrochen, neutralisiert und entschärft waren, durchbrach er die zugemauerte Zwischenwand im hinteren Teil, hinter der eine große Tresortür lag. „Jackpot! Tanners wahres Geheimnis. Jetzt habe ich ihn, seinen richtigen Schatz!" Da war nur noch die riesige Safetür, nur noch der Tresor, der ihn von seinem Geheimnis trennte.

Stundenlang schraubte er an dem Schloss herum und nutzte jeden Lifehack, bis der hartnäckige Ermittler den schweren Tresor geknackt und aufgeschweißt hatte. „Hab ich dich." Stolz wollte er auf die Schulter seines holografischen Geistes klopfen, ehe ihm wieder bewusst wurde, dass er eigentlich allein war.

Cop*Cor gratulierte ihm dennoch: „Du hast es tatsächlich geschafft. Ich bewundere deinen Ehrgeiz! Aber sei weiter vorsichtig. Es wäre schließlich denkbar, dass hinter der Tür die nächste böse Überraschung auf uns wartet."

Jean zögerte von Neuem. „Vielleicht liegen dahinter seine Leichen im Keller."

„Wäre nicht ungewöhnlich, nach dieser kryptischen Todesfalle."

„Ja. Selbst ein Monster wäre möglich. Aber warum tut er das? Was wollte er hier unten wegsperren? Was wollte Tanner beschützen? Irgendetwas Wichtiges muss hier drin sein."

Jean nahm seine VR-Brille ab und der Geist verschwand. „Also dann." Er öffnete die Tür und ein Blick hinein ließ ihn staunen. Es war ein kleiner Tresorraum, in dessen Mitte sich etwas Rundes befand. Jean richtete seine Taschenlampe auf das unbekannte Objekt und vermutete etwas Großartiges darin. Doch da war nichts mehr. „Verdammter Scheiß! Ein Ball? All das für ein scheißverkackten Bullshit-Ball? Nein! Tanner, warum tust du mir das an?" Was für eine Enttäuschung! Da war nur ein gewöhnlicher Fußball mit einer aufgedruckten Welt, den er vorsichtig herausnahm, schüttelte und am Ende wütend gegen die Wand kickte. „Dieser doofe Ball! Tanner, du Mistkerl! Warst du das etwa? Oder war schon jemand anderes hier? Verdammt! Wer weiß, vielleicht hatte er Dutzende solcher Kammern. Witzbold!" Jeans wütende Gedanken rissen nicht ab: *Hat er vielleicht selbst die Schatzkammer geplündert? Oder war es am Ende jemand anderes, der ihn bestohlen hat? Um was geht es hier eigentlich? Etwa bloß um ein Symbol? Um die Kultur? Liegt der Schatz etwa im Fußball – oder doch noch versteckt in irgendeinem Stadion? Irgendwo, an einem anderen Ort?*

Seltsame Gedanken, wenn man als Ermittler gerade selbst als Dieb dastand und die Botschaft einfach nicht kapieren wollte. „Verdammt, bestimmt wollte er mich damit nur auf eine falsche Fährte locken und ablenken. Diese elende Quadratur des Kreises!" In der Kammer mit den herausgebrochenen Fallen starrte er auf das Loch mit dem Tresor, aber ihm kam nichts Schlaueres in den Sinn. Jean fühlte sich verarscht, als er seine zerstörte und gescheiterte Ausgrabungsstelle betrachtete. „Cop*Cor, es bringt nichts! So ist es eben. Ordnung ist, wenn man jederzeit weiß, wo man gar nicht erst zu suchen braucht. Ob nun im Fußball oder in den Bergen. Das hier ist es auch nicht. Das ist nicht jenes Geheimnis, das ich gesucht habe. Das hier ist bloß eine weitere Sackgasse in Tanners Labyrinth. Verdammte Scheiße auch."

Der Ermittler hatte genug. Er wandte sich ab und kickte noch frustrierter gegen den Ball als zuvor. So fest, dass dieser umhersprang und Rohre und zerstörte Fallen ins Rollen brachte, ein verräterisches Geräusch und einen seltsamen Lichtblitz auslöste, ehe Jean ein kleiner Pfeil in die Wade traf. „Ah shit, auch das noch!"

Er blickte zu dem Rohr, aus dem der Pfeil gekommen war. „Da war doch was!" Und tatsächlich: In dem schmalen Röhrchen schien sich etwas zu befinden. Jean griff hinein und schüttelte es, bis er das Klackern eines losen Stücks im Inneren hörte. „Da ist etwas." Es glänzte und dengelte gegen das Rohr, bis Jean es herausangelte, um es in seinen zitternden Händen zu halten. „Wow! Was für ein riesiger Edelstein!" Es war ein blutrotes Juwel. Und genau wie dieses Fundstück strahlte auch Jean. „Jawohl! Heureka! Der Drachenstein! Hab ich dich! Hab ich dich also doch noch gefunden! Yeeehaaa!" Seine Freude ob des Fundes war groß. Sofort kramte er sein Licht hervor und beleuchtete damit den funkelnden Stein, um seinen Härtegrad herauszufinden und zu erfahren, ob er nur aus Glas oder echt war.

Er hielt ihn so lange vor das strahlende Plus seines Smart*Pols, bis Cop*Cor genug gesehen hatte und ihm versichern konnte: „Definitiv natürlichen Ursprungs. Die Analysen des Job*Cor-Geologen weisen auf einen Rubin aus Somalia hin. Der Stein mit Brillantschliff hat nur wenige Einschlüsse, ein starkes Feuer und fast sieben Karat. Sehr wertvoll, laut der Expertise."

Jean fasste sich an die verbundene Wade und betrachtete das blutrote Juwel fasziniert. „Ein riesiger Klunker. Verdammte Scheiße auch! Deshalb die ganzen Fallen. Das ist echt irre! Wahnsinn … Die ganze Zeit schon war ich im Tresor und hab's nicht einmal bemerkt. Dieser Halunke. Dieser Fuchs! Dann waren die Glassplitter in der dritten Tretfalle vielleicht doch Juwelen. Wo lag die noch?" Zwischen den aufgebrochenen Fallen suchte er weiter, in der Hoffnung, noch mehr solcher Steine zu finden. „O Mann, wenn Sonja das sehen könnte! Damit hätte Tanner sein Hotel locker finanzieren können. Mit nur einem Stein! Jetzt verstehe ich auch alles andere. Deswegen konnte er sich so vieles leisten. Ich lag mit meinen Vermutungen also richtig. Ha! Ich freue mich jetzt schon auf ihre erstaunten Gesichter. Hatte ich also doch recht. Was für eine Genugtuung!" Und schon funkelte im Licht der Lampen das nächste Juwel, das direkt vor seiner Nase lag. „Das gibt's doch nicht." Kaum hatte er es eingesammelt, entdeckte er gleich nochmal drei, welche hinter der aufgebrochenen Steinmauer versteckt worden waren. „Da sind überall welche!" Jedes weitere ausgegrabene Fundstück bestätigte ihn. „Ich wusste es! Schon wieder einer! Ich wusste es! Ich wusste es!" Zum wiederholten Male hob er einen grünen Smaragd auf und packte einen Haufen Edelsteine ein. „Geo*Cor, zeige mir alle kristallinen Strukturen im Raum an."

Jean glaubte kaum, was er hier unten gerade alles erlebte. Er fand immer mehr solcher wertvollen Steine, am Ende in allen Farben. Damit hatte er beileibe nicht gerechnet. „Wo hatte der alte Mann die vielen Juwelen bloß her? Hatte er eine Bank überfallen, im Lotto gewonnen und versteckte er sie für sich oder andere? Das sind tausende von Karat ... Er allein kann die nicht gefunden haben. Vielleicht sind diese Steine mit dem Nazi-Gold vergraben worden? Vielleicht sind sie der Schatz des Ordens? Oder sie stammen von einem Wirtschaftsmagnaten." Er fragte sich langsam auch, ob es den Drachenstein überhaupt gab, während er all die glitzernden Juwelen vor sich betrachtete. „Welcher davon würde einem Drachenstein wohl am ähnlichsten kommen? Welches der Juwelen ist der Gral?"

Leise keimte auch die Frage in ihm, ob er den Schatz für sich behalten sollte, und wie er den Fall nun gedachte, weiter zu lösen. Die Hypothesen verwischten unter den Begierden. „Niemand weiß davon, nur ich!" Immer wieder dachte er daran, die Steine zu behalten. Wer hätte auch nicht darüber nachgedacht, denn unter all diesen Steinen fiel es schwer, der unverhofften Aussicht auf Reichtum nicht zu verfallen. „Gelegenheit macht Diebe. Ich darf gar nicht an sowas denken. Ich darf die Aufnahmen nicht löschen", ermahnte sich der Ermittler, der längst wusste, was er bisher nur vermutet hatte.

„Was für ein Jahrhundertfund!" Jean hatte mittlerweile ein ganzes Bündel voller Edelsteine in der Hand und kratzte zu guter Letzt auch noch einen leicht versteckten von der brüchigen Wand, den er wie die anderen fast schon automatisch einpackte und am liebsten verschwinden lassen würde. Doch diesmal war es ein schwarzer Stein, den man in der Dunkelheit schnell übersah.

Das Smartphone scannte auch diesen im Licht. „Neues Objekt nicht identifiziert. Material unbekannt. Kein Signal. Die Analyse wurde nicht abgeschlossen", meldete Cop*Cor.

„Wir benötigen Zugriff auf das Server-System. Wahrscheinlich ist so ein seltenes Material gar nie abgespeichert und archiviert worden", stellte Jean fest. Es war der einzige Stein unter all den Juwelen, den das System nicht erkannte. Doch Jean hatte schon oft mit solchen Lücken im System zu tun gehabt, weshalb er glaubte, solche Steine schon einmal gesehen zu haben. Bei einer seiner Recherchen hatte er schon etwas Ähnliches in der Hand gehabt und meinte daher: „Der Stein könnte ein Onyx sein. Ein künstlicher Saphir." Darauf wies jedenfalls die schwarze Oberfläche hin. Doch als Jean den Stein genauer betrachten wollte, spürte er, wie das unbekannte Element darin seine Wärme aufsaugte und sah, dass es zu leuchten begann. „Was zum…" Kleine feurige Adern durchzogen das funkelnde Juwel. Das Gestein war transparent geworden, als wäre es nun ein strahlender Rauchquarz. „Wie schön er ist." Jeans Augen begannen zu glänzen, als er die mineralischen Veränderungen beobachtete. „Das ist … Das ist er! Das muss er einfach sein! Tanner, du gerissener Hund! Ich habe ihn, den Drachenstein, den Schlüssel. Das heilige Juwel der Götter!"

Die anderen Kostbarkeiten wirkten dagegen nur noch wie wertlose Kieselsteine. In den Bann gezogen strahlte er wie noch nie. „Wie es das glühende Feuer entfacht und meinem Finger folgt! Wie magisch! Das muss er sein!" Jean packte den schwarzen Stein separat ein und trug ihn nah am Herzen, als ihn ein beklemmendes Gefühl überkam. „Was, wenn der Stein etwas Dunkles ausstrahlt? Vielleicht ist das Juwel radioaktiv? Womöglich eines von Tanners geheimen Experimenten.

Das könnte doch sein. Vielleicht ist es auch eine neue Brennzelle."
Doch der Geigerzähler in der Drohne zeigte nichts an. „Vielleicht ein
Trick?" Plötzlich fiel Jean einmal mehr ein kleiner Wassertropfen auf
die haarig gewordene Glatze. „Tanner sagte doch etwas von einem
Portal. Er sprach vom Stein, einem Tor in eine andere Welt. Aber
welche Welten meinte er? Welche Werte? Was für ein Tor? Sprach er
von Geld, von Macht, Liebe?" Um das herauszufinden, musste er ins
Labor, zu einem Fachmann, der sich mit wertvollen Steinen und ihrer
Ausstrahlung auskannte. Denn klar war im Moment nur, dass er Millionen in den Händen hielt.

Er hatte alles in einen Beutel gepackt, den er zuschnürte und an
seinem Gürtel festband. Danach schnappte sich Jean seine Ausrüstung, wovon er einiges an der schwimmenden Drohne befestigte, und
setzte seine Taucherbrille auf. Doch als er eintauchte und den glühenden Stein ansah, bemerkte er, wie das Feuer im Juwel langsam
schwand und das Licht erlosch. *Scheiße! Was soll ich davon halten? Ich muss
mich beeilen.* Auch die Uhr drängte ihn zum Aufbruch, sodass er mit
dem Schatz ins Loch abtauchte.

Er schwamm aus der Unterwasserhöhle heraus und unter dem Berg
hindurch, als ihm plötzlich schwindelig wurde. Alles begann sich zu
drehen. Er hielt sich am Seil fest und prüfte den Sauerstoffgehalt. *Scheiße! Was soll das?* Die Dichtung leckte. Die Flaschen sprudelten, als hätte
jemand seine Ausrüstung manipuliert. Jean sah die vielen Luftblasen
und musste sich selbst zu noch mehr Eile antreiben. Aber als ihn die
Strömung erwischte, war es vorbei. Jean verlor seine Ausrüstung, das
Kabel und die Orientierung. Im aufgewirbelten Schlamm rotierte er
unkontrolliert durch die Unterwasserhöhle. Er war bereits nah am
Ausgang, aber er schaffte es nicht mehr. Er verschwand im Sog der
Wolken, der ihn zurück in die Höhle zog. Jean kämpfte gegen die Strö-
mung und den Sauerstoffmangel, und doch sah er schon sein dunkles
Grab vor sich. *Gib … gib jetzt nicht auf!* Verzweifelt rief er nach seinem
Licht: „U*Cor! Bring mich hier raus!"

Sein heldenhaftes Licht drang durch die Schleierwolken und kam ihm zur Rettung. Er hängte sich am Mini-U-Boot ein, sodass es ihn hinausziehen und sie aus der Höhle verschwinden konnten. Die Unterwasser-Drohne gab alles, aber gegen den übermächtigen Sog kam auch die Maschine nicht an. Erst, als das Mini-U-Boot seine Torpedo-Harpune abschoss, griff die Hoffnung von Neuem. Ein weit gespanntes Kunststoffseil, dessen spitzes Ende sich in die Felswand bohrte, schaffte eine Verbindung nach draußen.

Jean hing am Kabel, und während die U-Boot-Drohne es ein- und ihn damit aus dem Sog zog, drifteten sie wieder und wieder ab und schlugen mit voller Wucht gegen die Felsen. Als Jean an den Ausgang der Höhle prallte, riss das Bündel mit den vielen Edelsteinen auf und er verlor sie allesamt an das Wasser. Er taumelte benommen in der Strömung und registrierte kaum, wie die verlorenen Juwelen funkelnd in die Tiefe sanken. Er war hart am Limit, kurz davor, endgültig das Bewusstsein zu verlieren. Wenige Meter unter der Wasseroberfläche sprengte die Drohne ein Schlauchboot ab, das sich explosiv aufblies und mit Jean nach oben trieb. Ein Stromschlag weckte ihn und ein tiefer Atemzug holte ihn gerade noch rechtzeitig aus der Dunkelheit zurück.

Erschöpft auf der kleinen Insel aus Plastik gestrandet, ergriff ihn eine heftige Panikattacke. Ein letztes Funkeln in der Tiefe fiel ihm ins Auge. Sein Griff zum verlorenen Bündel ließ ihn das Schlimmste befürchten. Jean kippte nach hinten und trieb verloren auf der Wasseroberfläche. Er tastete zitternd nach seinem stockenden Herzen, das plötzlich glühte und ihm Erleichterung schenkte. *Ah, das Wichtigste ist noch da.* Er war noch da, dieser merkwürdige schwarze Stein, der feurig an seiner Brust leuchtete und ihn glauben ließ, auf der richtigen Spur zu sein. Als wäre der Stein die Liebe selbst, an der sein Herz hing.

Fast eine Stunde lang starrte Jean auf das Juwel, ehe er nach dem Kaffeebecher griff, Schnaps hineingoss und sein selbstgebautes Tütchen anzündete. Der heftig qualmende Joint holte ihn herunter und beruhigte endlich seinen Puls, während er am Ufer des Sees saß, zu den Bergen und den Wolken hinaufblickte und seine verwobene Seele noch reicher werden ließ.

Kapitel 8: Der Drachenstein

Das letzte Licht der Sonne verschwand bereits hinter den Bergen und dem kleinen Bergdorf, wo die Kirchenglocken läuteten. Die Zeit war gekommen, um Abschied zu nehmen. Jean, im schwarzen Anzug und Krawatte, blickte auf sein Handy. Die Freude über den Fund und die Trauer über den Verlust wechselten sich ab, während der frisch rasierte Glatzkopf an den Grabsteinen vorbeischlenderte. Mit Sonja an seiner Seite verließ er den Friedhof. Sie schritten zu einer kleinen Brücke, die über einen sprudelnden Bergbach führte. Eine Laterne spendete ihr Licht, nicht weit von der Dorfkirche, wo der alte Tanner beerdigt worden war.

Vertieft in sein Smart*Pol geriet Jean neben den Spazierweg und hielt direkt auf die Laterne zu. Sonja nahm ihn zur Seite. „Ich war auf seiner Beerdigung vor ein paar Tagen."

„Kamen viele Leute?"

„Fast niemand."

Auf der Brücke hielt Jean kurz an und blickte zu den Bäumen, dorthin, wo die Toten lagen. „Armer Josef. Er hatte wohl fast keine Freunde mehr. Nur viele, die ihn kannten, diesen geheimnisvollen alten Mann." Einen Moment lang sah er andächtig zum Licht der Laterne, welches sich im Bach unter der Brücke spiegelte, und überlegte, woran er eigentlich glaubte – beeinflusst von der Kirchenglocke, die langanhaltend läutete und versuchte, sie an sich zu binden.

Sonja folgte seinem Blick und meinte: „Wohl wahr. Ein Mann mit vielen Geheimnissen." Dann wandte sie sich wieder Jean zu. „Weißt du, mit deinem neuen Bart erinnerst du mich irgendwie an den alten Tanner. O Mann, dieser seltsame Fall. Er verwandelt dich allmählich selbst in einen alten Kauz. Einfach nur mit Glatze. Der eine tot, der andere müde. Und beide in einem Loch gefangen."

Jean lächelte schwach. „Ich habe kaum geschlafen die letzten Wochen." Und dennoch kümmerte ihn das wenig. Ständig wühlte er in seiner Hosentasche herum, berührte seinen Schatz und vergewisserte sich jederzeit, dass er noch da war, sein heiliger Stein. „Der Fall macht mir echt zu schaffen."

Verstohlen rieb er ihn in seiner Hand und spürte, wie er warm wurde. Er wollte Sonja davon erzählen, aber irgendetwas hielt ihn zurück. Seine Hand blieb in der Tasche. Ein seltsames Gefühl, bei dem er an Gollum aus „Herr der Ringe" denken musste, und daran, dass auch Sonja sich mal ein Sensenmann-Tattoo machen hatte lassen – vor vielen Jahren. Daher kam er nun zum Fall zu sprechen: „Was hat die Obduktion von Tanner ergeben?"

Sonja zeigte ihm die Aufnahmen. „Nichts Neues. Keine Spuren von Fremdeinwirkung. Nur ein einfacher Herzinfarkt." Beim Weitergehen erzählte sie ihm, wie sie bei der Leichenöffnung vorgegangen war und was sie spezifisch ausgeleuchtet hatte.

Jean wunderte sich. „Und in ihm drin? Habt ihr da auch nichts gefunden? Keine Anomalien?"

„Nein. Weder schwere Krankheiten noch Giftstoffe. Auch keinen seltsamen Stein oder andere Fremdkörper. Nur Restspuren von Alkohol und einer Droge, die als Wahrheitsserum bekannt ist. Das ist alles. Siehst du? Die Narben außen sind schon älter. Unter den Nägeln war kaum Dreck. Aber vergiss den Alten mal. Jean, du wolltest doch, dass ich mehr über den Orden des Sensenmannes herausfinde. Nun ja, ich habe da ziemlich dicke Post für dich."

„Schieß los."

Sonja schluckte, als die Glocken der fernen Kirche verstummten. „Nun, nach den langen Recherchen und nach Sichtung des Videomaterials fiel mir der Iro-Typ mit dem Sensenmanntattoo auf. Du weißt schon, der, gegen den du gekämpft hast. Zuerst dachte ich, das sei nichts Besonderes. So wie meines von früher. Aber dann ..." Sonja blickte zum Bach hinunter und schien um die richtigen Worte zu ringen.

Sofort ließ Jean den Stein in seiner Tasche los und ergriff sie an der Schulter. „Was ist mit dir? Wer ist es?"

Sonja neigte ihren Kopf zu ihm. „Wenn das wahr ist, dann ..."

Jean schüttelte sie leicht. „Sag, was hast du gefunden? Warum macht er dir solche Angst? Was will dieser Orden?"

Sonja sah ihm tief in die Augen. „Der Sensenmann – die Henker, sie sind überall. Schattenmänner, die die Welt in ihren Bann zu ziehen vermögen. Viele Männer. Ein Orden. Einer mehr. Jean, sie beherrschen wichtige Teile des Systems und werden so ein Teil von uns allen! Ob Lehrer, Polizisten oder Politiker – die Totengräber und -beschwörer wandeln unter uns. Sie sitzen in Regierungen, in großen Unternehmen, dem Militär oder Hilfsorganisationen, wo sie weiß der Teufel was im Schilde führen. Stell dir doch nur vor, was jene anstellen könnten, die bei der Wasserversorgung tätig sind. Oder die in der Nahrungsmittelindustrie. Richter, Bankangestellte! Ihr Einfluss scheint enorm. In allen Schichten."

„Eine gefährliche Elite, von der du da sprichst."

„Die sind alle irre."

„Ach ja?"

„Jean, der Irokesenmann mit dem Tattoo ist ein Doppelagent, ein Russe namens Dimitrov. Er gehört zu ihnen. Er ist ein Sensenmann! Ein Henker, der durch die Straßen schleicht, um den Dreck seiner Herren wegzuräumen."

„So etwas hatte ich vermutet. Könnte hinkommen."

„Ganz genau. Das ist eine Verschwörung, sag ich dir."

Jean musste lächeln. „Ach Sonja, das sind doch nur ein paar Verrückte mehr. Vielleicht sind sie Diener einer wirren Sekte. Ein paar durchgedrehte Söldner und ein paar reiche Spinner. Der Mann war doch nur eine Marionette. Einer von vielen – nicht mehr."

„Was soll das heißen?"

Jean war sich nicht sicher bei der Sache. „Nun ja, klingt nicht, als könnten wir tatsächlich beweisen, was du da von dir gibst. Aber wahrscheinlich gibt es auch in diesen Kreisen Mörder. Selbsternannte Richter und Henker gibt es schließlich überall. Täuscher und Blender. Auch wir sind welche. Oder etwa nicht?"

„Was willst du mir damit sagen?"

„Dass wir auch nur einfache Hüter sind, die in einem Bund gehalten das Gesetz vertreten, um unseren Lohn zu bekommen. Und so wird es auch dem tätowierten Mann ergehen. Auf irgendeine Weise ist bestimmt auch er abhängig. So ist das Menschsein nun mal. Abgesehen davon steckt doch in uns allen ein Sensenmann – der allgegenwärtige Tod, der immer wieder auflebt ... in jedem von uns, zu jeder Zeit und in jeder Natur."

Sonja schwieg.

Jean hakte nach: „Was ist los mit dir? Soll das etwa wirklich die nächste Verschwörung sein? Vieles davon wissen wir doch längst. Die Geschichte mit den Reichen und Armen, mit dem Geld, der zerstörten Umwelt und den anderen Geistern, die unseren Weg bestimmen – das alles ist doch bloß ein Experiment unserer Entwicklung, in der wir uns global erst noch finden müssen, ein Versuch zu überleben. Ob nun Mafia oder Polizei, Yin oder Yang, Sonja, das erste Opfer der Lüge ist immer die Wahrheit. Und lügen können wir alle. Belügen uns gar selbst, wie so viele Mächte das tun. Gerade wenn und weil es eng wird."

„Ja, so ist es. So viele Kräfte, die uns beeinflussen und an unserem Leben zerren. Manchmal kann das echt gefährlich werden. Sei es in der Physik oder in unseren eigenen Gedanken. Daher sollten wir aber auch ehrlicher mit uns sein."

Jean schaute zu den umliegenden Wäldern an den Berghängen und zu den weitverstreuten Häusern, während sie im Dunkel den Wanderweg um das alpin gelegene Dorf nahmen. Dann meinte er: „Das alles ist eben ein Teil der Evolution. Ein Teil unseres Seins und Werdens.

Sonja, denk nur mal an das Programm mit dem Totenkopf. Dieser Jin Bonez, der mir in der Höhle erschienen ist – auch er könnte zu ihnen gehören. Ich habe alles nochmals durchgeprüft. Mann, wie schnell wir Dinge doch verwechseln können, die sich ähneln. ... Nur weil es also so aussieht, muss es noch lange nicht so sein. Nicht wahr?"

„Das alles klingt doch sehr suspekt. Diese ganze Entwicklung. Auf was willst du hinaus?"

„Sag du's mir. Was hast du herausgefunden?"

Plötzlich erkannte Jean Tränen in den Augen der gestandenen Ermittlerin. „Viel zu viel. O Jean ... sie ... Ja, sie sind nicht die Einzigen. In jeder Gruppe gibt es Anhänger. In jeder Sache einen Geist. Allein durch die Verbindungen, die wir schaffen. Aber diese Gruppe, dieser Auswuchs ... Jean, die töten Menschen! Die Henker der Totenbeschwörer wollen dominieren und vergiften uns mit ihren Produkten, die wir selbst für uns und gegen uns herstellen. Dazu ihre provozierten Kriege, die sie noch mehr anheizen, der doppelläufige Lobbyismus und das Leid, das sie fördern. Alles perfide gewordene Bedingungen, bei denen der Gewinn für den Erzeuger wichtiger ist als für den Nutzer."

„So ist die Natur", meinte Jean müde.

„Nein, Jean! Sie ... sie lassen Katastrophen, Unfälle und Kämpfe für sich gedeihen. Alles für ihre Belange. All diese überholten Jobs und Aufgaben, die uns oft nur eingespannt halten sollen. All das, was uns die Zeit kostet, Besseres zu tun. Diese Verhältnisse einer überforderten Kultur, die sich längst neu erfinden müsste – all das ist auch in ihrem Sinne. Für ihren Gewinn."

„Und was willst du dagegen tun?"

„Keine Ahnung. Aber ... sieh's dir doch nur an, und das, was bald kommen wird! Den Verlauf mit dem Alter, unsere Krankheiten, die Kämpfe, Viren und Bakterien. Überleg mal, was bei der letzten Pandemie alles war. All die neuen Umstände, die sie für ihre Zwecke nutzen – den Druck, die Abhängigkeiten, die Strömungen. Das sind allesamt Bedingungen, die heimlich für sie arbeiten, auf dass die Welt ihren eigenen Dreck erledigt. Ihre Militärs, ihre Richter und ihre Gelehrten. Man sollte meinen, dass wir unsere Abhängigkeiten besser gestalten könnten. Jean, sie leben von den Fehlern der anderen. Und sie brauchen diese Krisen, ansonsten läuft ihr System nicht."

Für Jean nichts Besonderes: „Ja, Sonja. So wie in unserem Job. So ist diese Entwicklung. Vom Kleinkind bis zum Greis belastet, forscht doch jeder in seinem Umfeld. Jeder, den es unter Umständen krank macht. Ob nun zuhause aufgelesen oder auf der Straße eingefangen – jeder Kontakt verseucht uns irgendwie. So wachsen wir eben auf: mitten in der Transformation einer Weltgeschichte, in der man nicht alles kontrollieren kann. Und das zu akzeptieren ist nicht einfach in diesen Zeiten. All diese Wellen, die uns überrollen, diese verbundene Einsamkeit, dieses Verlorene. Der Hass und die Wut, sie nehmen zu angesichts unserer Ohnmacht, werden stärker, solange wir diese erschütternden Tatsachen schaffen. All diese Schicksalsschläge, die uns treffen und die wir einstecken müssen, für und gegen uns … Wenn es schlecht läuft, zieht es den Tod eben automatisch an – genau wie unschöne Lösungen und Verzweiflung."

„Und das verstärken und fördern sie. Wie in einem überdimensionierten Schweinestall, der aus dem natürlichen Gleichgewicht gefallen ist. Jean, wir versklaven uns immer mehr, erschöpfen uns immer hässlicher. Unsere DNS, unsere Evolution, die ganze Welt … Du hattest recht: Wir leben wie langsam sterbende Tiere in einem schlecht geführten Zoo, worin unsere Fähigkeiten verkümmern und wir die Schwächen weitervererben, anstatt uns diese Fehler einzugestehen und uns stärker zu machen. Große Teile von uns sind längst verseucht und vergiftet, gefangen in ihren Laufrädern."

Solche Muster kannte der Mann zur Genüge. „So etwas passiert eben schon mal, wenn Affen regieren. Sonja, die Politik ist doch schon lange untergraben. Genau wie unser eigenes Denken. Von Anfang an sind wir zu solchen Taten verdammt. So leicht ändert sich das also nicht. Weder der Weg noch das System, das wir über Generationen hinweg dafür entwickelt haben. Unser gemeinsamer Geist folgt nur jenem, was ist. Alles halb so wild. Wir ziehen schließlich schon lange Soziopathen in uns heran. Das ist doch ganz normal, wie so manch anderes Verbrechen auch. Wir alle sind nur ganz normale Leute, die auf ihre eigene Weise leben und immer auch andere quälen, um von sich selbst abzulenken, um den eigenen Schmerz nicht zu spüren, das Revier zu verteidigen oder um etwas anderem gerecht zu werden, das man im gesamten Kontext oft selbst nicht verstehen will."

„Und das findest du halb so wild? Jean, sieh dir das System doch an! Es ist nur ein organisiertes Verbrechen mehr auf dieser Welt, das unser Verhalten für sich nutzt, unsere Stärken, Schwächen und Abhängigkeiten. Ich sage dir, das ist ein Missbrauch von kolossalem Ausmaß. Und das darf so nicht geschehen! Hör zu: Der Orden des Sensenmannes ist ein dunkler Ableger der Freimaurer. Eine machtvolle Gemeinschaft in der Gemeinschaft vieler Mächte. Sie stecken in Kreisen und Organisationen, gehören zu Bündnissen, zu Gleichgesinnten und zu Familien, deren Wurzeln bis zur Mafia und empor zu hochangesehenen Familien reichen."

Darüber konnte Jean nur lachen, da sie über dieses Thema erst kürzlich gesprochen hatten. „Ach, Sonja. ‚Wie fruchtbar doch der kleinste Kreis, wenn man ihn wohl zu pflegen weiß.‘ Wundert dich das wirklich, wenn du an all die Probleme denkst, die wir verursachen? Das gilt doch für alle von uns. Wir alle sind Teil von etwas. Haben Mutter und Vater."

Der Ruf eines Raben durchdrang die sonst so stille Nacht. Im Sternenmeer war der fliegende Schatten des Vogels kaum auszumachen. Er schien etwas zu suchen, wie jedes Wesen suchen musste. Suchen, bis es gefunden hatte. Jean sah seine Partnerin unter den Sternen zittern und rastloser werden, da der Vogel weiter krähte, als würde er sie gerade an die verborgenen Henker verraten.

„Kommen wir an sie heran? Können wir nach diesen Leuten, diesem Orden fahnden? Diesen Typen mit dem Tattoo müssten wir doch leicht finden, nicht wahr?"

Sonja starrte in die Sterne. „Ich weiß nicht. Ich glaube, es ist zu früh dafür. Sie sind zu mächtig. Noch habe ich keine konkreten Namen gefunden, nur ein paar kryptische Nummern, Hinweise und Tattoos. Und solche haben viele. Die decken sich alle gegenseitig. Wie könnte es auch anders sein? Wir helfen ihnen sogar; jeder von uns auf seine Weise. Passiv oder aktiv. Der Tod lauert überall."

Ihr verstörtes Verhalten beunruhigte Jean. *Verdammt, vielleicht hat Tanner deshalb all diese Fallen gestellt.* Doch darüber schwieg er sich noch aus und meinte bloß: „Auch Tanner sprach davon. Seine Verfolger seien vom Orden des Sensenmannes, nicht vom Orden des Sturmtempels. So etwas sagte er. Ach, hätte ich an diesem Abend doch bloß nicht so viel getrunken!" Eine späte Einsicht, die Jean dabei half, weitere Gedanken loszuwerden: „Was will dieser Orden? Was hat Tanner damit zu tun?"

Unterdessen folgten sie dem dunklen Weg um das Dorf herum, das, im Nebel versunken, schleierhafte Konturen einer Gesellschaft offenbarte, die grenzenlos Grenzen ziehen konnte und daher viele Zäune, Hecken und Mauern hatte. Dazu die Lichter, die aus den Wohnzimmern durch die Nacht drangen und die gespenstisch kahlen Bäume in einer abbruchreifen Siedlung beleuchteten. Das Dorf schien beinah wie tot. Die Kälte drang langsam zu Jean durch.

Als der Wind sie überraschte, zog Sonja ihren Schal hoch. „Jean, wie so viele Menschen wollen auch sie uns kontrollieren und uns durch die Wirtschaft gefangen halten. Die wollen über uns bestimmen und nur zu ihrem eigenen Besten herrschen. Sie wollen … Sie wollen einfach ihre Ruhe haben. So wie wir. Ein stiller Pakt im Leben, in dem ein jedes Wesen seinen Frieden sucht." Sie passierten das alte Rathaus.

Jean sah zu den beleuchteten Ausläufern des kleinen Dorfes hinüber. „Wie kannst du das wissen? Folgst du den richtigen Spuren, und nicht irgendwelchen Fake-News, so wie letztes Mal?"

Sonja schüttelte den Kopf. „Ich … ich weiß es nicht. Ich wünschte, es wäre so. Ich wünschte, es wäre alles bloß eine Bullshit-Story oder einfach nur ein schlechter Scherz. Aber … aber das ist es nicht. All die

Tatsachen – du siehst es ja selbst jeden Tag in den Nachrichten, den Medien und auf der Straße. Die Leichen, die Toten, die Gründe und Entwicklungen – so vieles ist gekommen. So vieles verschwunden. Leute, die an Krebs, Drogen oder sonst wie gestorben sind. Jeder kann ein Opfer sein, eine Bestie oder ein Verbrecher. Das System nicht ausgenommen – wir als Ganzes."

Jean blieb stehen. „Mann, Sonja, komm auf den Punkt."

„Jean, fast alle werden von ihnen irgendwie vergiftet, ausgebeutet und bestochen. Das Volk wird ruhiggestellt wie eh und je, weil wir unsere Belange nicht ertragen. Oder die Gesellschaft tut es auch schon von selbst – selbstgezüchtet sozusagen, fremdgesteuert. Ein versuchter Klassenkampf, in dem jeder eine besondere Rolle im Leben ergattern will. Mal der eine und mal der andere. Sinnvoll und auch sinnlos. Manche Menschen quält das jahrelang oder für immer, sodass es kaum auffällt, wenn sie daran sterben oder untergehen. So wie bei den Alten, die hinübergehen müssen, wenn ihr Alter zu teuer für das System wird, oder den unberührbaren Geistern im Slum ihrer aufgebürdeten Unterwerfung, auf dass ihre Unterdrückung ein trauriges Schicksal bleibt. Die Gesellschaft macht dabei gar noch mit, da sie glaubt, davon zu profitieren. Daher gibt es offiziell auch keine Todesopfer, die auf den Orden verweisen. Nur spärliche Spuren. Ein Puzzle, das ich nicht mehr wagen will, zu lösen."

Jean fielen spontan viele Beispiele dazu ein. Alles holte ihn ein, sein ganzes System. „Bist du sicher? Hängen wir wirklich alle mit drin?"

„Niemand kommt da raus. Auch du und ich nicht."

„Nein, wie wahr. Alles bleibt verflochten, kompliziert. Sonja, dieses System, diese Leute – wie … wie viele von uns arbeiten sich zu Tode oder greifen zu Sargnägeln, zum Menschsein in ihrer Verzweiflung?"

Die beiden sprachen sich aus, bis sie neuerlich den Raben krächzen hörten, der seine Bahnen durch das unendliche Sternenmeer zog. Nun sah Jean den Schatten deutlich, als würde er durchs All gleiten – als würden der Rabe und er als Geisel auf dieser Welt gehalten. Als wären sie ihre Sklaven, im eigenen Universum gefangen und verdammt zu einem Schicksal, das die Menschheit niemals beherrschen würde.

Sonja blickte zu den weißen Gipfeln, die das nächtlich schimmernde Bergdorf umgaben, und atmete ihren dampfenden Atem aus. „Was ist schon sicher, außer der Tod? Ob nun der Sensenmann des Ordens oder der echte – er holt uns alle. So oder so. Alles für ihre Herrschaft. Und weil auch sie der Überbevölkerung und der Umweltschäden nicht mehr Herr werden, haben sie sich offenbar für radikalere Mittel entschieden. Ja, sie sparen an den Armen, Alten und Schwächeren, an der Natur, an der Kultur und allem anderen, außer bei sich selbst."

„Ein probates Mittel. Wie Sartre einmal sagte: ‚Die Hölle sind die anderen.'" Jean zog seinen Gürtel enger, damit seine Hose weiterhin oben blieb.

Sonja lächelte und schlug leicht gegen sein kleines Bäuchlein. „Ja, als wäre es ein Albtraum, für den man keine Verantwortung übernehmen will – ein schreckliches Spiel auf dem Schachbrett ihres Lebens, in dem jedoch nicht immer der Starke der Starke ist und der Schwache der Schwache. Im Gegenteil, das Ganze ist so verworren! Diese vielen Gruppierungen, Partnerschaften, Vereine, Gilden und Orden, zwischen denen wir uns bewegen, diese kollektive Überlebensstrategie, die wir Wirtschaft nennen, aber nicht anständig beherrschen …" Sie starrte wieder in den Himmel, wo der geflügelte Schatten mit dem Dunkel einer ungleichen Welt verschmolz. „Ich sah ihren Geist, Jean. Ich habe Angst. Denn jeder, der mit ihnen Kontakt hatte, wurde vergiftet, ist verschwunden oder tot."

Der Rabe löste sich abrupt aus der Nacht und flog über sie hinweg Richtung Kirche. Jean folgte dem Vogel mit seinem Blick bis zum Turm. „Momentan fürchte ich mich mehr vor den Raben. Diese elende Angst! Als hätte der Orden sie geschickt, um uns zu finden. Immer wieder tauchen sie auf oder greifen sogar an. Ihr Krähen – ich ertrage es kaum mehr. Aber verzeih mir, ich schweife schon wieder ab. Sag mir lieber: Zu welchen Mitteln greifen sie? Wieso riskieren sie das

Glück und den Anstand der ganzen Welt durch ihr unsägliches Handeln? Warum berauben sie uns unserer Möglichkeiten? Verdammt! Nur, damit wir bleiben, was wir sind? Was soll diese Verantwortungslosigkeit gegenüber der Evolution, dem Leben?"

„Ich weiß nicht, warum sie die ganze Menschheit betrügen. Warum sie uns daran hindern wollen, in unserer gemeinsamen Entwicklung eine Ebene höher zu kommen."

Als sie ein finsteres Waldstück betraten und die dürren Äste nach ihnen zu greifen schienen, wurde Sonja spürbar noch unruhiger. „Lass uns weitergehen. Hier ist es mir irgendwie zu unheimlich, um darüber zu sprechen."

Im Dickicht knackte und raschelte es. Dann fiel ein morscher Ast vom Himmel, stürzte von den dürren Baumkronen herab, hinter deren Verästelungen die Sterne funkelten. Sonja verlangsamte ihre Schritte. Die Kiesel zu ihren Füßen verstummten.

„Jean, wir denken zu weit. Kommen wir besser zurück zum Orden. Wie gesagt, sie lassen Menschen verschwinden, lassen sie verstummen, über Generationen hinweg, vom Schicksal gezwungen und dazu gezüchtet. Darunter perfide Kriegstreiber, Könige und allerlei Machtmenschen, die ihrer niederen Natur folgen und dem Leid neue Nahrung geben. Ihre Tentakel sind überall! So gestalten und erhalten sie das System, die Natur. Eine Welt, in der wir schwach und krank sein sollen, damit sie zu den Besseren gehören. Zu den Gewinnern, den Stärkeren. Sie sehen und kennen uns, Jean. Unseren Stand, unsere Vorlieben und unsere Fähigkeiten. Damit richten sie uns gegen uns selbst. Männer gegen Frauen, Länder gegen Staaten und Bündnisse gegen Bewegungen. Sieh dir doch nur die Schlagzeilen von heute an! Die Systeme, in denen wir arbeiten – ist das wirklich noch klug?"

„Das klingt ziemlich weit hergeholt. Bald kommst du mir noch mit Templern, Illuminaten, den Militärs, Clans oder anderen geheimen Sekten. Sonja, dieses Leid erschaffen wir auch selbst. Denn das gibt es alles schon längst. Jeder untergräbt hier irgendwas. Das gehört zu den Grenzen dazu."

Bei ihrem Spaziergang unter dem Sternenzelt streifte Sonjas Schulter die von Jean. „Eben! Du sagst es ja: Dazu braucht es keine Verschwörung. Die ist schon da, seit dem ersten Betrugsfall der Menschheit."

„Jeden Tag kämpfen wir damit."

„Alle lügen und betrügen. Ein Erfolgsmodell des Lebens. So etwas stirbt niemals aus. Das gibt es immer wieder, dieses Dafür und Dagegen."

Wieder einmal konnte sich Jean ein Lächeln abringen. „Ich staune über deine Einsicht. Und ja, wir selbst sind es, die sich das antun. Selbstgelenkte Kulturen, Gruppen, Gemeinschaften, Vereine und eingeschworene Individuen, im Kreise ihrer Natur und ihrer Interessen. Ist schon verrückt, das Ganze! Wir alle haben kräftig mitgeholfen bei all den Katastrophen. Dazu braucht es aber keine Mächtigen. Die würden in ihrer eitlen Blase sowieso nie wirklich ahnen und spüren, was sie wirklich tun. Totenbeschwörer, Henker und Mörder mit solchen Interessen wird es immer geben, genauso wie Querdenker, Pioniere oder Künstler, weil ein Teil der Natur solches immer dann erschafft, wenn sie sie braucht, diese bestimmte Kraft. Daher sind die Schergen des Sensenmannes nur ein Strom, ein Fluss, den wir trockenlegen können. Keine Macht, die uns bezwingt. "

Sie verließen das Waldstück und kehrten zum Dorfrand zurück, als Sonja meinte: „Jean, du siehst das zu einfach. Denn die Mächtigen, das sind wir. Wir selbst! Wir sind der Strom. Jeder von uns ist Teil eines unheimlichen Konstrukts, dem wir blindlings folgen, solange es den Gesetzen der Natur entspricht und uns Gutes bringt. So sind wir miteinander verbunden. Wir alle! Auch das hast du selbst gesagt. Gerade eben wieder!"

Jean fielen wiederholt passende Sprüche zu dem Thema ein. Doch einen davon brachte er immer wieder gerne: „Und wie es scheint, bleibt es so: Was wir schaffen, sind wir. Selbst, was den Sinn des Lebens betrifft, die großen Fragen, die wir uns stellen. Aber –"

„Jean, sie treiben es noch zusätzlich an. Glaub mir, schon bald kommt ihr nächstes Unglück auf uns zu", unterbrach Sonja ihn. „Vielleicht tut es das. Und vielleicht tun sie das wirklich. Vielleicht aber auch nur, damit das Leiden ein Ende hat. Weil das Leben so ist, wie es ist, mit all seinen Katastrophen. Daher ist es manchmal auch besser, wenn nur die einen sterben, und die anderen nicht. Die Menschheit als Massenmörder. Sie braucht ihre Opfer."

Sonja sah erschrocken aus und wand sich sichtlich.

Jedoch spürte auch Jean schon längst, dass der Funke Wahrheit in ihren Worten nicht mehr abzustreiten war. „Sei nicht so schockiert. Ich verstehe ja das Ziel des Ordens in deinen Augen. Ihre Existenz, die wohl nicht zu leugnen ist. Aber ihr Weg ... dieser heimliche Genozid – vielleicht haben sie ja recht. Denn ... wenn ich mich in sie hineinversetze, dann ... Vielleicht ist es zu spät dafür, dass sich die Menschheit auf andere Weise vernünftig reduziert. Vielleicht hilft nur noch eine solche bestialische Gewalt. Spürst du es noch nicht? Wer nicht hören will, muss fühlen. So war es schon immer. Das wirkt doch alles schon so lange auf uns ein: die Mächte, wie die Obrigkeiten, unsere Kulturen und all die Schichten darin. Wir haben unsere Bestände schon immer auch selbst reguliert. Stichwort Krieg, Abschussquote und Hierarchie. Sonja, weniger Masse bedeutet auch mehr für die Natur und somit mehr für uns alle. Mehr Freiheit, mehr Reichtum, mehr Gesundheit. Einfach mehr von allem, was zu weniger Armut, Mangel, Leid und Verzweiflung führt. Jenem Negativ, das der Orden nutzt. Gewalt gegen Gewalt."

Sonja blickte zu einem der vielen Fenster am Dorfrand, hinter dem ein Bildschirm flimmerte.

Jean führte seine Gedanken derweil im Gehen fort. „Hör zu: Je enger es wird, desto weniger Platz gibt es, aber umso mehr Scherben und noch weniger zum Teilen, weil uns einfach Ressourcen fehlen. Man spürt es deutlich unter dem Druck. Die Überbevölkerung, das vergiftete Klima, die Abholzung der Wälder, die vielen Altlasten, Kämpfe oder unser zwiegespaltener Umgang mit der Umwelt im Allgemeinen – sie sind unsere Hauptprobleme, die Wurzel vielen Übels. Stell dir vor, Sonja, hätte man dieses Dilemma gelöst, könnte man eine Epoche des Erblühens einläuten. Ja, man könnte viel besser helfen und den Wohlstand für uns alle sichern. Von Mensch zu Natur – im Sinne der Götter vielleicht. Im Sinne von uns allen. So sollten wir teilen."

Sonjas Stimme klang verzweifelt. „Das alles ist doch Wahnsinn! Jean, die Wende schaffen wir höchstwahrscheinlich nicht mehr im Guten. Diese verdammten Verbindungen, durch welche dieses System andauernd zerbricht und sich erneuert! Wir stecken in einer fortlaufenden Sackgasse fest. Darum komm heraus! Denk nicht so, nicht so, wie du glaubst, dass es ist. Nicht so, wie die es wollen. Zeige keine zu tiefen Sympathien, sonst ergreift es dich am Ende selbst."

Jean schüttelte den Kopf. „Ich muss, Sonja. Und du musst es auch. Schließlich leben wir in solch einem System. Ein Leben, das wir erst durch die erkannten Nöte und Fehler wirklich erfahren, denn nur dadurch sehen wir, wo wir etwas besser machen könnten und wo die Mängel liegen. Die Krise vor dem Aufbau. Versteh doch: Dem Wandel des Lebens untergeordnet, wird das System immer wieder von Neuem geschaffen, von Neuem erdacht. Es folgt immer dem Verlauf des großen Stroms, und dem müssen wir gerecht werden. Aber … ich stimme mit dir überein, Sonja. Nichts sollte auf so brutale Art geschehen wie es dieser Orden will. Das hat die Natur in und um uns nicht verdient. All das Sterben, Vergiften und Ausrotten schadet uns zu sehr – es ist Irrsinn!" Jean war hin- und hergerissen und verspottete den Kosmos, in dem er lebte. Eine Art Schutzmechanismus, ein Weg zur Lösung.

Sonja intervenierte: „Die Welt sollte man schon auf eine Weise retten, damit sie für uns alle gut wird. Aufgeklärt! Denn wir alle brauchen den Wohlstand. Einen besseren und richtigen. Aber bei dieser Überbevölkerung ist das alles viel zu viel. Auch deshalb wollen sie den Wohlstand und die Macht vor allem für sich selbst. Nicht für dich und auch nicht für mich. Niemals. So ist das mit der Nähe und der Distanz zu den Dingen, mit den Verlustängsten. Die meisten haben doch von Kreisläufen, der Komplexität der Natur oder dem Fluss in der Physik keine Ahnung. Weder von empathischen Entscheidungen noch davor, einen Irrtum eingestehen zu müssen. Jeder nach seinem Gutdünken. Jeder gefangen in seinen Gefühlen, in sich. Und natürlich seiner Zeit."

„So ist es, Sonja. Wäre es nicht so, wie es ist, gäbe es schon lange bessere Ausbildungswege mit faireren Rahmenbedingungen, eine gesündere Umwelt oder allgemein eine durchdachtere Wirtschaft und ein menschenfreundlicheres System. Selbst eine viel liebenswertere Kultur wäre möglich und nicht diese primitiven Strukturen, wie wir sie teilweise noch immer anwenden."

„Jaja, das Göttliche in uns könnte schon noch ein wenig mehr nachhelfen, um die Welt zu retten. Aber man ist ja dran und hat es erkannt. Der Kulturwandel ist im Gange. Es kommt viel Gutes. Aber … nicht jeder ist ein Humanist wie du. Nicht jeder hat dein Wissen oder deine Güte. Allein schon wegen deiner Gedanken und Ansichten würden dich die einen am liebsten töten wollen." Ihre Augen wurden wässrig, dann lehnte sie sich kurz an seine Brust. „Jean, wir wissen doch nur, dass Scheiße stinkt. Und dass sie, mit dem Mist verbunden, keine Kacke haben wollen. Mehr nicht. Mehr brauchen die nicht zu wissen. Wollen sie wahrscheinlich auch nicht, da sie dann plötzlich selbst einen Scheißkerl in ihrem Spiegel erblicken würden. So wie du und ich manchmal. Aber wir sind nur kleine Fische im großen Becken. Es ist doch immer das Gleiche mit den Menschen. Jeder gibt dem anderen die Schuld. Jeder ist doch nur ein Kind seiner Art."

Jean betrachtete den sprudelnden Bach. Dann richtete er seinen Blick auf den Spazierweg mit seinem toten Kies, der einst mal Leben war. „Worüber sprechen wir hier eigentlich? Alles bleibt kontrovers. Manches groß-, anderes kleingeredet, gar ein Nichts, wenn es gerade passt. Ein Teufel, eine Hexe oder vielleicht mal eine liebliche Fee, wenn es darum geht, einen Charakter zu beschreiben. Der Eine muss, der Andere kann, denn in jedem von uns steckt so vieles, Sonja. Ob nun Künstler, Arbeiter oder Gelehrter, der Tod und das Leben. Wir alle sind bloß die Geister einer für uns begrenzten Welt. Du und ich – wir sind der Fortschritt von dem, was mal war. Wir alle sind ein Geist, auf der Suche nach dem Leben darin – nach dem Sinn im Erhalt. Wir wissen doch, wir sind der vorherrschende Zeitgeist. Und dem folgt auch der Orden radikal. Auf ewig mit den gleichen Mustern verbunden, mit dem vorherbestimmten Schicksal."

„Nein, das ist, was wir daraus machen. Wir haben die Wahl! Die Natur – sie hat sich nicht verändert, denn die einzige Konstante, die sie kennt, ist der Wandel selbst. Von innen und von außen. Und das wird auch in Zukunft so sein. Die Mittel aus Ressourcen, der Glaube aus der Hoffnung und die Grenzen im Verstand, alles bleibt verbunden. Darum finden wir den Sensenmann, und er bestimmt auch uns. Auch das gehört dazu. Wir müssen aufeinander achtgeben. Wir müssen eine Lösung finden. Für jeden Fall."

Sie beobachteten, wie die Motten zum Licht flogen, dorthin, wo die Spinnen auf sie warteten. An die klebrigen Seidenfäden herangeführt, lockte Sonja die kleine feiste Spinne durch das zitternde Netz hervor.

„Jean, auch der Orden kann sich den Naturgesetzen nicht entziehen. Es existiert keine Macht, die nicht darauf beruht. Keiner, der nicht in diesem Netz mit drinhängt. Alles reagiert darauf."

Jean stimmte damit überein und wusste, wie wichtig das für jegliche Beziehung war. „Ja, wir müssen schauen, wo die Fäden hinführen. Irgendwo hocken sie und lauern auf ihre Beute."

Der Mond über der schwarzen Kirche beleuchtete das Seidennetz der Spinne, als sich Sonja den Insekten am Licht zuwandte. „Sieh dir die Zeichen unserer Welt an! Vieles ist schon tot. Vieles nicht verstanden. Nach mir die Sintflut."

Jean kannte dieses Gefühl nur zu gut, weshalb er sie gestresst zur Seite nahm. „Reiß dich zusammen! Ja, all die Dinge sind da! Auch der Orden. Und genau darum finden wir sie. Wir finden sie in ihrer Angst. In deiner, Sonja! Aber zurzeit … na ja … Verdammt, sonst bin ich es immer, der dir solche dummen Sachen erzählt. Und nun haben wir noch einen Haufen Bullshit, den wir abarbeiten können. Sonja, wir sollten uns besser mal ausschlafen! Wasch deinen Kopf." Der Mann schämte sich dafür, so negativ auf sie eingewirkt zu haben, und fühlte sich schuldig, weil ihr ohnehin schon befangener Geist so betrübt durchs Leben gehen musste.

„Jean, was ist, wenn diese Klauen immer weiter wachsen und im Geschwür unserer Probleme zu wuchern beginnen? Du wirst sehen, schon bald kommt der Mann mit der Sense auch zu uns. Er wird uns holen! Er kommt. Einer kommt immer. Wahrscheinlich schon da."

„Nein! Das lasse ich nicht zu! Wir werden sie finden, und wir locken sie heraus."

Seine Partnerin sah ihn besorgt an. „Tu nichts Unüberlegtes mehr. Jean, die Welt ist zu groß für dich. In ihrem Sinne sollten wir es lassen. Sonst sind auch wir bald tot. Mein Engel, wir wissen schon längst zu viel. Wie jeder, der darüber gelesen hat. Jean, mein Schatz, der Frieden im Jetzt ist mir wichtiger! Lass uns die letzten Tage noch genießen."

Kaum hatte sie ausgesprochen, gingen die Straßenlampen aus. Eine unheimliche Stille lag in der Nacht. Jeans Hand tastete nach seiner Waffe. „Soll der Sensenmann nur kommen! Ich bin bereit für den Tod."

Die plötzliche Finsternis wirkte wie ein böses Omen, war jedoch völlig normal, wie es der Erschaffer der Straßenbeleuchtung einmal erdacht hatte – ein bisschen Licht im Dunkeln, aber nicht um jeden Preis. Das galt auch für Jean, daher blickte er kurz über seine Schulter zurück und zur Kirche hin, die sich immer mehr von ihm entfernte. Jean hielt Sonja innig in seinem Arm, als sie langsam den Weg weitergingen, vorbei an verdunkelten Bäumen, schattigen Büschen und abgelegenen Bauernhöfen, wo Hunde in ihre Richtung bellten.

„Jeder will sich schützen. Egal wie. Und das macht mir am meisten Angst. Diese Ängste überall!" Sonjas Stimme zitterte.

Jean kannte diese Furcht gut. Er spürte, wie ihm der Stein die Wärme entzog, während die Frau mit der schönen Stimme weiter zu ihm sprach. Ihre Worte verwischten in der Finsternis der Nacht. Er hörte nicht mehr hin. Er hörte nicht einmal mehr sich selbst, bis ihm, aus dem Chor der Gedanken, seine Stimme wieder hochkam: „Dieser ganze Verlauf … Unsere Gene, unser Sein, ja, das Leben aller – warum schwächen wir es so? Wozu diese mindere Gestaltung, die um so vieles klüger sein könnte? Sonja, sieh dir nur mal die Dörfer, Städte und Länder an. Wenn das die Lösung ist, was wir gerade tun, will ich meine Probleme zurück."

Sonja streichelte im Gehen seinen Rücken. „Wir haben eine Welt geerbt, die perfekt und doch voller Fehler ist."

„Leider ja. Es ist manchmal schwierig, den richtigen Umgang damit zu finden. Scheiße, Sonja, wir sind doch alle nur Menschen, und wir wissen, dass wir uns in vielem ähnlich sind. Wir wissen, dass wir lieber leben, als dass wir sterben. Dass wir lieber gesund als krank sind, besser essen, anstatt zu hungern und lieber sicher als in Gefahr sind. Nicht wahr? Genug Fehler wurden schon wiederholt. Genug zerstört. Die Welt ist reicher und doch ärmer geworden. Von Kulturen gemacht, die sich im Wandel der Zeit erst noch suchen und finden müssen. Ihre Zeit und ihren Raum. Raum und Zeit im Allgemeinen. Das brauchen wir." Der Biowissenschaftler in Jean hatte ihn schon oft in Bezug auf epigenetische Einflüsse gewarnt, die Kulturgeschichte, den Wandel in der Natur und ihren Gesetzen, denen er folgte. Er spürte seine Verantwortung. „Der Fluss der Welt, Sonja – unser Schicksal ist es vielleicht geworden, dieses Leid und diesem Verlauf eine gute Wendung zu schenken. Nicht mehr und nicht weniger." Botschaften vom eigenen Ich, die oft an sich selbst gerichtet waren.

„Ach ja? Wirklich? Jean, sieh dir die Welt doch an! All die Leiden, von denen du so viel gesprochen hast, all dieser Scheiß. Jeder hat seine eigene Hoffnung. Glaubst du wirklich, zu den Guten zu gehören, wenn du ständig mit den Hörnern kommst? Mit mehr oder weniger? Mit der Vielfalt, die sich ständig auch selbst abtötet? Jean, jeder überlebt, wie er kann und möchte, hast du mal gesagt. Das war einer deiner vielen Monologe. Leben und leben lassen. Die einen mit dem goldenen Zepter, die anderen mit den dreckigen Lumpen."

„Sonja, mein Schatz, so meinte ich das nicht. Wir können ja nicht entscheiden, wo wir geboren werden und was alles geschieht oder was wir manchmal tun. Es passiert einfach, verbunden mit dem Sinn des Lebens. Und dafür tragen wir die Verantwortung. Die Ereignisse liegen also in uns. Genauso wie der Respekt vor dem Leben selbst. Denn die Physik steckt in jeder Masse. In allem die verbundene Chemie. Darum müssen wir es auch hinkriegen, für alle eine gute Existenzgrundlage zu schaffen."

„Denk mal nach, Jean! Jeder sollte zuerst seine eigenen Probleme lösen. So sieht Existenz aus. Wir ... wir sollten besser zusehen, dass wir schön in unserer Mitte bleiben. Dann passiert uns am wenigsten. Kein Stress, kein Risiko. Ein anständiges Leben."

„Anständig? Das wäre doch feige. Faul ist das! Sonja, ich bin ein Mann, und ich tue, was getan werden muss, solange ich die Kraft dazu habe. Sei also froh, wenn es solche Idioten wie mich überhaupt noch gibt. Und vergiss nicht, mein Instinkt hat mich immer gut beraten. Die Krisen können überwunden werden. Das sage ich dir."

„Ja, dich stoppt kein Risiko."

„Das größte Risiko wäre, nichts zu tun." Neben dem kleinen Bach setzte Jean sich nieder und folgte mit seinen Blicken dem sprudelnden Verlauf des Wassers, das wild über die Wiesen und Felsen strömte. „Lass uns langsam zurückgehen. Ich bin müde", sagte er nach einer Weile des stillen Beobachtens.

Dem plätschernden Quellwasser folgend, führte sie der lange Spaziergang durch das alte Bergdorf nun wieder dorthin zurück, wo sie hergekommen waren: zur Kirche, wo sie über den Bach und dessen Brückchen gingen. Mit vielen Theorien im Kopf schlenderten sie über den Friedhof, an Tanners Grabbaum vorbei und über die Dorfstraße zu den Parkplätzen, wo ihr Auto stand.

Sonja musste grinsen. „Ist das nicht der Wahnsinn? Seit Stunden reden wir nun über diesen Fall im Fall."

Eine Situation, die aus Vorhergegangenem erwachsen, zu Jeans aktueller Erkenntnis führte: „Scheint so ..." Der Mann mit der stoppeligen Glatze strich sich über den voll gewordenen Bart und wollte noch mehr sagen. Aber er ließ es. Er war vom vielen Denken schon ziemlich erschöpft.

Sonja lehnte sich an die Autotür und sah ihn über das Dach hinweg an. „Hey Jean, sag mal, wir reden nur noch über diesen Orden und wie die Welt auseinanderfällt, dabei hast du mir noch gar nicht erzählt, wie dein Tauchgang verlaufen ist. Gibt es wenigstens da etwas Positives? Du klangst sehr angespannt am Telefon."

Jean war verwirrt. „Positiv?"

„Eine neue Spur? Deine Schatzsuche – hast du was? Hast du den Stein gefunden?"

Jean blickte verunsichert zur Kirchenuhr, gleichsam sein Smart*Pol das Auto nach Sprengstoff durchleuchtete.

„Jean! Und, war was?"

Aber der Glatzkopf wollte nichts darüber sagen. Weder über die Juwelen, die er gefunden und sogleich wieder verloren hatte, noch über jenes Fundstück, das er wohlbehütet in seiner Hosentasche trug. Denn würde sein Fehlverhalten herauskommen, wie bei den letzten Ereignissen, wäre Sonja noch mehr am Boden zerstört und er bestimmt auch seinen Job los. Also ein Geheimnis mehr auf dem Planeten. Er war hin- und hergerissen; wusste nicht, wie er sich verhalten sollte. Nervös rieb er an dem Juwel in seiner Hosentasche. Ihm wurde heiß.

„Was soll das jetzt? Was hast du da? Kratzt du dir schon wieder die Eier?", wollte Sonja prompt wissen.

Jean konnte nicht anders. Vorsichtig nahm er ihn heraus. Doch nicht das, was Sonja wahrscheinlich gerade dachte. „Sieh her! Vielleicht habe ich da doch noch was." Er öffnete die Hand mit dem schimmernden Stein.

Sonja starrte ungläubig auf das Feuer in dem schwarzen Juwel. „Was ist das? Ist das etwa der Drachenstein? Oder hast du das Ding aus einem Souvenirshop?"

Jean kratzte sich nochmals, als er gestand: „Keine Ahnung. Aber ich denke schon, dass das der heilige Stein von Tanner ist, denn ich habe ihn aus seiner geheimen Schatzkammer. Ich sollte ihn wohl besser ins Labor bringen. Aber wem kann man in diesem Fall noch trauen?"

„Scheiße, ja. Von den beiden Bahnpolizisten fehlt immer noch jegliche Spur."

„Vielleicht gehören sie auch zum Orden? Oder sie wurden indirekt von ihm beauftragt, denn irgendjemand will den Stein. Nicht nur Tanner, Peric und der ominöse Händler wussten davon."

„Kann sein. Jeder könnte diese Gier entwickeln. Jeder ist bestechlich. Aber auch andere Beteiligte könnten sich engagiert haben. Vielleicht geht es um einen Handel oder einen Gefallen. Schließlich tappen auch wir noch im Dunkeln. Jean, wir wissen noch nicht einmal, wer den alten Tanner verfolgt hat und was für Geheimnisse er sonst noch bewahrte. Geschweige denn, was dieser Stein wert ist. Ach ja, und vergiss den Bund und das Militär nicht. Auch das Verteidigungsdepartement könnte in diesem Fall mit drinstecken."

„Ja, wahrscheinlich ist der Orden auch in diesem System schon fest etabliert."

„Wäre nur logisch, bei diesem weltweit vernetzten Machtapparat."

Jean verengte die Augen. „Das könnte sein. Ich denke, dass dieser Stein vielleicht mit einem von Tanners Experimenten in Verbindung steht. Vielleicht ein alter Versuch, etwas Neues zu schaffen. Vielleicht nur ein Stachel, vielleicht die Erlösung. Toxisch scheint er jedenfalls nicht zu sein."

„Ich hoffe, du hast recht. Hier müssen eine Menge Forschungsgelder hineingeflossen sein. Oder es lief etwas anderes ab, was in einem solchen Fall nicht auszuschließen ist."

„Und was sollen wir jetzt tun? Auf die Vernunft und Güte der Menschheit warten? Warten, bis es sich von selbst löst?"

Sonja streichelte Jeans Wange. „Lass dir was einfallen. Du bist doch ein so kreativer Mann. Du wirst schon eine Lösung finden." Ihr Blick verharrte auf dem schimmernden Stein, dessen Licht sie anzog wie die Motten. „Jean, der Freund des gefallenen Peric", sagte sie plötzlich ganz aufgeregt. „Er ist ein Strahler und Goldschmied hier in Luzern. Der könnte uns in diesem Fall ganz sicher weiterhelfen. Sein Name lautet Thomas Andermatt. Er und Peric kannten sich offenbar schon lange, da Peric einige Jahre als Kurator eines Museums gearbeitet hat. Peric brachte ihm ständig neue Steine. Darum wollten wir ihn bei Gelegenheit noch befragen. Die zwei neuen Ermittler haben jedoch noch keine Zeit dafür gefunden. Es ist nicht weit von hier. Andermatts Laden liegt in der Luzerner Altstadt."

Jean zögerte nicht lange. „Dann hole ich mir jetzt meinen Fall zurück. Ich will wissen, woraus dieser Stein besteht, wer ihn will und warum. Vielleicht weiß dieser Herr Andermatt mehr darüber. Und wer weiß, vielleicht bringt der Mann uns wieder ein Stück näher an den Orden. An Tanners Geheimnisse. Denn einer dieser Totengräber will ihn haben, diesen Schatz."

„Jean …", setzte Sonja an, doch dann verstummte sie wieder. Jeans Augen funkelten wie die ihrigen.

„Ja?"

„Ich …"

Jean öffnete die Fahrertür. „Schon gut. Komm doch morgen auf einen Kaffee vorbei, dann können wir weiterreden. Aber lass uns jetzt heimfahren. Ich erzähle dir auf der Rückfahrt, wo ich den Stein gefunden habe. Ein echtes Abenteuer war das!" Über die verlorenen Juwelen schwieg er sich aber weiterhin aus.

Der Rabe auf dem Kirchturm beobachtete unterdessen, wie das Auto aus dem Dorf fuhr. Dann flog auch er davon, landete in der Höhle des Sturmtempels und gesellte sich zu den vielen anderen Rabenvögeln. Alle saßen sie auf den großen Urnen, die unter der Höhlenkuppel aufgestellt waren, in welcher die Ordensschwester ratlos vor dem Hexenkessel stand und mit dem Schicksal haderte. Sie wandte sich ihrem größten Raben zu und sagte zu dem Vogel mit dem Narbengesicht:

„Mein Luma-Stein. Wir brauchen Tanners Juwel, ansonsten können wir den Schlüssel nicht vollenden. Das goldene Ei absorbiert zu viel Energie. Wir können die Masse kaum mehr halten. Die Fusion ist zu instabil."

Wie eine faustgroße Zwergsonne rotierte der gleißende Lichtball derweil im brodelnden Strudel der Ursuppe und strahlte immer greller aus dem Hexenkessel. Mit flackerndem Licht härtete die Mikrosonne plötzlich aus, erkaltete und verzog sich wieder zu einem goldenen Ei, das leuchtende Risse bekam.

Der Kolkrabe mit dem Narbengesicht betrachtete es besorgt, als wäre es sein eigenes Nest. Die Hexe und Rabenmutter hatte Angst um ihre Aufgabe. „Das Schicksal hat entschieden. Es reicht noch nicht. Wir müssen Tanners Geschenk zurückholen, oder wir verlieren alles." Dann stieß sie den Topf wieder an, auf dass er weiter um das Feuer kreiste.

Der Kolkrabe wandte sich zu den anderen Raben, Krähen, Elstern und Dohlen um und krähte. Sein weißes, vernarbtes Auge begann zu leuchten, als die Hexe drängte: „Wir brauchen seinen Stein. Findet ihn und holt ihn mir zurück!"

Die Tiere folgten ihren Anweisungen und flatterten los. Ein Schwarm aus Rabenvögeln zog aus dem Kamin der Kuppel dem Himmel entgegen. Es waren Hunderte, die über den Gipfeln des Pilatus ausschwärmten, ihre Signale empfingen und nach ihrer Beute suchten. Die Diener der Hexe erschienen über den Straßen der Stadt und durchkämmten die Viertel, allen voran der große Kolkrabe, der auf Jeans Balkon landete und gegen das verschlossene Fensterglas pickte.

Doch der Bulle war nicht zu Hause, weil er schon frühmorgens losgelaufen war und nun durch die Luzerner Altstadt ging, über deren Dächer die Krähen zogen. Jean blickte argwöhnisch zu ihnen hoch und verschwand unter dem reichverzierten Reklameschild eines Goldschmieds – im Juweliergeschäft von Thomas Andermatt, dem Strahler, Uhrmacher und Künstler. Jean schloss die klingelnde Ladentür und blickte sich im Laden um, in dem tausende Uhren tickten. Es hörte sich an, als würde es regnen. Es schien ein umgebauter Weinkeller zu sein, in welchem er unter den Bögen eines gotischen Gewölbes stehend den edlen Schmuck, reihenweise Uhren, Goldketten und bronzene Figuren präsentiert bekam. Alles war passend in Eichenfässer eingebettet. Ein guter erster Eindruck.

Der Ermittler wurde von einem kleinen, dicken Mann mit Brille begrüßt. „Guten Tag, der Herr. Wie darf ich Ihnen behilflich sein?"

Jean ging auf ihn zu. „Guten Tag. Sie sind Herr Andermatt, nehme ich an."

„Wie er leibt und lebt. Und wie lautet Ihr werter Name?"

„Jean Vincent."

„Nun, Herr Vincent, suchen Sie etwas Bestimmtes oder wollen Sie sich einfach nur mal umsehen?"

Jean blickte in die Regale. „Nun ja, ich suche etwas Bestimmtes. Besser gesagt, muss ich etwas wissen. Herr Andermatt, es hieß, sie würden gute Expertisen erstellen."

Der kleine Nerd-Troll richtete seine Brille. „Ja, das trifft zu, solange es um Schmuck, Steine oder Antiquitäten geht. Was haben Sie denn Schönes für mich?"

„Dazu komme ich später." Jean entdeckte eine Kristallsammlung hinter den Uhren. „Sagen Sie, ist Ihnen in den letzten Tagen etwas Ungewöhnliches aufgefallen?"

„Nein, außer dem Einbruch in der Nähe gab es nichts Besonderes. Sind Sie deswegen hier?"

„Nein, aber in der Tat ist Ihr Laden verdächtig nah am Tatort dran. Abgesehen davon gab es auch auf der Brücke einen Vorfall. Wissen Sie davon?"

Andermatt schüttelte den Kopf. „Ich habe nur gehört, dass es bei dem Einbruch auch eine Schlägerei gegeben haben muss. Die Polizei war überall an dem Morgen. Sind Sie auch von denen, weil Sie so viele Fragen darüber stellen? Ich verkaufe hier nur Schmuck und keine Verbrechen, Herr Vincent."

Jean schmunzelte. „Verzeihen Sie, ich wollte Ihnen ja eigentlich etwas geben, das Sie sich genauer anschauen sollten." Er nahm die Silberschatulle aus seiner Manteltasche.

Nun strahlte der Juwelier. „Ah, welch rares Stück! Kommen Sie bitte mit nach hinten."

Jean folgte ihm ins Schmuckatelier und seine Werkstatt und betrachtete seine Reparaturen an unterschiedlichsten Apparaturen: das auseinandergenommene Uhrwerk mit den Werkzeugen darum, die Hobelbänke, Schleifmaschinen, Schweißgeräte und einen kleinen Schmelzofen, um den herum Reste von Goldstaub verstreut lagen. Er reichte Andermatt seine Silberschatulle. „Sie sind der Fachmann. Können Sie mir hierfür eine rasche Expertise geben?"

Der Experte warf einen Blick darauf, richtete seine Brille und stellte mit einem Knopf den Fokus seines Glases ein, wobei er meinte: „Oh wie schön, im Jugendstil. Sehen Sie die fein ausgearbeiteten Ranken? Echtes Sterlingsilber. Woher haben Sie das?"

„Aus einer Haushaltsauflösung."

Andermatt griff zur Linse. „Die Punzen sind noch alle dran. Eine schöne Ziselierung. Gut durchs Metall getrieben. Nur die Scharniere sind ein wenig lose. Könnte man aber ohne große Kosten wieder hinkriegen." Er erzählte dem Ermittler, aus welcher Epoche das Kästchen stammte, welche Stileinflüsse, Materialien und Schäden es sonst noch besaß. Aber es wurde kein Zusammenhang mit dem Fall ersichtlich. Abschließend meinte der gescheite Nerd-Troll noch: „Diese Schatullen sind sehr gefragt. Wirklich schön, darf ich sagen. Doch in der Gravur sehe ich nur die verschnörkelten Jugendstilmotive. Keinen Code oder so etwas."

Jean lehnte sich an den Tisch. „Nun ja, mal sehen, was Sie zum Nächsten sagen." Er griff in seine Tasche und tastete nach dem glühenden Stein.

Plötzlich sprang der Kuckuck aus der Wanduhr. Jeans Hand schnellte reflexartig zur Waffe, während Andermatt gelassen meinte: „Die Kuckucksuhr spinnt ein wenig. Muss sie reparieren."

Jean entspannte sich wieder und holte den Stein hervor.

Andermatt nahm ihn begeistert in Augenschein. „Oh, ein schöner Stein! Sogar mit einer Lampe. Solche habe ich auch."

Jean übergab ihm das Juwel. „Sehen Sie ihn sich genauer an."

Die Augen hinter der Uhrmacherbrille wurden immer größer. „Was ist das? Woher, sagten Sie, haben Sie das?"

„Von einem älteren Herrn ... Und? Was denken Sie?"

„Skurril! Absolut kurios, dieses Stück. So etwas habe ich noch nie gesehen. Dieses Feuer darin!" Andermatt drehte den Stein mehrmals in der Hand und beobachtete, wie sich an jedem Berührungspunkt leuchtende Adern durch den Kristall zogen. Mit einem Mal wirkte er nervös. „Als wäre es ein Onyx, der sich in einen Rauchquarz verwandelt und diese leuchtenden Feueradern zieht. Außergewöhnlich! Warten Sie mal kurz." Der Juwelier ließ den Stein liegen, ging nach vorne, um seinen Laden zu schließen, und kam wieder zurück. Dann legte er den Stein in ein Messgerät. Die Männer mussten eine Weile warten.

In der Zwischenzeit schaute sich Jean im Laden um, während die vielen Uhren an den Wänden immer noch wie prasselnder Regen erklangen. Dann ein Zucken. Andermatt kratzte sich am Hinterteil.

„Was für ein Fund! Kommen Sie, kommen Sie! Nicht lange und das Messgerät spuckt erste Resultate aus." Doch als die Messung beendet war, folgte Leere auf dem Bildschirm. „Tut mir leid. Das gibt es doch gar nicht!"

Jean hatte es geahnt. „Was denn?"

„Ihr Stein. Das Gerät erkennt ihn nicht. So wie ich. Und ich kenne jeden verfluchten Stein auf dieser Erde. Jeden Kiesel, jedes Mineral. Was zum ... Wie ist das möglich?"

„Ist das Messgerät defekt?"

„Nein, nein! Die Geräte wurden gerade neu geeicht. Es liegt am Stein! Er kann unmöglich echt sein. Der muss einen künstlichen Ursprung haben. Eine andere Erklärung habe ich dafür nicht. Außer, es wäre ein neues Element. Aber das … Nein, unmöglich! Herr Vincent, darf ich noch einen Abrieb von der Oberfläche machen?"

„Nur zu!"

Doch das Ergebnis war wieder negativ, außer, dass es dieses warme Licht ausstrahlte. „Kein einziger Indikator gibt etwas dazu an." Andermatt zog noch zwei Brillen über seine erste und fragte sich augenreibend: „Was ist das? Was ist das für ein Material? Und das Licht?"

Jean nahm den Stein wieder an sich. „Eine ausgezeichnete Frage. Meine Untersuchungsresultate verliefen zu meinem Bedauern leider ähnlich. Irgendetwas an diesem Stein ist definitiv anders."

Ehrfürchtig trat Andermatt an ihn heran. „Dieses Juwel … Ich habe schon vieles gesehen, aber das! Geben Sie gut darauf acht, wenn es überhaupt ein echter Stein ist. Herr Vincent, Steine leuchten nicht so. Nicht auf dieser Erde."

„Ja, ich weiß. Es ist, als würde es einen magisch anziehen, dieses Feuer. Herr Andermatt, ich muss wissen, warum es das macht."

Doch der Fachmann war eindeutig überfragt. „Das kann ich Ihnen auf die Schnelle nicht beantworten. Hie und da gibt es eben sowas. Für eine genauere Analyse bräuchten wir ein besseres Labor. Aber das habe ich zu meinem Bedauern nicht zu bieten."

„Verstehe. Kennen Sie sonst noch jemanden, der dieses Rätsel lösen könnte?"

Der Juwelier grübelte. „Ja! Sie haben Glück. Mein Freund am CERN, ein ehemaliger Mitarbeiter, der sich in Genf mit Schwarzer Materie und Chemie des Lebens befasst, kann Ihnen vielleicht weiterhelfen. Ein genialer Physiker und Geologe. Er könnte sicherlich herausfinden, woraus dieser rätselhafte Stein besteht. Und auch, vom wem er abstammt. Ich gebe Ihnen seine Nummer. In seinen Labors finden Sie hoffentlich die Antwort."

„Danke Ihnen."

„Keine Ursache. Gehen Sie zu ihm. Und … Herr Vincent, verraten Sie doch bitte auch mir das Geheimnis des Steins, wenn Sie mehr darüber herausgefunden haben. Ich möchte wissen, was das ist."

„Das will ich auch. Danke für Ihre Hilfe." Jean wandte sich gerade zum Gehen, als ihn die herausschnellende Kuckucksuhr von Neuem erschreckte. Zur Beruhigung griff er zu einer der auseinandergenommenen Uhren. „Hören Sie zu, Herr Andermatt: An diesem Stein klebt Blut. Ich habe ihn von einem Herrn Tanner, einem alten Strahler aus Luzern. Vielleicht kennen Sie ihn."

Andermatt runzelte die Stirn. „Tanner? Sagt mir gerade nichts. Bei all den Kunden vergisst man aber auch schnell mal einen Namen … Das kennen Sie ja bestimmt."

„Und wie sieht es mit Peric aus? Roger Peric?"

Der Goldschmied, Uhrmacher und Juwelier nickte. „Peric kenne ich, ja. Er brachte mir oft gute Steine oder kaufte selbst welche ein. Schade, dass er abgestürzt ist. Wir alle werden ihn vermissen." Er setzte sich an den Tisch mit dem Uhrwerk. „Gestatten Sie?"

Jean bejahte mit einer auffordernden Handbewegung.

Die Konzentration auf die Uhr schien dem Juwelier zu helfen. Mit einem winzigen Schraubenzieher öffnete Andermatt das Uhrwerk. „Ja, der gute alte Peric. Traurig. Da fällt mir ein, er kannte einen Tanner, und er sprach auch über ihn. Über diesen alten Kauz aus den Bergen. Ja, tatsächlich, Tanner hieß der Mann. Peric hatte ihn ein paarmal getroffen. Manchmal suchten sie auch zusammen."

„Wonach?"

„Natürlich nach Steinen. Kristallen."

Jean war in seinem Element: „Wie war ihre Beziehung zueinander? Woher kannten sie sich? Hat es etwas mit Perics altem Job zu tun? Sie haben doch oft mit Peric zu tun gehabt, als er noch als Kurator beim Museum gearbeitet hat. Sagte er einmal etwas über einen Drachenstein, oder Tanner?"

„Ja, Roger erzählte mir mal, dass Tanner früher auf dem Pilatus stationiert war. Dort lernten sie sich auch kennen. Aber erst Jahre später. Scheinbar stand Tanner im Dienst einer geheimen Forschungsanlage, einer Art Wissenschaftskompanie, die für den Bund und andere Organisationen geforscht hat."

Auch Jean hatte die alten Akten darüber eingesehen. Jedoch nicht alles. „Was taten die da?"

„Weiß nicht. Darüber wollte Tanner nie sprechen. Wohl Geheimhaltung. Peric hat aber oft darüber gerätselt. Vielleicht ist der Stein ja eines seiner Experimente, oder ein abgestürzter Meteorit. Wer weiß."

Jean schnalzte mit der Zunge. „Ja, das könnte natürlich sein. Ist er giftig?"

Andermatt grinste. „Scheint nicht der Fall zu sein."

„Und sonst? Fiel Ihnen nie etwas Besonderes an ihm auf?"

Der Juwelier durchwühlte ein paar kleine Schachteln, fand ein verlorenes Zahnrad und strahlte. „Hm. Ja, da fällt mir ein, dass Peric ... Er hat sich kurz vor seinem Tod bei mir gemeldet. Er hätte da was, wollte aber nichts Genaueres darüber sagen. Peric sprach in seinen letzten Tagen jedoch oft von diesem Tanner. Schon merkwürdig. Zuvor hatte er kaum von ihm erzählt." Plötzlich ließ Andermatt sein Uhrwerk fallen. „Hat etwa Tanner Peric umgebracht? Ist er der Mörder? Über den Fall am Berg gehen Gerüchte um."

„Nein, nein. Das glaube ich nicht. Aber der alte Sepp hatte definitiv seine Geheimnisse und Probleme. So wie Peric auch." Jean bekam Kaffee angeboten. Jedoch war es kein guter, etwas daran schmeckte seltsam. Ohne einen weiteren Schluck zu nehmen, wunderte sich Jean über die vielen Verbindungen und blickte auf die Zahnradschachteln, deren Teile zu jenem Zahnradbild passten, das Tanner in seiner aufwendig erbauten Wohnhöhle hatte. „Sagen Sie, Herr Andermatt, was sagte und wie sprach Peric über Tanner?"

„Nun ja, wie gesagt, Peric sprach nicht viel über ihn. Wieso auch? Ich kannte ihn nicht. Nein, Da fällt mir gerade nichts dazu ein. "

„Wirklich nicht?"

„Wirklich."

Die vielen Standuhren hinter ihnen schlugen zur vollen Stunde, mit Ausnahme dieser vermaledeiten Kuckucksuhr. Andermatt lauschte dem Lauf der teuren Armbanduhr und setzte gerade dazu an, etwas zu sagen, als der defekte Kuckuck dazwischenrief. Jedes Mal war es ein kleiner Schock für Jean, weil es unmöglich vorherzusehen war.

Andermatt hatte ein Auge auf den störenden Piepmatz. „Das ist nur ein Vogel, Herr Vincent. Sie brauchen keine Angst zu haben."

„Ich? Ich habe doch keine Angst. Aber bleiben wir bei Tanner. Dann sind Sie also sicher, dass Peric nichts über ihn sagte?" Für Jean war das natürlich fragwürdig.

Andermatt kratzte sich am Knie, Jean am Kopf. Dann sagte der Juwelier: „Oh, oder doch. Doch, doch! Einige ominöse Anekdoten gab es da schon. Roger hatte sich zum Beispiel mal darüber gewundert, warum der alte Tanner immer wieder auf den Gipfel des Pilatus zurückkehrte. Und ständig sprach er von einem Höhlenhotel. Das blieb mir irgendwie in Erinnerung, weil es so unheimlich klang. Seinen Gerüchten zufolge wollte Tanner über einen Seitenstollen, den sie beim Strahlen gegraben hatten, den alten Geheimbunker entdeckt haben, zu dem er zurück wollte. Er hatte Pläne, ihn auszubauen. Denn unter dem Berg war nicht alles eingestürzt. Auch Peric fand mal einen Zugangsstollen. Der war aber versiegelt. Darum ließ er es."

Jean fuhr mit den Fingerspitzen über den Schmuck, der vor ihm auf dem Tisch lag. „Was war da, in dem Bunker? Was war Tanners Aufgabe beim Militär?"

Andermatt hustete. „Keine Ahnung. Es gibt viele Legenden, was den Gipfel betrifft. Diese Bergfestungen sind vielen Leuten bekannt. Niemand weiß jedoch alles darüber. Aber ich glaube, Tanner forschte an geheimen Experimenten. Nur er und ein paar andere dürften davon gewusst haben. Lesen Sie doch die Akten darüber. Da werden Sie sicher fündig."

Jean war auf ähnliche Fakten gestoßen. „Der geheime Bunker auf dem Pilatus. Dort war er tatsächlich mal im Dienst. Ich habe den unterirdischen Komplex im Berg erst vor kurzem besichtigt. Zumindest Teile davon. Dazu die Pläne des Hotels. Aber warum hat mir der Offizier nicht mehr darüber verraten? Warum diese Geheimniskrämerei? Was verstecken die da? Wollen sie das Hotel im Notfall wieder zur Festung machen?" Der schrullige Andermatt schmunzelte und richtete seine Uhrmacher-Brille: „Jaja, die Welt mit ihren Kämpfen. Peric munkelte, es wäre eine schwarze Kirche unter dem Berg, kein Labor. Die Rede war gar von einer Sekte. Aber egal. Ob nun seltsame Experimente, geheime Atomtests, unethische Versuche oder ein seltsamer Glaube: Irgendetwas muss einst schiefgegangen sein, da ein Teil des unterirdischen Komplexes vor vielen Jahren eingebrochen ist. Aber eben darüber wollte der alte Tanner niemals sprechen. Der Mann hatte tatsächlich viele Geheimnisse. Viel mehr weiß ich nicht. Am besten, Sie sprechen nochmals mit dem Militär über diesen Fall. Die sind am nächsten an der Quelle und stecken sicherlich schon tiefer drin, als wir beide denken."

Plötzlich knallte es in der Kuckucksuhr, worauf es den Vogel aus dem Häuschen und Jean direkt ins Gesicht schleuderte. Mit gezogener Waffe starrte er den Kuckuck am Boden an und zielte auf ihn.

Doch der Juwelier ging dazwischen. „Oh, hoppla! Die Feder des Vogels war wohl ziemlich locker, wie es scheint. Verzeihen Sie mir. Den hat es ja erstaunlich weit rausgehauen!"

Jean glättete seinen Anzug. „Ach so. Schon gut. Hat mich bloß ein wenig überrascht." Er lächelte, bevor er seine Waffe einsteckte, da Andermatt offenbar großen Respekt davor hatte. „Ich habe über Tanners frühere Tätigkeiten viel recherchiert. Diese vielen Lücken und diese elende Geheimhaltung ärgern mich gewaltig. Das Militär hat mir versichert, alles rausgerückt zu haben. Aber … verdammt, so kann man seinen Job einfach nicht richtig machen!"

Der Juwelier entgegnete: „Das sind doch alles nur Soldaten, Sklaven ihrer Ängste und geblendet vom Aufstieg durch die Macht. Dem Militär darf man nicht trauen. Es ist ein Organ, das primär vernichten will. Jeder von ihnen mit einer scharfen Waffe und mit der Aufgabe, tödlich zu sein. Das dümmste und unbrauchbarste Werkzeug, das ich kenne. Kosten viel und bringen nichts, außer einer falschen Sicherheit. Im globalen Kontext das größte Risiko für unsere Menschheit. Denn nur Heere kämpfen gegen Armeen. Der Krieg ist ihr Handwerk, ihr Sinn im Leben, den man auch anders hätte stiften können. Stellen Sie sich vor, Herr Vincent, dieselben Mittel würden in eine bessere Kultur fließen oder gegen die Probleme mit der Umwelt eingesetzt." Dann wurde Andermatt traurig. „All das Leid, das wir verursachen ... Schade, dass Roger nicht mehr lebt. Er brachte mir immer die besten Steine und Weisheiten mit. Außerdem war er ein echt witziger Typ. Er kannte die Welt und den alten Tanner am besten. Seine Geschichten hätten Ihnen sicher mehr geholfen als die meinigen."

Der Brillenträger schaute nachdenklich auf die Uhren. Auch für ihn verrann die Zeit. Jean nervte es allmählich, dieses ständige Tick-Tock-Tick-Tock. Andermatt griff zu den Juwelen, die er in die Uhr einsetzen wollte.

„Herr Vincent, ich hoffe ich konnte Ihnen damit weiterhelfen. Doch bitte wühlen Sie meine Gefühle nicht noch mehr auf. Die Arbeit wird nicht leichter dadurch." Mit unruhiger Hand an der Unruhe der zu reparierenden Uhr versuchte er dennoch sichtlich sein Bestes.

Jean hatte Verständnis dafür und außerdem für heute genug Informationen beisammen. „Herr Andermatt, Sie waren mir eine große Hilfe. Ich möchte Sie daher nicht länger belästigen." Damit ging er in Richtung Tür. Doch sein Abgang wurde durch seine abrupte Kehrtwende unterbrochen. „Oh, ach ja. Sagen Sie mal, von wo beziehen Sie eigentlich Ihre seltensten Steine? Wenn Sie mal etwas richtig Schönes oder Spezielles wollen, zu wem gehen Sie da?"

Andermatt grübelte vor der Lupe, unter der er die fast fertige Uhr hielt. „Na ja, da habe ich meine Partner. Nichts Spezielles. Ich kann Ihnen gern ein paar Adressen geben. Mehr habe ich nicht für Sie, sorry." Der Juwelier befestigte einen neuen Verschluss an der Uhr. „Ah, da fällt mir ein ... oder doch. Es gibt da eine echte Koryphäe aus Baar, nahe Zug. Von dort kommt er. Ein Rohstoffhändler mit einer Affinität zu ganz seltenen Steinen. Ein Juwelen- und Schmucksammler. Sein Name ist Paolo Bonucci. Der kann Ihnen alles besorgen."

Jean rang sich ein Lächeln ab. „Paolo Bonucci – das ist mein Mann. Ich danke Ihnen, Herr Andermatt. War zur Abwechslung mal ein nettes Gespräch."

„Keine Ursache. Immer gerne." Jean verabschiedete sich, verließ den Laden in der Altstadt und spazierte über die Reussbrücke nach Hause.

Andermatt saß vor dem aufgelesenen, defekten Kuckuck, als ein Schatten hinter seinem Rücken auftauchte. Doch der Juwelier blinzelte die Tränen in den Augen weg und vernahm gerade nur das Ticken der vielen Wanduhren. Sein Blick fiel auf eine sich putzende Fliege, drauf und dran, sich auf seine filigranen Teile zu erleichtern. Sein Schlag war gnadenlos. „Hab' ich dich! Lass meine Teile in Ruhe!"

Hinter dem Rücken des nach vorne gebeugten Andermatt näherte sich ein tätowierter Arm, in seiner angespannten Hand eine Goldkette mit dem hängenden Kreuz des Juweliers, das er langsam baumeln ließ. Der Schatten zog an den tickenden Uhren vorbei und trat lautlos hinter den schraubenden Uhrmacher. Der Ausgang der Begegnung blieb ungewiss. Sein Laden war schon geschlossen.

Als Jean unterwegs auf seine Armbanduhr schaute, wurde ihm einiges klar. „Der Drachenstein! Cop*Cor, gib mir die Adresse von Paolo Bonucci. Finde alles über ihn heraus und lokalisiere sein Smartphone. Ich will wissen, wo er steckt."

„Sehr gerne." Nur Augenblicke später blinkte das Signal auf seinem Satellitenbild. Cop*Cor war schnell bei der Sache: „Zielperson lokalisiert. Paolo Bonucci befindet sich in einem seiner Nachtclubs in Zürich. Adresse wird auf Ihre Navigationskarte übertragen. Weitere Informationen auf Abruf."

„Danke dir."

Vom Cop*Cor-System unabhängig machte der Ermittler sich seine eigenen Gedanken zum Fall: Peric hatte höchst wahrscheinlich auch Kontakt mit Bonucci gehabt. Denn der alte Tanner sagte, dass er einen

Händler hatte. *Wenn er also der Mann für solche Fälle ist, dann auch für meinen ... Paolo Bonucci, der dubiose Edelsteinhändler. Mal sehen, wie dringend er meinen Klunker haben will. Mal sehen, wie er auf mein kleines Juwel reagiert.*

„Cop*Cor, ruf Sonja an!"

Schon nach wenigen Sekunden ging sie ran. „Hallo, Jean."

„Hallo Süße, wie geht's?"

„Gut, und dir? Was willst du?"

„Lust auf ein Tänzchen in einem Nachtclub? Ich brauche dich als Partnerin."

„Jetzt? Ach Jean, ich bin gerade ein wenig unpässlich."

„Und am Abend?" Damit hatte er sie in der Tasche.

„Na klar. Und wann? Wo willst du hin?"

Jean schloss seine Wohnungstür auf. „Nach Zürich. Wir besuchen jemanden in einem seiner Nachtclubs. So gegen acht, dachte ich. Geht das für dich?"

„Hm, okay. Na schön. Weil du es bist."

„Danke dir."

„Schon gut. Aber ich muss jetzt los. Also, bis am Abend."

„Bis später."

Jean legte auf und starrte aus seinem Fenster, wo sich seine wilden Eidechsen in der extra dafür ausgelegten Blumenkiste sonnten. Er sah ihnen jeden Tag zu, als würde er in ein Terrarium blicken. Nur dass dieses draußen lag und die Tiere dahinter frei waren. Eine schöne Ablenkung in dieser angespannten Zeit. Gleich mehrere der Kisten hatte er darum, um die leeren und ungenutzten Fenstersimse zu beleben. Spezielle Pflanzenkisten für Flora und Fauna, die als Mikrogärten auf dem südlichen Fenstersims platziert dem Artenschutz dienten, den Raum erweiterten, das Klima verbesserten und ihm gleichzeitig feinste Kräuter zum Essen boten, während an den nördlichen Fenstern die Schnecken und Schattengewächse gediehen und sein Kompost lag.

Jean öffnete das nächste Fenster und sprach den Echsen freundlich zu: „Na, meine kleinen Monsterwarane? Habt ihr Hunger?" Er fütterte die Eidechsen, die auf dem wärmenden Stein lagen, mit edlem Feigensenf, sah zu, wie sie Fliegen jagten, und war froh, einen guten Beitrag zur Wahrung der Biodiversität zu leisten. Sein Hobby begeisterte: „Schon erstaunlich, wie die kleinen Mauereidechsen in den Erdspalten überwintern. Selbst jetzt im Herbst und im Januar kommen sie raus, zu jeder Jahreszeit am Sonne tanken. Nicht wahr, mein kleiner Edi?"

Mit seinem Smartphone filmte er sie des Öfteren und wollte gar den ganzen Balkon zu einem kleinen Jurassic-Park umgestalten, da er lieber eine Mini-Welt mehr als eine weniger auf der Erde sah. Und so sah es auch Nat*Cor, das jede der Echsen über ihre Zeichnung in einem Artenschutzprogramm erfasste. Für diesen Zweck dokumentierte er sie gerne, da ihn diese Art von Haltung kaum etwas kostete, aber viel zurückgeben konnte. Jean beobachtete sie eine ganze Weile, bis die Wolken einen Schatten warfen und die Echsen sich wieder in den Ritzen verkrochen. Danach lief nur noch der Fernseher.

Die Stunden vergingen wie im Flug. Jean gähnte, doch er musste langsam wieder in die Gänge kommen. *Wie spät ist es eigentlich?* Schon sprang er auf und kam kurze Zeit später frisch geduscht mit der Zahnbürste im Mund aus dem Bad, bereit für ein Tänzchen, während die Sonne längst untergegangen war. Dann endlich erklang der Wecker an seiner Armbanduhr. Er hatte nun lange genug gewartet, packte seine Waffe ins Halfter, griff sich den Stein und ging pünktlich aus dem Haus.

Nach einer Stunde erreichten sie Zürich. Jean und Sonja fuhren über die beleuchtete Hardbrücke der Stadt, um in der Nähe des angesagten Clubs zu parken. Es war schon spät und alle Gäste in Feierlaune, als das Paar an den Türstehern vorbei den Club betrat. Sonja erstrahlte geradezu in ihrem reizenden Abendkleid, wirkte elegant und schien ganz in ihrem Element zu sein, wie ein Teil des exzessiven Partyvolkes, das nur Erfolge und Sieger richtig feiern konnte.

„Ah, ich will auch!", sagte sie zu Jean, als sie sich unter die berauschte Menge mischten. Sie wippte zur Musik und beobachtete zwei junge Frauen auf der Tanzfläche. Die Anwesenden um sie herum tobten sich so richtig zum wummernden Sound aus. Als Jean nicht reagierte, warf sie ihm einen Blick zu und schrie, die Musik übertönend: „Eigentlich dachte ich, wir gehen wirklich tanzen! Schade drum!" Einen Moment später schwang sie von Strahlenfächern geblendet ihre Hüften, um wie die übrigen Leute im flackernden Meer aus Lasern und Lichtern zu baden. Sie alle tanzten mit teuren Drinks in der Hand und Liebe zur Musik, weil sie bouncte und rockte in ihren Köpfen.

Jean hatte keine Zeit für diese Flucht in die Normalität. Er schaltete sein Smartphone aus. Der Club war gerangelt voll. Er beugte sich zu Sonja und schrie ihr ins Ohr: „Ich gehe dann mal! Bis später!" Er wühlte sich durch das Partyvolk zu einem der Tische im VIP-Bereich, wo ihm zwei bullige Leibwachen den Weg versperrten. Dahinter entdeckte er einen süditalienisch aussehenden Gigolo – mit Sicherheit der Mann, den er suchte. Jean zückte den Stein und hielt ihn über die Köpfe der Leibwächter. Der Italiener im feinen Anzug konnte das Funkeln des Steines kaum übersehen.

Es dauerte einen Augenblick, bis er den Glatzkopf im Anzug einladend zu sich winkte und dabei seine Männer anschnauzte: „Ey, coglione! Cazzo! Lasste ihn durche! Ere solle zu mire kommen. Vieni qua." Mit Blick zu Jean biss der Boss nochmals in seinen knusprigen Hühnerschenkel, wobei die goldenen Ringe an seinen klebrigen Fingern aufblitzen. Er legte die abgenagten Schenkelknochen zurück ins Körbchen und leckte sich die Finger.

Jean wurde durchgelassen. Der geleckte Geschäftsmann richtete das Wort an eine seiner Schlampen: „Steh aufe und bewege deine Arsch! Subito!" Er begrapschte ihre Brüste und wischte seine klebrigen Hände an ihr ab. Mit breitem Grinsen schenkte er Jean einen Drink ein und bat ihn, Platz zu nehmen. „Buona sera, Signore. Wase für eine schöne Juwel, dase Sie da haben. Bella pietra! Sind Sie etwa extra zu mire gekommen, ume diese Prachtstück zu veräußern? Sehe ich dase richtig, Signore …?"

Jean setzte sich zu ihm. „Vincent. Jean Vincent."

„Bonucci." Die Männer reichten sich die Hände. „Che uomo! Ein fester Händedruck. Dase mag iche."

Jean lächelte eiskalt, wischte sich an seiner Hose das Fett von den Fingern und legte seine Waffe neben dem Stein auf den Tisch. Über ihm streute die Discokugel ihre Lichter.

Der gepflegte Italiener strich sich über seine gegelte Mähne.

„Der große Rohstoffhändler aus Zug, Paolo Bonucci. Welche Freude!", sagte Jean. „Ich hörte, Sie hätten eine Vorliebe für Edelsteine und seltsame Deals. Ist das wahr?"

Die Augen des schönen Italieners funkelten. „Kommte daraufe ane, um wase es siche handelt. Aber beie diese einzigartige Bellezza, wie Sie haben, kann ich nichte Nein sagen."

Jean schob Bonucci den Stein zu. „Wissen Sie, was das ist?"

Der eloquente Mafioso atmete lange aus. „Signore Vincent, diese prachtvolle Juwel – so wunderschön! Aber ese tute mir leide, ich weiße nicht, was ese ist. Nichte genau jedenfalls. Ich weiße nur, dass iste selten. Einzigartig, eh! Eine gute Grund, weshalbe ich diese Bellezza habe will. Um jeden Preis. Signore, iche zahle Ihnen eine Million, bar auf die Hande. Also sagen Sie mir prego, ist das nichte eine gute Preise für eine kleine Juwel? Oder ... ancora di piu?" Sein scharfer Blick fixierte Jean. „Zweie Millionen! No? Hundert Millionen? Kommen Sie schone. Wieviele wollen Sie? Quanto? Dafür sind Sie doche gekommen zu mir."

Jeans Augenlider zuckten. „Nicht so hastig." Er warf einen Blick zu Sonja, die sexy tänzelnd auf ihn wartete und alles andere im Auge behielt. Besonders diesen im Zwielicht lauernden Bonucci, hinter dessen Platz ein riesiges Aquarium stand, in dem Korallen in der Strömung nach Plankton schnappten und bunte Fische herumschwammen.

Jean erschauderte, als ein Monsterwurm aus dem Sand heraus schnellte und mit seinen Klauen einen Feuerfisch hinunter in sein

Loch zog. Der Mafioso lachte nur darüber. „Aiaiai, animali. Eine einen Meter lange Bobbit-Wurm. Stecke Sie nichte die Hand da rein."

Jean hat noch nie so etwas Grausiges gesehen. „Scheiße! Nein, was sind denn das für Aliens?"

Doch Bonucci interessierte sich offensichtlich weniger für dessen Biologie, sondern eher für den Stein, den er gierig betrachtete. Dann schaute er zu seinen Männern, die wiederum Sonja im Blick hatten – und umgekehrt. Bonucci war sichtlich schon leicht betrunken und konnte das Funkeln in seinen Augen kaum verbergen. „Scheiße auf diese Bobbit-Würmer! Scheiße auf all die Puttane! Signore Vincent, wohere haben Sie diese Stein? Prego, sagen Sie ese mir."

Jean stieß mit ihm an, exte seinen Drink weg und knallte das Glas auf den Salontisch. „Von einem Freund, Tanner. Kennen Sie den Mann?"

Der Italiener blieb cool „No."

„Und wie sieht es mit Peric aus? Klingelt da was?"

„Peric ... Scusa, ma no."

Jean griff unverblümt zur Flasche und schenkte ihnen nochmals ein. „Sind Sie sicher? Ich glaube nämlich, Sie haben miteinander telefoniert, Sie und er, da er Ihnen genau so einen funkelnden Stein, wie den meinen verkaufen wollte. Genau diesen, nicht wahr?" Er strich über den Stein, dessen schimmerndes Feuer seinen Fingern folgte.

Bonucci unterbrach sein Grinsen und richtete die vielen goldenen Ringe an seinen Fingern. „Bene, offenbare sind Sie eine Bulle. So wie Ihre hübsche Partnerin auf meine Tanzfläche. Doch danne sollten Sie wissen, dass eine Mann wie iche nie über seine Geschäfte spricht. Dafür habe iche andere Leute."

Jean stützte sich auf sein Handy, unter dem das Kreuz leuchtete. „Herr Bonucci, seien Sie nicht zu blauäugig, oder Ihre Verbindungen kommen schneller ans Licht als Ihnen lieb ist. Also, reden Sie!"

„Okay, okay, ich gebe ese zu. Si! Wir haben telefoniert. Peric bot mir diese Stein an. Aber dann ... Diese Idiota! Porca miseria. Er lehnte ab, egale, was ich bezahle wollte. Unsere Deal war geplatzt. Dumm gelaufen. Aber glaube Sie mir: Niemand kanne mich dafür verhafte, dass irgend so eine Deal nicht stattgefunden hate. Sprechen Sie mite meine Anwälte darüber. Iche habe wirklich nichtse mit seine Unfall zu tun. Reine Zufall. Denn sehen Sie, Signore, eine Mann von meine Format macht sich die Finger wegen so eine dumme Mann nicht schmutzig. Dase wissen Sie doch genaue." Er nahm sich noch einen von den Hühnerschenkeln. „Also, no. Iche habe nichtse mit Ihre Fall zu tun, außer, dass ich diese Stein will. Und das iste noche lange keine Verbrechen. Nicht wahr, Signore Vincent?" Der Mafioso griff sich mit jeder Hand einen Frauenhintern und zog die halbnackten Damen näher zu sich heran. Jeder von ihnen gab er ein Küsschen. „Perics Tod hatte schon lange die Runde gemacht. Dere arme Kerl sei offenbare abgestürzte. Tragisch. Hätte er mire den Stein doch lieber verkaufte, damals, als er dase noch konnte." Dazu nahm er einen Schluck vom besten Scotch.

Jean biss auf den Eiswürfel.

Bonucci überlegte es sich anders und stürzte den restlichen Inhalt seines Glases hinunter. „Oh, famoso! Wie amüsant das Leben doche iste. Hätte nichte gedachte, nochmals eine Angebot für solch eine Juwel mache zu könne. Und schon wenige Tage später stehen Sie hiere vor mire! Ora! Ein Bulle samte dem Juwel. Grazie! Wase für eine Momento." Er griff zu einer fetten Zigarre und eine seiner Damen reichte ihm Feuer. „Das Schicksal kennte so, so, so viele Wege, si? Si. Und da Peric bedauerlicherweise nichte mehr unter uns weilt, möchte iche Sie, Signore Vincent, nun an seiner Stelle reich mache. Klingte doch gar nichte so übel, Signore, oder? Nur eine einzige Deal und Sie sinde frei. Frei von allen Alltagslasten! Wase sagen Sie dazu?"

Jean schwieg.

„Signore, prego! Warume noch Zeit vergeude? Warume das Mühsal noch in Kaufe nehme? Steigen Sie ein! Das Sie haben sich redlich verdient. Si, si! Dem Finder seine Lohn. Jedem seine Glück. Also kommen Sie! Machen Sie unse beide glücklich. Ich bitte Sie, meine gute Mann. Iche habe Händlergene. Ohne Angebot darfe ich Sie nicht gehen lassen. Nichte mit eine so wunderschöne Stein. Magnifico!"

Wieder schnellte der Bobbit-Wurm aus dem Sand im Aquarium und packte den nächsten ahnungslosen Fisch, um ihn in sein Loch hinunterzuziehen, während über dem Partyvolk und den Tänzerinnen Glitzerregen niederging. Eine verrückte Nacht voll von Ekstase. Eines der Escort-Girls griff Jean in den Schritt, während eine andere seinen funkelnden Stein begrapschte. Für Jean ging das deutlich zu weit, weshalb er ihre Hände wegschob und sie auf ihren Platz verwies. Die Frauen lästerten vernehmlich und Sonja schaute nur zu. Aber Jean blieb cool und wandte sich wieder an Bonucci: „Was wissen Sie über diesen Stein? Warum ist er Ihnen so viel wert? Und sagen Sie jetzt nicht, Sie wüssten nichts."

Dann wechselte die Musik. Ein wilder Remix, die tanzende Menge tobte. Der skrupellose Rohstoffhändler mit dem vielen Goldschmuck griff sich eine der Frauen und gestand dem bärtigen Glatzkopf: „Nun, Signore. Ich sammle, wase schön ist. Und wase schön ist, will iche habe. So wie diese Kette und diese Brüste hier." Bonucci zeigte es ihm deutlich. „Alles gehörte mir. Tutti! Diese Schlampen, diese Club und viele Ärsche mehr. Signore Vincent, all diese Kohle, Steine, Schotter und Kiesel habe iche durche meine Juwelen verdiente. Der Stein hate was. Es iste seine Ausstrahlung. Seine Einzigartigkeit." Er streichelte seine Liebste. „Und je seltener, desto besser, verstehen Sie? Si! Sie verstehen es. Denn jeder Mensch brauchte etwas, worin er glänzen kanne. Sonste werden ihn dunkle Mächte vereinnahmen. So ist es doch, oder nichte? Allora, ich brauche das. Meine Passione, capisce? All diese wertvolle Juwelen – sie sinde meine Leben, meine Kapital. Und darume brauche ich sie alle um mich herum. Ich bedaure, dass Sie mir für Ihre wundervolle Juwel noch keine Preis genannt haben. Signore Vincent, für diese prächtige Juwel, von dem es keine zweite gibt, da bin ich mir sicher, zahle ich alles. Also noch mal: Quanto costa?"

Jean hatte plötzlich eine Summe in seinem Kopf. Der DJ hinter dem Pult legte die nächste Platte auf. Die Musik war so laut, dass Jean durch den hämmernden Bass schreien musste: „Darüber entscheide nicht ich!" Sein Blick huschte zu Sonja, ehe er den Stein wieder einpackte und im blitzenden Strobo-Licht verschwinden wollte. Für Bonucci sichtlich ein Ärgernis, weshalb er ihn am Arm ergriff. „Signore, ich bitte Sie."

Doch Jean wimmelte ihn ab und blickte wiederholt zu Sonja, die ihn mit schwingenden Hüften absicherte. „Lassen Sie uns die Details ein anderes Mal besprechen", sagte er. „Doch eines kann ich jetzt schon sagen: Ich verkaufe ihn nur, wenn Sie mir das Geheimnis hinter diesem Stein erzählen. Und bitte lügen Sie mich nicht an. Ich rieche falsche Schlangen meilenweit."

Bonucci lächelte. „Sie wolle es wissen? Sie wolle es wirklich wissen? Also gute! Ich sage es Ihnen. Hm ... bene, bene. Ese handelte sich um die Drachenstein, Signore. Jener, den Sie da haben, iste der echte, wie es scheint. Fühlen Sie es nicht, das Blut von die Drachen?" Jean spürte es, und das schien der Mafioso sofort zu erkennen. Bonucci zog den Ermittler nochmals zu sich. „Diese Energie ... si, si. Sie spüren es. Diese Stein lebt."

Jean fixierte ihn kurz mit den Augen, bevor sein Blick in die tanzende Menge schweifte. „Leben? Ist es das, was dahintersteckt?" Im Aquarium hinter ihm regte sich nun ein Fangschreckenkrebs, der mit seinen bizarren Augen Bonucci ins Visier nahm, wissend, dass dieser über sein Handy jederzeit das nächste Fischlein in das Monsterbecken entlassen konnte.

Bonucci ließ sie alle zappeln. „Das Leben? Wer weiße. Warume nichte? Doch ... ese könnte auch eine Juwel aus den Sternen sein. Eine Geschenk der Götter."

„Glauben Sie das wirklich? Woher wollen Sie das denn wissen?"

Der Mafioso strich sich eine Falte aus dem Jackett und lachte. „Woher? Signore! Iche wiederhole mich nur ungern. Wie gesagt: Alles von den Sternen. Haben Sie ein Problem damite?"

„Sollte ich das?"

„Iche bin mir da nichte sicher, Signore Vincent. Iche weiße nur eines: Die eine Hälfte der Menschheit lebt von den Problemen von die andere Hälfte. Alles im Leben scheinte verstrickte geblieben. Auch Sie und ich. Jeder hilft aufe seine Weise. Jeder von uns iste doch bloß eine Werkzeug – eine Organ für jemand andere. Sie alse Bulle, der die Straßen säubert, und iche alse unbescholtene Händler, der sie schmückt. Und diese Schmuck, den Sie da bei sich haben, dene will ich. Dase wissen Sie genau. Also, verkaufen Sie, prego, an mich! Das ist meine gute Rat an Sie. Aber ich will Sie ja zu nichts drängen, geschweige denn Ihnen drohen. Darume schlafe Sie eine Nacht darüber." Der schöne Italiener schmiegte sich zwischen seine willigen Frauen, die Schampus mit ihm trinken wollten, und hob sein Glas. „Signore, nochmals Gratulatione zu Ihre einmalige Fund! Bravo, bravo. Meine Nummer habe Sie ja. Rufe Sie mich an, wenn Sie sich's anders überlegen. Unde nehmen Sie sich an der Bar noch eine Drink. Auf meine Kosten natürlich."

Jean nickte höflich. „Herr Bonucci, wir hören uns." Der Glatzkopf sah zu Sonja, die tänzelnd auf ihn zu kam. „Ich habe genug von diesem Lärm. Lass uns gehen."

Wenig später sah Jean aus dem Wagenfenster zum Pilatus hoch. „Dieser Bonucci hat garantiert etwas mit dem Tod von Peric zu tun. All diese Zusammenhänge lassen sich kaum von der Hand weisen."

Auf der Fahrt sprachen die beiden über den dubiosen Rohstoffhändler und sein unmoralisches Angebot, wozu sie weitere Vermutungen anstellten. Immer mehr Fragen drängten sich auf, und unwillkürlich begannen sie, ständig in die Rückspiegel zu blicken, denn jedes Auto, das ihnen länger folgte, schien plötzlich verdächtig.

„Das weiße Auto hinter uns ist weg", stellte Sonja fest. „O Mann, wer beschattet hier eigentlich wen? Und wer weiß alles davon?"

Jean sah kurz zu ihr hinüber. „Es scheint, als suchten immer mehr Leute nach dem Stein. Es würde mich gar nichts mehr wundern. Ganz ehrlich."

Mit dem feuerlodernden Stein in den Händen spiegelte sich die Gier in Sonjas Augen. Sie schien ihm kaum noch zuzuhören und dachte laut über neue Pläne nach. „O mein Gott, stell dir nur vor! Das wäre schon fantastisch: einfach verkaufen und verschwinden. Leben wie Bonnie und Clyde. Das wäre wie ein Lottogewinn. Alter Schwede! Hundert Millionen oder mehr! Und niemand, außer dem Händler, würde etwas erfahren. Das perfekte Verbrechen. Ach Jean, stell dir vor, was wir mit dem Geld alles machen könnten! Wir wären endlich frei."

„Frei? Ich weiß, ich weiß. Schon gehört. Wir sollten gar nicht daran denken. Scheiße auch! Ein ‚Was wäre wenn‘ wäre nicht gut in diesem Fall. Wir dürfen das Vertrauen in uns nicht überstrapazieren, Sonja. Wir sollten die Guten in diesem Spiel sein und auch bleiben, vergiss das nicht. Wir haben unsere Prinzipien."

Sonja schmollte. „Du bist ein Spielverderber. Du und deine Moral!"

„Sei froh darum. Gerade in solchen Zeiten braucht man Standhaftigkeit – Vertrauen. Auch darüber sollten wir reden. Nicht nur über den Preis des Steins."

„Ach, hör doch auf." Es folgte eine Schweigeminute.

„Mann, Sonja! Nie kann ich es dir recht machen. Nie bist du zufrieden, so oder so. Ob ich ihn nun verkaufen würde oder nicht – beides würde dich stören." Sonja blickte zum Schatten des Berges, auf den sie zufuhren. Jean betrachtete verunsichert ihr Seitenprofil. „Aber lassen wir das jetzt … Sag mal, kommst du später noch auf einen Kaffee? Ich hatte dir das ja gestern schon angeboten. Wir hätten viel zu bereden."

„Ja, das können wir machen. Aber dräng mich nicht immer so. Ich muss zuerst mit meinem Freund sprechen, danach komme ich vielleicht zu dir, okay?"

„Okay."

Kapitel 9: Hexenjagd

Bonucci stand im Dunkel seiner Privatgemächer vor dem großen Fenster und griff nach seinem abhörsicheren Telefon. Es klingelte nur einmal, da hob der erste Sensenmann bereits ab – der tätowierte Russe. „Da?" Im Hintergrund hörte man das Rauschen und Plätschern eines Wasserhahns und Metall traf leise klirrend auf Keramik. „Dimitrov! Amico mio! Wire habe diese Stück. Diese Bulle hate ihn. Allora: Ruf deine Leute an. Gelde spielte keine Rolle."

Als Bonucci auflegte, wusste er, dass die Information nun in Windeseile von einem zum nächsten wandern würde. Als Erstes ins Fitnessstudio, wo die Monster hebelten, die Schlägertruppen, angeführt von einem bandagierten Proll. Er würde seine Männer zu sich rufen, die schon bei der Schlägerei im Zug mit dabei gewesen waren, jeder von ihnen eine zwielichtige Gestalt und von Rachegelüsten durchtränkt. Vom einfachen Schuft bis zum Black*Cor-Söldner, Auftragskiller und Doppelagenten würde sich die Neuigkeit binnen kürzester Zeit verbreiten. Die meisten von ihnen arbeiteten verdeckt, mit Pseudonymen, und oftmals allein.

Auch der Italiener schützte seine Privatsphäre, setzte seine VR-Brille auf und loggte sich, wie immer, mit seinem Decknamen „Mr. Black" ins Spiel ein. Als John Wick kehrte er ins Continental-Hotel zurück, wo er im Gang stand und seine virtuellen Hände betrachtete. Seine Finger rauchten plötzlich und begannen sich aufzulösen. Der Rohstoffhändler mit den leuchtenden Goldringen war irritiert und hörte, wie es seine Stimme verzerrte. „Was soll das? Habe ich mir einen Virus eingefangen?"

Eine göttliche Dämonenstimme antwortete ihm: „Mal etwas anderes, alter Freund. Sie kennen ja meine Spiele."

Mr. Black alias Paolo Bonucci verwandelte sich in einen aus Aschewolken bestehenden Nekromanten, einen totenbeschwörenden Sensenmann, dessen rauchendes schwarzes Gewand jegliche Identität verhüllte. Er hielt eine qualmende Sense in der knöchernen Hand. Das war ein seltsames Gefühl für den sonst so seriösen Geschäftsmann, der selbst seinen Akzent gelöscht hatte. „Ein Sensenmann? Geht's noch auffälliger?"

Die Stimme lachte. „Passt doch zu Ihnen. Oder wollen Sie lieber ein Einhorn sein? Nur zu. Auch das könnte ich arrangieren. Oder wie wäre es mit Harry Potter?"

Der rauchende Nekromant schlug die Sense gegen den Boden und wagte frustriert den ersten Schritt im obskuren Spiel des Killers, der die Matrix um ihn herum auflöste und den Besucher plötzlich an den Time Square in New York versetzte, wo die vielen Bildschirme Massen an Werbung ausstrahlten, eine bizarrer als die andere. Bonucci verstand das nicht. Die Leute gingen an ihm vorbei, als wäre er ein Geist, der sich in der Menge langsam auflöste.

„Los, kommen Sie weiter", befahl die Stimme aus dem dunklen Spiel. „Noch sind Sie nicht bei mir. Komm schon, Tod. Komm zu mir."

Der Sensenmann machte den nächsten Schritt, der den Stadtdschungel auf der Stelle auflöste. Nur eine Impulswelle später trat er vom Asphalt in den neugeschaffenen Urwald des Amazonas. Doch dafür hatte der Totenbeschwörer aus dem Orden des Sensenmannes keine Zeit, weshalb ihn der folgende Schritt in eine steinerne Gruft führte, der nächste über die Grabstätte voller Gräber und weiter über einen ausbrechenden Vulkan hinweg. Der nächste Schritt brachte ihn auf einen Dünenkamm in der Wüste. Bei jedem Schritt sprang er in ein anderes Level, zog durch die Burg und das Raumschiff, wandelte über

Wasser, tauchte in ein anstürmendes Heer ein und trat dann an einen paradiesischen Sandstrand, wo ihn eine Schönheit mit ihren langen Beinen zum Halten zwang. Der rauchende Sensenmann betrachtete das sich das auf einer Liege unter karibischen Palmen räkelnde Playmate.

„Mr. Black."

„Hallo Chan. Schon wieder in einem Frauenkörper gefangen?" Chan kicherte wie ein Schulmädchen und spreizte die Beine. „Hey Honey, was hast du heute für mich?"

Der Tod erhob schweigend die Sense, holte damit aus und rammte sie zwischen ihre offenen Beine. Das zusammenzuckende Mädchen sah zu ihm hoch und wusste nicht, was sie davon halten sollte „O Gott! Wer ist denn dir über die Leber gelaufen?"

„Ich habe einen neuen Auftrag für dich. Etwas Großes, ein bisschen delikater als sonst."

Das hübsche Trugbild presste ihren Schritt an die haptiklose Sensenklinge, streichelte sie und griff lasziv in die aufgerissene Liege, aus der sie einen strahlenden Dolch herauszog. „Oho, wie nett."

„Ein Geschenk für dich", meinte Bonucci, der einen verzauberten Obolus in den Sand warf, welcher von den schäumenden Wellen überspült wurde.

Das verführerische Mädchen sah auf die Gravur ihres Dolches und stand von der Liege auf. „So viele Nullen. Ich höre."

Die goldene Münze ließ unterdessen schwarze Adern durch das Insel-Level ziehen und verwandelte den Palmenstrand in die epische Unterwelt des Styx, in die Finsternis einer gewaltigen Höhle, in der ein stiller Fluss zu einem mächtigen Tor hinfloss, im Strom die verlorenen Seelen, die nach Erlösung flehten.

Das Bikini-Model sah zum Mann mit der Sense hinüber. „Willkommen in deiner eigenen Unterwelt. Äußere deine Wünsche aber erst, wenn wir durch das Tor gegangen sind. Bis dahin kein Wort."

Plötzlich standen sie auf der Gondel des Fährmanns. Der Sensenmann und das Model trieben auf dem Fluss der Toten in die tiefere Dunkelheit eines mächtigen Darkpools.

Die Welten vermischten sich im Strom der Zeit, ganz so wie der Fluss und der nächtliche See, in dem sich die Lichter von Luzern widerspiegelten, ebenso wie die Scheinwerfer der Autos, die über die Seebrücke fuhren. Jean öffnete die Tür seiner Wohnung und Sonja lächelte ihm entgegen. Er hatte sie schon erwartet. „Komm herein, meine Süße." Er griff ihr gerne unter die Arme, als sie ihren Mantel ablegte. Sonja hatte angebissen, was den Mann überglücklich machte. „Dachte nicht, dass du noch kommst. Ist es wirklich kein Problem für dich? Hast du mit ihm geredet?"

Doch darauf ging Sonja gar nicht ein. Stattdessen fiel sie ihn mit funkelnden Augen an und küsste ihn. Binnen Augenblicken waren beide ineinander verschlungen. Für Jean kam das sehr überraschend, da er gedacht hatte, noch ein paar Minuten plaudern zu müssen. Aber okay, dann ging es eben gleich zur Sache. In den Armen des starken Mannes gefangen, ließ Sonja ohne Ausflüchte ihre Hüllen fallen, um sich von allem zu befreien und dabei doch tiefer in die Affäre hineinzutreiben. In diesem Fall hatte Jean sie verführt, ein geheimes Tabu für sie, weshalb ihre Liebe und das Verhältnis zueinander nur die beiden Beteiligten etwas anging. Einvernehmlich, wie sie es wollten.

Nach so langer Zeit ohne Intimität war das ein echter Höhepunkt für Sonja, die einige Zeit später unter der Decke hervorkroch und nach Jeans Hand griff. Stundenlang hatten sie sich geliebt. Und kaum hatte er die Hose oben und das Hemd zugeknöpft, flog die Zimmertür mit einem Krachen auf. Mehrere Bewaffnete in schwarzen Kampfanzügen, Kampfstiefeln und Sturmmasken drangen in das Schlafzimmer ein. Jean kassierte einen harten Schlag gegen das Kinn und Sonja zog erschrocken die Decke über sich. „Jean!"

Der war gerade selbst völlig überrumpelt, entriss ihr wiederum die Decke und schleuderte sie gegen die hereingestürzten Männer. Jean hatte alle Hände voll zu tun, sich gegen die Angreifer zu wehren, die mit Schlagstöcken auf ihn losgingen. „Sonja! Verschwinde von hier und ruf die Polizei!" Das rote Fadenkreuz eines Scharfschützen prangte Momente lang auf seiner Brust, dann erwischte ihn ein weiterer Schlag.

Sonja, die in Unterwäsche auf dem Bett gefangen war, schrie auf, als sie einer der vielen Männer ergreifen wollte. Die wehrhafte Frau riss sich los und kickte ihm ins Gesicht. „Du verdammter Mistkerl!" Dann sprang sie aus dem Bett und trat ihn noch einmal gegen den Kopf, um ihn auszuknocken.

Doch die beiden wurden einfach überrannt. Die Schwarzgekleideten knüppelten Jean nieder und Sonja wurde am Kopf getroffen, stürzte und fiel auf die Bettkante. Einer der Männer griff in Jeans zerrissene Jeans und entwendete ihm den Stein. „Hab ihn!" Als hätten sie ihn observiert. Dann bekam Jean einen Elektroschocker in die Weichteile und war binnen Augenblicken ebenfalls außer Gefecht gesetzt.

„Die beiden Bullen sind bewusstlos", funkte einer der Männer.

„Gut so. Verschwindet jetzt!", kam die prompte Antwort.

So etwas musste man den Männern mit den Sturmmasken nicht zweimal sagen. „Los, los! Raus hier, bevor die Bullen kommen! Beeilt euch! Und lasst es wie einen Einbruch aussehen", rief der Mann mit dem Funkgerät und winkte sein Team hinaus. Ein anderer griff sich die herumliegenden Wertsachen. „Vergesst den Rest! Nehmt das Geld mit!"

Doch als sie die Wohnungstür öffneten, stand der nächste Sensenmann vor ihnen und hielt sie auf. Mit sich langsam neigendem Kopf sah der gesichtslose Geist sie an. Es war die Ordensschwester, die eine schwarze Maske unter der Kapuze trug, was die fünf anderen Sensenmänner sichtlich irritierte.

„Hey, weg da! Verpiss dich und zieh den Scheiß aus! So laufen wir nicht rum!", drohte der Anführer der Truppe.

Aber die Hexe unter der Robe stand dem Schlägertrupp nur weiter regungslos im Weg, bis die Männer langsam zu ahnen schienen, dass dieser Mann gar nicht zu ihnen gehörte. Sie zogen ihre Waffen, gingen im nächsten Moment aber allesamt zu Boden, als die Hexe Blitze auf sie abfeuerte. Wie ein Donnergott mit brennenden Augen stand sie zwischen den Männern und riss den glühenden Stein aus den verkrampft zuckenden Händen des erledigten Killerkommandos.

Unten im Treppenhaus hatten es die anderen Henker mitbekommen und schossen vom Eingang aus nach oben. Der nächste Stoßtrupp bekam ein stilles Zeichen mit der Hand, womit das Killerkommando die Treppe nach oben stürmte, jeder von ihnen bereit zu töten. Aus der aufgebrochenen Tür heraus trafen elektrifizierte Murmeln die Formation, explodierten und zogen strahlende Blitzfäden durch das Treppenhaus. Der ganze Stoßtrupp war binnen Augenblicken ausgeschaltet. Die nachrückenden Männer konnten es kaum fassen: „Feindkontakt! Ein Eindringling hat auf uns geschossen! In der Wohnung! Hast du verstanden? Wir haben noch einen Spieler auf dem Feld."

„Verdammter Schweinepriester! Schickt die nächsten hoch, bevor der Räuber damit abhaut!"

Die Hexe, die den Sensenmännern die Show stahl, trat ins Schlafzimmer und blickte zu Jean. Der war gerade stöhnend erwacht, entdeckte den Stein in ihren Händen und wollte sie ergreifen. „Halt! Stehen bleiben!" Doch gerade als er aufsprang, durchschlug eine Kugel das Fenster. Unter Splittern und Krachen ergoss sich ein Scherbenregen in den Raum. Der Scharfschütze hatte die Hexe nur knapp verfehlt.

Jean rollte vom Bett, landete neben der bewusstlosen Sonja und rief in seine Uhr: „Verstärkung! Ich brauche Verstärkung! Einbrecher stürmen meine Wohnung! Schickt das Sondereinsatzkommando! Ein Polizist liegt verwundet am Boden! Sie haben Sonja erwischt! Ich brauche hier einen Krankenwagen! Schnell!"

Während des Anrufs streichelte er seine geliebte Partnerin und blieb neben dem Bett in Deckung. Dann schob er sie tiefer unter das Bett und gab ihr einen schnellen Kuss. „Ich liebe dich! Hier bist du am sichersten." Dann rannte er mit einem Aufschrei los und sprang den erstbesten Eindringling an.

Die Männer draußen waren unterdessen von unten hochgestürmt. Sie kamen von allen Seiten und kesselten auch die Hexe ein. Sie sandte einen Druckimpuls aus, der die angreifenden Männer nach hinten schleuderte. Dann verpasste sie einem heranstürmenden Hünen ein paar unmenschlich harte Tritte und ging mit blitzschnellen Kampfbewegungen gegen den fallenden Körper des nächsten vor. Mit Saltos und Grätschen wich sie aus und hielt die Männer in Schach, bevor sie die Wand entlang rannte, einen vierten Mann packte und ihn in hohem Bogen in das zerschlagene Schlafzimmer katapultierte.

Jean konnte gerade noch ausweichen und stürmte nun selbst in den Flur seiner Wohnung, wo er die Hexe gerade noch aus dem Fenster springen sah. Von hier aus ging es mehrere Stockwerke nach unten. Im Fadenkreuz des Scharfschützen, das ihr rasant folgte, glaubte wohl jeder, sie sei tot, bedeckt von ihrer schwarzen Robe, die auf dem Straßenpflaster landete. Doch das dunkle Leichentuch hob sich wieder und es war, als würde sie auferstehen. Die Männer, die ihren Sturz verfolgt hatten, staunten. Dann eröffneten sie das Feuer.

Die verhüllte Einzelkämpferin lenkte die Geschosse mit den Händen um und rannte los. Von Schüssen verfolgt hastete sie weg von dem Wohnhaus, in dessen Außenwand der flüchtige Geist eine Schussspur hinterließ. Doch der Killer auf dem Dach gegenüber hatte ausgeschossen. Die Hexe war offensichtlich zu schnell für ihn, zudem schien es ganz so, als würden die Kugeln von ihr abgelenkt. Rufe wurden laut. „Haltet ihn auf! Haltet ihn auf!" Ein einzelner Schuss krachte, abgegeben von einem Schmiere stehenden Aufpasser an der Ecke. Der Mann wurde von einer unsichtbaren Kraft zu Boden geworfen. Die Gestalt in der schwarzen Robe sprang geschmeidig durch die Lüfte und klaute kurzerhand sein Motorrad.

Jean hatte genug gesehen. Er rannte durch das Zimmer, schlug einen der Einbrecher nieder, der gerade aufstehen wollte, riss die Schranktür auf, auf welche die Schüsse niedergingen, und zog seine

Schutzweste an. Er kickte den nächsten Eindringling zur Seite, um an seine Stiefel zu kommen, schlüpfte in das Exoskelett, griff sich seinen Mantel und schnappte sich die durchgeladenen Berettas. Dann zog er hastig die Maske seines Kampfhelms herunter, kurz bevor eine brachiale Faust darauf einschlug. Mit Susi und Strolch in den Händen fuhr Jean herum, knallte dem nächsten Eindringling die eine Knarre auf den Kopf und schoss mit der anderen einem weiteren Mann ins Bein. Dann huschte er aus der Wohnung.

Jean stürmte das Treppenhaus hinunter, wo sich die ersten Sensenmänner wieder aufrappelten. Er eilte in die Garage, riss die Tür auf und schwang sich auf seine Maschine. Im Qualm seiner durchdrehenden Reifen fuhr er das Garagentor nieder und bretterte hinaus.

Die Männer in Schwarz feuerten auf ihn, während sie zu ihren Wagen rannten. „Schnappt ihn, Schnappt ihn!"

Jean sah sie im Rückspiegel, bevor dessen Glas von einer Kugel getroffen wurde. „Cop*Cor, ich brauche deine Augen im Hinterkopf."

„Verstanden, maximale Alarmzone."

Die spiegelnde Linse im Kampfhelm zeigte, wie hinter seinem Rücken die Männer auf die Straße stürmten. Die Position der flüchtigen Hexe wurde schon auf dem Visier angezeigt. Er gab mächtig Gas, um sie noch einzuholen, und raste aus seiner Wohnsiedlung durch die rauschende Allee, deren bunt gefärbte Laubblätter von seiner Maschine mitgerissen über den Asphalt wirbelten. Mit einem irren Tempo schoss er aus seiner Straße, an deren Rändern die Lichter vieler Autos angingen. Aus den geschlossenen Parklücken heraus nahmen sie die Verfolgung auf. Es war ein gutes Dutzend Fahrzeuge, die Jean und den falschen Sensenmann verfolgten.

„Schneller, schneller!" Die Blaulichter kamen bereits näher, als einer aus dem Streifenwagen meldete: „Verdächtiger rast mit Motorrad durch die Stadt. Sind dran. Geben Fahndung raus."

„Patrouille, bitte melden!" Wie in ein Wespennest gestochen gingen die Alarmlichter an.

Bei den Gangstern, die Jean und die Hexe in ihren Sportwagen durch die Stadt verfolgten, vernahm man den hiesigen Polizeifunk mit großer Sorge. Über ihr eigens verschlüsseltes Netz kam die nächste Meldung durch das Radio herein: „Verfickte Scheiße! Dieser verdammte Hurensohn! Dieser Bastard! Er hat uns beklaut und ist aus der verkackten scheiß Hütte raus!"

„Ein anderer Sensenmann hat den Klunker! Er sieht aus wie ein Mönch in schwarzer Robe. Keiner von uns!"

„Hinterher! Hinterher! Schnappt euch diesen Drecksack und erledigt ihn!"

„Passt auf, der Typ, von dem wir den Stein gestohlen haben, ist auch an ihm dran! Beide teilen heftig aus und sind bewaffnet. Wiederhole: Beide sind gewaltbereit und bewaffnet."

Die Männer in Schwarz drückten auf die Tube. Im Radio eines ihrer vielen Beifahrer war zu hören: „Diese Drecksbullen! Sorgen wir für Chaos!"

„Jop, bin schon dabei!"

„Die einen lenken sie ab, die anderen jagen sie! Erwischt die beiden Störenfriede, bevor sie unseren Plan vereitelten!"

Der maskierte Beifahrer des Gangsterwagens starrte auf sein Handy und schubste den Fahrer an. „Die Prämien wurden verdreifacht. Der Erste, der sie erwischt, kriegt drei Millionen extra."

Was für ein Anreiz! Mit durchgedrücktem Gaspedal preschte einer der Fahrer qualmend nach vorne und überholte den alarmierten Streifenwagen. „Alles oder nichts!" Keiner konnte sie stoppen.

Der Polizeifunk meldete: „Wurden gerade von einem Wahnsinnigen überholt!" Die Bullen hatten angebissen und nahmen die Verfolgung auf.

„Nehmt alle fest!", brüllte Jean in sein Mikro. „Aber passt auf! Die Männer sind bewaffnet und haben auf uns geschossen! Diese verdammten Terroristen jagen die Hexe! Stoppt ihre Flucht!"

Was der überholte Streifenwagen versuchte, der sie über eine Kreuzung mit roten Ampeln verfolgte. Dann der Blitzer. Zu schnell für die

Polizei. Ihre Meldung war ebenfalls überholt: „Die rasen wie die Irren! Und sie schrecken vor nichts zurück!"

Cherry schaltete sich ein: „Einer der Flüchtigen hat sein Smartphone noch an. Sende ihm eine Haltmeldung."

Schon klingelte neben dem Fluchtfahrer das Telefon, welches polizeilich gehackt blau zu leuchten begann. Der Fahrer warf einen schnellen Blick hinüber. „Scheiße, du Idiot! Schalt das sofort aus!"

Der Beifahrer warf das Handy aus dem fahrenden Auto. Das Gerät knallte auf die Frontscheibe des verfolgenden Polizeiwagens. Der Gangster grinste mit geladener Waffe in der Hand. „Mach dir keine Sorgen. Hab's geklaut. Und jetzt gib Gas, bevor sie uns noch erwischen."

Wagen um Wagen rückte nun aus, womit die Nachtruhe in Sirenengeheul getränkt wurde. Der Polizeifunk schien allmählich überlastet. „Haben noch einen Raser, östlich des Bahnhofs."

„Zwei Raser, die sich ein Rennen auf der Obergrundstraße, höhe Tellbrunnen, liefern."

„Krankenwagen vor Ort!"

„Sondereinsatzkommando angekommen! Wir gehen jetzt rein!"

„Wohnung gesichert!"

„Die Verwundete liegt am Boden. Schwere Kopfwunde, bewusstlos. Wir müssen sie stabilisieren und ins künstliche Koma versetzen."

Dem rasenden Jean beschlug die Scheibe, als er das hörte. Dann folgte die nächste Warnung: „Verdächtige fahren auf der Seestraße! Passt auf die Fußgänger auf!"

Die Meldungen überschlugen sich, genau wie eines ihrer Fahrzeuge. Der Streifenwagen war gerade noch an einem Fußgänger vorbeigedriftet und raste mitten in eine Massenkarambolage. Genau wie der Verfolger dahinter. Dann krachte es erneut.

„Gott steh uns bei! Schon wieder ein Totalschaden!" Moe saß in seinem Büro und lehnte sich zurück, als seine Kameraden alarmiert von den Schreibtischen aufsprangen und durch den Gang hetzten. Er war am Boden zerstört. „Jean, warum? Warum musstest du diesen Drachen wecken? Warum gerade heute?"

Schon ging das alte Garagentor hoch, hinter dem zwei böse Lichter aus dem Dunkel zündeten: ein beschlagnahmtes Monster, hungrig nach Benzin und fetten Kurven, dessen V8 laut röhrte. Eine Höllenmaschine, die Feuer aus dem Auspuff spuckte. Die brüllende Bestie schoss aus dem Parkhaus in die Nacht hinaus, um sie alle zu jagen, ein mächtig hochgetunter Porsche, der jeden verdammten Wagen einholen konnte und auf der Straße seinen eigenen Ruf überholte. Seine brachiale Beschleunigung war enorm. Mit der Schaltung in den dritten Gang und rein in die Kreuzung, war das schwarz getunte Monster binnen kürzester Zeit am ersten der verfolgenden Wagen dran und holte ihn ein. Am Steuer saß der entfesselte Moe, der böse schwarze Glatzkopf, der hoch- und runterschaltend durch die Straße preschte und seine Rache wollte. „Euch schnappe ich mir! Euch alle! Jeden Einzelnen!"

Mit Tränen in den Augen und Zorn in den Händen würgte er das Steuer und hielt das Gaspedal unten. Er war außer Rand und Band, als er den Raser vor sich sah und verfluchte ihn: „Ihr scheiß Arschlöcher! Niemand zerstört meine Einheit! Schon gar nicht solche wie ihr! Fahrt zur Hölle!"

Moe driftete furios um die Kurve an der Kirche. Regentropfen platzten auf der Frontscheibe. Im Seitenspiegel des Wagens vor ihm tauchte das Gesicht des Fahrers auf. Sein gehetzter Blick sprach Bände. Der Beifahrer drehte sich sichtlich nervös nach ihm um und zielte mit einer Waffe auf Moe. Die Wagen klebten schon fast aneinander; Moe drückte einmal mehr auf die Tube. Der Stoß kam schon im nächsten Augenblick. Die Front des Porsche rammte das Heck des Wagens. Ein Schuss krachte. Hinter dem Steuer grinste der schwarze Bulle kalt. Er schob den anderen Boliden einfach weg, sodass sich der gestohlene Wagen mit über hundertzwanzig Sachen um die eigene Achse drehte, über die Straße schlitterte und gegen eine Mauer knallte. Das gestauchte Fahrzeug spiegelte sich qualmend im Rückspiegel von

Moes Porsche, der bereits den nächsten Raser zwischen den Häuserschluchten entdeckte und Gas gab.

„An alle! An alle!", rief er in sein Cop*Cor. „Nehmt sie aus dem Verkehr! Haltet sie auf! Mit aller Gewalt! Aufhalten! Wiederhole, alle Raser aufhalten! Lasst sie nicht ungeschoren davonkommen!"

Jean jagte weiter vorne mit seinem Motorrad jenes mit der diebischen Hexe darauf. Im Slalom musste er die anderen Verkehrsteilnehmer kriminell überholen. Eine um das andere Fahrzeug wurde geschnitten und er donnerte durch das Hupkonzert, bis sein Vorderrad am Hinterrad der Flüchtigen klebte, fast schon zum Greifen nah. „Hab ihn!"

Doch dann wurde Jean von einem anderen Auto ausgebremst. Reaktionsschnell wich er aus, überholte es auf der anderen Seite und meldete weiter: „Verfolge Verdächtigen durch das Zentrum. Sperrt die Straßen und macht die Seebrücke zu!"

Von den Drohnen am Himmel eindrücklich aufgenommen, verfolgten sie die Hexe weiter. Jedes zu schnell rasende Irrlicht am Boden war markiert. Die Seebrücke wurde gesperrt. Einsatzkräfte und Verfolgergruppe rasten in Richtung des Bahnhofs, wo die beiden Motorräder um das Säulentor kurvten. Fahrzeuge bremsten quietschend, irritierte Fahrer sprangen brüllend heraus. Die Hexe riss sich los. Jean hielt mit Vollgas auf die schmale Kappelbrücke zu und versuchte dranzubleiben, ehe die Balken der überdachten Holzbrücke an ihm vorbeizischten. Dann schossen sie auf der anderen Seite der Brücke wieder heraus. Am Turm vorbei preschten sie zurück in den Tross, der über die große Seebrücke raste, hinein in die noch nicht fertig errichtete Polizeisperre, die sie einfach umfuhren und durchbrachen. Beide Motorräder und die drei noch übrigen verfolgenden Sportwagen zirkelten an den Nagelbrettern vorbei und fuhren die engen Schneisen vor dem Bundesgericht einfach nieder. Allesamt auf hundertachtzig rasten sie die Seepromenade entlang und zischten an den altehrwürdigen Hotels vorbei.

Plötzlich kam es zu einem Crash vor einem der Hotels. Der Porsche rammte die Seite eines Gangsterwagens. Der Airbag löste aus. Beide Fahrzeuge drehte es schleudernd. Dann kamen sie zum Stehen, rauchende Haube gegen rauchende Front, während die anderen flüchteten. Doch Moes Monster röhrte noch immer. Im Gegensatz zum anderen, der sich schwer verletzt in dem gestauchten Wagen wand.

„Ah Scheiße, Mann! Der Wichser hat uns voll erwischt!" Der Mann spuckte Blut auf den Airbag und starrte in den verbogenen Rückspiegel. Das schwarze Monster, das ihn brutal abgeschossen hatte, lauerte röhrend hinter ihm.

Sein Blick kreuzte sich mit dem von Moe. Der spielte mit dem Gas und dachte nicht daran, nachzulassen. „Ihr ... ihr elenden Schweine ihr! Das habt ihr nun davon!" Mit Blick auf die Blaulichter sah der schwarze Bulle rot, bis seine Bremslichter erloschen und die Räder durchdrehten. Nur ein rauchender Ring blieb von ihm zurück.

Moe holte in Windeseile wieder auf. Mit einem monströsen Drift zog er durch das engmaschige Häusermeer, während er in die Freisprechanlage hineinbrüllte: „Sperrt die Autobahnzubringer! Cherry, mobilisiere alle umgebenden Einsatztruppen! Holt alle von den Straßen und ordert das Sondereinsatzkommando ins Zentrum zurück. Riegelt die Stadt ab! Nehmt jeden fest, der einen Unfall hatte. Jetzt!"

Unterdessen schnitt sein ausgeliehener Porsche schon mal die nächste Kurve, wobei der Kotflügel einen Abfalleimer streifte. Ein erschrockener Passant konnte gerade noch zur Seite springen. Moe sah ihn im Rückspiegel mit dem Handy filmen, bis ein nachfolgender Wagen ihn erwischte.

Zum Glück waren zu dieser Zeit kaum Leute auf der Straße, und diejenigen, die sich im Gefahrenbereich aufhielten, bekamen sofort eine Nachricht vom Katastrophenalarm: „Polizeieinsatz! Halten Sie sich von der Straßen fern!"

Wie die Polizisten waren auch die Gangster nun gestresst. Jeder wollte Risiken meiden – die Gefahr hatte sich noch gesteigert. „Macht schon! Holt den diebischen Mönch vom Bike!", blökte es aus dem Funkgerät.

Der Mann hinter der Hexe sah das kritisch. „Wie denn? Es tauchen immer mehr Bullen auf! Die meisten Fluchtwege sind schon abgeschnitten. Die werden uns erwischen!" Schon wurden sie von den beiden verfolgenden Polizeiwagen in die Zange genommen. Sie abzuschütteln war unmöglich.

„Wollen die uns verarschen? Zugriff! Zugriff!", war aus dem Polizeifunk zu hören.

„Abbrechen, abbrechen!", brüllte der nächste Gangster, was der vor ihm fahrende Wagen ignorierte: „Da vorne! Holt ihn runter!"

Einer ihrer dunklen Wagen driftete um die Kreuzung und tauchte hinter dem Motorrad der Ordensschwester auf. Ein mächtiger Bolide, der gleich mehrere Pfosten abräumte und den hinterherjagenden Jean anrempelte, der wegen einer Bushaltestelle ausweichen musste. Die Hexe machte vor der nächsten Straßensperre eine Vollbremsung. Nur wenige Meter vor der Blaulicht-Barrikade wendete sie und raste dreist an den auffahrenden Verfolgern vorbei. Fast donnerte sie dabei in Jean hinein, der mit seinem Motorrad stürzte, meterweit über den Boden schlitterte und gegen die Polizeisperre prallte. Die Hexe setzte kurzerhand zum Sprung an und fuhr über die Haube des Gangsterwagens. Der hielt mit zerschlagener Frontscheibe auf die Mauer der Polizeiabsperrung zu, bis der Fahrer auf die Klötze trat.

„Haben sie! Fluchtwagen zum Anhalten gezwungen", kam es aus dem Polizeifunk. „Ausschalten und zugreifen! Doch lasst den schwarzen Motorradfahrer. Das ist einer von uns!"

Die Gangster in der Sackgasse fuhren im Rückwärtsgang über das Nagelbrett und die Reifen platzten. Sofort griff die Einheit zu und umstellte sie. Jean hörte es im Headset.

„Haben noch einen Raser gestoppt! Zwei Personen festgenommen!", meldeten die Einsatzkräfte. „Drei flüchten noch zu Fuß! Verfolgen sie weiter!"

Er hatte die Hexe verloren, bog in eine Nebenstraße ein und wollte sie über einen kleinen Umweg stoppen. „Versuche, der Hexe den Weg abzuschneiden! Riegelt endlich die Autobahnen ab! Nichts darf mehr raus!" Die rasende Flüchtige war wie in einem Netz aus leuchtenden Straßen gefangen.

Am Motorrad der Diebin war daher schnell der Nächste dran. Ein Gangster mehr, der aus der Limousine auf das Bike der Hexe feuerte. Doch kaum ballerte er los, segelten Raben von den Dächern herunter, die die motorradfahrende Hexe mit ihrem Leben schützten. Wie Drohnen stürzten sich die Krähen in die Schussbahn. Mehrere Rabenvögel klatschten auf die Haube der Verfolger. Der getroffene Gangsterwagen kam ins Trudeln. Von fünf Raben umkreist raste die Hexe vor ihnen her, als sich ihre schützenden Vögel plötzlich auf die Frontscheibe des Verfolgers fallen ließen und dem Fahrer die Sicht raubten. Im Blindflug krachte er in die nächste Mauer.

So etwas hatten Luzern und seine Einsatzkräfte noch nie erlebt. „Verdammte Scheiße!" Auch Moe fluchte gehörig, da die Lenkung seines qualmenden Porsche wackelte und nach rechts zog. Aber er hielt dagegen. Wieder schaltete er hoch, raste an einem Einsatzwagen vorbei, der mit Blaulicht zwei flüchtige Fahrzeuge verfolgte. Aus dem Funk tönte nur lautes Gekröse: „Gl...ch me...re... Ras... um den ... Ba...nho.... Üb...all i... d... St...dt."

Vereinzelt sprangen Leute über die Straße, als wäre das ein Teil des chaotisch wirkenden Ablenkungsmanövers. Moe hatte den dritten Wagen vor seiner rauchenden Haube. Die Felgen küssten den Randstein. Beide Sportwagen fuhren direkt nebeneinander, wobei sie brüllend und quietschend um Kurven drifteten, sich touchierten und von der Straße drängten. Moe lachte wie ein Wahnsinniger, als die Funken flogen.

Der tätowierte Sensenmann in dem angefahrenen Fluchtauto hatte das Wagenrennen offensichtlich satt. Mit gezückter Waffe und heruntergelassenem Fenster schoss er auf das rasende Monster und traf den schwarzen Joker. Moes Frontscheibe und die Reifen barsten.

Er konnte den getroffenen Wagen nicht mehr halten, driftete ab und prallte frontal gegen eine Ampel, sodass der Wagen in Einzelteilen um den Pfosten gewickelt wurde. Die Teile flogen meterweit davon.

„O Gott!" Cherrys Stimme im Polizeifunk überschlug sich. „Nein! Maurice! Schickt schnell einen Krankenwagen! Holt ihn aus dem Wrack!" Einen Moment später meldete sie: „Das flüchtige Motorrad fährt in Richtung Kriens. Wiederhole: Der Flüchtige fährt über die Hauptstraßen Richtung Kriens. An alle Einsatzkräfte: Alle bereithalten! Setzt das EMP ein. Freigabe erteilt!"

Die verfolgende Drohne über den Dächern der Stadt hielt auf das Motorrad zu, wurde aber plötzlich von der Kugel eines Scharfschützen erwischt. Das kleine Flugvehikel stürzte ab und erlosch wie das nächste Licht am Himmel.

Eines der Teile krachte wuchtig durch ein Schlafzimmerfenster. Wieder riss es den kleinen Jungen aus dem Schlaf – den Buben vom Rabenraub. Er zitterte und starrte inmitten von Scherben liegend auf das Feuer, das im Bett um sich griff, bis der Vater ins Zimmer hereinstürmte, das brennende Wrackteil auf der Matratze sah und entsetzt zu seinem traumatisierten Jungen blickte, als hätte sein Kleiner selbst das Feuer gelegt. Dann schossen die alarmierten Blaulichter vorüber.

„Drohne abgeschossen. Irgendjemand hat sie erwischt", erklang Cherrys Stimme im Polizeifunk. „Habe den flüchtigen Motorradfahrer verloren. Kein Sichtkontakt! Wiederhole: Kein Sichtkontakt!" Man konnte hören, dass im Kommandoraum große Aufregung herrschte.

Doch da die Verfolgungsjagd viel Aufsehen erregte, dauerte es nicht lange, bis das nächste Patrouillenfahrzeug auf die vorbeirasende Hexe ansprang. Ein Streifenpolizist bekam, hinter dem Motorrad der Hexe herfahrend, seinen Moment: „Bin noch dran! Verfolge sie weiter."

„Zentrale verstanden. Übernehmen Koordinaten!"

Die Hexe schoss eine Blitzkugel nach hinten auf die Haube und legte das Auto lahm. Licht und Motor gingen schlagartig aus. Auf dem rasenden Motorrad und mit glühenden Bremsscheiben durch eine Seitenstraße jagend, hatte auch Jean das vernommen. Genau wie die

Hexe voraus, die sein Licht hinter sich näherkommen sah, als sie die Straße zum Pilatus hochbretterte, um den Fängen ihrer zahlreichen Verfolger zu entfliehen. Raus aus der Stadt und rauf auf den Berg, als wäre es ein Katz- und Mausspiel – ein Rennen um den heiligen Stein.

Der bestohlene Jean konnte daher nicht lockerlassen, konnte gerade noch die nächste Abkürzung nehmen und hatte sie schnell wieder vor sich. Er war nur wenige Kurven hinter ihr und beschleunigte, so gut es ging. „Cherry! Die flüchtige Hexe fährt den Pilatus hoch. Wo bleibt die nächste Straßensperre?"

„Negativ! Alle sind weit hinter dir und säubern die Straßen der Stadt!"

„Verdammt! Ruf sie her! Umstellt den Berg! Aber macht es diesmal besser! Macht jede Zufahrt zu. Nichts darf mehr runter vom Berg!"

Cherry koordinierte die Einsatzkräfte und meldete dann: „Jean, das wird ein Weilchen dauern. In der Stadt herrscht immer noch Ausnahmezustand. Nur noch du bist an ihr dran. Also lass sie nicht entkommen. Keine Sperren mehr möglich. Hörst du? Du musst sie erwischen! Verhafte sie!"

Auch die Gangster hörten mit, kratzten mit der Handbremse die Kurve und rasten durch die Seitenstraßen, um ebenfalls in die Berge zu kommen. Überall sah man ihre Scheinwerfer die Hänge hochjagen, als die tobenden Henker durch das Fahrverbot und den Waldweg rasten und den Motorrädern entgegenkamen. Doch kurz vor dem Zusammenprall wichen die Bikes über eine Wiese aus. Wenige hundert Meter weiter auf der Landstraße befanden sich schon die nächsten Sensenmänner auf der Strecke, sodass sie plötzlich hinter Jeans Motorrad auftauchten, der das rasende Bike der Hexe vor sich hatte.

Eine kleine Kolonne aus Lichtern verfolgte ihn, Front hinter Front gereiht preschten sie durch die Schatten der Bäume. So jagten die Lichter von mindestens einem Dutzend Fahrzeugen den Berg hoch. Man sah sie überall den Fuß des Berges erklimmen; eine kleine Armee mit unterschiedlichem Abstand zueinander. Darunter ein heulender

Polizeiwagen, der an einem Hof vorbeifuhr, plötzlich von Hörnern gerammt wurde und ruppig auf den Wanderweg geschickt wurde. Die durchgeschüttelten Bullen sahen aus dem zerschlagenen Autofenster. „Alles okay?"

„Nein, verdammt, mein Knie!"

„Was war das? Hast du es gesehen?"

„Etwas hat uns voll erwischt!"

Sofort stiegen die beiden Bullen mit gezogenen Waffen aus. Im Mondlicht stand ein Stier. Er scharrte mit den Hufen, schnaubte Blut und rannte tollwütig auf sie zu. Donnernd krachte er in das Polizeiauto, dessen Blaulicht erlosch. Nur mit einem Sprung konnten sich die Polizisten retten und hörten nun im Unterholz liegend die Hunde bellen, welche ebenfalls vom Hof abgehauen waren. Es waren mehrere Hunde, die im Jagdrausch durch den Wald rannten, um die entfesselten Bullen zu erwischen.

Was für eine Nacht! Der Berg schien finster, und jede Kontur, in Schwarz getaucht, ließ nur die Lichter hervortreten – die rasenden Scheinwerfer der Verfolger. Sie schossen durch die Schatten, schossen mit ihren Waffen und jagten zu den Sternen hoch, vorbei an schwarzen Tannen, dunklen Buchen und finsteren Eichen, während die Schlaglöcher mehr wurden und die Sportwagen über den Kies der Alpwege drifteten. Viel Staub wurde aufgewirbelt, daher war die Sicht für die Fahrer gleich null, als sie den Wagen vor ihnen folgten und versuchten, ihre Spur zu halten. Ständig wurden sie vom Bremslicht geblendet, das im Staub immer wieder unterging. Plötzlich schlitterte ein Wagen auf dem Kies, schoss über eine Kurve hinaus und den Hang hinunter. Das Fahrzeug überschlug sich mehrfach und krachte in den Wald.

Jean funkte die Zentrale an. „Wo bleibt der Hubschrauber?"

Im Ohr hatte er immer noch Cherry, die ihm mitteilen musste: „Vergiss das! Der kann nicht starten. Jemand hat die Kabel durchgeschnitten! Es tut mir leid, Jean." Ein dunkles Gewitter braute sich um den Berg zusammen. Wetter und Wolken wechselten im Minutentakt.

Der Ermittler vernahm es unter dem Helm mit angespanntem Gesicht. Mit seinem angeschlagenen Motorrad rumpelte er über die Schlaglöcher weiter den Berg hoch, über dem sich ein Wolkenwirbel zu drehen schien. Ein vom Gipfel aus hochschießender Lichtstrahl zündete in den Wolkenstrudel hinein, als würde ein böser Berggeist sein Unwesen treiben. Ein Dämon wie jener in den Köpfen der Gangster, die mit Jean und der Hexe voraus über den Waldweg rasten, weiterfeuerten und mit aufspritzenden Wellen aus Kies die Kurven kratzen.

Ihre Schüsse erwischten Jeans Motorrad. Splitter und Funken flogen, worauf die abgesprengten Teile nach hinten davonpolterten. „Oh, shit!" Auch der andere Rückspiegel hatte nun daran glauben müssen, womit sein Blick betend nach oben ging. Am Himmel erstrahlte ein mächtiges Licht zwischen den Sternen. Jean sah es deutlich auf sich zukommen. Eine Kampfdrohne kam angeschossen und ballerte mit ihrem Geschütz in seine Richtung. Was für ein Feuerwerk! Nur knapp hinter Jean schlugen die brachialen Schüsse auf. Dreck- und Kiesfontänen spritzten hoch, ehe die Salve die Haube der Verfolger durchlöcherte. Mehrere Treffer ließen den Wagen von der Bergstraße abkommen, in den Graben schlittern und sich mit einem Überschlag verabschieden.

Die Drohne hatte genau gezielt. Der schwarze Ritter auf dem Bike hatte Moe im Ohr: „Hi Jean. Dachte, ich komme mal vorbei. Hab dir einen Vogel mitgebracht. Gefällt dir, was?"

Jean freute sich, seine Stimme zu hören. „Moe! Du lebst! Bist du das wirklich? Gibt's ja nicht! Hey! Dich bringt ja gar nichts um."

„Hatte Glück und den Unfall gut überstanden." Moe hatte sich offenbar nun mit dem Steuerpult verbinden lassen.

Die Drohne funkte dazwischen: „Cor*Three registriert Schüsse."

„Sag was, Jean! Was können wir für dich tun? Wo willst du hin?"

Jean schaute nach hinten zu seinen Verfolgern und dann wieder hoch auf den Berg. „Zum Gipfel! Zur Hexe! Gib mir Deckung! Und lass sie nicht aus den Augen. Jeder auf dem Berg soll festgenommen werden."

„Verstanden. Verfolge Hexe und sichere dich ab. Um den Rest kümmert sich Cherry."

Was für ein Moment! Zum ersten Mal steuerte Moe den Flug der Drohne so, wie Jean es wünschte. „Jean, sechs Wagen sind noch hinter dir! Ich werde versuchen, sie auszuschalten. Lass dich nicht abhängen! Bleib an ihr dran."

„Habe verstanden!" Der durchgeschüttelte Motorradfahrer zwang sich genötigt zu noch mehr Risiko. Er zog am Gashebel und jagte mit Vollgas über die Wiese, auf dass die Räder durchdrehten und ihn den Berg hochpreschen ließen. Das Licht der Drohne beschützte ihn, die hinter dem Bike von Jean auftauchte und weiter Rückendeckung gab. Noch immer fielen Schüsse. Für den letzten Polizisten am Berg eine Bedrohung, weshalb er weiter zum Himmel betete: „Moe, halt sie mir vom Leib und verschaffe mir ein wenig Luft!"

„Verstanden! Ausrotten und vernichten." Die nächsten Salven schlugen neben den Verfolgern ein und zwangen sie zum Halten. „Wagen vier und fünf ausgeschaltet. Und nun die nächsten."

Wieder waren Schüsse auf die Autos zu vernehmen, die über den Kiesweg rutschten, die Bergstraßen hochrasten und die Felsen der Hänge touchierten. Nur knapp daneben schlugen die Salven ein. Doch der darauffolgende Kugelhagel erwischte sie. Das Autodach wurde durchlöchert und die Wagen so vom Licht am Himmel getoppt. „Das war für vorhin. Ich hoffe, das Ballistik-System hat verfehlt und euch getroffen."

Die Hexe raste indes über die Schwellen, den Wanderweg hoch, über Stock und Stein, was Jean zwang, mitzuhalten. „Die ist ja irre!" Es ging den Hang entlang und in das hochalpine Gelände, wo Jeans Motorrad auf den Steinen des steilen Wanderweges hin und her zu schlingern begann. So lange, bis er stürzte. „Scheiße auch!" Trotzdem richte er sein abgerutschtes Bike wieder auf und fuhr weiter. Von Sturz zu Sturz driftete er die Hänge hoch.

Ganz im Gegensatz zu den Gangstern, die nach einem heftigen Aufprall abbremsen mussten, weil ihnen ein Reh vor die Front gesprungen war. Alles war voller Blut und die beschädigten Scheibenwischer liefen noch. Knapp daneben schoss ein schlitternder Jeep vorbei, den zu steilen Hang hoch, und gab trotzdem weiter Gas. Er überschlug sich und rollte den hochfahrenden Blaulichtern entgegen. Ein heilloses Chaos. Schon knallte der nächste gegen einen Baum. Nur die Motorräder hatten es den Hang hochgeschafft. Die zwei letzten Lichter, die gen Sternenhimmel zogen und das All erreichten. Immer weiter spulten sie den steinigen Wanderweg hoch, als hätten sie Raketenantriebe, die durch ihre roten Rücklichter erstrahlten. Ihr Aufstieg war von Weitem gut ersichtlich. Ihre Scheinwerfer waren steil zum Gipfel gerichtet.

Auch Moe registrierte sie, der mit der Drohne auf sie zuhielt und sah, wie sie unter Schlammfontänen den Hang hoch jagten.

Jean war schon fast an der Hexe dran, als sie erneut ihre blitzenden Kugeln nach hinten warf. Der Bulle musste ausweichen. Im Slalom entwand er sich den stromschlagenden Feldern, bis er mit seinem Motorrad ausrutschte, bremste und im steilen Gelände steckenblieb. „Nein, nein, nicht jetzt! Komm schon! Lass mich nicht hängen! Komm da raus!" Doch seine ramponierte Maschine kam nicht mehr hoch. Sie hatte einen Platten und offenbar einen rauchenden Motorschaden. Sein Schlag auf den Tank half da auch nicht mehr. Also schmiss er hin, um der Hexe zu Fuß nachzurennen, genau wie die Gangster und Polizisten weiter hinten.

Der Ermittler rannte seinem Fall hinterher, stolperte durch die Dunkelheit, hastete an einer der vielen Tannen vorbei, öffnete im Lauf die stickige Maske und zog den aufgeklappten Kampfhelm wie eine Kapuze nach hinten, bevor er das Headset aus der Uhr klickte und es anlegte. „Moe, verpasse der Flüchtigen Warnschüsse vor die Räder.

Halt sie auf! Die Sensenmänner dürfen den Dieb nicht vor uns erwischen!"

„Verstanden." Die Drohne wendete mit weitem Bogen und tauchte als tödliches Licht hinter der Hexe auf, um ihr hochspulendes Motorrad zu stoppen. Unverzüglich eröffnete die Drohne das Feuer, immer auf die Maschine gerichtet. Zuerst ging ein warnender Kugelhagel leicht daneben nieder. Moes Funkspruch war entsprechend: „Warnschüsse abgegeben. Keine Reaktion."

Die Hexe erhöhte das Tempo und spulte mit der Maschine noch mehr durch. Mit durchgerütteltem Lenker, defektem Licht und wahnsinniger Entschlossenheit ins Sternenmeer flüchtend, schien sie rasend zu entfliehen, während die bleiernen Sternschnuppen neben ihr vorbeizischten, um sie mit ihren letzten Mitteln aufzuhalten.

Moe hatte genug von der Hexenjagd und entsicherte die gröberen Geschütze. „Wer nicht hören will, muss fühlen." Ein schwaches Zucken am Abzug und schon war seine kleine Wärmelenkrakete abgeschossen. Sie zog durch den Sternenhimmel und schlug genau ins Hinterrad ein, sodass sie es zerfetzte. Funken und Teile flogen vom Motorrad. Das getroffene Vorderrad verkeilte und das schwere Bike stürzte über die Felsen. Maschine und Hexe überschlugen sich heftig. „Habe Zielperson getroffen! Verdammt! Ein heftiger Sturz."

Dem hochspurtenden Jean stockte der Atem, als er das hörte. „Moe! Verdammt nochmal! Kalibriere das Ballistik-System! Oder willst du sie tot sehen?"

Moes Schweigen war mehr als nur Lehrgeld, bis endlich ein erlösendes Lebenszeichen von ihm kam. „Ja … Nein, warte! Sie bewegt sich! Sie lebt noch! Habe sie verfehlt! Zielperson scheint verletzt!"

Die Hexe richtete sich auf, ehe sie nach hinten schaute und die aufziehende Drohne anschrie. Ihre brennenden Augen leuchteten unter der Kapuze, die Zähne wirkten blutig, wie die eines Vampirs. In Rage geraten streckte sie dem näherkommenden Licht am Himmel ihre Klauen entgegen, während Moe erneut das Feuer eröffnete und seine zischenden Schusssalven um sie herum einschlugen. Dicke Kaliber, wobei einige explodierten und Reizgas entließen. Doch die Hexe mit der unsichtbaren Magie aus der Hand zuckte nicht einmal und wich auch den Schüssen der Drohne nicht aus. Sie hielt nur weiter den ausgestreckten Arm in Richtung des Lichts, bis ihr Schwarm aus der Nacht herbeiflog und gegen den unbemannten Flieger prallte. Ein federnlassender Rabenhagel stellte sich gegen den funkenschlagenden Kugelhagel. Ein wahres Gemetzel. Teile der Drohne rissen und kurz darauf zerschellte sie in der Luft. Wie glühende Kometen in der Nacht stürzten die Teile auf den Berg herunter.

Moe meldete sich über Jeans Headset: „Wie ist das möglich? Die haben mich erwischt! Cor*Three ist abgestürzt. Wiederhole: Cor*Three ist abgestürzt! Der Vogelschlag war zu viel für die Drohne."

Noch so ein böses Omen für Jean, der solche Angriffe sehr gut kannte. „Verdammte Raben! Nicht schon wieder. Moe! Ich brauche mehr Unterstützung! Was ist mit den anderen?"

Sofort funkte Moe zurück: „Verstanden! Entsende alle Cor*Twos, die wir haben! Scheiß auf die Forschungsergebnisse. Hol dir diese verdammte Hexe! Den Papierkrieg mit Science*Cor überlässt du mir."

Viele kleine Drohnen stiegen vom Dach des Polizeigebäudes in den Nachthimmel auf. Dutzende von surrenden Lichtern, die der Stadt gehörten. Doch die Vögel schliefen nicht. Ein Schwarm von krähenden Raben prallte in die ausgeschwärmten Stadt-Drohnen, wie zwei unheilschwangere Fronten, unter denen es Blut regnete und Teile hagelte. Die Polizeizentrale war binnen kürzester Zeit von oben bis unten besudelt.

Im Kommandoraum der Polizei wurde es immer hitziger. „Kontakt zu CT-2 verloren, CT-7, CT-9, CT-34 und auch CT-51 wurden zerstört", lauteten Cherrys Meldungen. Alle Signale vor ihr auf den Bildschirmen erloschen, während sie weitere Befehle von der Sendeanlage des Pilatus bekam, auf der die militärisch genutzten Kamera- und Spiegelsysteme den gesamten Luftraum überwachten, gekoppelt mit den optischen Radarsystemen auf den anderen Gipfeln mit deren Meteo-

Sensoren, die den Flugbewegungen der Vögel folgten. Alles war im Fokus der verbundenen Objektive, welche rasch ein unbekanntes Glühen am Gipfel des Pilatus erkannten, die Karten ihres Systems abglichen und die Flakgeschütze darauf richteten. Ihre genau berechnenden Laserkanonen wurden automatisch entsichert und zielten auf eine geheime Antenne des Sturmtempels, welche aus den Felsen ragte und heftig glühte.

Die rauchende Maschine lenkte mit ihren wahnsinnig machenden Signalen die Tiere in den Tod. Plötzlich schlug sie Funken, entließ wucherndes Eis aus den geplatzten Tanks, das die Höhle gefrieren ließ. Denn der Tod der vielen Raben hatte einen Kurzschluss im Kontrollsystem des Tempels ausgelöst, sodass Jean die Vögel kaum mehr zu fürchten brauchte. Doch da waren noch andere Tiere des Waldes, deren glänzende Augen durch die Büsche starrten. Darunter ein tollwütiger Fuchs, der Jean durch den finsteren Bergwald verfolgte und im Lauf attackierte, was sonst überhaupt nicht seine Art wäre. Jean sah seinen Schatten überall und zuckte immer wieder zusammen, als grelle Blitze die Nacht erhellten. „Hau ab! Hau ab!" Andauernd musste er den hinterlistigen Fuchs verscheuchen, sodass er die Hexe nur langsam wieder einholte und schließlich auf den Gipfel treiben konnte, über dem sich das mächtige Gewitter zusammenbraute. Sein Blick nach vorn war von Hass geprägt. „Du verfluchte Hexe, bleib endlich stehen!"

Nur noch wenige Meter fehlten, als die beiden über die Wanderwege der steilen Alpwiesen hochrannten, an den letzten Ausläufern des Waldes vorüber. Jean war mit einem Finger schon an der Hexenrobe, ehe er in einen Kuhfladen trat und hinfiel. „Stehen bleiben! Bleiben Sie stehen, oder ich schieße!" Mit ausgestrecktem Arm zielte er noch im Liegen und setze den ersten Warnschuss neben sie. Dann einen gegen den tollwütigen Fuchs und einen gegen einen Raben, worauf sich die Hexe mit brennenden Augen zu ihm umdrehte. Jean erschrak. Er hielt seine Waffe weiter gegen sie gerichtet, während er aufstand, und schoss erneut. „Der nächste trifft! Und jetzt die Hände hoch und auf den Boden!" Er schwang seinen freien Arm hoch und aus seiner Uhr kam eine Harpunendrohne mit Seil geschossen, die die Hexe wie ein Lasso umwickelte. Mit einem Ruck wurde sie fixiert und ein Stromschlag sollte sie lähmen. „Komm her, du!"

Doch die Hexe lachte nur, durchtrennte das gespannte Seil mit ihrer hervorgeschnellten Klinge und schleuderte eine Flammenkugel gegen den zurückgefallenen Bullen. Vom Feuer fast erwischt, wendete Jean sich ab, weg von den Stichflammen, die die Hexe aus den Armen feuerte, um den Wald um sie herum in Brand zu stecken. Auch Jean erwischte eine der sich hochwälzenden Feuerwände. „Oh fuck!" Als hätte die Hexe Napalm geladen. „Du wahnsinnige Psychotante! Du scheiß Hexe du! Hör auf damit, oder du bringst uns noch um! Bitte!" Dem Inferno nur knapp entronnen, sprang Jean beiseite, während sich die feuerspeiende Hexe im brennenden Kreis drehte. Aufgepeitschte Flammen loderten um sie herum, ohne Zugriffsmöglichkeit für den Ermittler und vom schnell anwachsenden Waldbrand eingekesselt.

Jean hielt sich die Arme vor das Gesicht und versuchte so, die aufgepeitschte Glut von sich fernzuhalten, bevor er die Hexe hinter dem Feuer mit seinen Worten zu treffen versuchte: „Der Berg ist umstellt! Geben Sie auf! Machen Sie es nicht noch schlimmer als es schon ist!"

Doch durch Rauch und Hitze konnte er kaum noch etwas von ihr sehen, geschweige denn atmen, sodass die brennende Hexe versteckt in den Flammen ihre Magie beschwor. Mit weiten Armbewegungen und ihrem bösen Blick spann sie die Luft zu einem glühenden Ball und sammelte die Glut in ihren Händen. Immer mehr des lodernden Feuers ballte sich zu einer kleinen Sonne und schoss an Jean vorbei gegen einen Baum. Der Stamm zersplitterte und brachte den gespaltenen Riesen zu Fall. Jean musste zurückweichen. Der Stamm war nur knapp vor seinem Gesicht heruntergekracht.

Die Hexe dahinter mahnte: „Ihr! Ihr versteht das alles nicht! Ihr ahnungsloser Hüter! Ihr folgt dem falschen Ziel. Lasst mich ziehen. Geht weg von mir!"

Durch das Feuer abgeschnitten, konnte Jean sie gerade noch hören, aber nicht mehr sehen, wie sie das schwarze Mönchsgewand entfesselt aufriss. Ihre lebendig gewordene Robe veränderte und verlängerte sich gemäß ihrer Bestimmung. Das ganze Kleid war leicht geworden wie der Wind, der die Asche des brennenden Waldes von sich her blies. Blaue Feuersymbole glühten auf dem dunklen Stoff, Hexenzeichen, aus denen ein kräftiger Druckimpuls geschossen kam und die Glut um sie herum erneut entfachte. Mit ausgebreiteten Armen stieg die Hexe in die Höhe, gehalten durch das magische Kleid, dessen Stoff impulsartig wie im Wasser waberte.

„Törichter Mensch, beendet Eure Jagd! Hört auf, mir zu folgen, oder Ihr werdet den Tod finden." Mit glühenden Augen schwebte die Hexe hoch im Flammenmeer, bis sie mit einem weiteren Druckimpuls einen brennenden Stamm am Boden durchbrach, die Symbole an den Highheels zündete und den Berg hochschoss, außer Reichweite ihrer Verfolger.

Jeans Augen tränten. Durch den beißenden Rauch und das viele Husten schnürte es ihm die Luft ab. Er musste zurück. „Die Hexe will mich brennen sehen … Ich muss hier raus!" Er huschte links und rechts an entzündeten Stämmen vorüber und unter den Ästen gefallener Bäume hindurch, ehe er einem herunterstürzenden Ast mit einem Sprung auswich. Als er endlich den Flammen entkommen war, sah er mit angesengtem Mantel zum schwarzen Gipfel hoch. „Du verdammte Hexe, ich weiß genau, wohin du willst!" Er rannte weiter. Der Vollmond beleuchtete seinen Aufstieg und die Alpen.

Auch die Gangster unten im Wald profitierten vom Mondlicht. Dem brennenden Wrack entstiegen, standen sie mitten auf einer Lichtung im Wald, als ein wildes Tier vor ihnen schnaubte.

„Was war das?" Der Mann mit der Sturmmaske konnte die schwarzen Tannen um sich herum kaum erkennen, geschweige denn das, was im schwarzen Dickicht lauerte. „Hey Leute, ladet besser nochmals durch!"

Dann vibrierte es in einer Hose, sodass die Gangster erschrocken zu jenem schauten, der das Licht auspackte. Auf dem Bildschirm sah er Jin Bonez, der aus seinem Hut die nächste Prämie zog. Der angezündete Gangster mochte ihn jetzt schon. „Scheiße, die bezahlen uns zehn Millionen, wenn wir auch den Bullen ausschalten." Warum war egal. Und schon riss sein Henkerkollege die Waffe hoch. Die beiden anderen machten es ihm nach. Dann ein Knacken im Geäst.

„Da! Dort hinten! Was ist das?" Ein Monster in der Ferne der Nacht hatte ihre Aufmerksamkeit auf sich gezogen. Es schien, als hätten sie sich alle verraten. Mit gefletschten Hauern und schnüffelnder Schnauze im Wind roch das bullige Ding ihre Angst, ehe es losrannte und durch die Wiese preschte. Die rasende Bestie hielt direkt auf die Männer zu. „Feuer! Feuer!", brüllte einer und die Männer schossen. Dann der erlösende Treffer. Im letzten Moment wurde das Monster von einer Kugel erwischt, sodass es gefallen über die Wiese rutschte.

Nicht weit vor den Füßen des Schützen kam es zum Liegen. Der berührte die scharfen Hauer mit der Schuhspitze. „Alter, habt ihr das gesehen?" Der Henker trat nach und lachte erleichtert auf. „Scheiß Vieh." Worauf er der Wildsau noch eine Kugel verpasste.

Doch dann grunzte es wieder, aus der Dunkelheit des Waldes kommend. Eine Rotte zähnefletschender Wildschweine hatte sie auf der Lichtung umzingelt. Die aufgeschreckten Männer sahen die reflektierenden Augen der Tiere in ihren Scheinwerferkegeln. Darunter ein großer Keiler, dessen dampfender Atem an den Hauern vorbei zum Mond aufstieg. Die eingeschüchterten Männer schlossen ihre Reihen und gaben einen Warnschuss ab. „Ey Leute, zieht euch zusammen, hier sind noch mehr!"

„Hey, Alter, piss dir nicht gleich in die Hosen."

„Ja, Mann! Hör auf mit dem Scheiß!"

„Aber was sollen wir jetzt tun?"

„Das sind doch nur Tiere. Ein paar arme Schweine zum Schlachten. Mehr nicht! Also: Knallt sie ab!" Der letzte Sprecher schoss als Erstes auf eine der Wildsäue, die sich zu weit auf die Lichtung vorgewagt hatten. Die Rotte zuckte zusammen. Ein Dutzend Wildschweine, alle angestachelt und mit aufgestelltem Nackenfell, rannten auf sie los, als der nächste Schuss folgte.

„Sie kommen! Sie kommen!"

Wie Schattenspuren zogen die tollwütigen Wildschweine durch die Moorwiesen, direkt auf das brennende Wrack zu, wo die Männer sich mit ihren Waffen verteidigten und weitere Schüsse abgaben. Mündungsfeuer neben Mündungsfeuer, bis die Männer, von den Hauern erfasst, schrille Schreie ausstießen. Sie wurden von den wilden Bestien blutig gebissen und über den Boden geschleift. Das erste aufgespießte Opfer prallte an einen Baum und verlor sein angeschlagenes Bewusstsein. Daneben sein ballernder Kollege, der seinen Freund erlöste, als sich dieser mit den Armen gegen die Hauer stemmte, im lodernden Licht des Autowracks und von wildgewordenen Ebern zerfleischt. Er wurde noch bei lebendigem Leib zerrissen, bevor die Rotte die letzten Männer über die Wiesen hetze.

„Lauft um euer Leben! Lauft!" Die Männer schrien und schossen um sich, bis der Rest der Rotte den letzten Gangster in einem grausigen Blutrausch auseinanderriss.

Was für eine Rache! Um die mordende Schweinerotte versammelten sich noch mehr der glänzenden Augenpaare, welche ihren Blick auf die Lichtung mit dem brennenden Wrack richteten. Die leuchtenden Augen von Mardern, Dachsen und anderen Tieren erschienen aus dem Wald. Unter ihnen ein großer Schattenvogel, der abhob und zu den Lichtern flog.

Jean hörte die Schreie der sterbenden Männer. Und auch er sah ihre Schatten, die in dem aufziehenden Gewitter immer wieder aufblitzten: dunkle Tiergestalten, wie die Eulen, die ihn verfolgten, als wären sie von etwas Bösem befallen, das jeden Menschen angriff und insbesondere niemanden verschonte, der auf den Gipfel wollte. „Cop*Cor, fordere mehr Verstärkung! Cherry, was geht hier vor?"

Jedermann konnte die brennenden Wracks sehen, durch die Geister des Berges in Brand gesetzt und von den Schatten vertrieben. Die Männer rannten auf das offene Gelände hinaus, um ihren Dämonen zu entfliehen. In ihren letzten Augenblicken die Erkenntnis: „Verdammte Bestien! Jede verfluchte Ratte hier oben will einen töten!"

Einer von ihnen wurde aufgeschreckt von deren Piepsen, das für die Männer wie ein Alptraum klang. „Scheiße auch! Schieß, schieß!" Etwas rang ihn zu Boden, als würden blutrünstige Nager über ihn herfallen – eine Flut aus Fell, in der sein Licht einfach unterging. „Lauft! Lauft!" Die Henker hörten ihre Henker schreien. Auch der Polizist hatte sie vernommen, hässlich, schrill und laut, sodass er glaubte, einen reißenden Bären zu hören, der gerade einen Mann verschlang.

„Oh shit!" Auf der Stelle fuhr der Bulle herum und versteckte sich im Dickicht. Sein Leben war ihm zu lieb. Dann ein Knacken im Geäst. Einer der Sensenmänner schlich ebenfalls durch den Wald. Mit der Waffe im Anschlag ging er an den mächtigen Wurzeln einer Tanne vorbei und flüsterte seinem Partner im Dunkeln zu: „Der Berg ist mir unheimlich. Lass uns von hier verschwinden. Scheiß auf das Geld."

Für den anderen, der gegen einen Schwarm tollwütiger Falter ankämpfte, keine große Sache mehr: „Ja, Alter. Scheiße Mann, als würde sich der Wald an uns rächen wollen!"

„Das gibt's doch nicht! Sowas hätte ich nie für möglich gehalten. Irgendwas haben die hier mit den Tieren gemacht."

Der Kumpan fuchtelte gegen die fliegenden Insekten, bis sie wieder etwas hörten. „Da! Schon wieder! Im Dickicht." Dann verstummten sie. Jeder Eulenruf schien wie eine Warnung und damit pure Angst auszulösen. Jeder Blitzschlag am Nachthimmel war die reinste Bedrohung. Es knackte und knirschte bei jedem Schritt. Trotz leiser Sohlen verriet sie das Laub.

„Psst! Sei nicht so laut!" Der schleichende Mann trat unter einer Tanne hindurch und blickte nach oben. Ein Schatten fiel ihn an und riss ihn zu Boden. Ein Luchs war vom Felsen gesprungen, biss ihn ins

Genick und tötete ihn auf der Stelle. Dann fasste er sein nächstes Opfer ins Auge. Die leuchtenden Dämonenaugen blitzten auf.

Der Gangster war ganz klein geworden, schoss von Panik ergriffen daneben und rannte davon. Er kam jedoch nicht weit, da ihn ein bissiger Dachs an den Füßen packte. „Ah, du ver…" Der Räuber stolperte und schleifte ihn mit, bis er ihn gegen einen Baum schlug und abschütteln konnte. Er hastete weiter und scheuchte einen Schwarm Fledermäuse auf, stürzte durchs löchrige Geäst und landete in einem Ameisenhaufen. Er wurde hundertfach gebissen, ehe er auch diesem Angriff entkam. Schlangen attackierten ihn, schnappten nach seinen Beinen. Der Mann floh von einem Unglück zum nächsten.

„Haut ab! Geht weg!" Vom fliegenden Schatten eines Uhus verfolgt, rannte er über die Lichtung, wo der geflügelte Jäger auf ihn niederstieß. Er warf sich auf den Boden und erschoss den Raubvogel. Dann riss der blutüberströmte Mann die Krallen von seinem Gesicht und schaute ein letztes Mal auf, um direkt in sein Ende zu blicken. Ein knurrender Marder erhob sich vor ihm. Dahinter standen ein gespenstischer Hirsch und andere Tiere; die Luft war von knurrendem Gejaule, schnappenden Geräuschen und wilden Rufen erfüllt. Die qualvollen Todesschreie des Mannes mischten sich darunter und schreckten die Vögel des Waldes auf.

Jean leitete die Schreie aus der Nacht an Cop*Cor weiter. „Moe, Cherry, hört ihr das? Was ist hier los? Diese vielen Echos! Ich höre nur noch Schüsse, und wildgewordene Tiere verfolgen mich. Da sind lauter Schreie, die von überall kommen! Moe, diese tollwütigen Biester jagen uns! Sie … sie sind hinter uns her!"

„Verdammt! Keine Ahnung, ob das an dem Gewitter liegt, das auf euch zukommt. Vielleicht hat das Militär doch seine Finger im Spiel. Oder der Berg ist tatsächlich verflucht", antwortete Moe.

Jean schoss auf jeden näherkommenden Schatten. „Sehe ich auch so. Und darum knalle ich sie alle ab! Alle, hörst du, Moe? Alles, was mir zu nahe kommt, kriegt ne Kugel von mir!"

„Jean, du musst niemanden mehr was beweisen. Brich ab! Komm herunter! Ich will nicht noch einen Mann verlieren. Das ist es nicht wert. Beende diesen Wahnsinn!"

Aber Jean hörte nicht hin. „Vergiss es! Ich kann nicht. Nicht jetzt! Ruft besser ein Rettungshelikopter! Wir haben Verletzte und Tote am Berg."

Auf schnellen Sohlen und vom unbekannten Schrecken verfolgt, sah Jean den blinden Wahnsinn dieser Hexenjagd nicht mehr ein, aber erkannte voller Furcht, wie die Schatten um ihn herum schon wieder näherkamen. Sie holten ihn ein, die bedrohlichen Fledermäuse, die er, wie die Ratten, Mäuse und anderen Plagen, nicht mit Schüssen erwischte. Darunter der tollwütige Fuchs, der knurrend zwischen seine Füße rannte, sich in Jeans Wade verbiss und nicht mehr losließ. So lange rupfte er hin und her, bis ihn Jean erschoss, von dem bösen Geist erlöste und in die Wiese schleuderte. Doch das nächste Biest folgte mit dem nächsten Donnergrollen und biss ihn in die Wunde. „Ah, gottverdammte Drecksviecher!"

Das Tier war so schnell aus dem Schatten der Nacht gesprungen, dass er schleunigst nachlud und auf eines der verfolgenden Augenpaare schoss, ehe er schon die nächsten Dämonen sah. Der panisch humpelnde Jean konnte kaum mehr atmen und stand Todesängste aus, als er in die raschelnden Wiesen ringsumher blickte. „Verschwindet! Verschwindet, oder ich schieße!" Was für eine abstruse Situation! Alles war voller Gewalt, als würde der Berg die bösen Geister auf ihn hetzen. Jean lud das nächste Magazin. „Scheiße, die Biester fressen mich bald!" Sein Fluch gegen die Natur wurde lauter und das taktisch flackernde Licht seiner Lampe in alle Richtungen eingesetzt. „Was ist bloß los mit euch? Eigentlich sollte ich euch und die Natur schützen, uns alle, und nicht auf euch schießen! Verdammte Wildnis!" Dann ging ihm die Puste aus. Er war schon ziemlich weit die Hänge hochgerannt, wo er den nächsten Schatten erschoss, bevor er sich mit letzten Kräften an der Klimsen-Kapelle abstützte. Der Gipfel war noch fern.

Plötzlich ein Knall. Jean wich schnell zurück und hinter die Wand, als noch ein Schuss neben ihm einschlug. Ihm war keine Sekunde Ruhe vergönnt. „Verdammt!" Schnaufend fiel sein Blick auf die Taschenlampen noch weit unterhalb seiner Position, die sich schnell bergaufwärts bewegten und in seine Richtung zündeten. Hektisch lud er noch einmal nach, denn der Bulle sah schon die nächsten Probleme auf sich zukommen. Er spürte ihren Druck und löschte sein leuchtendes Kreuz auf der Brust. „Langsam wird es eng gegen den Gipfel zu."

Der letzte Cop hier oben versteckte sich hinter der Kapelle, lud nochmals durch, setzte den Kampfhelm wieder auf und aktivierte den Restlichtverstärker. „Shit, sie kommen viel zu schnell! Ich muss weiter!"

Auch das hatte Moe mitbekommen, der jedoch nichts mehr für ihn tun konnte. Sein letzter Rat: „Du bist jetzt auf dich allein gestellt. Pass gut auf dich auf."

Der nächste Schuss traf das Jesuskreuz direkt neben Jean. „Jetzt reicht's aber! Moe, wie lange halten die Akkus der Nachtsicht?"

„Du hast sie nicht geladen. Nur wenige Minuten. Nutze sie gut."

Jean kam mit grün leuchtenden Dämonenaugen aus der Deckung und richtete seine Waffe auf die verfolgenden Irrlichter. Seine Schussabgabe wurde automatisch anvisiert und zielte auf die Lampen, um den ersten Henker erfolgreich auszuknipsen. Dann schoss er auch auf das Licht daneben. Schon waren es zwei Irrlichter von jenen weniger, die den Berg hochzogen, während immer mehr hinunter wollten. Doch allen Gefahren zum Trotz stürmte Jean dennoch auf den Berg, den steilen Wanderpfad entlang, der im Zickzack über die Felsen führte, bis hin zu seinem markierten Ziel, welches der Ermittler beim Klettern über sein Navi verfolgte, das ihn mittels Sprache über die dunklen Felsen führte. Der ausgelaugte Mann quälte sich den Berg hoch, kletterte todesmutig über Felsen und trieb sich selbst an: „Komm jetzt! Komm schon!" Er stürzte und die grün schimmernden Nachtaugen begannen zu flimmern. „Scheiße, nein!" Unter dem Helm bekam er kaum noch Luft. Jean riss ihn wieder vom Kopf und hielt kurz inne. „Darunter erstickt man ja fast."

Das Blut, das er ausspuckte, war kein gutes Zeichen. Bei jedem Husten schmeckte er es. Die Verletzungen zehrten an seinen Kräften. Die gerissenen Sehnen, das Herz, die Lunge, Rücken und Beine – alles fühlte sich tot an. Nur sein Geist war es nicht, und auch nicht sein Wille, der dem Berg gewohnt Tribut zollen musste. „Verdammte Scheiße! Ich kann nicht mehr schneller. Kann kaum mehr gehen." Im Kampf und am steilen Abhang stehend, wurde ihm das nun erst bewusst. *Alter Mann, hol das letzte Feuer aus dir raus! Gib jetzt ja nicht auf. Bleib nicht stehen. Los jetzt!* Er wollte mutig in den Tod rennen, da er es andernfalls bereuen würde. Alles für die Welt – die Wahrheit und das Wissen. „Weiter! Weiter!" Dicke Schneeflocken segelten mit einem Mal auf ihn herunter. Bei diesem steinigen Gelände konnte das schnell gefährlich werden.

„Jean, gib acht auf dich!" Cherry klang mehr als nervös.

Und schon passierte es. Auf einem der Geröllfelder rutschte er aus und schlitterte über den Rand der Klippe. Doch er konnte sich gerade noch fangen. Mit Not hielt er sich an einer der heraus ragenden Fels-spitzen fest. „Jetzt bloß nicht nachlassen!"

Er war übel aufgeprallt und verlor viel Blut, dazu Schweiß und Tränen, die einfach an ihm herunterflossen. Sein Atem stockte schon wieder, ehe er Dämpfe atmend zusah, wie das Nebelmeer sanft die ferne Stadt überflutete und durch die Wolkendecke schimmerte. Darüber der mystische Vollmond, der im Schneefall verschwand, wie jegliche Kontur. Alles versank in den Wolken, die über ihn hinwegzogen, als wäre es sein letzter Blick.

Für den hängenden Jean sicherlich bitter, ehe er sich hochzog und seine Handschuhe betrachtete. „Puh, hatte ich Glück." Von seinen blutigen Händen und den Schmerzen mal abgesehen. Seine Hand-schuhe waren teils zerrissen. „Ah, ich kann kaum mehr zugreifen." Das Stechen in seiner Brust machte es nicht besser. „Beeil dich, alter Mann!" Jeden Höhenmeter musste er sich mühsam erkämpfen, jeder

Schritt war einer zu viel für ihn. „Arschkalt hier oben." Doch dann fiel ihm die Armbanduhr mit der Harpunendrohne wieder ein und er richtete sie nach oben. „Verdammte Hexe! Habe ich ganz vergessen. Die ist ja gerissen." Und als wäre dies nicht schon genug, erhob sich auf der Klippe über seiner verschneiten Glatze auch noch das nächste Ungemach: teuflische Hörner, als würden sich finstere Dämonen seinem Aufstieg in den Weg stellen wollen.

„Bitte nicht!", stöhnte Jean, als er gleich mehrere davon erkannte und die Armbanduhr mit der fehlenden Drohne in den Schnee warf.

Es waren alles Steinböcke, die aufstanden und zu ihm herüberschauten. Dann hielten sie über die fast senkrechten Felsen auf ihn zu. Ein grollender Niedergang aus Hörnern. Jean zog hastig seinen Kampfhelm über. Gerade noch rechtzeitig, bevor ihn ein harter Schlag in den Rücken traf und ihn gegen einen Felsen stieß. Er packte das Tier an einem der Hörner und griff zur Waffe, um dem Steinbock das Hirn herauszublasen. Mit festem Stand und glühenden Dämonenaugen deckte er die Herde mit einem Kugelhagel ein. Steinbock um Steinbock stürzte in die Tiefe. Eine Lawine aus erlegten, geschützten Tieren rollte über die Steilwände. Jean entschuldigte sich in Gedanken für seine Missetat, stützte sich an einem Horn ab, rammte dem letzten Tier seinen Dolch in den Hals und blickte in das ausgelöschte Auge des stattlichen Steinbocks. „Das werde ich mir nie verzeihen. Ihr scheiß Bestien! Verdammt nochmal! Tut mir das nicht an!" Dieses schreckliche Tier-Massaker hatte er so niemals gewollt, aber nun war es angerichtet.

Jean sank erschöpft auf die Knie, mit Furcht vor den letzten Raben, die er krähen hörte, und arg gestraften Beinen, die streikten und nicht mehr weitergehen wollten. Plötzlich ein weiterer Knall. Von unten folgten neuerliche Schüsse, als hätten die tollwütigen Tiere einen weiteren Sensenmann erwischt. Das Echo hallte nach. Der angeschlagene Ermittler konnte es sehen. Mit grün schimmernden Nachtaugen rannte er im Zickzack des Wanderweges zu der verlorenen Hexe hoch, die sein Juwel gestohlen hatte. Er sah sie alle, die Missetaten. „Dich kriege ich! Dich kriege ich!" Jean war wie besessen davon und trieb sich mit zusammengebissenen Zähnen über die Felsspitzen. „Gleich hab ich dich wieder. Jawohl! Bestimmt bist du in Tanners Höhle." So jedenfalls seine Hoffnung, und daran hielt er fest. Denn aufgeben kam nicht mehr infrage.

Da ihm die vielen Magazine und seine Ausrüstung aber immer schwerer wurden, hatte er ernste Mühe, sich den Berg hoch zu schleppen, weshalb sich der krampfende Körper der Anstrengungen verweigerte und ihn noch tiefer Richtung Boden zog.

Auf allen vieren krabbelte er den steilen Schotterweg hoch, bis seine grün schimmernden Dämonenaugen noch stärker zu flackern begannen.

„Ah, ich kann nicht mehr! Zu schwer! Der Schutz kostet mich zu viel Kraft." Der von Krämpfen geplagte Jean konnte sich und seine Ausrüstung kaum noch tragen, weshalb er einiges wegwerfen musste. Neben vielen Magazinen und seiner Notration auch sein holpriges Gleichgewicht, weshalb er im wankenden Spurt nochmals zu Boden griff und innehalten musste. Seine flackernde Nachtsicht erlosch endgültig. „Ich ... ich kann ... kann nicht mehr!"

Sein hoher Puls alarmierte das Notsystem in Cop*Cor und schaltete das Med*Cor ein, sodass ein alarmierter Notarzt die Lage checkte. „Herr Vincent, hören Sie mich? Hallo?"

Für Jean nur eine weitere Störung. „Alles gut, Doktor. Hab's im Griff." Den Rutscher mal ausgenommen.

Doch der Doktor aus dem Datennetz glaubte ihm nicht. „Herr Vincent, halten Sie auf der Stelle das Licht gegen Ihr Herz. Ihre Werte! Ich muss das sofort prüfen. Sie stehen kurz vor einem Herzinfarkt. Was immer Sie auch tun, bitte schonen Sie sich." Sein Kreuz leuchtete aus der Dunkelheit und wurde nah ans pochende Herz gehalten.

Unter großen Strapazen erreichte Jean den Bergkamm, wo die eisigen Winde über den Grat strömten. Er befand sich nicht weit von der Bergstation und kroch durch den Schnee, fasste sich an den lähmenden Seitenstecher. Den Notarzt verstaute er in der Tasche. „Sei jetzt ruhig! Ich scheiße auf die Versicherung! Verdammt, ich habe keine Wahl!" Er schaltete auf lautlos, sodass er den rieselnden Schnee fallen hörte. Dazwischen sein viel zu schneller Herzschlag und seine schwindende Kraft im fehlenden Atem. Jean sah allmählich verschwommen. Der Schneefall wurde stärker, als er über den verschneiten Blumenpfad eilte, seine Leiden ignorierend, während ihn sein Wille weiter antrieb. „Komm schon! Zeig es ihnen!" Immer weiter ging es Richtung Tomlishorn.

Nah am Abgrund des Bergpfades und mit Schwindelgefühl stapfte Jean durch den Schnee und näherte sich der Höhle. Er war nicht mehr weit davon entfernt, als er einen Hubschrauber hörte, der kurz darauf mit seinen Lichtern über den felsigen Flanken auftauchte und den Schnee verwehte. Vermutlich der Notarzt, glaubte Jean zu wissen, winkte mit beiden Händen und hielt sie sich dann vor das Gesicht, um sich vor den Verwehungen zu schützen. Doch als der Heli über ihn kam und das Feuer eröffnete, bemerkte er seinen Irrtum. Schon traf ein Geschoss seinen kugelsicheren Kampfhelm. Ein schmerzlicher Funke am Kopf, der ihn nach hinten schleuderte und in den Schnee warf, gefolgt vom Kugelhagel quer über die gepanzerte Brust. Jean duckte sich hinter einen Felsen. „Nicht schießen! Nicht schießen!" Dann rief er hustend Cherry an: „Stellt das Feuer ein!"

„Jean, das sind nicht wir! Unsere Einsatzkräfte sind alle in der Stadt oder weiter unterhalb. Das muss jemand anderes sein!"

Im Schatten versteckt sah Jean, wie Leuchtpetarden durch den Schneesturm in seine Richtung schossen. „Scheiße! Ruf die Flugsicherung! Wir haben Feindkontakt!" Die Schüsse ließen keinen Zweifel zu. *O Mann! Noch ein Killerkommando! Wegrennen nützt da nichts. Stell dich deinem Schicksal, alter Narr. Zeit, dass du denen mal zeigst, wie gut du triffst.*

Nun hieß es, seiner Ausrüstung zu vertrauen, nachzuladen, sich zu konzentrieren und schneller zu sein. Er erlaubte sich kein Zögern, als sich der maskierte Bulle mit seinem Rittermantel hinter dem Felsen herauslehnte, das Feuer erwiderte und einen der Männer im Heli traf, bevor die nächsten Kugeln seine Deckung verhagelten. Jean zog sich wieder hinter den Felsen zurück. „Verdammte Scheiße auch!" Als er unter den Mantel fasste, spürte er ein Loch in der Schutzweste, während mehrere Laserpointer in seine Richtung zündeten und die roten Linien der Leuchtspurmunition vorbeizischten. „Cop*Cor! Moe! Ich brauche dringend Unterstützung! Macht schneller! Und schickt endlich ein Kampfjet los! Sichert den Luftraum!"

Dann der nächste Kugelhagel, welcher den Fels in Stücke riss. Splitter um Splitter wurde von den Sturmgewehren abgeschossen. *Verdammt, was soll ich tun?*, dachte Jean in seiner schwindenden Deckung, ehe er einen Mann erkannte, der sich gerade abseilte und ihn wohl in die Zange nehmen wollte. Doch der Bulle schoss zuerst. Auch auf den Typen über ihm, der getroffen an ihm vorbeistürzte und den Hang hinunterrutschte. „Habe mehrere Angreifer erwischt! Schickt endlich die Verstärkung hoch!" Dann explodierte seine Rauchgranate neben ihm, aus deren Wolke er herausrannte und von Schüssen getrieben hinter den nächsten Felsen schlitterte. Die Scheinwerfer des Hubschraubers verfolgten ihn.

Chan legte sein Scharfschützengewehr ab und rief nach hinten: „Dimitrov! Voz'mite Gatlinga!"

„Davay." Der russische Irokese mit dem Sensenmanntattoo ließ die Läufe der Gatling-Gun drehen und feuerte den nächsten Kugelhagel. Doch bevor sie Jean erwischten, drangen Adler und Falken mit ihren Fängen und Schnäbeln in das Cockpit ein. Vom wirr flatternden Schwarm getroffen, gierte der weiterfeuernde Heli rückwärts und schoss die glühenden Salven in den Himmel. Ein weiter Bogen aus strahlenden Schüssen, die durch die Wolken zogen.

„Niet!" Vom Vogelschlag getroffen, wehrte sich der Pilot gegen die scharfen Klauen, während die Messgeräte im Cockpit laut Alarm schlugen und überall die Federn flogen. „Derzhites'krepko!"

Die um sich schlagenden Männer hielten sich an allem fest, was sie finden konnten. Von den Fängen der Adler ergriffen, von Schwingen geschlagen und von ihren Schnäbeln attackiert, rotierten sie mit dem Hubschrauber, bis dieser zur Seite gierte und die Felswand touchierte.

Der Pilot konnte die Maschine gerade noch in der Luft halten. Mit beiden Händen am Knüppel schoss er Flairs in den Himmel und zog den Heli nach oben. Doch die Leuchtkugeln lenkten nur sie selbst ab. Dann schrie er auf: „Der'mo!" Schon ging der Auftrieb verloren. Im Schneefall und ohne Sicht konnte der Pilot seine Maschine nicht mehr hochziehen. Seine Rotoren schafften es nicht mehr und durchtrennten die plötzlich aufgetauchten Kabel der Seilbahn. Ein heftiger Stoß folgte, samt reißendem Stahl, worauf Dimitrov hinausgeschleudert wurde, der drehende Hubschrauber ins Trudeln geriet und das Stahlseil auf den Boden krachte. Dorthin, wo der herunterkommende Helikopter zahlreiche Bäume zerfetzte und schließlich in Flammen aufging.

Als der schwerverletzte Chan aus dem brennenden Wrack stieg, trat er genau in seinen besten Mann. Dann schaute er nach oben, bevor er das Knurren der Hunde vernahm, die vor ihm standen und schon auf ihn gewartet hatten. Darunter auch Wölfe, die zähnefletschend ihre Reißzähne zeigten. Sie hatten Blut geleckt.

Weiter oben am Berg hörte Jean die Schüsse aus der Ferne und wischte sich ein Bleikügelchen von seinem zähen Mantel. „Die Ausrüstung hat sich echt gelohnt. Dachte schon, sie wäre ein bisschen übertrieben." Indes ging er an einem verletzten Adler vorbei, der nach ihm schnappte. Aber Jean hatte keine Zeit dafür, da er sich über den verschneiten Bergpfad zum Tomlishorn durchkämpfen und zum Grat hochklettern musste. Über den verschneiten Bergkamm wandernd hielt er die Hand vor sein vereistes Gesicht. Sein Bart war gefroren und die Lippen taub. *Der Schneefall nimmt zu.*

Dicke Flocken fielen vom Himmel, begleitet von heftig einsetzenden Böen, als das wärmende Licht einer Magnesiumfackel am Gipfel aufleuchtete und gleich wieder in den Wolken unterging. Es schneite und schneite, was den Berg innerhalb von Minuten in eine Eiswüste verwandeln würde.

Dank Taschenlampe, Fackeln und Mondlicht kletterte Jean über die zuvor markierte Route. Eine Abkürzung, die ihn rasch zu Tanners

Höhle führte. Über spitze Steine und steile Abhänge beim Tomlisweg, wo die schroffen Felsklippen steil überhingen und die vorgegebene Richtung stets zu hören war: „Jetzt links, danach geradeaus und dann wieder rechts …" Immer weiter wurde er durch die Felswand dirigiert, das Navi lotste Jean zum Ziel. Der Weg in der senkrechten Felswand war schmal und verschneit, weshalb er neuerlich abrutschte, sich aber an den Stahlseilen des Klettersteigs zu halten vermochte. Seine Konzentration ließ nach. Die Müdigkeit in seinen Muskeln setzte ihm zu.

Sein navigierendes Cop*Cor meldete: „Nach fünfzig Metern rechts halten, dann hast du Tanners Höhle erreicht." Doch es wurde immer schwieriger bei diesen garstigen Verhältnissen. Jean war fast blind, da der Schneesturm waagerecht gegen die Wand peitschte und alles in Eis hüllte. Er zog die eingefrorene Maske seines Helmes hoch. „Ah, das schmerzt wie Nägel auf der Haut!" Dazu die ausgekühlten Glieder.

Aber er kam durch, wühlte sich durch den Tiefschnee und schien endlich bei der Höhle angekommen, halbwegs bereit, den Einstieg zu wagen. Doch zuerst schnaufte er nochmals durch und fasste sich ans leuchtende Kreuz auf der Brust, um Moe anzurufen. Der heftig atmende Jean war kaum zu verstehen: „Habe … die … Höhle … erreicht …"

„Moe verstanden."

„Gehe … jetzt … rein … Kein … Kontakt … möglich …"

„Habe verstanden. Pass gut auf dich auf."

„Verstanden. Ende."

Jeans zusammengekniffene Augen hinter den vereisten Schutzgläsern drückten Sorge aus, als er kaum mehr atmen konnte, die verschneite Maske vom Helm löste, abzog und den Schnee damit wegschob. „Also dann, rein in das Labyrinth." Rein ins Loch und raus aus dem Sturm, der tief in den Stollen hineinpfiff. Die Kälte wehte ihm in den Nacken, weshalb er sein leuchtendes Kreuz von der Brust nahm, es in seinen Handschuhen hielt und mit Cop*Cor voranging, um die Hexe zu finden. „Such sie!"

Doch Cop*Cor hatte gerade andere Sorgen und sprach im Flüster-modus: „Jean, wir erreichen die Empfangsgrenze. Kein Netz mehr zur Verfügung. Noch maximal eine Stunde und mir geht der Saft aus." Jean klickte diese Bedenken weg und aktivierte seinen Notmodus. „Halt noch ein bisschen durch. Das schaffen wir schon. Schone dich", schnaufte der ausgelaugte Mann, der viel zu laut war, als er bei Tanners altem Nachtlager vorbeikam und nochmals in den abgesperrten Schlaf-sack kickte, um zu sehen, ob da wirklich niemand drinsteckte. Aber auch diesmal: „Nichts! Diese Hexe … Bestimmt kennt sie Tanners Labyrinth."

Jean hielt das strahlende Kreuz noch höher, sah eine Packung Magnesiumfackeln, nahm noch ein paar zu den seinigen, riss das Absperrband der Polizei weg und kraxelte durch den mit Gerüsten verstärkten Engpass, hinter dem er in die geheime Luxushöhle hinein-zündete. Der Mann sah sich um und schrie, so laut er noch konnte: „Du verdammte Hexe! Du sitzt hier oben fest, in deiner eigenen Falle! Wir haben die Höhle umstellt – eine ganze Armee wartet auf dich!"

Jean suchte sie überall, als ihn plötzlich der Geist des Totenkopfs heimsuchte. Mit einem wahnsinnigen Gelächter, das durch die Höhle schallte, erschien er neben ihm. Der gestürzte Bulle schoss ihm in den Schädel, doch der Totenkopf mit dem Zylinder konnte auch darüber nur lachen. Er war bloß eine Projektion an der Felswand. „Jean Vin-cent, ich wusste, dass Sie zu mir zurückkommen werden."

Jean richtete seine Waffe auf die Erscheinung. „Jin! Sag mir, wo ist die Hexe hin?" Plötzlich schoss eine heiße Dampfwolke aus der auf-gebrochenen Schatzkammer. Jean zog die Maske herunter. Er rannte durch den stürmischen Kanal.

Sein Licht warnte ihn: „Temperatur im kritischen Bereich. Der Sauerstoffgehalt sinkt frappant. Bitte wenden Sie!"

Jean glitt aus, rutschte durch den stürmischen Tunnel und landete im tosenden Wolkendom, in dem das Wasser und die Wolken wild rotierend in das Loch gesogen wurden. Ein kleiner Gischt-Tornado bildete sich darin, der das Wasser aus dem Becken saugte. Jean spürte den Sog aus der Kuppeldecke. „Was läuft hier? Was ist das?"

Cop*Cor blinkte. „Hier ist niemand! Raus hier. Sonst sterben wir!"

Jean rannte allmählich die Zeit davon. „Verdammt nochmal! Ich hätte schwören können, dass sie hier ist." Die Hitze war kaum auszuhalten. Er hielt die Hand vor das peitschende Wasser. „Der Sturmtempel! Jemand hat ihn aktiviert!"

Der Schatten des Todes stand in der stürmischen Wand. „Hören Sie auf Ihren Helfer. Gehen Sie fort von hier, oder Sie werden sterben."

Worauf die nächste Dampfwolke den Raum verhüllte und in den Ausgang schoss. Jean rannte hindurch und gelangte in den nächsten Dom. Dorthin, wo der unterirdische Dschungel mit seinem riesigen Baum gewesen war, doch nun war alles bitterlich verbrannt und er fand nur noch Asche. Der Baum in der Mitte der Kuppel war ein schwarzes Skelett, unter dessen gebrochenen Kronen Jin ganz traurig über dem verkohlten Chamäleon erschien. „Armes Wesen."

Zu seinem leuchtenden Geist schauend, spürte Jean die Fragen, die das Kreuz nicht beantworten konnte. Dann griff er in die verbrannte Erde und zog eine dampfende Kartoffel aus dem Boden. „Wie schade."

Der flimmernde Schatten des Todes streichelte gebeugt über die keimenden Wurzeln. „Lassen Sie mir wenigstens das. Wenigstens das." Er rief den Robokäfer herbei, der die Kartoffel wieder in der verkohlten Erde vergrub.

Jean erkannte die Trauer in ihm. Doch auch dafür blieb ihm keine Zeit mehr. „Cop*Cor, hast du sie schon? Vergleiche die alten Fußspuren mit den neuen. Zeig mir die frischen an! Jede Veränderung."

Doch Cop*Cor konnte in dem verkohlten Raum nichts finden. „Wir stehen schon wieder in einer Sackgasse. Kein Zeichen von höher entwickeltem Leben."

Jean sah es auch. „Das war bestimmt die Hexe mit ihrem Feuer."

Aus der Felswand floss eine Kontur heraus, die mit dem Berg verbunden schien. Es war der Schatten des Totenkopfs, der den Eindringling von Neuem verhöhnte: „Zu spät. Sie kommen zu spät!" Wieder ballerte Jean eine Kugel gegen den verfolgenden Schatten. Dann machte er kehrt. „Lass uns von hier verschwinden. Schnell!" Er kroch zurück zu den Höhlengängen, bis er die frischen Spuren der Hexe auf dem Bildschirm sah. Sofort beleuchtete er den Stollen und rannte ihr nach ins Labyrinth. „Gut so. Die Hexe ist hier durchgekommen. Wir liegen richtig. Ich wusste doch, dass hier noch mehr vergraben liegt." Er rannte mit ständigem Blick aufs Smartphone ihren Spuren hinterher, bis er zu einer Wand kam, an der die hexengleiche Ordensschwester anscheinend verschwunden war. Es war jener Fels, wo Tanner einst den Riss geöffnet hatte und Jean nicht weiterkam.

Der eigentlich freigestellte Polizist tastete alles nochmals ab und suchte einen Zugang. Einen geheimen Schalter. Doch dann reichte es ihm auch von dieser Suche, worauf er in seinen gut ausgerüsteten Mantel griff. „Genau für solche Fälle habe ich den Sprengstoff eingepackt. Ein nettes Päckchen C4 für meinen Berg." Und schon steckte es im Felsen, genau in dem engen Riss. „Dachte ich mir doch, dass du sowas brauchst. Bist selber schuld." Er steckte eine kleine Sauerstoffpatrone in die Maske seines enganliegenden Kampfhelms und ging auf Abstand. Dann knallte es heftig, der leuchtende Riss im Felsen verbreiterte sich und die herausgesprengten Steine flogen um Jean herum. Mit dem Kopf brach er durch die Wand, sodass er in den geheimen Bunker blicken konnte. „Dann war die Stelle also doch hier." Er stieg in den Gang voller Leitungen und Röhren ein, in dem er die ersten Schritte wagte und auch hier zunächst in die Finsternis leuchtete.

Doch dann meldete sein Smartphone im Flüstermodus: „Geringer Akkustand – bitte laden."

Keine gute Nachricht für Jean, der an das Kreuz gerichtet und gegen den Akkustand flehte: „Nein, nein, nein. Komm schon! Cop*Cor, gib jetzt nicht auf! Nicht jetzt!" Denn nur im Licht erschienen die Dinge für ihn klar. „Cop*Cor, schalte in den Ruhemodus. Ich brauche dich noch." Jean schaltete zur Sicherheit schon mal die Taschenlampe ein und nahm sie von der Waffe ab, um den Bunker ohne sein Smart*Pol zu beleuchten. Seine Feststellung im Gemeinschaftsraum: „Hier war schon lange keiner mehr aktiv im Dienst."

Jean schlich mit gezogener Waffe um die Ecke, schaute sich in der unterirdischen Anlage um und strahlte durch die verlassene Kantine, bis er einen Lichtschalter fand und diesen betätigte. Doch nichts geschah zunächst – bis der alte Generator ansprang und eine Lampe zum Glühen brachte. Immer mehr davon wurden hell, bis die Reihenschaltung durch den langen Tunnel zum Kommandoraum kam, hinter dessen geöffneter Tür alte Funkanlagen und Einsatzpläne der Schweizer Armee verschimmelt an der Führungswand hingen. Als Jean über die verstaubten Tische und Stühle blickte, sah er die alten Sturmgewehre in den Gewehrrechen und die steinalten Rechner auf den Tischen. „Das muss der verschüttete Geheimbunker sein. Tanner, was hast du hier getrieben? Wer warst du, alter Mann?"

Jean folgte weiter den Spuren und erschrak über seinen eigenen Schatten, den er auf der nächsten Bunkertür sah. „Die Spuren gehen unten durch."

Was der Totenkopf im Türschloss natürlich gehört hatte. „Ihr schon wieder. Ihr gibt wohl nie auf!"

Jean lachte nur. „Zum Glück habe ich mir sowas schon gedacht und vorgesorgt." Er öffnete seinen Mantel, unter dem noch weitere Sprengstoffe an der Weste hingen. Der Schädel versuchte noch, ins Gehäuse zurückzukriechen, doch schon knallte es, worauf die herausgesprengte Bunkertür zu Boden fiel. Die nächste dahinter wurde gar in tausend Stücke gesprengt. Nur noch das rauchende Schädelschloss rollte über den Boden. Jean trat darauf und bremste es, stieg über die Trümmer und entdeckte den drehenden Geschützturm, der plötzlich den Lauf in seine Richtung schwenkte. Jin lachte fies. Jean sprang sofort von der Tür weg, in die der Schuss ging, und rannte immer weiter durch die Gänge, bis er von der nächsten verschlossenen Bunkertür aufgehalten wurde. Panisch daran herumhebelnd, ohne

Erfolg, wollte er auch diese sprengen. „Die Tür! Sie klemmt! Langsam geht mir der Sprengstoff aus."

Sein Smart*Pol registrierte seinen hohen Puls und versuchte zu helfen. „Die versiegelte Bunkertür ist dafür sowieso zu dick. Finde einen anderen Weg." Ein sanfter Geist folgte, der nun beide berührte. „Was war das?"

Das Licht in Jeans Hand wurde heller. „Die Strömungssensoren registrieren einen Luftzug."

„Von wo?", fragte Jean, der hinter seinem Rücken immer noch den Tod vernahm, der mit jedem angemachten Licht zu ihm vorrückte. Es wurde immer enger. „Beeil dich!", drängte Jean und schoss die umliegenden Birnen kaputt, bevor ihn die Lichtwelle verschlingen konnte. Danach blickte er wieder auf sein berechnendes Kreuz. „Sag, woher kam er?"

„Rechts von dir – ein Spalt." Cop*Cor war sich auch an dieser Stelle sicher. „Die Spuren führen auch hier durch die Mauer. Suche nach einem Öffnungsmechanismus für die Wand."

Jean griff zu seinen letzten Granaten. „Du meinst sowas?"

Das leuchtende Kreuz gab grünes Licht, und schon explodierte die nächste Mauer, jene neben der Tür, worauf er durch die eingebrochene Wand lugte und in die nächste Finsternis blickte. In die nächsten geheimen Kammern der Höhle. „Verdammter Tanner, für wen hast du gearbeitet?" Jean leuchtete die Rundtreppe hinab, unter der die überflutete Höhle lag, zündete eine Magnesiumfackel an, in der ein blinkender Sender integriert war, und warf sie in das Untergeschoss. „Hier ist sie lang!"

Mit der Lampe in der Hand rannte Jean die Rundtreppe hinunter, bis er über eine Tretfalle stolperte, die Stufen hinunterstürzte und in die überflutete Höhle fiel. Er landete neben der rot brennenden Fackel und im seichten Wasser und das feurige Licht verbrannte ihn fast. Schnell wich Jean zurück. Dann stand er auf und dehnte sich kurz. „Ah, shit, meine Schulter. Nicht schon wieder!" Dazu seine verletzten Knöchel, die vom niedrigen Wasser bedeckt waren, und der viel zu hohe Blutverlust. Jean fasste unter Wasser und griff sich sein Smartphone, in dem sich das unsterbliche Cop*Cor zu Wort meldete.

„Keine Spuren mehr. Habe die Flüchtige verloren."

Doch Jean ermahnte zur Stille: „Scht!"

Schnell wurde es ruhig, sodass er dem Wasser lauschen konnte, das durch die Höhle rann. Zu seinem Schutzengel flüsternd meinte Jean: „Ich spüre sie. Cop*Cor, sei jetzt bitte leise. Ab jetzt nur noch im Flüstermodus."

Das Kreuz auf seiner Brust antwortete mit gedämpfter Stimme: „Cop*Cor verstanden."

Jean schaute in den Höhlengang. „Sie muss hier langgekommen sein. Wir müssen ihr nach." Seinem Instinkt nachgebend hastete der getriebene Ermittler über das seichte Gewässer, folgte dem Bächlein, das über den Boden floss, und kam um die Ecke, wo er eine große Höhlenkammer betrat und gegen ein klapperndes Blech trat. Der ganze Boden war voller Schrott.

„Scheiße! Was sollen all die Teile hier?" Vor ihm erstreckten sich lauter Müllberge, die fast zur Höhlendecke reichten. „Diese Kammer ist ja gewaltig. Das war sicher Tanner. Echt irre!" Er richtete seine Lampe auf den vielen Schrott, darunter Pappbecher, Computerteile und allerlei Zeug.

Sein Licht glitt darüber, bis es plötzlich stehenblieb. „Ein Schwert."

Wie Excalibur steckte es in einem Abfallhaufen, um den herum die unheiligen Rabenfedern lagen. Jean schien fasziniert davon, ergriff das Samuraischwert aus dem Müll und zog es aus der Scheide. *So etwas wollte ich auch mal haben. Aber warum hat man es hierher gebracht? Zu welchem Zweck?* Er streckte die Klinge gegen das Licht, strich mit den Fingern darüber und beruhigte damit seinen Puls. „Was für eine Sammlung. Wie hat der alte Tanner das alles bloß verbergen können?" Dann warf der das Katana wieder auf den Haufen. *Nutzloses Blech. Dieser Messi. Scheiße auch! Es hat sicher Jahre gedauert, das alles hochzuschleppen. Eine ganze Mülldeponie, mitten im Berg. Was wollte er damit? War das sein Ersatzteillager?*

Jean suchte den Fortlauf des Weges, als er seinen Lichtkegel auf eine verdächtige Stelle richtete, wo sich der angereicherte Müll verräterisch anhob. Er zog die Waffe. Die eine mit Licht, die andere ohne. „Komm heraus! Zeig dich, Hexe!" Doch die schiere Größe des sich erhebenden Abfalls überstieg schnell seinen Verdacht. Jean ging einen Schritt zurück, bevor ihn die klimpernden Teile erwischen konnten. „Jin? Jin Bonez, steckst du dahinter?" Denn offenbar schien das Wesen größer als ein Mensch. Ein unbekannter Geist im Müll – in rostigen Kesseln und alten Reifen lebte er auf. Alles rollte an dem Glatzkopf vorbei, was vom hochgehobenen Schrott fiel, unter dem zwei feurige Augen aufleuchteten und ihn anstarrten.

„Teufel nochmal!" Aus dem Altmetall geboren und nun erwacht war ein obskures Monster, bestehend aus den Hinterlassenschaften unserer Gesellschaft. Ein gehörnter Drache aus unzähligen Schrottteilen erhob sich in der dunklen Höhle aus dem Müll. Die geschuppte Bestie stand aufgebäumt vor dem Glatzkopf, der das groteske Bild kaum fassen konnte. „Was zur Hölle?" Ein Schock zu viel. Das knurrende Ding war einfach riesig. Es war mindestens dreizehn Meter lang und bestand gänzlich aus gebundenem Abfall. Der Ermittler wich ungläubig weiter zurück. „Das … das ist nicht möglich. Ein Drache aus Müll? Ist das ein Witz? Das ist doch völlig surreal. So ein Scheiß hat mir gerade noch gefehlt!"

Zwischen ihm und der Hexe knurrte es nun gewaltig, ob er es glaubte oder nicht. Von dem erwachten Drachen vor ihm eingeschüchtert, der seine blechernen Flügel spreizte und den Schrott vor jeden Ausgang schob, suchte Jean einen Ausweg. Doch alles war versperrt! „Scheiße auch!"

Das mechanische Monster schien zu ahnen, was er wollte. Mit aufgestellten Schuppenklingen knurrte es den Eindringling an, der mit der Knarre und seinem leuchtenden Kreuz vor ihm stand. In der Drachenhöhle gefangen starrte Jean auf das stachelige Ungeheuer, dessen gepanzerte Schuppenhaut aus vielen Schrottteilen, wie alten Schwertern und Klingen, bestand, die sich seiner Form angepasst hatten. Der ganze Körper setzte sich aus Blech und Stahl zusammen, wie die messerscharfen Dolchzähne, hinter denen sein Rachen zu glühen begann, als wäre er ein rostiger Smaug, der Dampf aus seinen Nüstern blies.

„Fuck! Tanner, hättest du nicht einfach nur Karton und Papier sammeln können?" Jean setzte seinen Kampfhelm wieder auf. „Gar nicht cool." Ohne Ausweg und wie gelähmt stand er vor dem Drachen. „Das verheißt nichts Gutes."

Der gehörnte Drache erhob sich brüllend, spuckte sein Feuer gegen ihn und entfachte ein Meer aus Flammen.

„Oh shit!" Sofort sprang der ritterliche Bulle hinter den nächsten Müllberg, dessen glühende Teile von einem Schwanzhieb zerschlagen wurden, vom Drachen weggepeitscht, der den Müll in Brand setzte und über die Abfallhaufen stieg, um sich Jeans verlorener Seele anzunähern.

Langsam kam er auf ihn zu, geiferte brennendes Benzin und schnappte nach dem Eindringling, ehe seine tiefe Drachenstimme durch den Schlund drang und ihn warnte: „Grrr … Werrr seid Ihr, dass Ihr es wagt, mich zu erwecken? Ihr törichtes Erdenwesen." Das Ungetüm schleuderte einen Werkzeugschrank gegen den Zugangsstollen, schaufelte diesen zu und verschweißte mit seinem glühenden Schlund den Ausgang. Danach wandte es sich um und stellte seine scharfen Schuppenklingen auf. „Grrr … Dies ist meine letzte Warnung an Euch. Verlasst mein Reich! Verlasst diese Höhle." Mit fauchendem Flammenstoß versengte er die umgebenden Plastikteile.

Der feucht dampfende Jean wich aus und suchte Deckung hinter den vielen Schrotthaufen. Dampf schoss aus den Ventilen seiner kühlenden Maske. Die Beatmung war eingeschaltet und er panisch am Schnaufen, als der mächtige Drachenschrei durch die Höhle drang und die Felswände erzittern ließ. So laut, dass der maskierte Ritter zusammenzuckte und nach Schutz suchte. Er griff zu einem herumliegenden Skateboard und benutzte es als Schild, als der Drache wiederholt sein Feuer gegen ihn spie. Das Skateboard blockte es ab, bis das

Brett von den messerscharfen Zähnen gepackt wurde. Das Board wurde hochgehoben und durchgeschüttelt, samt Jean, der in den Abfall geschleudert wurde und mit den Handschuhen über die Scherben rutschte.

„Oh fuck!" Auf Jean bröckelten Kiesel herunter. „Hör auf damit! Schön brav bleiben. Ich will dir nichts Böses, hörst du? Ich will dir nichts tun." Eine Welle aus Stacheln jagte über die Drachenhaut und lehrte ihn das Fürchten. Jean ging nun gänzlich in die Defensive: „Hey, hey! Ich tu dir nichts. Bitte! Lass das! Lass das Feuer bleiben! Sag ... sag mir lieber, wer dich erschaffen hat. Ich bitte dich inständig. Sag es mir! Bitte! Wer oder was steckt in dir drin? Und warum greift ihr uns an?"

Doch der Drache hörte nicht hin, da ihm ständig lose Muttern, Klingenschuppen und Schrauben vom rostigen Körper fielen. „Grrr ... Ich habe Euch gar nichts zu sagen! Und nun verschwindet! Oder lasst Euch von mir fressen. Ganz wie es Euch beliebt, törichter Ritter." Worauf dem Drachen die nächste Schrottwelle über die Haut fuhr, was seine Nackenschilde und die langen Hörner am Kopf bedrohlich anwachsen ließ, gefolgt von einem infernalen Flammenstoß aus seinem glühenden Rachen.

Jean konnte gerade noch seinen Mantel hochziehen, drehte sich weg vom Drachen und tauchte ins Feuer ein, bevor er mit seiner Waffe aus der Drehung heraus schoss. Er erwischte den gehörnten Drachenkopf. Die Funken flogen gleich mehrmals und jagten über den Schrott.

„Deine Bewegungen! Dein Wesen! Was bist du nur?", schrie Jean verzweifelt. Doch nichts half. Da war kein Geist vor ihm, den er erwischen oder zur Rede stellen konnte, nur eine Maschine mit ungeheurer Seele, weshalb der Mann sein Licht gegen das rostige Biest hielt.

Sein leuchtendes Kamerakreuz blendete den Drachen. Knurrend geiferte er gegen den Ermittler: „Uuaarrrgh! Was ich bin? Grrr ... Seht Ihr in Eurem Licht die Weiterentwicklung der Natur etwa nicht? Eure eigene Vorstellung ... Euer Alptraum ... Das bin ich! Uuaarrrgh!" Sein fauchendes Brüllen unterstrich seine riesige Erscheinung. „Ihr unbesonnener Narrrr. Ich bin das, was Ihr hier unten erwarten durftet! Ja … ich … bin … Urokan. Und an mir, mein gieriges Menschenkind … an mir … werdet Ihr scheitern." Doch kaum gesagt, schoss Jean ihm ein Reißzahn aus. „Ach, halt doch dein Maul, oder du landest in Einzelteilen zerlegt im Disneyland. Wie findest du das? Du Scheißding!"

Der Drache knurrte ihn an: „Grrroooße Töne von einem so kleinen Mann." Er schnappte nach dem heroischen Ermittler, der erwischt und über den Boden geschliffen wurde. Jean zündete eine seiner Magnesiumfackeln an und rammte sie in das nächstgelegene Auge, sodass der Drache ihn weit wegschleuderte. „Ahrrgh!" Jean schlitterte über den Müll und hinterließ eine Schneise. Der Drache ließ ihn liegen, da dieser selbst zurückgewichen war, um die Fackel aus seinem Auge zu kratzen. Er schleuderte das brennende Ding gegen Jean, ehe er sich mit siedendem Schlund seiner Beute annäherte.

Jean lag am Boden und spürte die Erschütterungen jedes seiner Schritte. Seine Waffe klemmte. Im Müllhaufen kroch er auf dem Rücken rückwärts, bis er an eine herumliegende Eisenstange stieß. Sofort hob er sie auf und rammte sie in den vorgeschnellten Schlund. Er stieß sie tief in den glühenden Rachen hinein, sodass er mit der funkensprühenden Speerstange über den Boden geschoben wurde, ehe er die im Schlund geschmiedete Waffe mit einer brennenden Fontäne wieder herauszog. Er richtete den glühenden Speer gegen den Drachen. „Das reicht jetzt, du verfluchte Bestie! Oder ich schlage dir den Kopf ab!"

Der Drache beugte sich hinunter, ging in Stellung und feuerte ihn an: „Grrr … Na dann … kommt her! Beweist Euch! Zeigt Euren Mut."

Der Ritter wich nochmals zurück. „Du mordhungriges Monster! Dir zeig ich's schon! Was glaubst du, was du bist?" Zum Äußersten gezwungen, versuchte Jean das Blatt zu wenden. Mit lautem Kampfgeschrei rannte er auf den Drachen zu, sprang über die Müllrampe, rammte ihm seinen glühenden Speer in den Hals und landete sich abrollend wieder im Müll. Der Drache blieb indes völlig unbeeindruckt, während ölige Tränen aus seinem verletzten Auge flossen. „Verdammt! Das stammt niemals von einem Menschen. Diese Bewegungen, dieser Körper!" In der Hölle der brennenden Höhle gefangen suchte er den Schwachpunkt, als ihn die flammenspeiende Monstermaschine mit seinen Schwingen schnappte, zu Boden drückte und mit seinen Klauen gegen die Felswand schleuderte. „Ah, verdammt!" Der maskierte Hüter sah keinen Ausweg mehr, während der Speer in der eisernen Haut versank. „So habe ich keine Chance. Der Weg zur Hexe! Ich komme nicht durch! Dieses drakonische Wesen! Es weiß, was ich will."

Die Klauen und gespreizten Flügel des Drachen versperrten seinen Weg. Die Bestie hatte ihn in der Falle und ließ keinen Zweifel mehr: „Grrr … Vergesst es! Egal, was Ihr vorhabt, jegliche Flucht bleibt Euch verwehrt. Und nun kommt! Kommt zu mir. Beenden wir Euer mühseliges Leben."

Jean hatte unterdessen seine Waffe wieder in Gang gebracht und traf mit einer Kugel das Drachenauge. Sofort verschwand er hinter einer Felssäule und spähte zu dem Drachen, der verletzt um Fassung rang. Von Rost und Ruß gefärbt brüllte er auf und suchte mit seinem funkensprühenden Auge die Höhle ab. „Dafür werdet Ihr büßen!" Jean war in seiner enger werdenden Drachen-Pupille gefangen, als er sie wieder traf.

„Arrrgh … wartet's nur ab. Meine Sinne, sie erwachen! Ich spüre es. Mein achter Sinn er dringt tief in Euch ein und reflektiert Euer Blut, Eure Knochen, Eure DNA. Jeder Riss in Euch, alles wird nun deutlich. Eure Seele, Euer Körper, so schwach." Mit jedem Schritt schien der Drache näher an ihn heranzukommen. Mit jedem Wandel war er noch schneller bei ihm. Denn er wuchs durch den Kampf und erweiterte seine Macht, nur um Jean zu finden. Auf der Jagd nach dem Eindringling suchte er ihn mit all seinen neu ausgebildeten und verbesserten Sinnen. „Grrr, ich spüre Eure elektromagnetischen Felder. Ihr seid ganz nah."

Jeans leuchtendes Kreuz flackerte schon gewaltig, wie auch sein Glaube. Sein kleines Licht erlosch ganz still und schnell, worauf Jean zwei Irrlichter in die Höhle warf, um von seiner Position abzulenken. Weit weg in einer Ecke landeten sie, zu der der unheimliche Drache mit einem Satz hinübersprang.

„Arrrgh, Ihr wollt Verstecken spielen? Wie Ihr wünscht – spielen wir!" Worauf er die Fackel mit dem Schwanz gegen die Wand schleuderte. Langsam schlich er nun durch die Höhle und über Jean hinweg, der seinen Lebenshunger spürte, während die Fackel erlosch. Der Drache konnte über den hilflos scheinenden Jean nur lachen, der sich irgendwo in der Dunkelheit versteckte. „Aaah … Mögt Ihr diese Finsternis? Diese Dunkelheit um Eure Seele? Ihr törichter Mensch! Jede Minute mit Euch macht mich stärker. Jede Sekunde erfahrener. Also bleibt ruhig noch länger. Ich habe Zeit. Habe gewonnen, ob Ihr nun flüchtet, Euch versteckt oder angreift. Der Sieg ist mein!" Nur noch das verwundete Auge des suchenden Drachen leuchtete. Ein gefährlich fahles Licht, während er über die geweiteten Nüstern Jeans Geruch aufnahm. „Ich rieche Euer gebratenes Fleisch. Dazu die Angst in Eurem Schweiß … Ihr stinkt nach Versagen." Sein geschmeidiger Drachenkörper veränderte sich allmählich. Die Haut war nun glatter und die Stacheln wuchsen. „Versteckt Euch nicht. Kommt! Kommt heraus und lasst Euch fressen. Euer Leben ist doch längst verwirkt."

Doch gerade, weil es durch die Dunkelheit so aussichtslos erschien, fasste der verstummte Mann wieder Mut. „Also gut. Ich komme ja raus." Aus der Finsternis der mächtigen Höhle erstrahlte plötzlich Jeans Licht vor dem Drachenkopf und drang durch den dichten Rauch, als würde er nun ein heiliges Schwert in seinen Händen halten. Es war ein vom Nebel durchzogener Lichtstrahl aus seiner Pistole, die er gegen den Boden zündete, während der Drache vor ihm knurrte. Beide starrten sich an, bis Jean seine zweite Waffe zog, sie auf das sich aufbäumende Ungetüm richtete und losballerte. Im zuckenden Licht des Mündungsfeuers richtete er sein Sperrfeuer gegen den unheimlichen Drachen. Doch der wich kaum zurück.

„Aaaarrrrgh, elender Mensch! Eure Treffer zögern Euer erbärmliches Schicksal nur unnötig hinaus."

Mündungsfeuer gegen Drachenfeuer – keiner von beiden wollte nachgeben. Jean schaute der stählernen Bestie immer wieder in die Augen und musste geschockt mitansehen, wie das lodernde Gebiss durch die Flammen zu schmelzen begann. Der Drache geiferte glühende Schmelzmasse, die er mit seinem nächsten Schrei ausspie. Feurige Fäden prallten gegen Jean, der hinter dem Schrotthaufen verschwand und den Fluch des spuckenden Drachen hörte: „Jämmerlicher Wicht. Ich werde Euch ausweiden und Euer Herz herausreißen! Arrgh …!"

„Du willst mein Herz? Na dann komm und hol es dir, du verfluchtes Monster! Doch glaub mir, egal, wie viele du herausreißt, du selbst wirst niemals eines haben! Niemals!"

Der knurrende Drache preschte voller Zorn auf ihn los. Jean konnte nur noch das Kreuz hochhalten und rief nach seinem aufblitzenden Licht: „Cop*Cor! Jetzt!"

Der Drache wich vor dem blendenden Strobolicht zurück und wandte sein rostiges Gesicht ab. „Ah, dieses Licht! Es brennt in meinen Augen! Nehmt es weg!"

Doch Jean hielt sein strahlendes Kreuz weiter gegen den Drachen und drängte ihn rückwärts. „Cop*Cor, wir werden sterben, wenn du nichts unternimmst! Also tu etwas! Irgendetwas! Schalte ihn aus!"

Doch die gerufene Seele im Licht flackerte bereits wie wild. „Sein Wille ist zu stark! Ich schaffe es nicht!"

Jean hielt sein Licht unbeirrt hoch und schoss die nächsten Kugeln ab. „Gib nicht auf! Such weiter! Strahle noch heller! Strahle wie nie zuvor!" Sein Kreuz flackerte immer schneller und heller, bis die ganze Höhle im gleißenden Licht unterging und sein Helfer durchgebrannt erlosch.

Der geblendet um sich schlagende Drache spie derweil sein Feuer gegen Jean. Mächtige Flammen rollten die Höhlendecke entlang über seinen Kampfhelm hinweg. „Wie erbärmlich, kleines Menschlein! Kommt und zeigt Euch!", fauchte der Drache.

Jean spürte sein panisch schlagendes Herz und verkroch sich immer mehr im Müll, als er plötzlich Schrauben und Muttern über den steinigen Boden ziehen sah, die allesamt zum Drachen rollten. Allmählich schien der Drache genug vom Versteckspiel zu haben, weshalb er magnetisch geworden noch mehr Schrott an sich band. Dazu ein neues Gebiss aus wachsenden Messern, da das alte geschmolzen war. Schraube um Schraube wurde über seine Haut gezogen und in Form gepresst, womit der wuchernde Dorndrache die Linsen in seinen Augen veränderte und immer größer wurde.

„Aaah, wie göttlich!" Mit rostigem Blech und vielen angezogenen Einzelteilen, die wie die Nägel über seine Haut flossen, entwickelte er sich weiter, ehe Flüsse von Stacheln und drehenden Blechteilen seinen vielfältig wachsenden Drachenkopf in ein noch schrecklicheres Biest verwandelten. „Schon bald werde ich Euch zerquetschen, mit Eurer eigenen Vorstellungskraft. Mit Eurem eigenen Müll, törichter Mensch." Die angezogenen Adern aus Altmetall machten den Drachen immer mächtiger und ließen auch Jeans Zweifel anwachsen, der weiter nur das Ungetüm hörte. „Aaah, seht Ihr es schon? Seht Ihr mein Wesen und wie ich es aus Euren Gedanken ziehe? Prächtig, nicht wahr?"

Jean kannte diese beängstigende Rhetorik von sich selbst und ahnte noch Schlimmeres, weshalb er sein Licht ganz auslöschte, sich verängstigt an die Wand presste und vor seinem erwachten Alptraum versteckte, nicht wissend, wohin mit sich. Er blieb mucksmäuschenstill, bis er ein Blechstück aufhob und in eine Ecke warf, um mit dem scheppernden Krach neuerlich von seinem Standort abzulenken.

„Arrgh … Ihr Nichtsnutz! Der gleiche Trick. Nein, so könnt Ihr mich nicht täuschen. Nicht mehr." Mit fließenden Schwanzbewegungen tauchte der Drache im Schrott ab und verschmolz damit. Er schwamm durch den bewegten Müll und band dabei noch mehr an sich. Nur seine Stimme drang heraus. „Euer Licht, Euer Kampfgeist – ich spüre Eure schwindende Ausstrahlung. Jetzt gerade. Die Hitze, die Euch plagt, die Angst im Kopf, die unregelmäßigen Vibrationen Eures Herzens. Jeder zuckende Muskel in Euch verrät Euch." Sein hinter Jean aufgetauchter Drachenkopf wandte sich zum Ermittler um, der erneut zurückgewichen war. „Da seid Ihr ja, kleines Menschlein!" Aus seinem glühenden Schlund kam der nächste Feuerstoß, der Jeans maskierten Kopf in Flammen tauchte, bevor er ihn mit dem Schwanz in den Abfall schleuderte. „Ihr seid zäher als ich dachte. Eure Rüstung, sie ist stark. Doch nicht so stark wie die meinige."

Seiner unheimlichen Transformation folgend, wucherte er mit jedem absorbierten Bruchstück weiter, bis er selbst Jeans Smartphone anzog und es ihm fast aus den Händen riss. Genauso wie die Waffen und alles, was am Bullen metallisch war. Dem Sog der Teile schien er hilflos ausgeliefert zu sein. Doch dann sah der maskierte und sauerstoffbeatmete Kämpfer zur Decke hoch, an der sich der Rauch staute. Das Atmen fiel ihm schon schwer und die kleine Sauerstoffflasche war leer. Der Ritter zog den Helm aus, der sofort magnetisch angezogen zum Drachen rutschte, und lud wieder durch, während die Maske mit der Drachenhaut verschmolz. Jean war gewarnt. *Wenn der Drache mich jetzt nicht erwischt, dann der Rauch.*

Cop*Cors Selbsterhaltungstrieb reagierte auf die Bedrohung und es sandte seinem Herrn die letzte Lösungsmöglichkeit: „Jean, ich habe eine potenzielle Schwachstelle lokalisiert. Der Gastank im Hals! Leg ihn frei und schieß darauf! Konzentrier alles, was du noch hast, auf die rechte Seite, bevor er auch diese verstärkt."

Geschwind wich der angesengte Jean, dessen Bart leicht schwelte, den Klauen aus, warf herumliegende Teile gegen den anwachsenden Drachen und fasste den wunden Punkt ins Auge. „Also gut, das könnte gehen. Ich habe sowieso keine Wahl mehr." Und schon wurde der zähe Bulle laut: „Hey, Drache! Zeit, dass du etwas gegen das hässliche Brennen in deinem Hals unternimmst." Der Hals des Drachen wurde noch dicker und Jeans Pistolen ballerten los. Eine brachiale Kadenz, bis die Magazine leergeschossen herausfielen und beide Läufe rauchten. Auf der Stelle zückte Jean die nächsten Magazine. „Friss Blei, du scheißverdammter Steampunkdrache!"

Jeder Schuss von Jean schien ein Treffer zu sein, bevor er hinter dem nächsten Felsen Deckung suchte. Dann sein Kampfschrei, womit er todesmutig auf den Rücken des Monsters sprang und unter dem Bauch des Drachen hindurch auswich, sodass Urokan sich selbst Feuer unterm Hintern machte. Es krachte fürchterlich. Jean hatte dem Drachen ein Loch in den Hals gesprengt. „Na, gefällt dir das?" Jeans letzter Sprengstoff hatte mit seiner Überraschungstaktik den Hals des Ungetüms fast durchgetrennt, was den Drachen ausbluten ließ – literweise Hydrauliköl floss über den Boden. Teile fielen ab. Das ganze Ungetüm versank in Ruß und Rauch.

„Argh … Verdammter Mensch! Ich bin unsterblich! Seht Ihr es nicht? Versteht Ihr es nicht? Jeder Schuss macht mich größer. Jedes Gift noch stärker! Ihr nichtsahnendes Ungeziefer!" Der Öl kotzende Urokan wich zurück. Er fauchte und geiferte, bis ihm der Hals langsam wieder zuwuchs und die messerscharfen Zähne noch länger wurden. „O Menschenkind! Ich bin euch schon seit Jahrtausenden überlegen. Und nun habt Euch doch nicht so! Fügt Euch Eurem Schicksal! Das alles hier dauert mir schon viel zu lange."

Der unverwüstliche Jean versuchte derweil, noch mehr der metallenen Schuppen abzuschießen, ignorierte die Worte und ballerte immer weiter, bis der Drachenhals und die Kabel freilagen, unter denen der obere Gastank zum Vorschein kam. Jean feuerte und feuerte darauf. „Mach schon! Komm!" Doch wieder war die erste Beretta leergeschossen – ein Krampf durchzog seine Hand. Der Mann ließ sie fallen. Er hatte nun nur noch eine Waffe in den Händen. Jean musste cool bleiben. Doch er musste sich zugleich beeilen, da der Hals schnell wieder zuwuchs. Der Held musste es wagen: „Nur noch ein Schuss im Lauf. Bleib ruhig, alter Mann. Jetzt oder nie!"

Dem geifernden Drachen kam der nächste Flammenstoß hoch, über den dicken, noch undichten Hals, in dem der glühende Rachen auf die Einspritzung wartete. Jean torkelte nach hinten und konnte die Waffe kaum noch oben halten. Doch er musste sich beeilen, bevor sich die Wunde wieder schloss. *Atme tief.* Volle Konzentration! Mit angehaltener Luft und dem Gespür für die Bewegungen richtete er die Waffe aus. Sein Zittern verebbte. Jean war sicher: *Zeit zu sterben.* Langsam zog er den Abzug nach hinten und führte den Schuss aus. Der Bolzen schlug auf die Patrone, worauf die Kugel aus dem Lauf schoss, gezielt das Loch im Schuppenpanzer traf und den Gastank dahinter durchschlug.

Die Explosion war so heftig, dass es den Ritter nach hinten schleuderte. Er wurde von dem zerrissenen Drachen weg katapultiert und prallte heftig gegen einen Müllberg, ehe er von den Trümmern der eingerissenen Höhlendecke fast erschlagen wurde. In den Ohren hörte er nur noch lautes Pfeifen. „Scheiße verdammt!"

Er war unter dem Schrott begraben, aus dem er dampfend herausgekrochen kam. Seine Schmerzen waren unerträglich. Erneutes Durchbeißen und Zusammensacken folgte, vor allem, als er seinen kleinen, weggeknickten Finger unter dem Handschuh einrenken musste. Schmerzverzerrt ging er weiter. Einer seiner Airbags war geplatzt, die Schulter verzogen. „Na toll. Ein bisschen zu spät, verdammt!"

Wie Quasimodo humpelte er nun zum abgetrennten Kopf des Drachen, in dem das glühende Monsterauge endlich erlosch. Mit Genugtuung stand Jean vor seinem toten Antlitz und entdeckte seine Maske an der verschrotteten Drachenhaut, die nun mit Nägeln und Stacheln verschmolzen war. „Hey, das gehört mir!" Er brach die Maske heraus. „Und jetzt werde ich mal deinen Schöpfer besuchen."

Der blutüberströmte Mann blieb hart im Nehmen und spuckte auf den Drachenkopf, der zu Einzelteilen zerfiel. Sofort wich Jean zurück. „Shit!" Auch der Rest des Körpers zerbrach vor seinen Augen, als wäre alles nur ein Alptraum gewesen. Dem Mann war schwindelig und seine Sicht getrübt. „Zu dir komme ich später noch mal zurück."

Dann erblickte Jean ein kleines Schlupfloch im zugemüllten Durchgang.

Sein Licht wies ihm den Weg: „Dort! hinter dem gebrochenen Flügel."

Es war der Zugang, in dem die Hexe verschwunden war, wie die Spuren deutlich zeigten. Jean schaufelte mit bloßen Händen den Schrott weg, schlüpfte durch das Loch und jagte ihr weiter nach. Doch der Schmerz übermannte ihn fast, weshalb er geplagt an seiner zerrissenen Hose hinunterschaute und zu seinem funkensprühenden Knieschoner blickte, bevor er das defekte Teil seines Exoskeletts zurückließ und ohne es weiterhumpelte. Mit letzter Kraft kroch er durch die zugemüllte Passage.

Währenddessen flog draußen der gerufene Kampfjet über den Berg, durchbrach die Schallmauer und sicherte den Luftraum. Von den Teleobjektiven des optischen Radars beobachtet, durften sie alles in der abgesperrten Zone abschießen. Der Pilot im Cockpit war genau im Bilde: „Absturz bestätigt. Habe Sichtkontakt."

Am Fuße des Bergmassivs riegelten die verbündeten Einsatzkräfte alles ab, wobei sie gegen den Schneesturm ankämpften und hinter ihren Autos verschanzt auf die angreifenden Schatten schossen. „Haltet die Dämonen von der Stadt fern! Haltet Stand!" Das Wolfsrudel fiel ein hochspulendes Schneemobil an und ein tollwütiger Hund sprang auf das Autodach. Im selben Moment hüllte eine Schneewolke die Polizisten ein und eines der fernen Geschütze holte den Hund vom Dach.

Moe hörte mit und sah durch ihre leuchtenden Kreuze, während ranghohe Militärs in den Kommandoraum eindrangen – ein Oberst mit einer ganzen Armee im Rücken.

„Wer hat das Kommando?"

Moe stand auf. „Ich! Und wer sind Sie?"

Der diensthabende Offizier grüßte ihn und drückte ihm einen Zettel gegen die Brust. „Wir haben neue Befehle. Uns bleibt keine Zeit zum Reden. Wir übernehmen ab jetzt! Instruieren Sie sofort meine Männer. Wir müssen diese Terroristen blitzartig ausschalten!"

Sofort räumte der Chef der Mordkommission seinen Platz und überließ ihn den Spezialisten, froh darum, dass jemand anderes die Verantwortung für diesen Angriff übernahm. Das nächste Sondereinsatzkommando stürmte in Formation die Zahnradbahn und nahm sie notgedrungen in Betrieb. „Bahn gesichert. Fahren jetzt los", funkte der Truppführer.

Die Zentrale antwortete: „Verstanden. Team Alpha, stoßen Sie nach der Ankunft zur Höhle vor, unterstützen Sie Vincent und nehmen Sie den Flüchtigen fest. Team Omega, sichern Sie die Bergstation und evakuieren Sie die Gäste aus dem Hotel."

Die Zahnradbahn fuhr mit zwanzig Mann und einem Scharfschützen auf dem Dach den Berg hoch. Ihr Pilot in der Luft wendete unterdessen und gierte zur Seite, sodass der stürmische Wetterberg vor seinem Visier auftauchte. Die mächtigen Gewitterzellen, in denen Blitz und Donner die Nacht erhellten, erschreckten ihn. Der Pilot verlangsamte. „Zu gefährlich! Der Wind ist zu stark, die Wolken zu dicht. Schieße Drohne rein." Eine Polizeidrohne wurde in den donnernden Schneesturm geschossen. Mit blinkenden Lichtern tauchte sie in den turbulenten Gewitterwirbel über dem Gipfel, aus dem ein gigantischer Lichtstrahl den Strudel antrieb und Hagel mit sich brachte.

Auch auf dem Bildschirm im Kommandoraum hatte man alles im Blick. „Die Drohne sendet erste Daten." Alles wurde auf dem großen Spiegelbild einer teleskopartigen Platte abgebildet, sodass jeder Vogel und jedes Feuer darauf zu sehen war. Gestochen scharf und spektral durchleuchtet, womit sie den Wirbelsturm mit seinem Blitzlichtgewitter über dem Gipfel durchdrangen und dessen Lichtstrahl analysieren konnten. Der Himmel und die ganze Schweiz lagen vor den Augen der angespannten Einsatzleitung.

„Selbst der modernste Kampfjet kann gegen solch einen Sturm nichts ausrichten. Die Waffen sind nutzlos gegen den Wind."

„Dieses Gewitter! Dieser grelle Strahl in den Wolken!"

„Was ist das?"

„Können wir es abschießen?"

„Den Wind?" Die Einsatzleitung wurde immer nervöser. „Das bringt nichts. Wir müssen wissen, was im Untergrund des Berges abläuft."

Dort, wo Jean immer weiterlief und in das Innere vordrang. Er warf die nächste gepeilte Magnesiumfackel nach vorne in die Eishöhle, ein unheimliches Spiegelkabinett, als wäre er in einer Gletscherhöhle gelandet. Sein Echo hallte durch den Gang: „Komm raus! Versteck dich nicht! Ich finde dich ja doch." All seine Lichter und Silhouetten spiegelten sich im Eis wider. Hundertfach waren sie in den Wänden gefangen, sodass sich der zerstreute Ermittler gar vom eigenen Spiegelbild erschrecken ließ, vom vereisten Kristalltunnel reflektiert, hinter dem die zugefrorene und noch dampfende Antennen-Maschine lag und ihn anzog. Es rumpelte, zischte und blinkte überall.

Jean ging näher ran. Vorsichtig und langsam wandelte er über das rutschige Eis und staunte über den unbekannten Sinn dahinter. „Was ist das für ein Ding?" Mit Ehrfurcht betrachtete er die spuckende Maschine. „Tanner, an was hast du hier geforscht? Was ist das für ein Werk?" Ein bedrohliches Gurgeln hinter der Stahlwand war zu hören. „Wehe dir! Bitte keine Fallen mehr! Das hatten wir doch schon."

Cop*Cor warnte ihn ebenfalls: „Halte Abstand und folge den Leitungen. Die Spuren führen hier durch. Beeil dich."

Voller Angst und Schmerzen nahm Jean Abstand, ehe er weiter den dampfenden Maschinen folgte. Nur ungern ging er die schockgefrosteten Röhren entlang, um weiter in die Eishöhle vorzudringen, weit weg von der zugemüllten Drachenkammer, in die das nächste Licht hereingeflogen kam: ein Rabe mit einem fallengelassenen Irrlicht, aus dem plötzlich der nächste Schatten des Dschinns erwuchs. Er huschte durch die gigantische Höhle, bis er andächtig vor dem Müllberg zum Stehen kam und eines der gebrochenen Hörner berührte.

„Wie konnte das nur geschehen ... Urokan! Wach auf! Erledige deine Aufgabe!" Der Tote mit dem Zylinder kniete auf dem Abfall nieder, ehe sein dunkler Schatten langsam in den Müll eintauchte und in den Überresten versank, an jener Stelle suchend, wo er das begrabene Drachenherz von Neuem berührte. Und kaum war seine Schattenhand in das Herz getaucht, schlug es wieder auf, womit sich der Abfallhaufen hob, als wollte er nach Luft schnappen. Dann erwachte das tote Drachenauge. Mit Spucke auf der glühenden Linse, als Flammen aus dem Müll aufkeimten, unzählige Schrauben und Blechteile über den Boden rollten und im flackernden Licht verklumpten. Darunter vibrierende Silberlöffel, die sich verbiegend einschmolzen, sich wie flüssiges Quecksilber an den pulsierenden Organen vorbeischlängelten und ihr Ziel suchten.

Das neuerschaffene Drachenskelett, das aus dem lodernden Müllberg herauswuchs, trug ein wucherndes Metallherz in sich, das noch stärker als je zuvor zu schlagen begann. Nicht weit von bohrenden Würmern, die sich windend zu Tentakeln verbanden, zu einem kriechend heranwachsenden Roboiden-Fötus, der mit seinen glitschigen Tastern in den Bauch flutschte und zum Magen wurde. Jedes Teilchen wurde von der Magie der Physik bewegt. Ein gemeinsamer Geist, der in allem steckte und dem Drachen eine neue Form zu geben vermochte. Er fand seine zweite Seele darin.

Das brüllende Erwachen war kaum zu überhören. Jean drehte sich um. „O Gott! Der Drache! Langsam rennt mir die Zeit davon!" Mit rot blinkendem Kreuz auf der Brust und schmerzenden Rippen stieg er über das Eis. Er befand sich schon tief im Inneren des Berges, als das Warnlicht seines helfenden Geistes heftig blinkte.

„O nein!" Nun war es also so weit: Cop*Cors Akku wurde leer und es gab nun endgültig den Geist auf. Der letzte Vibraschlag. Ein tiefer Atemzug. Sofort riss Jean das löschende Kreuz von der Brust und schüttelte es verzweifelt. „Nein, nein! Cop*Cor, nicht jetzt! Verdammt, ich brauche dich hier! Bleib bei mir! Verlass mich nicht! Nicht in diesem Augenblick!" Denn auch der Mensch hatte keine Kraft mehr, als sein Partner erlosch, sein geliebter Helfer. Er hatte sich endgültig von ihm verabschiedet, weshalb der dampfende Jean seine seelenlose Taschenlampe betrachtete und diese an seiner Pistole befestigte. „Nicht in dieser Finsternis. Nicht mit mir."

Auf diese Weise konnte er noch tiefer in die monströse Höhle vordringen, während er mit seinem übrigen Licht das blauweiße Eis durchleuchtete. „Ich finde dich. Ich werde dich finden. Jawohl." Die glatten Oberflächen spiegelten sich diffus in den Gängen. Jean war alleingelassen von seinem Schutzengel und inmitten dieser klaustrophobischen Enge, dazu die Kälte, seine anderen Ängste und was da sonst noch auf ihn lauerte. Aber auch das musste er überwinden. Immer tiefer und weiter tauchte er in die Ängste ein, bis er in einem frostigen Laborkomplex noch mehr der zugefrorenen Maschinen fand. „Tanners Geheimlabor! Hat er also doch geforscht." Dann entdeckte Jean eines der Teile, die auf Tanners Lieferscheinen gewesen waren. Alles verborgen unter der nächsten steinernen Kuppel, in der ein dicker Eispanzer es konserviert hatte. Dutzende Hightech-Gerätschaften, wie zuckende Roboterarme, Elektronenmikroskope und Minizentrifugen, zwischen denen Regale voller Reagenz- und Einmachgläser standen. Dazu geplatzte Silos und zahlreiche geborstene Rohre, die zu einer geheimen Raffinerie gehört haben mussten, während ein defekter Laser aus der Mitte der Kuppel in eine zugefrorene Form schoss.

„Was ist das?", fragte sich Jean und betrachtete die Gussform, auf die der Laser zündete. „Eine Art Sarkophag?" Inmitten der Kuppel und mit einer seltsamen Aussparung versehen stand eine negative Gussform, wie die von einem großköpfigen Alien, das lange Arme, einen dicken Bauch und kleine Füße hatte. „Das ähnelt dem Foto von Peric." Der Ermittler erkannte die Parallelen dazu, als plötzlich ein Funke das Licht unter dem Eis einschaltete und die Kuppel beleuchtete. „Was … Das Licht der Anlage ist wieder angesprungen. Vielleicht Jin." Sofort zog Jean die Waffe. Er wartete still in diesem seltsam zugefrorenen Labor. Die Lichter flackerten. Kein Kontakt!

„Ist hier jemand? Zeigen Sie sich!" Ständig die gleichen Worte. Die gleichen Muster, an denen er sich festhielt.

Jean wartete daher weiter ab, bis er gedrängt von der knapper werdenden Zeit den Frost von der Eisplatte wischte, um die eingefrorenen Maschinen genauer zu studieren. Wenigstens einen kurzen Blick wollte er darauf werfen. Doch Jean verstand nicht, was er sah. „Was haben die hier unten nur gemacht? Sieht aus wie ein Ding aus einer anderen Welt."

Die Negativform war in eine massive Metallplatte eingelassen. Dazu ein paar dampfende Leitungen, die aus dem Eis ragten, und die funkenschlagenden Transformatoren ringsherum, die jedoch eher einer irdischen Natur entsprachen, irgendwo ausgebaut und mit anderem hierher verfrachtet, als wäre er in Frankensteins Labor. Jean griff zu einem der zugefrorenen Einmachgläser. „Eine eingelegte Ratte. Hier wurde reichlich geforscht." Auch an Raben, Zecken und anderen Tieren. Darunter ein kleines Monster in einem gefrorenen Zylindertank, das mit seinen verzahnten Saugnapf-Tentakeln und dem kapuzenähnlichen Kopf wie ein Geisterdrache aus einer anderen Welt erschien. Es besaß einen zahnreicher Schlundkopf ohne sichtbare Augen, aber mit Kiefer-Klauen aus dem Rachen, als wäre der Krake mit einem Alien gekreuzt worden. „O Scheiße auch! Was zur Hölle ist das?"

Jean wollte sie fotografieren, all die verborgenen Petrischalen, Pilzkulturen, Stammzellen und Behälter. Doch sein unterstützendes Smart*Pol war aus, so wie die flackernden Lichter um ihn herum, sodass das Labor unter der steinernen Kuppel in seine eigentliche Finsternis verfiel. „Ein Kurzschluss." Zur Lampe gegriffen, musste Jean sich beeilen. *Die Sicherungen sind wohl rausgeflogen. Kein Strom. Das sollte ich mir später nochmal ansehen. Vielleicht steckt auch da der Dschinn dahinter.*

So dachte er jedenfalls und humpelte weiter, während er aus dem Echo der Höhle gespenstische Drachenrufe hörte. Ein Brüllen und Fauchen, das ihn immer weiter durch die zugefrorenen Schächte trieb, bis Jean in wärmere Gefilde kam, wo das schmelzende Eis massenweise von den Decken tropfte, als würde alles durchsickern und in die Höhle regnen.

„Das Wasser flutet die Stollen." Durch knietiefes und eiskaltes Schmelzwasser watend, spürte Jean seine Müdigkeit. Seine Gedanken waren nah bei seinen stockenden Füßen. *O Mann, wie tief reicht diese gottverlassene Höhle eigentlich noch?* Der Mann bekam die Beine kaum mehr hoch. Sein Exoskelett war ausgefallen. *Ich erfriere hier bald ... Vielleicht ... vielleicht hat Tanner zu tief in den Berg gegraben. Und am Ende ... am Ende stieß er dann eingedrungen, wie ich, auf sein Verderben. Auf die Hexe. Das könnte doch sein. Oder das Miststück gehört zu ihm. Dieser Dieb! Eventuell ein Soldat eines Sonderkommandos. Ein dunkler Führer. Keine Ahnung. Verdammte Scheiße auch! Und was soll dieser unheimliche Drache beschützen?*

Doch dann entdeckte er vor sich das ferne Licht aus der Gruft mit den brennenden Kerzen. Der schwer schnaufende Jean blieb stehen und fürchtete sich vor dem, was kommen könnte. *Wahrscheinlich eine weitere Falle. Sei vorsichtig!* Nach all den Feuern war das auch dringend ratsam.

Der schon ziemlich ausgekühlte und schwer verwundete Ermittler zögerte daher und betrachtete das Loch in der Gruft mit Skepsis. Aber der Drang war stärker. Er zog die Drachenmaske vor das Gesicht. „Verdammt, ich muss da rein." Ohne lange herumzulamentieren, näherte er sich den vielen brennenden Kerzen. „Komm schon! Los jetzt! Augen zu und durch!" Er fasste sich ans pochende Herz und lud zur Sicherheit nochmals nach, dann stürmte er drauflos. Mit gezogenen Waffen spurtete er in die Gruft, sprang über den hinuntergefahrenen Altar und an den vielen Kerzen vorbei, die durch den Windstoß explodierten. Doch der nach vorne geschleuderte Jean hatte es geschafft. Er rannte aus den qualmenden Wolken und blickte zurück. „Hab ich's mir doch gedacht! Diese verdammten Fallen! Verdammter Tanner!"

Er hinkte weiter, zum nächsten Geheimnis. Doch seine Schmerzen bremsten ihn, sodass er nur noch schleppend vorankam und eine Blutspur hinter sich herzog, bis er die letzte und allerheiligste Höhle erreichte. Er war am Ende des Gangs unter der großen Felsenkuppel des Sturmtempels angekommen, wo er die störende Maske herunternahm, das große Feuer in der Ferne erkannte und seine Lampe löschte, um sich vorsichtig dem Mittelpunkt der riesigen Kuppel anzunähern. *Da vorne muss sie sein.* Er war endlich am Ziel und hatte den Dieb vor seinen Augen.

Er schlich unter der Felsendecke durch, näherte sich dem Rücken der Hexe, ungesehen und leise, wie er glaubte, während die geöffneten Riesenurnen um ihn herum wie Schlote rauchten und der Hexentopf an seiner langen Kette um das Feuer im Zentrum pendelte. *Das muss der Sturmtempel sein*, dachte Jean, der zu den Dampfwolken aus den Urnen blickte, die die obere Kuppel entlang aus dem Kaminloch zogen, als wäre die Kuppel eine Wolkenmaschine.

Jean wagte es. Hinter dem Rücken der Hexe stehend und mit einer guten Schlagdistanz erklang seine Ladebewegung. „Fast wärst du damit durchgekommen. Doch so schnell entwischt mir niemand. Und jetzt beenden wir diesen Wahnsinn!"

Die Hexe wandte sich zu ihm um. Sie stand vor der ringförmigen Feuerstelle und ließ den pendelnden Topf um die Flammen kreisen.

„Ganz langsam!", befahl Jean, worauf sie ihren gesichtslosen Kopf neigte. Ein schräger Blick zu ihm, verborgen unter der schwarzen Kapuze. Aber Jean blieb ruhig und ging mit gezogener Waffe auf sie zu. „Keine Bewegung oder ich schieße! Ich schwöre, ich werde keine Sekunde mehr zögern." Nur noch ein paar Schritte und dann hatte er sie. Doch zuvor musste er den kreisenden Hexenkessel passieren lassen, der im Uhrzeigersinn ständig um sie herum pendelte. Jean versuchte, das auszublenden und gleichzeitig alles im Blick zu behalten. „Keine dummen Fehler mehr. Eine dritte Chance kriegst du nicht. Hast du mich verstanden?" So trat er an sie heran. Sein Instinkt war hellwach. „Ah, sieh an: ein goldenes Ei. Das muss wohl der Schlüssel sein. Nicht wahr?" In der anderen Hand der Hexe entdeckte er seinen gestohlenen Schatz. „Und was haben wir denn da? Ist das nicht der

Drachenstein? Was für ein Zufall. Gleich beides auf einmal." Jean forderte sie winkend auf, ihn zurückzugeben. „Gib ihn her, du Dieb! Dieses Juwel gehört dir nicht. Los jetzt!"

Eine Äußerung, über die die Hexe nur lachen konnte. „Ihr Menschen mit eurem Glauben. Wie lächerlich. Denkt ihr, das sei euer Verdienst? Ihr habt ja keine Ahnung, was um euch herum alles läuft. Keine Ahnung, was das ist." Danach folgten ein Windstoß und flatternde Schatten, die hinter der dunklen Gestalt hervorschossen, um Jean anzugreifen – ihre wildgewordenen Raben, die seine letzten Schüsse auf die Hexe blockten und über ihn herfielen.

„Ah, verdammt!" Die nach Vergeltung krähenden Vögel gaben alles. Daher versuchte Jean sich zu schützen, schlug einige der verzauberten Raben weg und feuerte um sich. Doch die vielen Krähen ließen sich kaum mehr aufhalten. Trotz Kugelhagel hackten sie auf ihn ein, bis der große Kolkrabe, der auf der Schulter der Hexe gewartet hatte, seine Flügel spannte, losflog und ihn niederrang. Jean ging zu Boden und Narbenauge krähte ihm ins Gesicht, versuchte wiederum, ihm das Auge auszupicken. Doch der Mann war schneller, als er dem Narbenauge den Schnabel stopfte und die Rübe wegballerte. Dann schoss er der davonschleichenden Hexe vor die Füße. „Ich sagte, keine Bewegung!" Er rupfte einem Raben nach dem anderen die Federn, bis der letzte Vogel am Boden lag und erst dann zu zucken aufhörte, als Jean mit Bruchgeräuschen auf ihn drauftrat und ihn schließlich gnädig erschoss.

Nach verrichteter Tat blickte der blutig zerkratzte Jean wieder auf. Mit seinen befleckten Händen fuhr er über die zerkratzte Glatze, die voller Blutergüsse, aufgerissenen Krusten und Narben war. Sichtlich gezeichnet und mit Zorn in den Augen rief er: „Du! Du bist die Hexe, nicht wahr? Die Ordensschwester des Sturmtempels, von der Tanner einst sprach! Es gibt dich also doch." Er wischte sich das viele Blut von den Augenlidern, das mit seinem Schweiß von der verletzen Stirn herunterrann. Der Mann schwankte leicht. „Und nun gib auf! Hörst du? Und hör damit auf, diese armen Tiere auf mich zu hetzen! Das alles ist doch Irrsinn! Ich bitte dich! Ich bitte dich von Herzen."

Hinter seinem Rücken krächzten die verletzten Raben. Jean konnte kaum hinhören und drohte daher: „Noch ein Vogel, ein Drache oder sonst was, und ich erschieße dich auf der Stelle! Ist das klar? Keine Flammen oder sonstiger Zauber mehr. Kein Scheiß mehr!" Die nächste Ladebewegung folgte, mit der er versicherte: „Jeder Weg vom Berg wird dir verwehrt bleiben. Alles ist zu. Glaub mir: Du bist hier drin gefangen. Festgenommen von mir." Dann ein kleines Zucken unter dem Hexengewand. Jean wurde nervös. „Keine Bewegung, sagte ich!" Dazu ein Warnschuss, der sie an der Kapuze streifte. Jean meinte es ernst. „Hörst du nicht? Mach jetzt ja keine dummen Fehler mehr! Du verdammte Hexe! Du hast es hier oben schon genug auf die Spitze getrieben."

In diesem Moment wäre ein bisschen mehr Ruhe empfehlenswerter, weshalb die Hexe stoisch neben dem Feuer stehenblieb. Wie eingefroren, als hätte sie etwas vor, schaute sie ihn an. Jean musste durchgreifen: „Leg nun den Stein und den Schlüssel weg! Danach nimm die Hände hoch. Los jetzt!" Doch die Hexe blieb regungslos. Jean wiederholte: „Hey, du verdammte Hexe! Hast du nicht verstanden? Hände hoch und auf den Boden!" Mit der Waffe im Anschlag kam er noch näher und schrie angespannt gegen ihr verdunkeltes Antlitz: „Du verdammtes Miststück! Wer bist du? Zieh endlich deine Maske runter! Zeig dich! Und rück mit der Wahrheit raus! Sag, was zur Hölle treibst du in diesem Berg? Warum diese verdammte Geheimniskrämerei?" Er schoss gegen die Decke. „Sag schon! Rück raus mit der Sprache! Zu welcher verdammten Sekte gehörst du? Zur Kirche? Zum Militär? Und wer bezahlt dich eigentlich dafür? Woher kommst du? Was willst du?" Der ungestüme Bulle schäumte vor Wut.

Doch die Ordensschwester schwieg weiter, wie der Sensenmann vor seinem Tod, dem sie zum Verwechseln ähnlich sah, und hob den Arm mit dem heiligen Stein über das Feuer. Jean erkannte ihr Vorhaben und insistierte: „Tu das nicht! Bitte nicht. Leg den Stein auf den Boden. Los jetzt! Leg ihn hin! Auf der Stelle!"

Durch die Wärme des Feuers glühte das gestohlene Juwel nun als rauchendes Licht in ihren Händen. In Jean entbrannte der Zorn. „Du könntest ihn zerstören oder dich verletzen! Tu das nicht! Keine Bewegung, sagte ich!"

Und dann – tatsächlich! Die Hexe wollte ihn fallenlassen und öffnete ihre Hand. Jean konnte nur noch schießen. Ein Volltreffer auf den Stein, der dadurch weggeschleudert wurde, und ein rascher Nachschuss auf den Körper, der jedoch geblockt wurde.

Mit glühenden Augen schrie die Hexe auf, schüttelte ihre Hand und schoss einen strafenden Blitz aus ihren Klauen, der Jean nach hinten katapultierte. Die Hexe stand in einem magischen Sturmwind. „Verzeiht mir, Nessairi! Aber ROA und seine Welten brauchen uns." Dann wandte sie sich vom Ermittler ab. Wieder verlor Jean sein Bewusstsein für einen kurzen Augenblick. Er lag auf dem kalten Steinboden und war gelähmt von dem Blitz, sodass er nur verschwommen zusehen konnte, wie die Hexe ein Bruchstück des zerschossenen Steines aufhob.

Jeans Kopf dröhnte und pochte, die Gedanken zerrissen, konnten kaum mehr erfassen, was da geschah. Im Delirium gefangen erkannte er nur noch wirre Dinge. Darunter ein leuchtendes Wesen, das auf ihn zuschwebte. Die Kontur von Perics mysteriösen Foto, als würde ein Alien vor ihm landen und direkt in seine verschwommenen Augen schauen. Ein großköpfiges Wesen mit langen Armen und kurzen Beinen, wie bei der Aussparung unter dem Eis, dessen graue Haut bläulichgrün erstrahlte, als es in die Luft stieg und leuchtend durch die Höhle schwebte. Es flog hin zur Hexe, die das aufgehobene Bruchstück ins lodernde Feuer warf und zum leuchtenden Wesen sprach: „Vuja Horos! Vuja!"

Fast in Ohnmacht gefallen, stellte Jean sich tot, nur dreißig Meter von ihnen entfernt, als der Stein explodierte und ein Loch in die ringförmige Feuerstelle riss, gefolgt von einem anwachsenden Strudel, der die Flammen einsaugte. Immer mehr, bis es den Boden um die Feuerstelle zerriss und in Wolken auflöste, die in das stürmisch drehende

Loch gesogen wurden. Der pendelnde Topf wurde samt Kette von der Decke gerissen, und verschwand ebenfalls im Loch. Jean konnte kaum mehr klar denken, als er das sah. Der Strudel wuchs an und entließ, in seinen flackernden Gedanken reflektiert, ein Licht, in das sich die beiden flüchtigen Wesen fallenließen, als würden sie sich dem Feuer opfern und in die Hölle springen. Ein Lichtblitz verdunkelte alles, just im selben Moment, als Jean ohnmächtig wurde.

Kapitel 10: Das schwarze Loch

In der stockfinsteren Höhle war es still geworden. Nur die Wassertropfen waren zu hören. Tropfen um Tropfen drang in Jeans Ohr und tief ins Bewusstsein hinein, bis das Licht anging. „Verdammte Scheiße, wo bin ich? Was ist geschehen?"

Mit einem seltsamen Ticken in den Gehörgängen erhob er sich vom schwarzen Steinboden, schaute sich um. Er richtete die Taschenlampe auf den rauchenden Krater, wo vor Kurzem noch die Feuerstelle gewesen war. Mit hefigen Kopfschmerzen kehrten die Erinnerungen zurück. „Ah … Der Stein! Die Hexe! Wo sind sie hin? Was ist geschehen?" Nach Antworten suchend, leuchtete er in jede Ecke der Höhle, als etwas Bekanntes im Licht reflektierte. „Ein Bruchstück des Drachensteins. Sie hat es übersehen!"

Jean ging sofort hin, hob ihn auf und steckte ihn ein. Dahinter sah er einen alten Wecker blinken, in dem ein Totenkopf die letzte Stunde zählte. Zur Kuppel hochleuchtend und mit einem schlimmen Verdacht schaute Jean sich um, hob den Wecker mit dem Schädel auf und sah die letzte Minute laufen. Es war kurz vor zwölf, als er über die Schulter blickend noch mehr der Lämpchen entdeckte. Den Mickey-Mouse-Wecker direkt unter ihm tickte. „Scheiße auch, hast mich doch noch erwischt." Alle Wecker standen mit dem Zeiger auf den letzten Sekunden, ehe Jean den seinigen gegen die Wand warf. Der Totenkopf drehte durch und begann zu schellen. Verschiedene Modelle waren synchron geschaltet, sodass lauter Alarmlichter von der Decke klingelten. Dutzende Mini-Bomben explodierten und eine davon löste eine Kettenreaktion aus, die die bröckelnde Felsenkuppel erschütterte.

Jean hielt die Luft an, doch er war erstaunlicherweise noch am Leben. Er spürte das Beben, sah die wachsenden Risse auf sich zukommen. „Die Höhle! Sie wollen das Geheimnis begraben. Nichts wie raus hier!" Sofort griff der blutige Glatzkopf zu seiner zerkratzten Maske und zog sie über, ehe der erste Stein darauf prallte. *Vergiss die restlichen Beweise!*, drängte seine Vernunft, als schon der nächste Felsen neben ihm herunter donnerte. Fast wäre es sein Grabstein geworden. Die Risse in den Felsen vergrößerten sich. Die gesamte Höhle wurde von brechenden Wänden zum Einsturz gebracht. „Shit! Wenn ich jetzt nicht verschwinde, ist es zu spät." Jean wurde von einer Felsplatte bedrängt, die neben ihm aufschlug und den Boden durchbrach.

Er humpelte los und begann zu rennen. Mit hinkendem Bein an sinkenden Wänden vorbei eilte er und zur heftig bebenden Gruft, als diese plötzlich vor ihm einbrach. Sein Fluchtweg war abgeschnitten und von herabfallenden Steinen blockiert. Der maskierte Jean stand bitter vor dem Aus, mit verschwommener Sicht mitten in den Staubwolken und mehrfach von fallenden Steinen getroffen, lag er darnieder. Im Qualm erschien ein sich verwandelnder Monsterbohrkopf zwischen peitschenden Tentakeln, als plötzlich Urokans Auge darin aufglühte. In neuer Form war der Drache wiederauferstanden, bäumte sich auf und spreizte seine Flügel. Er spie Flammen und brüllte nach Rache.

Jean stemmte sich mühsam wieder hoch. Entsetzt wich er mit leergeschossener Waffe zurück. Noch nie hatte der schrottstachelige Dorndrache über ihm solches Feuer gespien. Ein Meer aus Flammen rollte über die reißende Kuppeldecke und zog durch die vielen Spalten, bis es den bröckelnden Felsen sprengte. Was für ein Ende für die zwei, als die bebende Höhle herunterkam und den brüllenden Drachen mit sich zu Boden riss. Erschlagen und begraben vom Gipfel des Berges, der Feuer und Aschewolken in den Himmel spie, bis der ganze Dom einbrach und die Flammen wie bei einem Vulkan herausschossen. Riesige Aschewolken stiegen empor, während die halbe Bergflanke wegbrach, in einer gewaltigen Lawine unterging und in die Höhle drang, wo gewaltige Felsen einsackten und eine Staubwolke in den Sternenhimmel schoss. Raus aus dem Loch, bis das Mondlicht durch die reißende Höhlendecke brach.

„Mein letzter Ausweg!" Der im Untergang stehende Jean sah das eindringende Licht, als er mit letzter Kraft zum schimmernden Nebelstrahl humpelte, durch die Staubwolken spurtete, über den einsackenden Felsen rannte, auf den nächsten sprang und nach oben stieg. Er sprang wieder und hielt sich an jenem fest, der gerade durch die Wand und den Lichtstrahl brach. Er krachte durch die berstenden Felsen hindurch und als Lawine den Berg hinunter, bis er losließ und prompt begraben wurde. Eine ganze Bergflanke war über ihm eingebrochen und jede Höhle wurde nun gesprengt, worauf in der Stadt die durchgeschüttelten Autos reihenweise losheulten und die Lichter angingen.

Jean konnte sie hören, ehe seine gebrochene Hand aus dem Schnee und Schotter brach und er zitternd nach dem letzten Rest seines Lebens griff. Der hustende Glatzkopf hatte es gerade noch hinaus geschafft, setzte seine Maske mit den verbogenen Stacheln ab und atmete durch. Völlig erschöpft und aufgrund der Airbags breiter geworden, grub er sich aus und setzte sich mit seiner letzten Magnesiumfackel in den Schnee. Seufzend saß er im Hang, wo er den verbeulten Kampfhelm mit den stumpfgeschlagenen Stacheln betrachtete. Er fuhr mit den Fingern über die zerkratzten Stellen, die er immer noch spürte, bevor er das ausgediente Ding in den Schnee warf. Jean war allein auf dem Bergmassiv, und es dauerte seine Zeit, bis er die Kraft fand, um den Stein aus seiner Hosentasche zu ziehen.

Er lächelte mit verbranntem Bart und blutiger Glatze. *Wenigstens ein kleines Bruchstück ist noch übrig geblieben. Mann, hatte ich vielleicht ein Riesenglück ... schon wieder! Ich hab's tatsächlich überlebt. Ich hab's geschafft. Echt irre!* Der angeschlagene Ermittler und das kleine Juwel leuchteten wieder. Der Mann schien zufrieden. Bei diesem Ausgang kaum verwunderlich, weshalb er nochmals über den Stein strich. „Mein einziger richtiger

Beweis." Wie seinen eigenen Schatz streichelte er ihn, diesen glühenden Überrest vom einstigen Juwel, in dessen magisches Feuer er gefesselt hineinschaute, um sich zu vergewissern und zu beruhigen, dass etwas von der Wahrheit übriggeblieben war. „Wie schön es doch ist." Wie es funkelte und leuchtete.

Über allem stand der Vollmond, der die weißen Gipfel der umliegenden Berge beleuchtete und den Schnee zum Glitzern brachte. Jean blickte wieder mal zu den Sternen hoch, während unter dem nächtlichen Nebelmeer die Stadt mit ihren vielen Lichtern erwachte und durch die hell schimmernde Nebeldecke schien, als würden die Nordlichter aus dem Boden strahlen. Er konnte sich kaum mehr bewegen und warf wieder einen Blick zur Fackel, die im Eis für ihn brannte. Im zähen Tiefschnee gefangen und auf der niedergegangenen Lawine liegend, atmete er das Leben nochmals tief ein. Der abgekämpfte Mann war sehr schwach und drohte nun in dieser alpinen Eiswüste zu erfrieren. Von den verschneiten Gipfeln des Pilatus blickte er nochmals ins neblige Tal hinab.

Er spürte, wie es mit ihm zu Ende ging. *Nimm es hin, alter Mann.* Sein Herz beruhigte sich langsam, ehe das Leuchtsignal flackerte und erlosch. Über ihm flog der Kampfjet, der die Schallmauer und die Milchstraße durchbrach. Dann schloss Jean die Augen. Sein Atem stand still, die Welt versank in Dunkelheit.

Ein grelles Licht drang in Jeans Bewusstsein. Er erwachte im Krankenhaus, froh darüber, dass es ein Engel und nicht der Sensenmann gewesen war, der ihn geholt hatte. Verwirrt schaute der verbundene Glatzkopf sich um. „Scheiße, wie soll ich das alles bloß erklären?" Er löste die Infusionsschläuche, bevor er aufstand, und sackte augenblicklich zusammen. Dabei erinnerte er sich unter starken Schmerzen, wie ein grelles Licht über ihm geschwebt war und ihn gen Himmel gezogen hatte. Dann riss ihn ein unangenehmes Geräusch zurück in die Realität: Draußen flog der nächste Helikopter in Richtung des Spitals. Jean blickte besorgt aus dem Fenster und suchte den Rettungshelikopter, hinter dem der wolkenverhangene Berg lag. An den Hängen des Massivs sah er nun die unzähligen Blaulichter leuchten, während der Heli auf dem Spitaldach landete und das nächste Opfer brachte.

Dem gerade operierten Ermittler blühte langsam, was alles geschehen war. Trotzdem wollte er den Einsatzkräften helfen und wandte sich eiligst zur Tür, bis der nächste Schmerz in sein Ohr drang und alles um ihn herum verwischte. Jean versuchte, den Schmerz zu ignorieren und torkelte weiter.

Die Krankenschwester, die gerade hereinkam, hielt das für keine gute Entscheidung. „Hey Mister, was soll das? Herr Vincent! Bleiben Sie liegen! Bitte! Sie wurden gerade erst operiert."

„Mir geht es gut. Seien Sie unbesorgt." Er warf einen Blick auf den einbandagierten Arm und die Schiene am Bein, worauf die Krankenschwester ihren Kopf schüttelte.

„Nein, Ihnen geht es gar nicht gut. Sie hatten eine Gehirnerschütterung, dazu einen kleinen Herzinfarkt, gerissene Sehnen, schwere Prellungen, Erfrierungen und wer weiß, was noch. Ach ja, und ihre Lunge wird wohl auch nicht mehr wie früher funktionieren."

Aber Jean interessierte sich nicht dafür. Er fuhr sich über die Krusten, Wunden und Narben im Gesicht und griff zu seinen Sachen. „Schaue ich mir alles später mal an. Darf ich jetzt?" Schon stieg er in seine Hose, ehe er hustend sein Portemonnaie zückte und das Bruchstück des Steines herausholte. Sanft streichelte er darüber. „Alles gut. Ich kann's beweisen. Noch heute!" Danach wandte er sich an die Krankenschwester. „Sagen Sie, auf welcher Station liegt eigentlich meine Partnerin?"

Die ernst dreinblickende Pflegerin wollte keine Antwort darauf geben und warnte ihn stattdessen erneut: „Herr Vincent, Sie können jetzt nicht gehen! Ihr Arzt kommt bald. Ihre Verletzungen müssen weiter versorgt werden. Sehen Sie sich doch bitte nur mal an! All Ihre Brüche! Sie müssen sich jetzt schonen. Dringend!"

Jean spürte ihren gutgemeinten Willen, fasste an den blutigen Verband und zückte mit seinem verbundenen Arm mühselig seine Marke.

„Ich danke Ihnen. Lieb gemeint. Doch ich habe jetzt keine Zeit für solche Gespräche. Also: Wo liegt sie?"

Die Krankenschwester rollte mit ihren Augen. „Und wie lautet ihr Name?"

„Sonja. Sonja Sommer."

„Zimmer 408. Den Gang runter und dann rechts. Das hätte Ihr Smart*Pol doch auch gewusst. Aktivieren Sie einfach die Karte. Aber bitte ..."

Und schon war er losgelaufen, um an die Zimmertür 408 zu klopfen. Jean öffnete sie leise und lugte hinein. „Sonja? Bist du wach?" Leider jedoch nicht, da sie immer noch im künstlichen Koma lag. Er trat an das Bett, streichelte ihre langen Haare, vom Gewissen geplagt. „Ich ... ich hätte dich da nie reinziehen dürfen. Ich hätte bei dir bleiben sollen. Von Anfang an. Nie wieder werde ich dich zurücklassen. Nur noch das eine Mal. Versprochen. Ich ... ich muss es beweisen." Sanft streichelte er ihre Wange. „Verzeih mir meine Fehler. Mein Schatz, ich ... ich liebe dich."

Dann ging die Tür hinter ihm auf. Ihr Arzt kam herein. „Guten Tag, Herr Vincent. Sollten Sie nicht im Bett sein?"

Jean winkte ab: „Machen Sie sich um mich keine Sorgen. Aber ... was ist mit ihr? Was hat sie? Wie geht es ihr?"

„Sie hatte Glück. Wir konnten sie gerade noch rechtzeitig stabilisieren. Aber wir mussten sie ins künstliche Koma versetzen, wie Sie sehen. Daher braucht sie jetzt Ruhe. Kommen Sie doch morgen nochmals vorbei und legen Sie sich jetzt besser wieder hin. Ihr Kopf braucht Ruhe." Der Arzt wies ihn mit einer Geste zur Tür hinaus.

Jean fasste sich an die frischgenähte Stirn, gab seiner geliebten Sonja ein zärtlicher Kuss und ging dann. „Danke, Herr Doktor. Und geben Sie gut auf sie acht." Der Abschied fiel ihm schwer.

Wenige Stunden später schlich er durch das Krankenhaus, warf eine seiner Armschienen in den Müll und zog von dannen, während er sich eine Träne abwischte. Denn hierbleiben oder nach Hause gehen konnte er nicht mehr, weshalb er sich einen großen Kaffee am Automaten holte, beim Hinausgehen einen Patienten anrempelte und so dessen ID stahl. Danach ging er zu den Parkplätzen, wo viele E-Bikes, Scooter und Autos von Mobility*Cor standen. Jean mietete einen Oldtimer, stieg ein und fuhr los. Doch ständig blickte er auf das verwackelte Bild von Peric. „Verdammte Scheiße. Ich habe versagt." Dann blendete ihn eine Spiegelung. Der Mann war verwirrt. *Doch, ich sah es auch, dieses verschwommen leuchtende Alien. Diesen elenden Mist. Zuerst das miserable Foto und dann meine lückenhafte Erinnerung. Wie soll ich das beweisen? Und dann schon wieder dieses scheiß System. Wie konnte Cop*Cor das nur alles verlieren? Jede Datei, selbst die auf der Cloud. Der heftige Blitzschlag dieser miesen Hexe hat offenbar alles gelöscht. Nicht zum ersten Mal. Als hätte sich alles gegen mich verschworen.*

Sein Blick fiel auf sein zerstörtes Smartphone, als er am Pilatus vorbeifuhr – seinem Berg, seinem Täter, auf dem das unsägliche Verbrechen gipfelte. Alles auf diesem allein dastehenden Bergmassiv, auf dem nun immer mehr Blaulichter zu sehen waren und die Einsatzkräfte erst jetzt so richtig mit ihrer Arbeit begannen: Feuerwehr, Polizei, die zum Berg fliegenden Militärhubschrauber, Krankenwagen und Abschleppdienste – sie leuchteten um den ganzen Berg herum, rotierten um die Unfallstellen und standen an den Hängen. Dutzende Einsatzkräfte und Bergungsteams, wie die herbeigeeilten Ingenieure beim rauchenden Drohnenwrack, die Mineure bei den Felseinbrüchen oder deren Kletterer, unter denen Zivilschützer Rabenkadaver einsammelten. Vom Bergsockel bis zum Gipfel sah man ihren kollektiven Großeinsatz.

In der Stadt genauso, wie beim noch fröhlich pfeifenden Straßenarbeiter, der gedankenlos eine Feder um die Ecke wischte und hinter dem das blutverschmierte Polizeigebäude stand. Der Schock stand dem Mann ins Gesicht geschrieben: „Oh fuuuck!" All die gerupften Federn zwischen abgebrochenen Rotoren, Blut und Innereien, worauf der Mann von der Reinigung den Besen fallen ließ, geschockt die Polizei anrief und dabei erkannte, wie eine Dame hinter dem blutverschmierten Fenster seinen Anruf entgegennahm.

Was für ein böses Erwachen. Auch für den angeschlagenen und pillenschluckenden Jean, der mit verbundener Hand einfach weiterfuhr, als hätte er nichts damit zu tun. Denn je mehr man manchmal weiß und richtig machen sollte, desto mehr wünschte man sich die Ungewissheit, den Glauben und die Möglichkeit zurück, Fehler zu machen. „Was für ein Pech!" Seine Kopfschmerzen wurden immer stärker. Seine Zweifel waren geblieben. *Vielleicht hatte ich durch das viele Tauchen, den Rauch und die vielen Kämpfe ein Blutgerinnsel – Wahnvorstellungen. Dazu die vielen Schicksalsschläge in letzter Zeit – scheiß Amnesie.* Der ganze Schmutz wurde von ihm aufgesaugt und schien doch wieder verloren.

Jean fasste sich mit schmerzverzerrtem Gesicht an die gebrochene Rippe und griff neuerlich zum Stein, der ihm etwas sagen wollte, aber nicht konnte. *Verdammter Mist, ich kann kaum mehr klar denken. Meine Erinnerungen!* Am Hinterkopf pochte die Narbe und warf noch mehr Fragen auf. Langsam kam alles wieder zurück – sein Gewissen und seine Ängste. *Dieser Drache, diese Hexe … Wie kann das nur sein? Und dann all die Tiere! Vielleicht ahnten sie das Unglück, das Beben? Oder man hatte sie auf uns angesetzt. Ihre Magie könnte nur aus billigen Zaubertricks bestehen. Verdammt, Jean, denk nach! Erinnere dich!*

Von der Begrenzung des Seins dazu gezwungen, fuhr der wahrheitssuchende Jean durch einen weiteren Tunnel und danach auf die Autobahn, während sein Chef und wiederum dessen Chef vor vielen Fragen standen, im gespannten Kreis aus Journalisten, Umweltschützern, Ermittlern und fragwürdigen Einsatzleitern, die wissen wollten, was gestern Nacht passiert war. Jeder mit seiner eigenen Suche nach Zusammenhängen, so wie Moe, der sich den Suchenden um sich herum stellen musste. Alle waren sie auf den Berg gepilgert, mit ihrer eigenen Erfahrung.

Einer der Reporter durchbrach die Reihen. „Verzeihen Sie! Ver… verzeihen Sie! Was hat das Erdbeben am frühen Morgen ausgelöst? War es der Einbruch am Gipfel? Gerüchte gehen um, der Berg habe in der Nacht Feuer gespien. Man munkelt schon, unter dem Berg sei ein Vulkan erwacht."

Moe warf dem Mann einen Blick zu. „So ein Unsinn …"

Dann drang der nächste Skeptiker auf ihn ein: „Sind die Tiere der Bauern wegen des Bebens ausgebüxt oder hatte man sie freigelassen?" Der schwarze Bulle blockte ab. „Meine Herren, einer nach dem anderen." Doch das brachte nicht viel. „O Gott!" Nach nur wenigen Sekunden perlten schon die ersten Schweißtropfen von seiner Stirn. Moe schwitzte gewaltig. „Einen Moment bitte." Jeder der Spezialisten richtete seine spezifischen Fragen gegen ihn, als wäre der schwarze Mann das Problem und jeder um ihn herum ein geschockter Richter.

Die Menge tobte.

„Das ist doch nicht normal!"

„Sowas hat noch keiner gesehen. Alles Lügen, was Sie uns auftischen!"

Im lauten Durcheinander hörte keiner mehr richtig zu. Die Stimmen überschlugen sich. „Sagen Sie die Wahrheit! Wir wollen wissen, was hier gelaufen ist! Das ist unser Recht! Wir haben ein Recht auf die Wahrheit! Rücken Sie raus damit! Warum das Erdbeben, die Abstürze und die vielen toten Tiere?"

Es war schwer, das alles zu verstehen. All diese Leichen, Verletzten und rauchenden Wracks, die nicht weit von ihnen den Berg überzogen. Dazu die vielen Vermissten, von denen niemand erfahren würde, und jene Ungerechtigkeit, die man kaum verstand. Nicht zu vergessen der eingebrochene Gipfelgrat und die gerissene Seilbahn. Alles rief nach einem Urteil. Das Ganze war doch recht extrem, da jeder als zuständiger Problemlöser einen Sündenbock wollte, eine Ursache, die man lösen und bekämpfen konnte.

Erste Erklärungen waren daher sehr gefragt, und Maurice Malones Vorgesetzte versuchten Klarheit in den Fall zu bringen: „Meine Herren, beruhigen Sie sich! Wie gesagt, der Hubschrauber und die Drohne sind in den Wolken in einen Vogelschlag geraten, durchtrennten die Seilbahn und sind dadurch abgestürzt. Die Bergungsteams und Einsatzkräfte arbeiten auf Hochtouren daran, den Fall zu lösen."

Moe griff im Hintergrund eine weitere Frage auf, als ihm ein Wildhüter den Kopf eines Steinbocks vor die Füße knallte.

„Wie konnte das geschehen?"

Moe war überfragt. „Sie wollen wissen, warum? Weshalb so viele der Tiere durchgedreht sind? Tut mir leid. Das wissen wir selbst noch nicht. Das ist alles Gegenstand laufender Ermittlungen. Die nächste Frage!" Auf die Zahlen geschaut, fand Moe keinen Ansatz, kein Wort. Dann sagte er leise zu seinem Chef: „Ein wahres Massaker, nur um die Hexe auf den Berg zu treiben. Das wird ja immer schlimmer. Scheiße, wie soll man das erklären? Dieser verdammte Jean! Warum musste er da hoch? Warum diese Hexenjagd? Was hat er bloß herausgefunden?"

Allesamt noch ungeklärte Beweggründe, die er nicht erkannte, aber kennen würde, sobald er Jean dazu befragen konnte. Denn jeder verfolgte seine eigenen Fälle und seine eigenen Ziele, so wie der neugierige Fuchs, der aus dem Wald spähte, in seiner Nase das penetrante Parfüm eines neureichen Mannes, der sich wütend durch die fragende Meute wälzte, bevor er den verwundeten Moe anschnauzte: „Hey, du scheiß Drecksbulle, wo ist mein verdammter Porsche geblieben?"

Moe ballte seine zittrige Faust. Doch dann entspannte er sie, um den Porscheschlüssel in seinen ruhigen Händen zu zeigen. Der Chef sagte mit seinem eiskalten Lächeln: „Der gehört wohl Ihnen."

„Ja, verdammt!"

„Fährt sich gut. Aber es scheint, als hätte er einen kleinen Kratzer bei der Probefahrt abbekommen. Wirklich schade." Dann schaute er in die Menge: „Weitere Fragen?"

Für den Neureichen sichtlich sehr ärgerlich zu hören, weswegen er den Schlüssel aus seinen Händen riss, bevor ihn die fragenden Journalisten zur Seite drängten. Dazu eine neue Nachricht auf dem Smartphone und das Bild seines heftig geschrotteten Rennboliden.

Der Lack der Polizei war leicht abgeblättert in diesen Zeiten. Im Gegensatz zu Jeans frischpoliertem Mietauto, mit dem er durch das strahlende Lavaux fuhr, an den goldgelben Hängen der Weinterrassen entlang, die bis zum Genfersee herunterreichten. Jean wollte nach Genf. Mit Durst in den Augen und Blick auf den See, hinter dem die eingeschneiten Berge lagen. Dann der nächste Anruf. Jean ignorierte ihn. „Schon wieder Moe. Tja, Pech gehabt. So einen Oldtimer kannst du nicht lahmlegen." Er warf das Smartphone aus dem Fenster, während er dem Lastwagen eines regionalen Weinspediteurs folgte. Ein kleiner Abstecher zu dessen Laden musste wohl noch drin sein, sodass er nicht zu früh an seinem Ziel ankam.

Mit einer leeren Flasche Wein auf dem Beifahrersitz parkte er einige Zeit später leicht betrunken vor einem der vielen Gebäude des CERN nahe Genf, wo er weitere Antworten zu finden hoffte. Jean torkelte mit gezückter Marke und von Krücken gestützt die Treppe hoch. Er folgte dem Gang und ging mit einer leichten Fahne durch die Sicherheitsschleuse, hinter der ihn ein Wissenschaftler im weißen Kittel empfing.

„Bonjour, Monsieur Vincent."

Jean erwiderte seinen Gruß und reichte ihm die verbundene Hand.

„Bonjour Monsieur, ca va?"

„Bien, merci. Et toi?"

Jean zuckte mit einem Auge und stütze sich wieder ab. „Oh, uäuä, sosolala. Ging schon besser, wie Sie sehen."

Der Forscher öffnete ihm die verschlossene Tür und bat ihn mit starkem französischem Akzent in sein Labor. „S'il vous plaît, Monsieur? Kommen Sie rein." Die Tür wurde hinter ihm abgeschlossen und schaltete den Alarm ein. Der Wissenschaftler fühlte sich offenbar unwohl. Dennoch schien er neugierig: „D'accord. Was war denn so dringend, dass Sie nischt mehr warten konnten? Monsieur, was isch für Sie darf untersuschen?"

Jean holte das Bruchstück heraus. „Voilà! Dieses seltsame Juwel."

Der Forscher blickte in seine Hand. „Ah, eine Kristallgebilde. Ist das eine neue Energieträger?"

Jean wischte sich über die Nase. „Sehen Sie es sich genauer an. Denn bis jetzt konnte mir noch niemand wirklich sagen, was das ist. So ist der Stand. Aber … vielleicht wissen Sie ja mehr." Er übergab dem Universalgelehrten den Stein.

Mit Neugier betrachtete der Wissenschaftler die dunkle Struktur. „Donc. In der Tat, eine küriose Fündstück. Mal sehen, was da'inter verbirgt sisch." Er spannte das übriggebliebene Splitterstück unter dem Mikroskop ein. Sein erster Blick verwirrte ihn sichtlich. „Oh, fabuleux! Bizarre. Quel couleur! Sowas 'abe isch nosch nie gesehen. Merde."

Für Jean nichts Neues: „Das sagte auch Herr Andermatt. Im Stein muss irgendein Geheimnis stecken."

„Oh oui, 'aben Sie gesehen? Sehen Sie! O lala." Der Wissenschaftler schob den Splitter unter das nächste Gerät. „Herr Vincent, je n'ai sais pas, ob das über'aupt eine Stein ist. Wie er reagiert. Seine Mosse. Aber keine Sorge, schon bald wir wissen Genaueres darüber. Isch bräuschte lediglisch eine kleines Stück für diese genauere Bestimmüng. Un petit peu nur. Darf isch eine wenig davon abbreschen?"

„Nur zu", meinte der verschwommen dreinblickende Jean, der auf seine Krücken gestützt dem Forscher kaum mehr über die Schulter schauen konnte, als dieser ein winziges Stück herausbrach, um es genauer zu untersuchen.

„Alors, nous voulons." Für den Gelehrten eine Freude. Jedoch schien er auch besorgt: „Monsieur Vincent, geht es Ihnen gut?" Denn der noch arg angeschlagene Jean hustete Blut. Doch auch das wischte er einfach ab.

„Jaja. Machen Sie weiter."

Der Forscher versuchte es. „Und Sie sagten, Monsieur Andermatt 'ätte Sie su mir geschickt? Schon seltsam. Sonst ist eigentlisch er derjenige, der alles weiß. Hmm. Was für eine Ehre pour moi, so etwas Einmaliges sehen su dürfen. Ein wahres Privileg."

Im Labor und nach einigen Tests standen die ersten Resultate an, die den CERN-Forscher arg verblüfften: „Was soll das? Qu'est-ce qui se passe! Diese Dischte ... Das ist ünmöglisch. Das kann nischt sein. Als wäre das Brüchstück zehntausendmal 'ärter als eine Diamont. Irgendwo in der Messüng muss eine Fehler sein. Denn gleischzeitig zeigt diese auch Zero an. Keine Dischte. Monsieur Vincent, fast jeder Wert, den ich messe, ergibt nüll. Nischts. Nada! Ich registriere weder Protonen noch andere Teilschen, was ganz und gar unmöglisch scheint." Der Forscher griff sich in die zerzausten Haare. „Putain! Ich sehe doch das Stein! Da! Genau da! Das ist doch ... Mondieux. Wie ist das nur ...? Ein Juwel das es, laut Messüng, gar nicht geben kann. Gar nischt möglisch. Unsischtbar und völlig inexistont."

Jean kannte das Gefühl. „Ja, als würde es einer anderen Natur entspringen. Einer unbekannten Quelle." Er konnte nur zusehen, wie der Wissenschaftler an den Rädchen drehte, um die Geräte besser darauf einzustellen.

„Je le vois. Sie sehen diese ausch, Monsieur Vincent? Man sieht dieses Schwarz. Dieses Feuer. Dieser vermaledeite Stein! Das ist einfach ünfassbar! Weder Materie noch Antimaterie. O lala ..."

Jean musste lächeln. „Schon krass, hä?"

„Oh, oui. Als würden wir mit allem, was wir 'aben, das Nischts missen. Eine schwarzes Loch."

Jean hatte es geahnt. „Paradox, nicht wahr? Bis jetzt vermochte mir noch niemand zu sagen, mit was wir es hier genau zu tun haben. Niemand weiß, was es ist. Das Einzige, was wir wissen, ist, dass wir ihn tatsächlich sehen und spüren."

„Von welchem Labor stammt dieses wohl? Von welchem Stern? Mondieux! Das könnte die Menschheitsgeschischte verändern! Die gonse Physik. C'est fou! Isch bin mir da aber nisch' gons sischer. Mais oui. Oder ... non ... Oder dosch? Oui, oui! Es scheint, als wäre dieses Ding aus einem unbekannten Élément. Ein Brüchstück aus einem Teil des Üniversüms, das wir nosch nisch' kennen. Das ist die einzige logische Erklärüng, die isch zurzeit 'abe. Was für eine Sensation!"

„Ja, als hätte der Stein eine große unbekannte Macht."

„Mais oui, so komplex in so einfaches Form."

„Also, um was für einen Stein der Weisen könnte es sich hierbei handeln? Was hat sich in diesem Ding auskristallisiert?"

„Eine Stein mit eine eigene Geschischte, wie es scheint. Aber welch, keine Ahnüng. Wahrscheinlisch ist es etwas sehr Reines. Etwas, was eine longe Weg 'inter sisch 'atte."

Von Prüfgerät zu Prüfgerät eilten sie, um mehr über die Herkunft und Zusammensetzung des Steins herauszufinden. Der aufgeregte Forscher konnte es nicht glauben, als er die erste Auflösung korrigierte und seine Meinung dazu kundtat: „Sehen Sie, wie die Verbindüng ünter dem Mikroskop reagiert? Monsieur Vincent, jedes Mal, wenn isch diese Proben mit diese wenige Partikel beschieße, verschwinden sie, als würde dieses Élément einen Quantensprüng maschen, den wir weder beobachten noch dem wir folgen können. Diese Ebenen sind leider su klein, um sie su verste'en. Su abstrakt. C'est incroyable! Dieser obskure Stein ... Eine Révolution. Eine Wunder! Monsieur Vincent, bitte übergeben Sie ihn dem CERN. Schenken Sie ihn der Wissenschaft – der Welt! Wir müssen diese einzigartige Schatz wirklisch genauer untersüschen. Und zwar jetzt!" Der Wissenschaftler zeigte mit dem Finger darauf. „Oh wow, sehen Sie sisch doch nür mal die Strüktüren des Kristalls on! Diese Bewegüngen, diese Müster! Ich verstehe einfasch nischt, wie das möglisch ist."

Jean runzelte die Stirn. „Da sind Sie nicht der Einzige. Dann glauben Sie also auch, dass der Stein aus den Tiefen des Alls kommen muss?"

Das rang dem Forscher ein Lächeln ab, der ihm versicherte: „Alles 'ier steckt in den Tiefen des Alls. Tout le monde. Aber nein, isch glaube nischt, dass solsch eine Stück von der Erde stammen kann. Selbst eine Labor könnte so etwas nischt kreieren. Nischt in ünsere Zeit. Was auch immer das geschaffen 'at, es ist weiter entwickelt als wir. Weit überlegen. Was auch immer das bedeutet." Und schon hatte der Stein den Nächsten gefesselt, als der Forscher den Splitter nahm und festhielt, bis er leuchtete.

Für Jean ein Rätsel: „Dafür muss es doch einen erklärbaren Grund geben. Verdammt, warum leuchtet er so? Das kann doch nicht so schwer sein."

Der ungläubige Forscher musste ihn nochmals berühren und spürte süchtig danach das Feuer im Stein. „Diese Kraft! Eine Art von Biolumineszenz vielleischt. Offenbar reagiert es auf Wärme. Sehen Sie nur! Es folgt meinen Fingern. Sehen Sie!"

„Scheint so. Das ist das Einzige, was uns der Stein bisher verraten hat. Aber weshalb? Warum spüren wir ihn, wenn er nicht da ist? Sagen Sie, könnte er schädlich oder eher nützlich für uns sein?"

Als der Forscher den Stein ins nächste Gerät legen wollte, um das Rätsel zu klären, schlug die Tür auf. Beide drehten sich erschrocken um. Und schon folgte der Schuss, der den Kopf des Wissenschaftlers durchbohrte. Sofort zog Jean seine Waffe. Die wurde ihm jedoch aus den Händen geschlagen, ehe er seinem Gegner in die Weichteile trat und ihn zu Boden warf. Beide schlugen sich ihre Waffen weg, die Faust ins Gesicht. Jean hatte jenes von Chan erwischt, der den Absturz mit dem Heli überlebt hatte und nun hierhergekommen war, um den Stein zu holen, welcher, unter den Tisch gerutscht, den Zugriff erschwerte. Chan versuchte erneut, nach seiner Waffe zu greifen. Doch nicht mit Jean, der seine Krücke dazwischen warf, mit seinem stützenden Exoskelett auf den Profikiller losging und auf seinen Rücken sprang, bevor er sein Juwel erwischte.

Beide vertieften sich noch voll bandagiert in den Bodenkampf, als würden invalide Krieger sich den Rest geben. In Fetzen gerissen flogen ihre blutigen Verbände durch den Raum. Ihre Schreie waren purer Schmerz. Mit verbundenen Fäusten und Tritten deckten sie sich ein, wobei sie das ganze Labor auseinandernahmen und sich in die Wunden griffen. Narben und Nähte rissen, ehe ein rausgerissenes Tablett ins Gesicht von Chan gehauen wurde, der zum Stuhl griff und ihn Jean in den Rücken schlug, bevor sie sich das nächstbeste Greifbare um die Ohren hauten. Die eingegipste Faust des Bullen donnerte gegen die gerade genähte Augenbraue des Killers. Der Gips riss. Im Würgegriff auf die Schränke gehievt und an die Lampen geschlagen, teilten sie gegeneinander aus. Und schon zogen sie sich über den Tisch, wobei noch mehr Reagenzgläser hinunterfielen, bevor sie angeschlagen an den vielen Regalen rüttelten.

Was für ein Kampf! Die Flaschen zerbarsten. Ihr Schlagabtausch war reichlich ungestüm. Scherben und Blut vermengten sich daher zusehends, bis eine der ausgeleerten Substanzen zu brennen begann. Sofort gingen Alarm und Sprinkleranlage los, während die brennende Flüssigkeit über das Juwel lief, unbeachtet von den beiden Streithähnen, die sich gegenseitig die Köpfe einschlugen. So heftig, bis der gerupfte Chan sein Messer in Jeans eingegipsten Arm rammte. Doch die Klinge blieb stecken, worauf er ihm das Messer entriss, seinerseits zustach und der Dolch weggeschlagen im Schrank steckenblieb, bevor der Profikiller die nächste Waffe zog – eine umkämpfte Pistole in ihren wehrhaften Händen. Griff um Griff am Halter, ehe ein zur Decke gerichteter Schuss abging. Gleich mehrere Einschusslöcher bildeten sich in den Wänden. Nicht weit vom weggeschlagenen Bruchstück, das im fließenden Feuer entzündet langsam in Flammen aufging.

Was für ein Licht! Mit Strahlen und Funken platzte das Juwel mit einem Mal, während der Killer versuchte, Jean zu erschießen, der blutend am Boden die Waffe von sich wegdrückte, um die Kugeln in den Boden zu lenken.

„Puto! Komm her!"

Die beiden kämpften erbittert um ihr Leben, während hinter ihrem Rücken ein bedrohlicher Strudel wuchs, der das Feuer einsaugte, als würde der geplatzte Stein ein schwarzes Loch öffnen, das alles um sich herum absorbierte und in glühenden Sternenstaub auflöste. Darunter Laborarmaturen und rausgerissene Geräte, die eingesogen wurden und sich zersetzten, als hätte der Stein tatsächlich das Portal in eine andere Welt geöffnet. So, wie es letzte Nacht die Hexe tat. In Chans Würgegriff spürte Jean neuerlich diese Kräfte, ehe sie an ihm zerrten. Besteck und andere Teile rollten an ihnen vorbei, und dann erfasste der Sog sie. Die beiden Kämpfer blickten hinter sich und sahen den anwachsenden Strudel, der sie einzusaugen drohte. „Oh shit!"

An ein Tischbein geklammert rutschten sie den Boden entlang, als der erschossene Forscher zerrissen im Strudel verschwand. Jean schrie zu seinem Angreifer hinüber: „Was geschieht hier?"

Mit Panik in den Augen und die Luft anhaltend blickte er zum Killer, als dieser weiter und weiter auf das schwarze Loch zugesogen, sich gerade noch an seinen Beinen festhalten konnte. In der anderen Hand hatte er seine Waffe, die er verkrampft gegen den Sturm auf Jean zu richten versuchte. Doch dieser erkannte sein Vorhaben, während der stürmische Strudel ihre abgefädelten Bandagen schon einsaugte und sie sich an den Schuhen aufzulösen begannen. „Nein! Nein!"

Immer weiter lösten sie sich in Sand und Staub auf. Jean blickte seinem Ende entgegen. „Scheiße!" Er schloss mit seinem Leben ab, um loszulassen. „Fuck!" Mit Tränen in den Augen rutschte er ab und wurde ins Loch gesogen. Gemeinsam mit dem Killer verschwand er, bevor aus dem Strudel ein Druckimpuls herausschoss und ein Lichtblitz aus dem schwarzen Loch die Anziehung erhöhte. Ein mächtiger Sog, der das ganze Labor in das strahlende Auge des Wirbels saugte. Immer mehr, bis der kleine Laborsturm implodierte. Ihr gemeinsames Ende.

Nur ein kreisrundes Loch in der Außenfassade blieb zurück, ein leergesaugter Raum. Die Männer waren zur gleichen Zeit von der Welt geschieden, während andere Geister zurückkehren durften, aus dem Dunkel des Bewusstseins zum Licht des EKG geführt, auf dessen Anzeige die gerade Linie wie nach einem Herzinfarkt plötzlich ausschlug. Sonja spürte den Verlust und öffnete schlagartig ihre Augen. Ein grelles Licht blendete sie, in dem Moe mit einem Exoskelett stand. „Hi Sonja. Schön, dass du zurück bist. Wir haben dich vermisst."

Doch die Frau war noch zu schwach, um etwas zu sagen, zugleich aber glücklich und heilfroh darüber, von ihrem Alptraum erwacht zu sein. Sie ergriff seine Hand. Ihr erster Gedanke entlastete sie daher:

„Ah, hab nur schlecht geträumt." Doch der Blick in Moes Augen sagte ihr, dass ihr erster Eindruck nicht stimmen konnte.

Alles sollte sich bewahrheiten. Nur wenige Tage später. Trotzdem war sie schnell wieder auf den Beinen und endlich so weit, um mit einem blauen Auge und mit Krücken aus dem Spital entlassen zu werden, halbwegs gesund und aufgeklärt betreffend Jeans Verschwinden. Als Zeugin in den neuen Fall involviert wurde sie zum CERN nach Genf gefahren, wo Jean seit der mysteriösen Explosion vermisst wurde.

Sonja öffnete die zerstörte Tür zum Labor und sah das Loch in der Wand, das tief in ihre Seele drang. Davor stand ein unbekannter Mann, der den unerklärlichen Fall betrachtete, den sie und ihr Partner einst begonnen hatten.

„Ah, Madame Sommer. Endlich! Sie haben es doch noch zu uns hergeschafft. Sehr gut. Wir brennen schon vor Fragen."

Doch Sonja sagte nichts dazu, als sich das große Loch in ihrem Leben offenbarte. Erst jetzt erkannte sie den Verlust an. Erst jetzt ließ sie das zerreißende Gefühl zu, „Jean!"

Ihre Tränen drangen durch, weshalb Moe sie stützte und nur ungern seine Frage stellte: „Sonja, was ist an diesem Abend geschehen? Bitte hilf uns. Was hat Jean auf dem Berg gefunden? Du musst es uns sagen."

Sonja stellten sich ähnliche Fragen. „Das wüsste ich auch gern. So wahr mir Gott helfe."

Moe reichte das nicht. Er nahm sie in den Arm. „Sonja, wir haben nur noch Fragmente von dem Fall. Der Rest wurde irgendwie gelöscht. Darum sag uns, was hat es mit Tanner und dem Stein auf sich? Wir alle stehen unter enormem Druck. Das Hotel in den Bergen, die Verdächtigen – wir müssen die Zusammenhänge verstehen. Jetzt!" Moe ließ sie los, trat an das Loch und fasste an den geschmolzenen Mauerrand. „Und dann diese Hexe, die euch überfallen hat. Der Orden des Sensenmannes. Der Sturmtempel! Sonja, wir brauchen Antworten. Dringend!" Denn noch immer standen Hunderte am Berg und fragten ihn mit jedem neuen Tag, was auf dem Pilatus geschehen war. Er war immerhin zuständig für die Misere. Mit ernstem Gesicht sah Moe sie darum nochmals an. „Also sag was, bitte. Warum ist Jean hierhergekommen? Was wollte er in diesem Labor untersuchen? Den Drachenstein? Ist es das? Dir hat er doch bestimmt etwas gesagt. Irgendetwas."

Doch für den Moment konnte sie nichts sagen, da es ihr die Stimme zerschlagen hatte. Kein Wort. Nur Trauer war in ihr, während sie im zerstörten Labor durch das Loch in der Mauer und auf die Gebäude dahinter starrte.

Der Ermittler des CERN war völlig aufgewühlt und stotterte noch immer: „Das ... das ist unmöglich. Keine Spuren. Kein einziges Teilchen! Nichts ist von ihnen übrig geblieben. Als ... als wären sie einfach so verschwunden. Einfach so!"

Auch Sonja war verwirrt. „Was soll das heißen?"

„Es ist ... nichts ... Es ist nichts mehr übrig von ihnen. Nichts mehr da, verstehen Sie? Als hätte sie ein schwarzes Loch eingesaugt. Sämtliche Materie, alles ist weg. Als wären sie verdampft. Zerrissen in kleinste Teile." Ein aussagekräftiger Grund, warum alle Mitarbeiter des CERN nur noch an diesem dunklen Loch forschen wollten und in Scharen vor dem Gebäude standen. Der Ermittler drehte sich fragend zu den beiden um und schaute sie an. „Keine einzige Spur. Vielleicht haben sie es ja geschafft. Vielleicht haben sie ein schwarzes Loch geschaffen, das sie am Ende einverleibt hat."

Sonja drehte sich zu Moe und flüsterte ihm zu: „Das könnte möglich sein. Wenn auch ... Nein! Doch nicht so!"

„Und warum meinst du? Warum nicht?"

Sonja lächelte schwach. „Moe, er hat ihn tatsächlich gefunden, den Drachenstein. Da bin ich mir sicher. Er hat ihn mir gezeigt."

Auch Moe gegenüber hatte er das mehrfach erwähnt. Darum wollte der von ihr wissen: „Und wann?"

Doch Sonja war schon weiter im Kopf. „Hmm ... Der Sturmtempel? Irgendetwas muss es damit zu tun haben."

Auch Moe wusste mittlerweile viel über den Fall. „Das finden wir auch noch heraus. Aber überleg mal: Was, wenn er mit diesem ominösen Drachenstein abgehauen ist? Irgendwohin, um den Stein zu verkaufen? Der eingedrungene Profi war vielleicht sein Komplize. Eine geschickte Täuschung, um sich ein besseres Leben zu machen."

Nun fingen die wilden Spekulationen an, was den nächsten Kommissar hinter ihrem Rücken zu Wort kommen ließ: „Ja der Fall am Berg. Ist alles ziemlich bedenklich abgelaufen. Denn überall, wo Vincent war, blieben danach nur noch Tote zurück. Jeder Zeuge und Verdächtige ist verschwunden. Tanner, Andermatt, Peric und viele mehr. Ich denke demzufolge, Herr Vincent war selbst der Sensenmann, den ihr gesucht hattet. Alles eine einzige Scharade, um in seinem Fall ermitteln zu können, damit er am Ende auch all seine Spuren verwischen konnte. Oder wie erklären Sie sich das Ganze? Solche verrückten Geschichten wie in diesem Fall dargelegt wurden, können doch gar nicht wahr sein. Oder? Und sicher war auch er der Spitzel im Team. Das denke ich zumindest – vorläufig."

Eine Aussage, die Sonja erzürnte, während sie sich die Tränen von der Wange wischte. „Wie können Sie nur solche Verdächtigungen aussprechen! Hören Sie auf, so etwas zu sagen! Nein, nein, das glaube ich nicht. Nicht so!"

Unterdessen betraten noch mehr Ermittler das zerstörte Labor. Moe reichte es allmählich, denn er verstand die Welt nicht mehr. „Na toll, zuerst die Hexenjagd auf den verfluchten Berg, dann das schwarze Loch und nun das nächste Mysterium! Wir haben keine einzige klare Antwort bis jetzt! Nur wirre Theorien." Durchs schwarze Loch hindurch beobachtete Moe die Leute. „Und was sagen wir offiziell?"

Jeder erwartete vom anderen eine Lösung, bis einer eine passende parat hatte: „Ein missglücktes Experiment! Das wäre doch naheliegend. Eine Verkettung von Unglücken. Schauen Sie es sich doch nur an. Das Einzige, was wir wissen, ist, dass die Leute, die vor dem Unglück hier waren, verschwunden sind und ein Loch hinterlassen haben. Mehr gibt es noch nicht zu sagen. Eine normale Explosion wäre wohl plausibel. Und bitte keinen Ton darüber, dass der Fall am Pilatus und das schwarze Loch am CERN einen Zusammenhang haben könnten. Diese Untersuchungen gehen nur uns etwas an."

Alle Anwesenden nickten die Entscheidung ab. „So machen wir's."

„Geht in Ordnung."

In der Zwischenzeit umstellten Polizeiautos das Fitnessstudio und die Villa von Bonucci, der aus dem Dampfbad kommend ein Sondereinsatzkommando durch die heißen Wolken dringen sah. Ihre durchgeladenen Waffen waren gegen sein Gesicht gerichtet. „Keine Bewegung!"

Zuvorderst der Einsatzleiter mit dem hochgehaltenen Sturmgewehr, der tief in seine Augen schaute. „Paolo Bonucci, hiermit sind Sie wegen zahlreicher Delikte festgenommen." Er warf ihm das Handtuch vor die Füße, ehe der nackt dastehende Mafioso seine ersten Handschellen verpasst bekam.

„Ey Stronzo! Wase solle das? Glauben Sie, Sie kommen damit durche? Wer sind Sie denn, hä? Wissen Sie nichte, wer ich bin?"

Der maskierte Einsatzleiter schubste ihn voran. „Hey! Du bist nicht der erste Super-Macker, der verloren hat. Und jetzt halt deine Fresse." Dann wandte er sich dem Einsatzkommando zu. „Los, führt ihn ab!"

Ein schwieriger Fall für alle Beteiligten, was die betroffene Gesellschaft von Neuem spalten könnte. Denn die Rätsel ließen sich nicht so einfach lösen. All die Fragen. All die Lügen. Die ganze Wahrheit – so verworren – so klar.

Doch bevor sie auch diesen ungeklärten Fall beerdigen mussten, wollte Sonja versuchen, ihn bisweilen doch noch zu lösen, während sie in den graugewordenen See zwischen den Bergen starrte. Dazu ein tiefer Seufzer in der Kälte und der dampfende Atem, der über ihre Lippen zog. Der Frost drang durch, womit der Reif ansetzte. Ein weißer und selten gewordener Hauch voll feinster Eiskristalle auf jedem Ast. Der Winter gewann die Oberhand. Für Sonja frustrierend, die mit der Hoffnung, ihren Partner doch noch zu finden, hierhergekommen war. Aber um das zu schaffen, musste sie den Tod von

Tanner, Jeans Verschwinden und den Geist im Stein verstehen –
geschweige denn beweisen können. Doch mit den wenigen Indizien
und den vielen Schäden war das fast unmöglich. Des Weiteren
beschäftigten sie noch immer dieses seltsam kälter gewordene Mikro-
klima um den Berg, die vielen Verdächtigen, die Leichen und der
untergetauchte Orden. Ein Fall mit tausend neuen Fällen. Konster-
nation machte sich in ihr breit.

Dieser verdammte Bonucci lügt uns doch nur an. Dieser glitschige Aal! Alles,
was wir hatten, ist verbrannt, eingestürzt oder verschwunden. Zu vieles blieb
daher offen und ungeklärt für sie. Zu viele Rückschritte und Blo-
ckaden, weshalb sich Sonja immer wieder fragen musste: *Was hat mir*
Jean verschwiegen? Was ist geschehen? Und warum wollten alle diesen verdammten
Stein haben? Was war sein Geheimnis, außer seinem Wert? Verdammt, wohin
… wohin sind sie alle verschwunden? Für die verlassene Frau auf vielen
Ebenen eine Tragödie, als hätte sie dieser Fall selbst in ein schwarzes
Loch gesogen – ins Ungewisse, um das sich ihr traumatisiertes Leben
noch Jahre drehen würde.

Die schlotternde Frau versuchte sich zu wärmen und fühlte die
Zwickmühle in sich. In der Trauer verworren über das Verschwinden
ihres heimlichen Geliebten, den sie wahrscheinlich nie mehr wieder-
sehen würde. Aber solches interessierte nur noch sie. Ein abgetrenntes
Schicksal, das ihre gespaltenen Gefühle aufwühlte, während die kalte
Sonne langsam unterging. Ein letzter warmer Farbton an den vereisten
Gipfeln, die sich rosa im See widerspiegelten, wie der vom Nebel ver-
eiste Wald, dort, wo Jean oft gewesen war. Am Ufer der Innerschweiz,
wo die alleingelassene Frau ins Abendrot blickte und an ihren trüben
Gedanken verzweifelte.

O Welt … Ich kann nicht mehr. Wochen sind bereits vergangen. Ja, Jean, er
muss tot sein. Sonst wäre er längst zurück. Der Griff in ihr Haar offenbarte
ihre Unsicherheit. *Ach Jean, nichts hält ewig. Nicht auf dieser Erde.* Am
Boden gefroren bereits ihre Tränen. *Ach … ich werde dich nie vergessen.*
Leb wohl, mein Engel. Ich liebe dich. Mit einem Kuss gen Himmel nahm sie
Abschied. Jeden Tag. Am Ufer des Vierwaldstättersees, wo seine Sitz-

bank leer bleiben würde und eine große Lücke hinterließ. Wahrscheinlich für immer.

Dann fuhr eine milde Brise durch ihre langen Haare, als wäre sein Geist für einen kurzen Augenblick zurückgekehrt. *Jean!* Doch nur in Gedanken, da sie an jener Stelle stand, wo sie ihren geliebten Glatzkopf das erste Mal getroffen hatte. *Unser erster Kuss.*

Und darum blieb sie auch weiterhin an diesem Ort. So lange, bis die Nacht hereinbrach und das letzte Blatt vom gefrorenen Baum gefallen war. Ein stiller Moment für sie, als sie nun selbst, wie er einst, auf der Bank saß und zum Sternenhimmel blickte, während sie dieses letzte Kapitel abzuschließen gedachte. „Von Sternenstaub zu Sternenstaub", folgerte die verletzte Frau flüsternd, während eine strahlende Sternschnuppe vorüberzog und ihre Gedanken streifte – ihre Hoffnung, die sie brauchte, um weiterzumachen. „Ach, Jean. Vielleicht bist du ja jetzt in einer besseren Welt. Vielleicht … Wer weiß … Ah, dein Vielleicht, ich vermisse es so sehr …"

Mit traurigem Schmunzeln betrachtete sie das funkelnde Sternenlicht über ihr, das weit gereist und aus der Dunkelheit des Alls entsprungen, fortwährend zu uns spricht. Im gleichen Moment vereint wie sie, wodurch die Möglichkeit besteht, zum strahlenden Mondgesicht zu blicken. Ein Blick ins Sternenmeer, das wiederum vergehen wird. Tag für Tag und Nacht für Nacht. Ihre und unsere gemeinsame Geschichte, die, durch den Geist des Suchenden, noch lange nicht zu Ende ist – auf ewig verbunden im Strom unserer wandelnden Geister. Verbunden durch Raum und Zeit, deren Einfluss das Leben bestimmt und die den Wandel mit sich bringen.

Kein Zweifel daher: Der nächste Anfang folgt bestimmt. Mit jedem neuen Tag. Mit jedem Ansatz, jedem Gefühl. So ist das Leben. Das Sein. Unser Schicksal.

Printed in Great Britain
by Amazon

87849618R10212